# DEVANEIO

# DEVANEIO

### RYAN LA SALA

**Tradução:** João Rodrigues

**Diretor-presidente:**
Jorge Yunes
**Gerente editorial:**
Claudio Varela
**Editora:**
Ivânia Valim
**Assistentes editoriais:**
Fernando Gregório e
Vitória Galindo
**Suporte editorial:**
Nádila Sousa
**Gerente de marketing:**
Renata Bueno
**Analistas de marketing:**
Anna Nery, Mariana Iazzetti e
Daniel Oliveira
**Direitos autorais:**
Leila Andrade
**Gerente comercial:**
Claudio Varela
**Coordenadora comercial:**
Vivian Pessoa
**Tradução de texto:**
João Rodrigues
**Preparação de texto:**
Carlos Silva

*Reverie*
Copyright © 2021 por Ryan La Sala
Originally published in the United States by Sourcebooks Fire, an imprint of Sourcebooks, LLC. www.sourcebooks.com.
© Companhia Editora Nacional, 2024

Todos os direitos reservados. Nenhuma parte desta obra pode ser reproduzida ou transmitida por qualquer forma ou meio eletrônico, inclusive fotocópia, gravação ou sistema de armazenagem e recuperação de informação sem o prévio e expresso consentimento da editora.

1ª edição — São Paulo

**Revisão:**
Rebeca Benjamin e
Isadora Theodoro Rodrigues
**Ilustração de capa e foto (brinde):**
Helder Oliveira
**Projeto gráfico de capa:**
Karina Pamplona
**Diagramação:**
Amanda Tupiná

**DADOS INTERNACIONAIS DE CATALOGAÇÃO NA PUBLICAÇÃO (CIP) DE ACORDO COM ISBD**

S160d   Sala, Ryan La
        Devaneio / Ryan La Sala. - São Paulo : Editora Nacional, 2024.
        328 p. : il. ; 16cm x 23cm.

        ISBN: 978-65-5881-202-9
        1. Literatura americana. 2. Literatura infantojuvenil. 3. Fantasia. 4. Ficção. I. Título.

2024-608                                                    CDD 813
                                                    CDU 821.111(73)-3

Elaborado por Vagner Rodolfo da Silva – CRB-8/9410
Índice para catálogo sistemático:
Literatura americana: Ficção 813
Literatura americana: Ficção 821.111(73)-3

**NACIONAL**

Rua Gomes de Carvalho, 1306 – 11º andar – Vila Olímpia
São Paulo – SP – 04547-005 – Brasil – Tel.: (11) 2799-7799
editoranacional.com.br – atendimento@grupoibep.com.br

PARA MINHA IRMÃ, JULIA,
QUE ENXERGOU O QUE O MUNDO PODERIA SER
E LUTOU PARA TORNÁ-LO POSSÍVEL.

Também escrito por Ryan La Sala:

Um sonho sonhado sozinho é um sonho.
Um sonho sonhado junto é realidade.

YOKO ONO

# UM

## *Fragmentos*

Foi aqui que aconteceu. Foi aqui que encontraram o corpo de Kane.

Aconteceu no fim de agosto, e o rio Housatonic foi engolido com o choro do fim do verão. Kane estava entre os âmios-maiores[1] espumando à margem e tentava imaginar como tinha sido a noite do acidente. Em sua cabeça, ser puxado para fora do rio teria sido violento. O luar picotado em confete na água escura e quebrantada enquanto os paramédicos se esforçavam para içá-lo. Mas, durante o dia, o rio parecia incapaz de violência. Era pacato demais. Não passava de água dourada marmorizada com pólen, beijando suas pernas nuas, e um cardume de peixes prateados que serpenteava sem pressa por seus tornozelos.

O garoto ponderou se os peixes se lembravam daquela noite. Sentia uma necessidade de perguntar às criaturas. Afinal, ele próprio não se lembrava de nada do acidente. Tudo o que sabia tinha descoberto nos cinco dias que se passaram desde que acordou no hospital.

Algo o atingiu na cabeça. Uma pinha. Ela quicou água adentro e fez os peixes prateados desaparecerem.

— Para de sonhar acordado e me ajuda.

Kane pestanejou e se virou para Sophia, que estava em pé na margem em que a vegetação abria caminho entre o pavimento caindo aos pedaços.

---

[1] N. da E.: No original, *bishop's-weed*, planta da espécie Ammi majus, cujo nome popular no Brasil é âmio-maior ou âmio-vulgar. DICIONÁRIO MICHAELIS. Âmio Maior. **Michaelis On-line**, 2024. Disponível em: <https://michaelis.uol.com.br/busca?palavra=âmio-maior&r=0&f=0&t=0>. Acesso em 28 mar. 2024.

# DEVANEIO

Ele considerou ignorá-la, mas a garota tinha muitas outras pinhas e era boa de mira. Na verdade, Sophia era boa em *tudo*. Era o jeitinho dela. Em geral, Kane ficava ofendido com gente assim, mas ela era sua irmã mais nova. Ele a amava. E, mesmo que só um pouquinho, ela o intimidava. A maioria das pessoas se sentia assim. Foi por isso que a tinha levado junto.

— Eu não estava sonhando acordado — contestou ele. — Estava pensando.

Sophia tacou mais uma pinha no irmão, que a rebateu para longe.

— Essa cara não me engana. Você estava tendo pensamentos tristes e poéticos sobre si mesmo.

— Não estava, não — disse Kane, escondendo um sorriso.

— Estava, sim. Se lembrou de algo?

— Na verdade, não — respondeu, dando de ombros.

— Bom, odeio te distrair da sofrência, mas você está bem à vista da ponte. Qualquer um dirigindo por ali consegue te ver. — Ela tinha razão. A ponte, enorme e elegante, dependurava-se no ar tremeluzente de verão como uma teia de aranha. — E a gente tem que encontrar o pai e a mãe na delegacia em, tipo... — Sophia deu uma olhada no celular. — Quarenta e oito minutos. E a gente tá invadindo uma propriedade. E, na verdade, você está invadindo *de novo* se contarmos...

— Eu sei. — Kane deixou a irritação dominar a voz. — Você não precisava ter vindo. Sabe disso, né?

— Bom, desculpa aí por tentar ajudar meu irmão em seu momento de crise.

— Eu não tô em crise. Só estou...

— Confuso?

Kane se encolheu. *Confuso.* Quando acordou pela primeira vez no hospital, depois do acidente, e se deu conta de que estava encrencado, pareceu ser uma boa ideia se esconder atrás daquela palavra até que conseguisse entender o que estava acontecendo. A polícia fazia perguntas e as poucas lembranças que ele tinha do acidente mal chegavam a fazer sentido. Estava *mesmo* confuso. Mas agora aquela palavra parecia ser um amigo de cuja amizade ele não conseguia se desfazer, sempre dando as caras para constrangê-lo. Menosprezá-lo.

— Não estou confuso — respondeu Kane. — Só tô tentando limpar meu nome.

Sophia esfregou uma mancha de seiva na palma da mão.

— Bom, você tá fazendo um péssimo trabalho.

Ela tinha razão. Kane estivera agindo de um jeito bem deplorável desde o acidente. Esquivo. Melancólico. Irritadiço. Mas o garoto sempre fora todas essas coisas. A questão era que agora as pessoas estavam olhando para ele em busca de explicações. Queriam respostas ou, no mínimo, enxergar um guerreiro que sobreviveu a algo terrível. Só que o que encontravam era Kane: irritadiço, esquivo, melancólico. Ninguém gostava disso.

— Ouvi a mãe dizer que hoje o detetive Thistler vai fazer uma avaliação psicológica em você — contou Sophia. — Vão te fazer um monte de perguntas, Kane.

— Eles já me fizeram um monte de perguntas, *Sophia*.

— Talvez, dessa vez, você devesse considerar tentar dar algumas respostas. Por exemplo: por quê?

— Por que o quê?

Sophia o encarou.

— *Por que* você enfiou o *carro* num *sítio histórico*?

Observando as ruínas carbonizadas do velho moinho no outro lado do terreno, a mente de Kane virou um borrão. Tinha passado cada minuto desde que despertou se fazendo a mesma pergunta.

— A mãe falou que a polícia não vai prestar queixas enquanto você está sendo avaliado — continuou Sophia —, mas ouvi dizer que talvez o condado vai processar.

*O condado todinho? Todo mundo, de uma só vez?* Kane imaginou toda a população de Amity do Leste, em Connecticut, abarrotando um plenário. Aquilo lhe tirou um sorriso.

Outra pinha o acertou no ombro. Ele voltou para a margem, deixando os pés secarem sobre o pavimento quente enquanto Sophia tirava fotos da ponte. Mas então seus pés estavam secos e ele já não conseguia mais protelar.

— Beleza, vamos acabar logo com isso — disse enquanto calçava as botas. — Só preciso dar uma olhadinha no lugar do acidente. Continua tirando fotos, tá?

— Tem certeza de que é seguro ir lá?

Os dois observaram o moinho.

Kane deu de ombros. Sem dúvida alguma não era seguro.

# DEVANEIO

Meio implodido, o moinho estava isolado atrás de uma rede de fitas de advertência. Em seguida, erguendo-se entre a floresta de bétulas jovens, estava o restante do antigo complexo industrial: um labirinto de fábricas abandonadas e armazéns que representavam o auge da era industrial de Amity do Leste. As construções se estendiam por quilômetros a fio, enfileiradas e infinitas, aos poucos se deteriorando para além da negligência à medida que a floresta crescia logo abaixo no solo. O lugar era chamado de Complexo Cobalto. Essa construção à frente (o velho moinho que ficava diante do rio) era o lugar do acidente. A cena do crime. A partezinha valiosa da história de Connecticut na qual, uma semana antes, Kane tinha batido o Volvo, que então explodiu.

Ele nem sequer imaginava que carros explodiam de verdade no momento do impacto. Aquilo era coisa de filmes. Ainda assim, o moinho, e tudo dentro de um raio de quinze metros dali, foi queimado.

Kane amarrou o cadarço das botas de couro marrom. O antigo moinho era um símbolo de Amity do Leste e estampava os cartões-postais de aquarela vendidos por toda a cidade. O garoto imaginou a versão em aquarela de sua colisão. Os cacos de vidro sobre o chão. O inferno interpretado em tons claros e deliciosos de damasco. A fumaça oleosa subindo em redemoinhos que davam voltas violentas e adoráveis contra a lavanda retraída do amanhecer. Muito lindo. Bem a cara da Nova Inglaterra.

— Vai, Kane, se concentra — disse Sophia enquanto o arrastava por baixo da fita.

Nenhuma lembrança nova lhe ocorreu sob a sombra gelada do moinho. Em vez disso, surgiu uma coceira, do tipo que queima por entre suas veias. Um instinto. Estivera rastejando sob a pele de Kane desde que tinham chegado ali. E dizia: *Você não devia ter voltado*.

Kane não cedeu. Precisava de respostas, e precisava delas naquele mesmo instante.

— Lembrou de alguma coisa?

— Não.

Sophia suspirou. Em seguida, cutucou um farol escurecido.

— Se esforça mais — sugeriu. — Usa a imaginação.

Kane se esforçou para se acalmar. Testou seu peso sobre a escadaria inclinada. O quinto degrau soltou um gemido, mas aguentou firme.

— Acho que usar minha imaginação é o oposto do que eu deveria estar fazendo.

— Você inventa coisas o tempo todo.

— Exatamente, mas neste contexto talvez seja ilegal.

Sophia vagou pelo interior escuro enquanto Kane subia para o segundo andar. Lá de baixo, ela gritou:

— Vai saber. Às vezes você tá suprimindo suas lembranças de forma subconsciente.

O garoto pensou que aquele era um jeito muito inteligente de fazê-lo se sentir culpado por não conseguir fornecer uma explicação.

— Talvez isso só vai se manifestar, sei lá, pela arte ou algo assim — continuou Sophia. — Você devia tentar desenhar, ou pintar ou... — Houve um breve estrondo que despertou uma ninhada de morcegos em algum lugar nas vigas. Sophia apareceu no topo da escada e os animais se aquietaram. — Talvez você devesse fazer uma découpage. Você sempre fazia isso com um monte de coisas.

— Você acha que entregar meu depoimento na forma de um projeto de arte mocorongo vai convencer um juiz de que não sou perigoso?

— Vai saber.

— Sophia, isso aí é a coisa mais gay que já ouvi.

Depois, como um brilho repentino, a piada familiar irrompeu entre eles. Em uníssono, os irmãos repetiram o seu provérbio favorito:

— *Só gay o suficiente pra dar certo!*

Os dois riram e, por um segundo, Kane não estava tomado de medo.

Sophia saltou sobre uma bagunça de garrafas quebradas para se juntar ao irmão num peitoril em ruínas que ficava de frente para o rio. Os dois se sentaram em silêncio em meio ao ar estagnado do moinho até que Sophia abraçou o ombro do irmão. Aquilo o pegou de surpresa; ela odiava abraços.

— Ei! — murmurou Sophia. — Nós estamos todos felizes que você está bem. É o que realmente importa. E só por isso a gente deveria estar grato.

Uma sutura de culpa apertou o peito de Kane com mais força. Concordava que estar bem era o que mais importava. Só não concordava que bem era como estava se sentindo.

— Além do mais, suas cicatrizes vão ficar maneiras — acrescentou Sophia.

Kane sorriu. Seus dedos coçaram para sentir a rede de queimaduras organizadas que o envolvia feito uma coroa ao redor da parte de trás de sua cabeça, de têmpora a têmpora. Elas deixaram os médicos chocados. Eram superficiais e iam se curar com rapidez, mas às vezes, à noite, pinicavam com calor, transformando seus sonhos em fumaça e cinzas.

Uma rajada atravessou o rio, atingiu a margem e chicoteou os pinheiros e bétulas.

— Você conversou com alguém da escola? — perguntou Sophia.

— A turma da tutoria mandou um cartão. E os bibliotecários mandaram flores.

— E seus amigos?

— Lucia mandou um bilhete.

— Lucia é a tia da cantina, Kane.

Kane mastigou a pele macia da bochecha.

— Eu sei.

— Eu sei que você sabe. Mas e as pessoas da sua turma?

— Hmm... — Kane sentiu a atenção da irmã como algo físico. — A turma da tutoria mandou um cartão.

Sophia deixou aquilo para lá, e ele se sentiu grato por isso. No passado, a irmã tinha assumido a missão de conjurar uma vida social para Kane, o que ela lhe garantiu que seria maravilhoso para sua autoestima. *Maravilhoso!* Sempre dizia aquilo balançando as mãos para dar um *tchan*. Tratava-se de um hobby bem-intencionado dela, mas isso sempre constrangia muitíssimo Kane, que, para começo de conversa, não pensava ter baixa autoestima. Ele só não era como Sophia, que precisava ser amiga de tudo e todos. Não, o garoto gostava de pensar em si como *Criterioso!*, com mãos de jazz para dar um *tchan*.

E, além disso, se de fato quisesse, poderia conversar com as pessoas. Mas por que arriscar? Não parecia ser algo natural. Era melhor se contentar com companhias seguras: cachorros, plantas, livros e Lucia, a tia da cantina que sempre lhe dava batatinhas a mais nas Terças da Pizza.

Alguma coisa cutucou a bochecha de Kane, que afastou Sophia.

— Que foi?

— Eu disse que hoje ouvi o pai num telefonema com a polícia. Eles falaram que o seu acidente... não estava com cara de acidente. Que a coisa toda parecia intencional e bem planejada. E eles tão se perguntando se talvez você não estivesse tentando...

As cigarras ebuliram do silêncio, uma multidão invisível fofocando ao redor dos dois. Kane tinha que tomar cuidado com suas palavras seguintes.

Sophia tinha feito uma pergunta sem fazer com que soasse como uma.

— Eu não estava tentando me matar — afirmou ele.

— Como você sabe uma coisa dessas se diz que não consegue se lembrar daquela noite, ou dos meses que antecederam o acidente?

Kane conseguia sentir cada borda irregular da negação em sua garganta. Tentou forçá-la a sair, mas a sensação lhe cortava e arranhava. Ele só *sabia*.

— Kane, dois dias é um bom tempo pra ficar sem ligar. E pegar o carro do nosso pai? Isso aí é furto. E sei que não quer falar disso, mas, se você não for bem na avaliação psicológica, a mãe diz que talvez você tenha que ir morar...

— Para — cortou Kane, agora em tom severo. — Olha, me desculpa. Eu queria conseguir dizer mais. Queria saber onde eu estava ou para onde estava indo.

— Ou com quem você estava — acrescentou Sophia, em voz baixa.

— Como é que é?

— Bem, alguém deve ter te tirado desse moinho em chamas e depois te levado até o rio. Deveriam ter procurado digitais no seu corpo.

De tudo, aquilo foi o que mais perturbou Kane, como se ele conseguisse sentir o punho de fantasmas contra sua pele. O seu sentimento correspondia à aparência do moinho: histórica, em fragmentos, atormentada com o tipo de sombras que se contorciam.

— Não que seja possível deixar digitais num corpo — acrescentou ela. — Eu pesquisei.

Uma sensação conhecida arrepiou Kane. Sophia sempre pensara nele meio como um projeto. Será que ela tinha feito da investigação do acidente seu foco mais recente? Será que sabia mais a respeito daquilo do que estava deixando transparecer?

— O que mais você sabe?

O garoto talvez tivesse notado a irmã desviar o olhar rápido demais caso não estivesse observando a sombra às costas dela se soltar da parede e correr, enorme e meio aracnídea, do outro lado da porta.

— Tem alguma coisa aqui — sussurrou.

— Como assim?

Ele a puxou para baixo do peitoril e ao longo da parede, seus olhos pregados na porta.

— Tem alguma coisa aqui — repetiu. — Vi algo se mexer.

## DEVANEIO

— Kane, relaxa, deve ser só um morcego.

Bem naquele momento, os dois ouviram um rangido na escada — aquele provocado pelo quinto degrau. Quem quer que fosse devia saber que tinha revelado a sua posição. O moinho tremeu conforme algo corpulento e rápido estrondou escada acima e explodiu segundo andar adentro.

Kane e Sophia se lançaram para o cômodo mais próximo (um que tinha o teto abobadado escurecido pela fuligem, chão apodrecido e uma porta pesada de metal). O garoto a fechou e bateu a trava pouco antes de algo bater do outro lado. As dobradiças rangeram, mas a fechadura não cedeu. Repetidas vezes, algo tentou entrar à força, o teto soltando coágulos de poeira a cada impacto. Depois veio um som horrível de metal arranhando metal. Uma chave, talvez? Ou garras?

— Ali!

Sophia o puxou em direção a uma janela que levava para um teto tão danificado que parecia prestes a ruir. Juntos, caminharam com cuidado em meio às vigas quebradas e tombadas. No interior da construção, as sombras fervilhavam: formatos gigantes e irreais que atravessavam a escuridão abaixo, os perseguindo.

— Kane!

Ele pegou a irmã pelo pulso no instante em que a garota despencou pela parte podre do telhado, mas o peso dos dois era demais. Em uma pluma de poeira e decadência, o telhado partiu sobre eles, lançando-os para baixo com tamanha força que os dentes de Kane bateram uns contra os outros.

Eles estavam... do lado de fora? Tinham caído pela parte de trás do moinho. Ao redor, samambaias secas eram banhadas pela luz amarela e densa. Detrás, a construção continuava a tremer em agouro. Com a mão, Kane encontrou Sophia, e os dois correram, atravessando a floresta de mudas chamuscadas à medida que uma parte do moinho colapsava por completo. Suas costas foram banhadas por lascas.

Kane deu uma olhada sobre o ombro e viu uma sombra imponente impressa sobre a nuvem rodopiante de pó e cinzas, tão alta que poderia ter sido uma árvore. Mas então ela se virou e, ao encontrá-los, se lançou adiante.

O garoto se concentrou apenas em manter a irmã de pé enquanto corriam para dentro do extenso labirinto do Complexo Cobalto feito de construções antigas, estradas esburacadas e equipamentos tomados por heras, até os limiares onde cercas podres controlavam a floresta. Eles tinham escondido o carro de Sophia na vizinhança que fazia divisa com os fundos do moinho, atrás de uma parede de louro-da-serra.

— Que merda — disse Sophia enquanto se lançou para o lado do motorista. Engoliu em seco e continuou: — Aquilo foi...

O som de sirenes atravessou Kane com o caráter definitivo de uma guilhotina enquanto uma viatura da polícia saiu da sombra, parando logo à frente do carro inerte em que estavam. Sophia soltou uma série elaborada de palavrões.

— Sr. Montgomery, pensamos mesmo que pudesse ser você — falou um deles. Kane nem mesmo conseguiu encará-la olho no olho. — Saia do carro, por favor.

Juntos, saíram do automóvel. Sophia foi a primeira a se recuperar do choque.

— Vocês não entendem. A gente só tava caminhando pela estradinha quando uma *coisa* saiu do nada e nos perseguiu. Um animal gigantesco...

A voz de Sophia desapareceu, o que fez com que Kane se perguntasse se a irmã tinha visto a sombra que os perseguiu. Um policial disse alguma coisa no rádio. O outro se virou para Kane.

— O Complexo Cobalto é um local de crime, sr. Montgomery.

A boca do garoto estava seca, e ele assentiu com a cabeça.

— Além de ser propriedade privada.

De novo, assentiu.

— Que você já invadiu uma vez.

O mundo ficou instável sob ele. Kane se apoiou no capô do carro para evitar que caísse. O que eram aquelas coisas, caramba? Não havia como descrevê-las nem nenhum motivo para fazê-lo. A polícia não ia acreditar em nada. Iriam achar que o próprio Kane tinha danificado o moinho. De novo.

*Puta merda.*

— Foi ideia minha — deixou escapar Sophia. — Foi, eu juro. Eu pedi pra vir aqui. Queria ver... queria ver tudo com meus próprios olhos. O moinho. Kane nem mesmo queria vir. Eu fiz ele voltar aqui. Por favor, não façam ele se meter em mais confusão.

Os policiais olharam para Sophia, incrédulos. O cabelo dela, da cor de cacau em pó, estava com as tranças desfeitas e flutuava ao redor de sua mandíbula, alguns fios presos no suor que reluzia na testa franzida. A irmã vestia o uniforme de Pemberton (a escola particular da cidade que só aceitava garotas, uma instituição respeitada e misteriosa que causava uma interrupção supersticiosa em todos os moradores locais). A roupa estava amarrotada por conta da corrida. Mas, ainda assim, os policiais pararam.

Um assentiu em direção a Kane.

— O detetive Thistler nos informou que você tem um horário marcado com ele e seus pais hoje à tarde.

— Aham — confirmou Kane. — A gente estava indo pra lá. Vamos para a delegacia agora mesmo, prometo.

Todos esperaram para ver se haveria alguma consequência, e houve. O mesmo policial deu a volta na viatura e abriu a porta de trás.

— Senhorita, vá pra casa. Kane, pegue suas coisas. Você vem com a gente.

# Dois

## *As bruxas*

A delegacia de Amity do Leste tinha três salas de interrogatório. Duas delas eram caixas de concreto simples, nas quais havia apenas mesas e cadeiras feitas de ferro. O puro luxo do inquérito. A terceira, disseram a Kane enquanto o garoto era conduzido pelos corredores da delegacia, era chamada de Sala Macia. Ela tinha sofás, uma cesta de gerânios de plástico rodeada de caixas de lenços e um abajur.

Kane se agarrou a esses detalhes. Ninguém ia torturá-lo numa sala com sofás estofados, né? As fibras absorveriam o sangue. E seria preciso um pequeno lago de água com gás para limpá-las.

Ninguém tinha falado para Kane o que ia acontecer com ele. Não tinham permissão para conversar até que os pais do garoto chegassem, o que fez com que ele quisesse vomitar. Ali, se perguntou o que ocorreria enquanto se envolvia num emaranhado de braços e pernas trêmulos sobre o sofá. Se perguntou se uma pessoa era capaz de tremer até se desfazer. E, se fosse possível, aconteceria aos poucos ou tudo de uma vez, como uma torre de Jenga desmoronando depois de uma única pecinha ser puxada com o máximo de cuidado?

Kane ficou enjoado só de imaginar. Se abraçou com mais força e agarrou um livro (*As bruxas*, de Roald Dahl, um queridinho que ele tinha guardado na mochila). Pegara-o do carro de Sophia antes de ser arrastado para a viatura da polícia. Folheava as páginas em intervalos de poucos minutos, mas só fingia ler para o caso de estar sendo observado.

A polícia estava falando com seus pais separadamente? Será que devia mandar mensagem para Sophia? Kane tinha perdido o celular na colisão, mas tinha pegado emprestado o aparelho antigo da irmã.

Virou mais uma página, no entanto não eram palavras o que via, e sim a sombra do Complexo Cobalto. Sua mente vagou em torno disso, hesitante, como quem se aproxima da lembrança de um sonho que sabe que vai se desfazer caso o veja se aproximando. Mesmo lá no fundo, ele sabia que tinha alguma coisa errada a respeito do que vira. Algo irreal e inacreditável.

Ele afastou o pensamento. Não conseguia lidar com o *inacreditável* naquele momento. Precisava arrumar um jeito de explicar isso tudo. Uma explicação *de verdade* para o que *de fato* aconteceu. E precisava fazer isso antes do detetive Thistler.

Ao pensar no detetive, que vestia o terno com um distintivo preso ao cinto e cheirava a cigarros e hortelã, Kane ficou tenso. Quando questionava o garoto, Thistler sempre sorria, como se pensasse que os dois estavam prestes a compartilhar uma aventura secreta. Kane tinha medo de pessoas que sorriam muito, e o detetive era a prova do porquê. No primeiro encontro dos dois no hospital, Thistler traçou as circunstâncias do garoto em meio a uma explicação alegre e apressada, como alguém descrevendo um hobby bizarro de um jeito entusiasmado. Com firula, o homem soltou termos como "Incêndio Qualificado" e "Histórico Permanente". Quando Kane estava devidamente apavorado, Thistler deu início às perguntas estranhas e tortuosas sobre a sua vida. Kane tinha uma namorada? *Não.* Um namorado? *Ainda não.* Ele fazia parte de algum clube na escola? *Não.* Como se sentia a respeito da escola? *Bem.* E assim por diante.

Próximo ao fim das duas horas que passaram juntos, o detetive começou a dar voltas ao redor de algo muito maior do que detalhes inúteis da vida de Kane. Ele estava mirando na estabilidade do garoto. As perguntas passaram a ser atravessadas. Por que você acaba mentindo como forma de evitar pessoas? *Eu... Eu... não faço isso.* Por que você decidiu se machucar? *Eu não faria isso. Não fiz isso.* Você parece estar com raiva. Falar sobre o que fez te deixa com raiva? *Sim, mas...* O que foi?... *Mas eu não fiz o que você acha que fiz.* Você parece chateado. Por quê?

Kane levou tempo demais para se dar conta da artimanha por trás das perguntas; por isso, não conseguiu contorná-las. Era como se as luzes tivessem sido acesas num palco sobre o qual ele não sabia que estava, revelando uma peça na qual ele não sabia que estava atuando. A peça se tratava de uma tragédia. Ele era o protagonista: um garoto gay, solitário e suicida que transbordava angústia. E ele tinha interpretado seu papel lindamente.

Mesmo agora, todo o corpo de Kane queimava de humilhação. Seus pais estiveram lá. Tinham sussurrado com Thistler depois do interrogatório, no corredor, e os cochichos continuaram até o dia seguinte quando se sentaram com o garoto e lhe contaram a respeito da avaliação psicológica. Era a segunda chance de Kane.

— Você é um Montgomery — dissera seu pai. — Isso tem valor nesta cidade, sabe. Seu tio faz parte da polícia.

— Você tem sorte — dissera sua mãe. — Estão te dando uma chance de provar que está empenhado em se ajudar. Nem todo mundo tem essa oportunidade, querido.

— Você tá ferrado — dissera Sophia. — Eles acham que falta um parafuso em você. Vai ter que resolver isso por conta própria. Provar que eles estão todos errados.

E foi assim que os dois foram parar no moinho.

O medo estilhaçou as entranhas de Kane. Caso sobrevivesse a essa conversa com Thistler, prometeu que nunca mais voltaria ao Complexo Cobalto. Nem sequer voltaria a pensar no lugar.

A porta da Sala Macia foi aberta.

Kane se colocou de pé.

— Detetive Thistler, eu posso explicar...

Mas não era o detetive à porta, nem mesmo eram os pais de Kane. Emoldurada na luz fria do corredor estava uma pessoa completamente nova ao pequeno e desastroso mundo do garoto.

— Sr. Montgomery? Espero que não tenha esperado por muito tempo nesse lugar obscuro e depressivo. Eu saí assim que recebi a ligação.

A pessoa disse isso com humor, num tom de voz adornado com um floreio teatral que aqueceu a salinha. Usava um terno ajustado com uma faixa na cintura e calças elegantes com acabamento em cetim; toda a vestimenta era executada num tecido suntuoso e dourado que revelava um padrão elusivo sob a luz. Até mesmo sua pele brilhava com um esplendor dourado, mudando conforme se sentava. Kane fez o mesmo, um pouco embasbacado pelo rosto impecável da pessoa, o qual não lhe dava abertura para responder à pergunta sobre ser um homem, uma mulher, ambos ou nenhuma das opções.

A figura deslizou um bloco de papel para fora da bolsa e o olhou através dos cílios curvados.

— Que foi? Nunca viu um homem usando rímel? — disse ele, respondendo à pergunta no rosto de Kane.

— Desculpa. — Suas bochechas queimaram.

Com que frequência aquele homem tinha pegado pessoas o encarando? Quantas vezes tinham feito aquela pergunta para ele? Quantas vezes mais tinha respondido àquilo sem ser perguntado, só para sanar a dúvida das pessoas desconfortáveis com a ambiguidade, as quais ignoravam o que esse indivíduo tinha a dizer, enquanto, em vez disso, se questionavam de modo voraz a respeito da identidade dele?

— Desculpa — repetiu Kane. — Eu não quis...

A pessoa beliscou o ar, dando um fim ao pedido de desculpas de Kane, que se afundou um pouco mais na vergonha que sentia. Não era uma pessoa encontrada com frequência na Connecticut suburbana. Não era uma pessoa da qual Kane sabia se esconder. Em vez disso, ele encontrou uma necessidade de impressioná-la.

— Você não é o detetive Thistler — comentou Kane, embora aquilo não tinha como ser mais óbvio.

— Ah, quanta astúcia. Disseram mesmo que você era espertinho. — O homem piscou de um jeito conspiratório, o que fez Kane sorrir. — Thistler está ocupado com... não faço ideia. Com seja lá o que ocupa os patologicamente heterossexuais. Vai ver ele está tentando encontrar mais uma serventia pro xampu três em um, que é xampu-condicionador-sabonete? Talvez ele também devesse usar como enxaguante bucal? Pode ser que ajude aquele arco-íris sombrio em forma de sorriso que ele fica mostrando pra todo mundo.

Kane riu com gosto, surpreendendo a si mesmo.

— Enfim. Hoje vamos ser apenas você e eu, sr. Montgomery. Pode me chamar de dr. Poesy.

O garoto estava fascinado pelo dr. Poesy, em especial por sua notável natureza *queer*. Ele não era ingênuo o bastante para descartar como coincidência a similaridade que tinha com o médico, porque (e isso lhe era uma regra) Kane não acreditava em coincidências. Até aquele momento, a vida tinha mostrado que havia algo horrível e deliberado sobre o modo como o mundo se mostrava para pessoas como ele. Um tipo sedutor de azar que se repetia infinitamente de formas pequenas e cruéis. E, no começo, Kane pensou que o dr. Poesy fazia parte daquele projeto perverso. Mais um azar, este enviado para enganá-lo mais uma vez. Mas como alguém tão semelhante a ele poderia ser ruim para Kane? Mergulhado na desconfiança, sentiu ganhar vida algo que perdera havia muito tempo: esperança. O encontro não se tratava de uma coincidência, mas talvez também não fosse azar. Talvez o dr. Poesy fosse bom. Talvez estivesse ali para ajudar Kane a se libertar dos projetos perversos de sua vida. Talvez, só talvez, o dr. Poesy fosse o limiar promissor do destino.

O pensamento alfinetou os olhos de Kane, que rangeu os dentes diante da sensação, dizendo a si mesmo que essa nova esperança era perigosa. Precisava ficar na defensiva. Então, limpando a comoção do rosto, perguntou:

— Você é o psicólogo, né? Tá aqui pra fazer minha avaliação psicológica, certo?

— Eu sou uma das muitas pessoas disponíveis para te ajudar — respondeu o dr. Poesy. — E, sim, estou aqui para te avaliar, embora hoje a gente só vá conversar. Seus pais estão cientes e não voltarão para a delegacia esta noite.

— Eles sabem o que aconteceu?

O dr. Poesy sorriu com malícia.

— Não muito. Eu pedi aos policiais para deixá-los comigo, e ainda não decidi o que vou dizer. Acho que vou tomar essa decisão durante a nossa conversa.

Kane se afastou um pouquinho. Era uma ameaça? O que ele queria dizer com aquilo?

— Vejo que você trouxe um livro. Qual é?

— Ah. — Kane ainda estava agarrado ao *As bruxas*. — Não é nada. Um livro de criança.

O dr. Poesy deu uma olhada. Seus olhos continham uma cor que alternava entre preto, azul e esquecimento.

— Bruxas me interessam — comentou o dr. Poesy. — Se você olhar para a maioria dos arquétipos femininos... a mãe, a virgem, a puta... seus poderes vêm das relações com os homens. Mas não os da Bruxa. A Bruxa deriva seu poder da natureza. Evoca seus sonhos com feitiços e encantamentos. Com poesia. E eu acho que é por isso que as tememos. O que é mais assustador para o mundo dos homens do que uma mulher limitada apenas por sua imaginação?

Kane se inclinou para frente. Sentia que deveria responder, mas como? Aquilo fazia parte da avaliação? Ele não tinha sido cuidadoso com Thistler. E, com o dr. Poesy, teria que ser.

# DEVANEIO

— É só um livro — respondeu, tomando cuidado.

O dr. Poesy folheou uma pasta. Uma caneta dourada apareceu em sua mão e, enquanto escrevia algo, o objeto balançava com arrogância.

— Então, sr. Montgomery, em suas próprias palavras, por que estamos aqui?

— Eu estive num acidente de carro.

— Expressar-se em linhas gerais não vai te levar a nenhum lugar comigo. Tente de novo.

— Eu... — Kane abaixou a voz. Se fortaleceu. Sabia o que precisava ser dito. — Uma semana atrás, eu fugi. Roubei o carro dos meus pais e dirigi ao longo do Complexo Cobalto depois de uma tempestade feia. Perto do rio, perdi o controle do veículo e colidi com uma construção. O carro pegou fogo. A construção também. Consegui sair e a polícia me encontrou no rio. Eu desmaiei e entrei num coma breve, só mais tarde acordei no hospital. Tô com muitos problemas. E não me lembro de nada.

Durante um longo tempo, o dr. Poesy encarou Kane.

— E, claro, hoje você esteve de volta ao moinho. Se lembrou de alguma coisa?

— Não. — Não era uma mentira, mas será que deveria contar ao psicólogo sobre a coisa que os perseguiu? Como é que ele ia começar a descrever o que aconteceu sem soar ainda mais culpado?

Mas o dr. Poesy seguiu em frente:

— Por que um fugitivo volta para casa só para roubar um carro?

A mente de Kane travou. Até aquele momento ninguém tinha lhe perguntado isso.

— Não sei. Não me lembro de fazer isso.

— Como que uma construção feita quase toda de tijolos pega fogo na chuva?

— O... o carro deve ter explodido ou algo assim.

— Isso é coisa de filme, mas não é como os carros geralmente funcionam. No entanto, encontraram traços de gasolina por todo canto no ponto da colisão.

— Carros funcionam à base de gasolina. E gasolina explode — comentou Kane, franzindo o cenho.

O dr. Poesy batucou a caneta dourada contra a têmpora.

— Espertinho.

E em seguida, anotou algo.

— O que você tá escrevendo? Eu não coloquei fogo no moinho de propósito.

O homem continuou a escrever.

— Eu não falei que você o incendiou, mas esse é um pensamento interessante.

Kane afundou para trás, chocado.

— Eu não faria... Quer dizer, eu não...

De novo, o dr. Poesy levantou a mão para silenciá-lo.

— Vou ser sincero, sr. Montgomery, de um jeito que ninguém mais vai ser com você, porque eu te entendo e entendo seu azar. Saiba que eu quero o que é melhor pra você e, portanto, mesmo se minha honestidade for severa, ela não é cruel. — Ele esperou até Kane assentir em consentimento antes de continuar: — Primeiro, a história da sua desventura é claramente falsa. Nada parece se encaixar, certo? Você tentou sumir do mapa, mas de um jeito bem meia-boca. Você deu um fim no seu celular, e ainda assim não se deu ao trabalho de deletar o pouco que postava online. Você roubou um carro da sua própria família, mas não dinheiro nem cartões de crédito. Você dirigiu esse carro, de forma milagrosa, por vários perímetros de segurança numa rota muitíssimo direta até o rio, antes de, no último minuto, guinar rumo ao moinho. Em geral, uma colisão dessas mataria o motorista, mas os socorristas te encontraram consciente e, em grande parte, sem ferimentos, sentado no rio a vários metros de distância, de modo que não tinha como você estar no carro durante o impacto. Sabe como eles te descreveram no boletim de ocorrência? "Educado e distante." Foram essas palavras exatas que usaram. O boletim diz que eles te encontraram sentado na parte rasa murmurando sozinho e colhendo flores. E foi só depois do resgate que, de repente, você entrou em coma. Isso também é estranho, acho.

Kane conseguia sentir o cenho franzido bem marcado em seu rosto e se forçou a corrigir a expressão. Era difícil demais encarar o médico, então, em vez disso, se concentrou nos próprios punhos cerrados.

— Nada se encaixa, certo?

O garoto deu de ombros. Era tudo o que lhe restava.

O dr. Poesy se recostou no assento.

— E é aqui que vou te contar a verdade propriamente dita, sr. Montgomery. Meus colegas discordam da minha decisão de fazer isso,

# DEVANEIO

mas sinto que é importante que entenda a realidade da situação na qual você se encontra. Ou, pelo menos, a realidade até agora.

A atuação alegre desapareceu, substituída por um olhar cirúrgico e inescrutável. Quando o médico sorriu, foi como se tivesse acabado de aprender a fazer aquilo; estava tudo na boca, o sorriso não chegava aos olhos.

— O que o senhor quer dizer?

— Quero dizer que sua história está ambientada em uma história bem maior, um caso em andamento maior do que o escopo do departamento de polícia da sua cidadezinha. Sr. Montgomery, você conseguiu chamar a atenção de algumas pessoas bastante poderosas e bem ruins que percorrerão distâncias extraordinárias para te manter calado sobre o que presenciou. Felizmente, eu cheguei até você primeiro. Posso te proteger.

— Eu tô em perigo? — Kane se contorceu.

O dr. Poesy enfiou uma de suas mãos com as unhas feitas dentro da bolsa e colocou um quadradinho de papel na mesa entre eles. No cúmulo do ridículo, tratava-se de um dos cartões-postais nos quais Kane estivera pensando mais cedo. Aqueles que mostravam o moinho pintado em tons aquarelados melancólicos.

— Deixe-me te apresentar ao trabalho de Maxine Osman — disse o médico. — Ela nasceu em 1946 e tem sido uma constante de Amity do Leste por setenta e quatro anos. Ela se casou, mas o marido morreu há milhares de anos. Não tem filhos. Ela costumava chefiar a Associação de Artesanato de Amity do Leste. É conhecida pelas aquarelas que pinta todos os anos para o conselho de turismo de Amity do Leste. Na verdade, ela é mais conhecida por sua série sazonal do Complexo Cobalto, para a qual cria doze aquarelas todos os anos para o calendário oficial da cidade. Seu tema favorito é o antigo moinho, que você explodiu.

Kane encarou o cartão-postal. Havia alguma coisa que ele conhecia ali. Alguma coisa importante que não conseguia identificar direito.

— Você acha que uma pintora vai vir atrás de mim porque incendiei o moinho?

O dr. Poesy cutucou a ponte do nariz.

— Ela iria pintar o moinho na manhã da sua batida. Ia fazer isso ao nascer do sol, por volta da hora que a colisão aconteceu.

Kane tentou de novo:

— Eu sinto muito mesmo. Posso pedir desculpa pra ela.

— Não — negou o dr. Poesy. — Você não pode pedir desculpa, sr. Montgomery, porque ela está morta.

O garoto arregalou os olhos, que ficaram secos e vidrados.

— Ela tá... como é que é?

— Morta. Falecida. Finada.

— Eu sei o que a palavra significa.

E então Kane se deu conta do que o dr. Poesy estava falando, e o ar foi sugado da sala. O sorriso do médico se alargou, agora falando com uma facilidade deliberada:

— Maxine tinha uma caixinha de suprimentos que levava junto para os locais onde pintava. De alumínio, com fechos e alça. Nela estariam suas tintas e pincéis. Ferramentas de outro artista. — Os olhos dele eram de natureza felina. Kane sentiu que, se as luzes fossem apagadas, o cobalto daqueles olhos se tornaria discos lunares. — Essa caixa foi encontrada entre as cinzas do moinho, derretida. O que está claro é que você presenciou a pintura final de Maxine. O que está menos claro é *por quê*.

Os olhos de Kane queimaram. Não conseguia resistir à compulsão de correr os dedos por suas feridas, de escondê-las atrás dos nós brancos de seus dedos. O dr. Poesy se inclinou para frente, intrigado pela reação do garoto, como se já soubesse que ele era culpado.

— Seus pais não sabem sobre Maxine Osman. A polícia também não. Eu não sou o psicólogo designado para você, como Thistler acredita, nem mesmo presto contas ao Departamento de Polícia de Amity do Leste. Eu respondo a forças muito mais poderosas. Essas forças têm interesse no desaparecimento de Maxine. Essas forças desejam manter essa investigação em segredo, e o seu envolvimento coloca em risco tal segredo, mas eu não acredito que você é, em si, um risco, sr. Montgomery. Eu acredito que você é a resposta.

Kane pensou que sabia o que era o medo, mas esse novo horror recalibrou tudo de ruim pelo que tinha passado até então. Era muito pior do que ele pensava. Deve ter passado um longo tempo antes que respondesse, ou talvez ele nem sequer chegou a responder, porque a coisa seguinte que escutou foi uma risada que martelava, retumbante.

— Não fique tão horrorizado, sr. Montgomery. Não acho que você matou Maxine Oseman. Não sei quem fez isso. É por isso que estamos juntos aqui.

Kane afastou o choque. Não podia se perder agora.

## DEVANEIO

— Você precisa da minha ajuda pra encontrar quem a matou? — perguntou.

— Ah, então você é *mesmo* espertinho! Isso, eu tenho uma proposta. Um pouco de lição de casa.

Da sua bolsa, o dr. Posey tirou um caderno e o entregou a Kane. Era fino e tinha uma capa de couro maleável de um vermelho tão vivo que ele pensou que a cor ia manchar suas mãos. O objeto veio com sua própria caneta dourada num laço de couro e, tirando a primeira página, que dizia *Meu diário de sonhos*, as outras estavam em branco.

— Você quer que eu mantenha um diário de sonhos?

— Claro que não. — O dr. Posey riu. — Posso não ser seu psicólogo de verdade, mas ainda assim você está sob minha avaliação. E, enquanto esse for o caso, a polícia não pode botar os dedos em você. Manter esse diário, além das minhas visitas semanais, deve te dar o tempo e a inspiração que precisa para me dar a informação que quero a respeito de Maxine Osman e de sua noite incendiária juntos. Faça isso por mim e eu cuido do resto.

A voz de Kane era um sussurro fraquíssimo.

— Mas eu contei pra polícia tudo que sei.

O médico sorriu.

— Você e eu sabemos que tem mais por trás da sua história. Talvez você tenha mentido. Talvez, não. Talvez os sonhos revelem o que sua mente desperta não consegue suportar. Não importa, desde que cheguem até essas páginas. Nenhum detalhe deve ser considerado irrelevante. Não esconda nada ou eu vou saber. Você tem três semanas.

— Mas...

Kane parou de falar. O que estava fazendo ao revelar como sabia pouco? O dr. Poesy tinha acabado de lhe falar que estava intocável enquanto fosse avaliado. Se o médico perdesse a fé em sua habilidade de ser útil, a avaliação seria finalizada e a liberdade de Kane seria apagada como uma luz.

O dr. Poesy cruzou os tornozelos. Ele colocou as mãos, uma em cima da outra, sobre o joelho, e o brilho da pulseira de ouro em seu pulso capturou a luz da sala. Kane a observou, desamparado sob o medo e o pânico que cresciam dentro de si.

— Olhe para mim.

O garoto fez como mandado. O médico se inclinou sobre a mesa, desafiando Kane a se juntar a ele numa proximidade nova e silenciosa.

— Há uma verdade perigosa dentro de você, sr. Montgomery, uma que nem mesmo o artifício mais competente vai conseguir esconder por muito tempo. E, como acontece com todas as verdades perigosas, o truque para sobreviver a isso é revelando-a de um jeito que consiga controlar. — Ele se inclinou ainda mais. — Pessoas como a gente? Nós mesmos devemos contar nossas histórias, sabe, ou então elas vão nos destruir em sua própria condição violenta. E eu te garanto que essa verdade também vai te destruir se não tomar cuidado. Ela vai te deixar em pedaços de dentro para fora... — Kane se afastou, os dedos do dr. Poesy estalando a um centímetro de seu rosto — ... como um ovo.

A garganta de Kane estava em carne viva quando respirou fundo. A Sala Macia pulsava. Ele não conseguia acreditar que aquela pessoa o estava acusando de mentir e o chantageando para manter um diário. Um diário de *sonhos* falso. De um jeito absurdo, ele estava dominado pela necessidade de contar a Sophia que ela tinha acertado. Pois, no final das contas, estavam lhe dizendo para entender seu depoimento por meio de artes e ofícios.

— Entendo — sussurrou.

— Maravilha — exclamou o dr. Poesy, ficando mais brando. — Pensei que poderia entender. Agora, quando sairmos desta sala, quero que o sangue volte a circular em seu rosto. Que tenha um estímulo em seu caminhar. A gente só estava se conhecendo, não foi?

Kane entendeu a indireta.

— Claro.

Juntos, saíram da Sala Macia e cruzaram a delegacia e as portas que zumbiam quando eram destrancadas. No saguão, Kane e o dr. Poesy se despediram e o garoto se apressou para as portas duplas.

— Kane.

O dr. Poesy estava parado no saguão, brincando com a pulseira em seu punho direito.

— Tome cuidado. As coisas que não conseguimos superar são as que talvez devêssemos enfrentar, e você não é nenhum guerreiro. Você precisa de ajuda. Vai precisar de mim, e eu não ajudo mentirosos.

Kane viu o monstro sombrio nas nuvens de poeira e luz. Viu a coisa se virando aos poucos, sua cabeça sem olhos parando para avaliá-lo. E é claro que ele tinha corrido. E o dr. Poesy sabia.

Uma dupla de policiais passou por ali. O dr. Poesy sorriu vagamente, entregando algo a Kane. O cartão-postal.

## DEVANEIO

— Quero que fique com isso. Um marca-páginas, para que sempre saiba seu lugar.

Ao aceitar, seu rosto queimou. Kane o segurou próximo a si quando passou pelas portas duplas da delegacia, correndo de volta para o abraço do verão e o canto das cigarras.

# TRÊS

## *Cuidado com o cão*

Assim que Kane estava do lado de fora, seu celular pipocou com milhares de mensagens, todas de Sophia. Estavam chegando rápido demais para que conseguisse ler, então ligou para a irmã conforme se afastava às pressas da delegacia.

— Kane? *Onde* você tava?

— Na delegacia. Tô bem. Cadê a mãe e o pai?

— Tão em casa. Você não viu minhas mensagens?

Kane acelerou os passos. Tinha a ânsia de correr, mas as pessoas ainda estavam abarrotando o centro da cidade. O sol estava se pondo.

— Ainda não li. O que aconteceu?

— Me diz você. Não entendi nada. Cheguei em casa e a mãe e o pai estacionaram vinte minutos depois, dizendo que a reunião foi cancelada e que você estava com um orientador para a avaliação, ou algo assim. Falei pra eles que ia te buscar, mas isso foi duas horas atrás! Então falei que a gente ia tomar sorvete. Acho que consegui um tempo pra gente conversar.

Kane não se tranquilizou ao ouvir isso. Suspeitava que, de algum jeito, seu encontro com o dr. Poesy era por baixo dos panos. Sem papelada. Nada para documentar o que conversaram. Um abismo branco em sua vida. Assim como o acidente.

— O que rolou, Kane? Onde você tá?

Kane mordiscou a bochecha numa tentativa de decidir se deveria mentir ou não. Sophia já estava envolvida até demais nisso.

## DEVANEIO

— Nada de ruim aconteceu. Eu só me encontrei com o orientador, como disseram. Precisei escrever algumas respostas pra um parecer e falar sobre meus sentimentos. Coisa besta. — A mentira o deixou se sentindo mais sozinho do que nunca.

— Onde você tá? Fiquei lendo aqui no Poleiro. Vou aí te pegar.

— Eu quero voltar andando pra casa.

— Você não deveria estar sozinho. A mãe disse que eu devia...

— Mente por mim de novo, beleza?

Kane desligou a chamada e o celular. Tinha vontade de jogá-lo no rododendro que cercava a St. Agnes, a universidade no centro de Amity do Leste. Ele cortou caminho pelo campus, se apressando em direção a Harrow Creek.

Amity do Leste era uma cidade mal concebida, uma tela de concreto jogada sobre a vegetação encharcada das terras inundadas do Housatonic. Por esse motivo, o tecido da rede suburbana foi devorado em certos lugares e afundado por ravinas que se encheram de água de chuva, ficando nebuloso com florestas. Harrow Creek atravessava essas pequenas florestas, se embrenhando no terreno por meio de uma trilha de corrida. Era a rota menos direta até sua casa. Mas era segura. Nenhum carro podia passar ali à procura dele. Nada de irmãzinhas à procura de seus irmãos.

Kane precisava de tempo e espaço para pensar, e aquela trilha sempre lhe dera ambas as coisas.

Ele olhou para cima pelo meio das bétulas que serpenteavam sobre o céu que escurecia. Quando chegou à beira do riacho, a noite sombreava a distância e arrastava uma cortina de sombra bem no limite da trilha. A cada poucos metros, havia um poste de luz aceso coroado por mariposas, néons e frenéticas. Descendo ao longo de uma margem íngreme, o riacho deslizava por seu leito de rochas gastas, silencioso e sossegado, tudo o que Kane não era. Na trilha, duas crianças passaram de patinete, seguidas por seus pais. Elas olharam para o garoto, e foi assim que este se deu conta de como parecia tão deplorável quanto se sentia.

Com as mãos tremendo, Kane pegou o cartão-postal que o dr. Poesy lhe dera. No canto estavam as iniciais MO. Maxine Osman. Um pavor sufocante se enrolava em sua garganta enquanto ele se forçava a encarar as cores acolhedoras da pintura. A ilustração não era nada diferente agora que sua criadora estava morta e, ainda assim, de algum jeito, ela brilhava com um novo vigor. Era tudo o que restava dela e, assim, de certa forma era nela que Maxine existia agora. Presa em seu próprio mundo de aquarela.

Kane pensou em como tinha parado e observado o moinho, imaginando-o sob a claridade onírica da aquarela. Na hora, parecera mais como um sonho, mas agora? Ele pinicava com o instinto habitual de sair correndo, de se esconder. Para que se impedisse de descobrir qualquer outra coisa.

Agora, sabia que antes não tinha sido um sonho... e sim uma lembrança.

Ondas de ansiedade borbulharam a partir de seu estômago. O que ele tinha feito? Quem ele era? Kane não queria se lembrar, mas também não tinha uma escolha. A verdade era sua *única* escolha se queria sobreviver a essa história, dissera o dr. Poesy.

Kane respirou para tranquilizar os nervos, imaginando a energia delirante deles flutuar de suas mãos como ondas de estática contorcida. Livrou-se do sentimento pulando num círculo pequeno, em seguida pulando na direção reversa para desfazer a bobina. Em geral, esses rituaizinhos davam certo e a tensão em seu corpo diminuía. Ele tinha chegado até ali, não tinha? Não ia se permitir cair aos pedaços agora.

— Não sou um ovo — disse Kane para a noite, pegando o diário. Contra a capa de couro maleável, sussurrou: — Não sou um ovo.

A essa altura, sua única companhia na trilha eram os coágulos de mosquitos ao redor de sua cabeça, e as mariposas, e o brilho ocasional do luar nas margens do riacho. Quando chegou ao banco debaixo de um poste, se jogou ali e abriu o diário.

Testando, clicou a caneta duas vezes. O objeto emitiu um som claro e encorpado. Clicou outras seis vezes, depois fez alguns rabiscos.

— O que sua mente desperta não consegue suportar — murmurou, anotando as palavras em uma caligrafia cuidadosa.

Ele as leu várias vezes, até que já não mais pareciam palavras, e por fim se voltou para o cartão-postal.

O que quer que tinha acontecido com Kane, de alguma forma o conectava a Maxine Osman. Isso significava que precisava aprender tudo o que podia a respeito da artista. Já tinha alguns detalhes. Assim, anotou o nome da mulher. O dr. Poesy tinha dito que ela nasceu em 1946, o que significava que tinha setenta e quatro anos. Kane não acrescentou *quando morreu*, porque se negava a afirmar isso. Ainda não.

# DEVANEIO

Poesy também falara que ela vivera em Amity do Leste, mas onde? E ela fazia obras para o conselho de turismo, uma série para o calendário local. Um desses calendários estava exposto na cozinha de Kane naquele exato momento, pendurado lá todos os anos desde que ele era pequenino. De certa forma, ele havia conhecido Maxine Osman durante toda a vida.

Mas e agora?

Kane pensou na frustração que fervia em seu corpo (delicada e corrosiva, como bolhinhas de refrigerante) quando pisou na água próxima ao moinho e não sentiu nada. Pensou em aquarelas e no que Sophia tinha falado sobre como alguém devia tê-lo arrastado para longe das chamas. Não achava que uma velhinha o tinha resgatado, o que significava que mais alguém estivera envolvido.

Mas quem?

Curvado no banco, Kane colocou em palavras uma versão do que tinha acontecido aquela tarde no moinho, dando uma higienizada para o dr. Poesy. Quando chegou a quando eles estavam correndo, em específico à parte na qual ele olhou para trás para ver o que os perseguia, parou de escrever. Ainda não fazia ideia do que tinha visto. Quanto mais imaginava, mais se lembrava. A coisa não tinha se movido como uma pessoa, uma perna por vez. Tinha se movido como uma aranha: todas as pernas ao mesmo tempo.

Arrepios se espalharam por seu corpo, a noite ficando fria em suas coxas. Bateu as botas contra o asfalto, oito batidas de cada lado e então oito com as duas juntas. Devia ir para casa. Entrar. O dr. Poesy o tinha alertado a respeito daqueles que queriam mantê-lo em silêncio. O que isso significava?

E foi aí que a ficha caiu. O médico acreditava que Kane estivera com Maxine Osman quando a mulher morreu, mas não que ele a tinha matado. Isso significava duas coisas: alguma outra pessoa tinha matado Maxine Osman; e alguém sabia quem Kane era.

Por que o dr. Poesy não frisou isso? Kane apertou a mão ao redor da caneta. Estava prestes a se levantar quando um brilho, parecido com o do luar numa lâmina, atraiu seu olhar para o outro lado do riacho. Então, semicerrou os olhos em meio à escuridão uniforme.

Lá estava de novo: uma ponta de luz flutuando acima da margem oposta do riacho. Seu coração acelerou conforme uma parcela da sombra se moveu e, em seguida, o brilho desapareceu. Era um lobo ou talvez um lince? Amity do Leste era aninhada em florestas ondeantes e, às vezes, os animais ficavam curiosos, mas algo naquela sombra parecia antinatural de um jeito que lhe era familiar.

Enquanto se esgueirava para a extremidade da trilha, pegou o diário, sem nunca tirar os olhos da outra margem. Fosse o que fosse, agora ele não era capaz de enxergar e, portanto, prestou atenção no som da água para determinar se a coisa estava se aproximando. Em vez disso, ouviu um clique agulhado, como garras contra pedra lisa. E a coisa estava bem atrás dele.

Algo gigantesco galopou sobre o banco, derrubando a mochila de Kane no chão. Devagar, ele identificou uma boa quantidade de pernas, longas e articuladas como as de uma aranha enorme, todas fundidas numa miscelânia grotesca. A coisa deslizou para trás, se espalhando, e saltou direto para as árvores.

O coração de Kane martelava contra suas costelas. Assustado demais até mesmo para gritar, o garoto pegou a mochila e correu em direção ao fim da trilha. Ao redor, a noite foi preenchida com vento e cigarras cantarolantes, um tipo estranho de risada que o dominou com um pavor incandescente. Aquelas pernas. Não tinha como desver aquelas pernas. Dessa vez, não houve nenhuma nuvem de poeira. Nada para esconder a coisa que tinha perseguido a ele e a irmã no moinho mais cedo naquele dia.

A coisa o tinha encontrado e estava prestes a fazer picadinho dele.

Kane chegou a uma curva na trilha que subia em direção à estrada. Ali, deu uma olhada para trás. A fera oscilava no poste, como um casulo de sombra. Uma perna espigada se separou do corpo principal e puxou alguma coisa. *As bruxas.*

O garoto tropeçou em si mesmo e tombou no chão. As mãos ardiam, suas unhas cheias de areia. Estava quase de pé quando voltou a ouvir o barulho de clique, que agora estava a sua frente. Ele se afastou um segundo antes de outra massa de pernas deslizar pela trilha e bloquear a saída.

— Me deixa em paz! — gritou, arremessando a mochila na coisa antes de sair correndo rumo ao riacho.

Ele mergulhou nos juncos, a lama o sugando até os joelhos no fedor sulfúrico do riacho. Alertos, seus olhos alternavam entre as duas margens, em busca de movimento. Esperou, segurando o diário vermelho por segurança.

E esperou. A noite esperou a seu lado, em completo silêncio.

# DEVANEIO

Então veio uma voz:

— Oi? Tem alguém aí embaixo?

Uma garota apareceu na trilha, bisbilhotando por entre os juncos. Grilos cricrilaram e a água estalou.

— Oi? — gritou ela de novo.

Kane sabia que devia avisá-la, mas não conseguia respirar. Em um silêncio vergonhoso, esperou a escuridão capturá-la com suas muitas pernas, mas nada aconteceu.

A garota pulou até a margem.

— Oi? Eu consigo te ver. Você tá bem?

Ela era bem maior do que Kane, usava roupa esportiva e segurava a mochila suja de lama dele. Quando o viu, parou onde estava.

— Tinha uma coisa... — começou a dizer Kane.

Por onde começava? Será que se dava ao trabalho de tentar explicar?

Houve um pulsar de imobilidade enquanto Kane e a garota se davam conta de que se conheciam e, então, ele foi dominado por tanto pavor que sentiu que se afundaria de volta à lama.

— Kane?

— Não — respondeu, apressado. — Não é. Não sou.

Ursula Abernathy, também aluna do terceiro ano da Escola Regional de Amity, trocava o peso de um pé para outro. Grande e poderosa, era a estrela da equipe de atletismo. Ou talvez fosse da equipe de hóquei sobre grama? Kane só sabia que a garota praticava esportes com regularidade, e era boa neles, mas que, fora do campo, ela era superdesajeitada. Enquanto crescia, pegaram muito no pé dela. E ele sabia disso porque estivera lá para presenciar tudo isso. Os dois tinham frequentado a mesma escola primária.

Agora que ela o reconhecera, não havia motivo para tentar mentir.

— Beleza, sou eu mesmo — disse Kane.

— Você tá... bem?

— Aham.

Ursula esperou, claramente pronta para uma explicação, mas Kane não tinha nenhuma para dar. Estava ocupado demais com a noção de que na manhã seguinte estaria na boca do povo a notícia de que Kane Montgomery, o gay depravado da cidade, incendiador de imóveis e batedor de carros, foi pego brincando à noite nos afluentes lamacentos do rio Housatonic. Já conseguia imaginar o dr. Poesy fazendo uma anotação sobre isso naquele arquivo idiota.

Com cuidado, se arrastou para fora da lama e caminhou até a margem, as botas causando ruídos indecentes. Ursula acompanhou à distância.

— O que você tava fazendo lá embaixo?

Kane olhou para ela, que estava usando uma camiseta de manga longa puída na qual estavam manuscritas as palavras: "Bata recordes, não em pessoas. Triatlo pelo fim da violência doméstica". Suor brilhava em seus ombros rosados, no pescoço. O cabelo acobreado estava preso num coque desleixado que mais parecia um ninho do que um penteado, e sua franja era um toldo frisado sobre os olhos preocupados com cílios grossos. Ela não usava maquiagem e, pelo jeito, nem ao menos um hidratante labial.

— Tem certeza de que você tá bem? — perguntou ela de novo.

— Tudo certo — mentiu Kane.

Ele analisou a noite à procura daquelas criaturas e, ao não as encontrar, começou a raspar a lama das botas. Aquilo era inútil. Estava impregnada até seus joelhos. Sua bunda estava encharcada. Seu corpo todo pinicava com calor. Queria simplesmente sumir de vista.

Ursula continuou tentando retomar a conversar.

— Eu estava correndo e ouvi alguma coisa. Não sabia que as pessoas estavam na trilha tão tarde da noite, então pensei que fosse um animal, mas aí encontrei sua mochila e depois te vi cair no rio e...

— Eu não caí no rio.

— Tá. Bom, eu vi você meio que tropicar para dentro do rio e...

— Eu não tropiquei.

Um vinco de preocupação marcou a pele entre os olhos da menina.

— Mas você tá bem?

Kane ergueu o olhar até ela.

— Por que você tá fazendo tantas perguntas? Eu *pareço* bem, por acaso? Não ficou claro pelo contexto?

Uma pessoa diferente teria se afastado, mas Ursula só cutucou a bainha do short e encarou o chão, constrangida. No silêncio desconfortável, havia espaço para Kane sentir o que sempre sentiu em relação a Ursula Abernathy: culpa. À medida que foi crescendo, Ursula, assim como Kane, era um alvo fácil. Os dois deveriam ter sido amigos, mas ele não foi mais agradável com ela do que quaisquer outras pessoas. Talvez fosse até mais malvado, apenas para demonstrar como eram diferentes, ou como ela merecia bem mais a zoação dos colegas de turma. Uma tática de sobrevivência da qual não se orgulhava. No quarto ano, ele tinha feito uma piada sobre Ursula

# DEVANEIO

Abernathy ter sido adotada em um abrigo de cachorros. Não lembrava como aquilo havia se tornado um rumor (só sabia que se tratava de um erro), mas, no dia seguinte, a informação era uma lenda espalhada por toda a escola. Ainda se sentia mal por isso, ainda mais quando alguém colocou uma placa de "Cuidado com o cão" na carteira dela. Sempre que a via, a enxergava como a menina de rosto vermelho encarando uma sala de crianças latindo em sua direção. Naquele momento, Ursula tinha a mesma expressão.

Kane nunca se desculpara. E se perguntava se a menina sabia que tinha sido ele.

— Desculpa — disse. — Eu tô bem, sério. Você... você quer me acompanhar até a rua? Eu ia gostar.

Ursula olhou ao redor, provavelmente procurando um pretexto para recusar, mas acabou cedendo. Os dois andaram pela trilha em silêncio, Kane dando seu melhor para não demonstrar que ainda tremia. Fingiu serem calafrios, embora a noite estivesse quente.

— Como anda a escola? — perguntou.

Isso pegou Ursula de surpresa.

— O de sempre. A gente sente sua falta.

— A gente?

— É, tipo, os professores e todo mundo. A galera ficou preocupada pra valer.

— Mas eu tô bem.

Ursula lhe deu uma inspecionada que disse a Kane que ela não concordava com aquilo. O garoto odiou o modo como ela o olhou, como uma criança num zoológico.

— Bom, sabe como é. Todo o... todo o lance com o moinho.

— Lance?

— Ah, certo, beleza. Foi mal. Seu "acidente". Todo mundo ficou sabendo pela Claire Harrington... o pai dela é policial. Rolou um monte de perguntas, aí a escola convocou uma assembleia na quadra e liberou a sala do orientador para qualquer pessoa que quisesse conversar.

O pânico que Kane sentiu superou qualquer coisa da noite até aquele momento. Uma assembleia? Sobre ele? Aquilo era seu inferno pessoal manifestado.

— Eu tô bem. E a Claire Harrington inventa história o tempo todo.

Ursula continuou puxando a bainha do short. Então comprimiu os lábios, incerta.

— O povo ficou feliz de verdade ao ouvir que você acordou, mesmo que a sra. Keselowski tenha dito que você ainda estava bem confuso e o sr. Adams, que era importante te dar espaço e privacidade.

— Por que os orientadores da escola estão contando coisas para as pessoas? — ralhou Kane. — Isso não é, tipo, contra o código de privacidade deles ou algo do tipo? E eu *não* tô confuso. E, se as pessoas realmente se importassem comigo, talvez elas não fossem inventar merda nenhuma nem bisbilhotar coisas que são da minha conta.

Ursula se abraçou.

— Foi mal, não foi essa a minha intenção.

— Espera. — Kane parou antes de eles chegarem à estrada. — Você falou com os orientadores escolares? Tipo, você foi na sala deles?

Mesmo no escuro, o rosto de Ursula brilhava em vermelho. Ela tinha ido.

Kane sentiu algo se abrandar em seu interior. Escolheu as palavras com cuidado ao dizer:

— Olha. Me desculpa por... sei lá. Por seja lá o que isso for. Por como sou. Obrigado por ter parado. Sei que não somos amigos de verdade, mas fico grato.

Ursula deu um sorriso meigo.

— Disponha.

Estavam na entrada da trilha. Kane esperava que ela fosse sair correndo, mas, em vez disso, a menina se inclinou enquanto devolvia a mochila e sussurrou:

— É verdade? Sobre suas lembranças? Resume aí. É provável que estejam nos observando.

Kane se afastou. Havia uma dureza no olhar de Ursula agora, que um segundo antes não estivera ali, que nunca estivera ali. Naquele exato momento, não havia qualquer resquício de meiguice nela.

— Suas lembranças. Me conta. Por favor — pressionou Ursula. — Preciso saber.

— Eu me lembro de tudo — falou Kane, na defensiva.

Ursula não vacilou enquanto avaliou a afirmação pela mentira que era.

— Não lembra, não. É verdade. Os outros estavam certos. — Ela olhou ao redor até que seus olhos rastrearam algo sobre o ombro dele, como se enxergasse coisas nas sombras que Kane não era capaz de ver.

Os pelos em sua nuca se arrepiaram e as queimaduras coçaram.

"Cuidado com o cão" piscou na mente de Kane.

## DEVANEIO

— Eu me lembro... — Mais uma vez, Kane sentiu suas lembranças perdidas tentando guiá-lo. — Eu me lembro de Maxine Osman.

A garota arregalou os olhos, e Kane soube que seu chute tinha acertado algo. Ela se aproximou ainda mais, de modo que a canção dos grilos os banhou num falatório, como se Ursula temesse ser entreouvida.

— Nunca diga esse nome de novo.

— Mas...

— Eu não tenho como te ajudar. Você precisa achar seu caminho de volta até a gente por conta própria, Kane. Dá uma olhada no baú de tesouro.

E então a velha Ursula voltou. Meiga e incerta. Cercada por ansiedade.

— Foi legal te encontrar — murmurou, incapaz de até mesmo encará-lo nos olhos. — Te vejo na escola.

Em seguida correu em direção à trilha, o coque bagunçado pulando. Kane a observou partir, observou a escuridão na qual a menina desapareceu, e só se mexeu quando sentiu a escuridão o vigiando de volta.

# QUATRO

### *Matando cachorro a grito*

— Kane. Acorda.

Dedos de pés o acertaram nas costelas, e Kane se virou e pressionou a bochecha contra o tapete.

— Bora. Tenho que praticar.

— Vai em frente. — Kane bocejou. — Eu gosto quando você toca violino. É legal.

— *Viola* erudita — corrigiu Sophia, abrindo as cortinas do próprio quarto.

Ele chiou e se encolheu sob a luz do fim da tarde, mas a irmã não riu. Desde que tinha desligado o celular na cara dela, alguns dias antes, Sophia não andava muito amigável.

Kane estava fingindo não se importar. Bocejou. Sua cabeça doía. Tentou se lembrar do sonho que andou tendo, mas tudo o que encontrou dentro de si foi a escuridão turva de sempre. E, por baixo dela, o mesmo pavor latente que o havia mantido desperto toda noite desde que tinha encontrado aquelas coisas na trilha. E, claro, Ursula Abernathy. "Dá uma olhada no baú de tesouro", dissera, um enigma que não o deixava descansar. Agora, ele só dormia durante o dia, e só por acidente, e acordava na cozinha com uma colher na mão, ou caído no ponto ensolarado no patamar da escada ou encolhido no divã da sala de estar com o PlayStation ainda chiando.

— Deixa eu adivinhar. — Ela destravou o estojo da viola. — Você esteve deitado aqui por horas a fio, borocoxô.

# DEVANEIO

— Uhum.

— Comeu?

— Uhum.

— O quê?

— Jujuba de frutinha.

O instrumento zumbiu nas mãos de Sophia quando ela o removeu do interior aveludado.

— Jujuba de frutinha? Pra mim, isso aí é canibalismo.

Kane se levantou.

— Isso foi uma piada de gay?

Em resposta, uma nota agradável e longa soou quando Sophia trabalhou o arco contra as cordas. Durante o tempo todo, ela sorriu vagamente para o irmão, segurando a nota por bastante tempo e terminando com um floreio.

— Mas é claro que foi uma piada de gay.

Kane franziu o cenho. O rosto de Sophia estava tão vazio e frio quanto a lua, e a irmã parecia tão distante quanto. Segredos eram algo novo e desconfortável entre os dois. Ele se recusava a contar para ela sobre o encontro com o dr. Poesy, ou sobre ser perseguido na trilha ou sobre Ursula Abernathy. Em troca, sentia que ela estava guardando seu próprio baú de segredos trancado. Sendo assim, as coisas andavam tensas e as perguntas dela tinham se tornado afiadas. Kane virara a cadeia e o prisioneiro da irmandade encarcerada deles.

— Você cortou o cabelo — apontou Sophia.

— A mãe me enganou e me fez sair da casa.

— Você parece um poodle que foi convocado pro exército.

— Obrigado.

O metrônomo ticou conforme Sophia fazia o exercício de aquecimento. Kane deixou a mente vagar entre as notas oscilantes. Desejava poder contar tudo para a irmã, mas, desde que tinha ficado sabendo sobre Maxine Osman, sua dor parecia fraudulenta, desmerecida, como se a morte da artista cancelasse o direito que ele tinha de se sentir mal por sua quase morte. A culpa não apenas o desarmava; ela formava uma nova armadura ao seu redor. Uma proteção mais pesada que tornava impossível a simples ideia de pedir por ajuda, ou até mesmo por empatia. Kane não temia falar a respeito de sua dor; ele estava com medo de fazer outras pessoas ouvirem.

Então guardou tudo para si. E, igualzinho ao que o dr. Poesy dissera, na ausência de sua própria narrativa, a história dele foi tomada por outros. O jornal Hartford Courant exibiu uma matéria sobre o acidente, prometendo atualizações conforme a investigação progredisse. Não mencionaram Kane, mas nem precisavam. Amity do Leste era pequena, a cidade se calava ao redor de Kane toda vez que o garoto saía de casa. As pessoas sussurravam e contavam suas próprias histórias. Cortar o cabelo tinha sido bem constrangedor.

O calor da lembrança o estimulou a se levantar e sair do quarto de Sophia. Encontrou a mãe no escritório do andar de baixo.

— Sophia disse que eu pareço um poodle que acabou de se alistar no exército.

A mãe o analisou. Não tinha como negar isso. O barbeiro tinha deixado um tufo de cachos em cima e feito o melhor que pôde para dar um jeito no cabelo que tinha ficado quebradiço ao redor das queimaduras, que estavam mais salientes do que nunca.

— E se você usar um boné? Você amava usar a boina da sua avó.

Kane negou com a cabeça. Não podia se dar ao luxo de ser nem um pouco mais gay.

— Hmm. Não sei, querido. Acho que você meio que tem um ar *rock and roll*, sabe? Tipo, um cara durão. Um poodle durão? — Ela sorriu. — Ou deveria dizer... um cara *cachorrão*.

— Isso não tem graça, mãe.

— Bom, com certeza pareceu que te deu um... a*pelo*.

Kane tentou não rir, mas fracassou. As coisas também andavam tensas com seus pais, e esse momento pareceu um progresso. Eles tinham tentado fazê-lo se abrir, mas, quando o garoto simplesmente não conseguiu, o aconchego deles tinha esfriado para um tipo de amor mais firme. Na verdade, para algo como medo. Momentos de gracinhas espontâneas eram raros, e Kane se jogou na oportunidade de fingir que não havia nada errado.

— Esse mato tá sem *cachorro* — disse ele.

— Kane, esse não é o sentido da expressão.

O garoto revirou os olhos.

— Quem não tem *cão* caça com gato?

— Melhorou, mas suas piadas estão matando *cachorro* a grito.

— Mãe, sério. Tenho que voltar pra escola desse jeito?

# DEVANEIO

A pergunta a fez passar de Mãe Piadista para Mãe Psicóloga Clínica, algo para que Kane estava preparado; ela dava aulas de psicologia para calouros na St. Agnes e, desde "o incidente", essas trocas de persona aconteciam com muito mais frequência.

— Enquanto um corte de cabelo não é um motivo bom o suficiente para *não* voltar pra escola, seu pai e eu pretendíamos discutir a opção de você estudar em casa. Isso no caso de você sentir que a pressão de retornar seria uma distração extra. Essa opção seria algo sobre a qual você gostaria de discutir?

A escuridão típica de Kane se afastou diante da claridade fugaz que tinha acabado de sentir. Em seu interior, o medo subiu feito bile. Talvez a única coisa pior do que voltar para a escola era passar ainda mais tempo preso em casa. Ficou assustado com o modo como a casa mudou no calor de fim de verão, com portas se abrindo e cômodos arfando quando a brisa os atingia. Além disso, a mãe dele não iria para o trabalho, talvez temendo que o filho fosse machucar a si próprio. Kane se imaginou como um pássaro raro: muito amado, mas ainda assim enjaulado.

— Não, eu vou voltar. Só... não agora. Tá bom?

A mãe o analisou, então saiu do modo terapeuta.

— Talvez voltar pra escola acabe sendo a coisa perfeita para sua...

— Que foi? Mais uma piadoca?

— Não posso. Eu sou sua mãe.

— Desembucha. — Kane cruzou os braços.

— Melan... *collie*.

— Você é sádica.

Ela riu e, porque não era completamente insensível, Kane fez o mesmo. Depois ela o chutou para fora do escritório com um feliz:

— Jantar às seis, *bicho*.

Kane vagou pela casa. A necessidade de ler *As bruxas* o dominou, mas o livro tinha sido levado por fosse lá o que o perseguira na noite em que encontrara Ursula. Pensou em voltar para o quarto de Sophia, mas ela tinha fechado a porta. Escrever um pouco no diário sobre seu medo da escola era sempre uma opção, mas não achava que era nisso que o dr. Poesy estava interessado. Sério, Kane deveria estar procurando por pistas e fazendo o que esteve evitando desde que tinha voltado do hospital para casa.

Ele devia explorar o próprio quarto.

Com a mão planando sobre a maçaneta, Kane pressionou a testa contra a porta. Só tinha entrado no quarto durante alguns poucos minutos todos os dias para pegar roupas ou algum livro, mas então o desconforto absoluto de estar cercado por tudo aquilo o fazia sair. Reconhecia a maioria das coisas, mas algumas lhe eram totalmente estranhas. Ainda não tinha contado isso para os pais, ou até mesmo para a irmã, mas aquilo provava que muito mais do que apenas o verão estava faltando em sua memória. Fosse lá o que lhe tinha acontecido, nem tudo de si tinha retornado. Talvez nem mesmo a maior parte dele. Então o que aquilo fazia dele, o garoto contra a porta? O garoto com medo de entrar, preso do lado de fora da própria vida, com medo de descobrir o quanto havia perdido.

Kane lembrava a si mesmo, de novo e de novo, que não era um ovo. Fosse lá quem ele era, precisava desvendar sua própria história. Talvez aquela fosse a chave para enfim voltar para casa.

Quando entrou, a porta rangeu.

Era um quarto grande encolhido por entulhos em cada superfície. Kane reprimiu o desconforto formigante e começou pela escrivaninha. Era uma bagunça de livros e quadrinhos lidos pela metade. Havia cadernos de desenhos e artes não finalizadas. Uma casa de passarinho, pintada pela metade, aguardava sobre alguns jornais numa poça de tinta seca de suas próprias cores. Kane não tinha nenhum passarinho. No entanto, tinha um peixe.

— E aí, Rasputin — disse ele para o aquário.

O beta preto o reconheceu com nervosismo e, em seguida, deslizou para trás de um minicastelo.

— É, eu também.

Lançou uns poucos flocos no aquário e tentou imaginar como era ter sua comida aparecendo num passe de mágica sobre si, do nada. Então pensou em como sabia o nome do peixe, mas não de onde ele vinha.

Em seguida, foi até a estante de livros, uma besta pesada de mogno que foi ancorada à parede porque ele costumava escalá-la. Mexeu em algumas tranqueiras nas prateleiras e se maravilhou com o que provavelmente eram os primeiros sinais de um hábito de acumulação. Havia jarros de conchas da costa de Connecticut, canecas de porcelanas atulhadas com pincéis eriçados, estatuetas de super-heróis de plástico que vinham de brinde em cereais, bichos de pelúcia sujos com sorrisos esfarrapados, uma câmera antiga com lente borrada, um punhado de vidros marinhos colocados com meticulosidade em formato de oito,

## DEVANEIO

além de livros. Livros além da conta, com lombadas rachadas e páginas manchadas e capas se desfazendo e cantos roliços. Os títulos sussurravam para Kane, implorando por atenção, mas ele resistiu à vontade de abrir um e se fechar dentro de suas páginas. Aquele era o Kane antigo. O novo precisava se concentrar no que era real.

Passou as mãos trêmulas por tudo, à procura dos buracos na memória. Havia muitos e, sem a camada de nostalgia, tudo pareceu ser entulho. Um entulho sem serventia.

Algumas lágrimas escorreram pelos cantos de seus olhos, mas ele as empurrou de volta pelas têmporas. Não era só tristeza o que sentia, mas saudade de casa. Estava com saudade de um lugar que já não conseguia mais visitar, de uma casa que já não era mais dele. Seus olhos pousaram sobre um porta-joias antigo, bem no topo da estante.

Tinha sido da avó, passado para o garoto quando ela faleceu. Era um presente propício. Kane sempre amara abrir as gavetas quando era criancinha, pegando as joias da caixa aveludada, até que um dia conseguiu perder a chave. Sua avó, que amava uma pegadinha, lhe disse que isso significava que ela ia precisar explodir o objeto, com joia e tudo, e começar a coleção do zero. O garoto ficou tão histérico a respeito do acontecimento que implorou ao pai por um martelo para abrir à força. A ferramenta foi solenemente fornecida e, para a felicidade de Kane e divertimento da avó, apenas uma batida cumpriu seu propósito. Foi só anos mais tarde que a avó mostrou para ele (e só para ele) que aplicar força na borda superior da gaveta, na parte direita mais acima, abria os compartimentos sem muito alarde. O cadeado nunca tinha funcionado.

Ela tinha chamado a herança familiar de seu "baú de tesouro".

No quarto acima, a escala de Sophia mudou para um tom menor. Arrepios atravessaram a pele de Kane enquanto se lembrava, de novo, do falatório de grilos na trilha e das palavras de Ursula: "Dá uma olhada no baú de tesouro".

A escala menor da viola erudita atingiu seu pico. Kane arrastou o porta-joias para o chão, acariciando com as mãos os rebordos familiares até que encontrou o ponto de pressão e o empurrou. Algo clicou e ele abriu a gaveta do topo, meio esperando que uma coisa horrível se arrastasse para fora. Um enxame de gafanhotos, ou alguma maldição ao estilo da caixa de Pandora. Em vez disso, o que encontrou foi...

Mais tranqueira.

Uma tesoura de costura com cabos dourados, várias linhas e uma almofadinha de alfinetes em formato de framboesa o encaravam de um fundo de veludo gasto. Mas, na gaveta seguinte, encontrou uma foto de duas pessoas: a primeira era curvilínea e alta, com um coque desgrenhado de cachos ruivos e um sorriso pateta no rosto. Com uma familiaridade íntima, seus braços estavam ao redor dos ombros da outra pessoa. Sem dúvida alguma, com toda a certeza do mundo, era Ursula Abernathy.

E a outra pessoa era Kane.

A parte interna de sua bochecha estava rasgada pelo ranger de dentes, a ardência de sangue atingindo sua língua um segundo antes de ele conseguir se desvencilhar do choque. Olhou para a velha câmera na estante, então voltou o olhar para a foto e viu a data: julho, apenas dois meses antes.

Por conta própria, seus olhos se fecharam, incapazes de enxergar o que a mente de Kane já começava a saber. Ele conseguia ouvir duas coisas: os batimentos de seu coração e Sophia chegando ao auge da escala maior.

Voltou a mergulhar nas gavetas, puxando todas para fora e virando a caixa de ponta-cabeça até que dezenas de outras fotos flutuassem para o tapete. Em seguida as espalhou, seu pavor substituído por euforia nua e crua.

Ali estava Ursula, corando enquanto um palhaço a abraçava. Em outra, uma nuvem de algodão-doce de um azul elétrico escondia o rosto da pessoa. Em mais outra, Kane montava um unicórnio de cera num carrossel, a boca arreganhada. Uma quarta mostrava Ursula segurando Kane nos braços enquanto um dragão mecânico brilhava em vermelho e soltava fumaça.

E por fim: Ursula de costas para um jogo de arremesso de argola; uma das mãos estava em sua cintura e a outra brandia com orgulho um saco para a câmera. O saco estava cheio de água e um peixe preto flutuava ao meio.

As escalas de Sophia mudaram para um tom menor e, com elas, a felicidade de Kane se transformou num medo arrepiante. O garoto olhou ao redor do quarto, para a tranqueira de uma vida que não reconhecia.

Ursula Abernathy não era quem ele pensava ser.

Mas ele também não era.

# CINCO

## *Sempre alimente os pássaros*

A Escola Regional de Amity era uma fera antiga, invocada a partir de tijolos e concreto em 1923, e depois adornada com novas adições à medida que a população da cidade cresceu. Kane e o pai estavam sentados num carro alugado no estacionamento da escola, observando a névoa surgir na brisa matutina. O lugar parecia idílico de um jeito suspeito.

Seu pai os levou para mais perto da porta, desligou o motor e lançou um olhar de resignação sombria para Kane antes de perguntar:

— Tem certeza disso?

*Não.*

— Tenho — respondeu.

— Sua mãe disse que ontem mesmo você estava implorando para não voltar. Ela conversou com o diretor. Você tem permissão para ficar mais uma semana em casa.

— Não, eu quero voltar.

Ninguém sabia sobre as fotos que ele tinha encontrado; sendo assim, ninguém na família de Kane entendeu seu entusiasmo da noite para o dia para voltar à escola, em especial seu pai. Os dois compartilhavam um amor pelo escapismo que era praticamente hereditário entre os homens da família Montgomery. Kane se escondia nos mundos exuberantes da fantasia; seu pai habitava a dimensão esparsa dos desenhos arquitetônicos. O garoto costumava imaginá-los naquela dimensão, empoleirados no topo de construções translúcidas feitas de linhas azul-gelo e painéis de uma brancura parecida com papel.

— Terra chamando.

— Ahn?

— Você conhece aquele ali?

Ele apontou para o garoto que tinha acabado de se materializar nos degraus da escola. Kane nem sequer o tinha visto passar.

Por que os pais acham que os filhos conhecem todos os outros adolescentes? Então se deu conta de algo: se ele conhecia essa pessoa, será que ao menos se lembraria? Olhou com mais atenção. O garoto estava encarando o carro. Encarando para valer. A luz nítida da manhã banhava um rosto de pele marrom e ângulos acentuados, iluminando dois olhos verdes-cinza.

*Como espuma do mar*, pensou Kane.

O garoto devia estar imerso em pensamentos; a tensão marcou sua mandíbula e pescoço. A distância se alargou naqueles olhos.

— Não conheço — respondeu Kane. — Vamos, bora acabar com isso de uma vez.

Kane apressou o pai para dentro do escritório, onde tiveram que preencher um monte de papelada garantindo que o garoto tinha autorização para voltar à escola. Ou algo assim. Ele não prestou muita atenção, incapaz de parar de olhar pelo corredor, o coração dando um salto toda vez que alguém cruzava sua visão periférica.

— A enfermaria é o próximo — disse o pai, semicerrando os olhos para alguns formulários.

Kane o levou até lá, se perdendo num pavor obscuro enquanto pensava nas fotos. Estava com elas na mochila, preparado para quando encontrasse Ursula e pudesse confrontá-la. Ensaiava o que ia dizer. *Você me conhece. Você me conhecia.* Repetia a conversa que tiveram na trilha de novo e de novo. *Você me disse onde procurar. Você sabia.*

Em meio à discussão com as enfermeiras a respeito de medicamentos, Kane percebeu estar tomado por raiva da cabeça aos pés. A alegria de descobrir que tinha uma amiga foi eclipsada por completo pela percepção de que ela o tinha deixado acreditar que estava sozinho, passando para ele apenas um enigma no qual trabalhar por conta própria.

Ou talvez Kane estivesse inventando isso. Talvez, assim como ele, Ursula não tivesse ideia de que os dois eram amigos. Talvez, assim como ele, sua memória estivesse uma bagunça.

Sob a dúvida, Kane sabia que isso não era verdade. Ursula tinha estado na trilha por um motivo, e esse motivo era Kane. Então por que simplesmente não lhe contou?

De volta ao lado de fora da escola, seu pai o puxou para um abraço apertado enquanto o corpo do garoto continuava a vibrar com a raiva suprimida.

— Kane, você está tremendo.

— É nervosismo.

— Você vai se sair muito bem, viu? E, se quiser vir para casa, manda uma mensagem pra gente.

— Tá certo.

Aquele era o momento para uma despedida calorosa, mas, em meio à multidão de alunos no bicicletário, Kane tinha acabado de notar uma cabeça com cabelo alaranjado que lhe era conhecida. Ele deu um sorriso aberto para o pai, disse que estaria em casa mais tarde e saiu correndo.

Quinze metros. Cinco metros. Kane atravessou os alunos que vinham de todos os cantos do estacionamento, ensaiando em voz baixa à medida que se aproximava de Ursula. Três metros. Ela mal tinha terminado de trancar o cadeado da bicicleta quando ele parou, o bicicletário os separando.

No instante em que o viu, Kane soube que tinha razão. O rosto dela se abriu em surpresa, então se fechou numa neutralidade cuidadosa.

— Ei, bem-vindo de volta.

As palavras que o garoto tinha preparado sumiram em sua garganta. Tudo em que conseguia pensar para dizer era:

— Tenho algumas perguntas.

Ursula passou a mochila pelo ombro e caminhou para longe de Kane, que não estava tendo sucesso no confronto que havia imaginado dezenas de vezes. Para sua sorte, a garota se virou para ele.

— Sabe o pátio antigo?

O pátio antigo. Que não chegava a ser um pátio. Só uma placa de concreto confinada entre três paredes sem janelas que tinham abertura para a área arborizada atrás da escola. Um ótimo ponto de encontro para matar aulas, fumar e dar uns pegas. Ou, pelo menos, era o que Kane presumia. Ele nunca tinha feito nada dessas coisas. Mas sabia o que era.

— Me encontra lá depois da tutoria — disse antes que ele pudesse concordar com a cabeça e, então, saiu andando.

* * *

Era bastante óbvio que a turma de tutoria estava à espera de Kane. Ele entrou com tudo, a cabeça a mil, e só percebeu que havia aplausos nervosos quando chegaram ao fim e um silêncio ensurdecedor assumiu o lugar.

Todos o observavam, esperando que ele dissesse algo.

— Obrigado pelo cartão — murmurou.

Viv Adams levantou a mão. A sra. Cohen, que tinha congelado enquanto escrevia na lousa "Seja bem-vindo de volta, Kane!!!!", pareceu hesitar em ir até a aluna, mas o fez mesmo assim.

— Gostei do cabelo — comentou Viv.

— Valeu.

— Parece doer.

Alguém riu entre dentes. A sala ficou elétrica com uma energia cruel enquanto os outros alunos reprimiram as gargalhadas. Viv sempre dizia ser uma pessoa cruelmente honesta, mas estava sempre mais preocupada em ser cruel do que em ser honesta. Kane não estava no clima.

— Não, Vivian, cortar o cabelo não chega a doer de verdade, a não ser que, assim como você, a cabeça esteja enfiada até o pescoço no próprio rabo.

— *Sr. Montgomery!*

E, com isso, o retorno triunfal de Kane ao ensino médio terminou num embate inflamado.

Antes que se desse conta, estava do lado de fora da escola, no pátio dos fundos. Sozinho. Até que enfim.

A primeira coisa que fez foi se sacudir de volta à realidade. A ansiedade girou em seu peito enquanto a brisa levou lixo e folhas para dentro de um redemoinhozinho. Tonto, ele despencou numa mesa de piquenique lascada e logo o diário estava em suas mãos. Então registrou os eventos bizarros do dia anterior e daquela manhã, confusos, sinuosos e cheios de enfeites.

*Tem algo irreal a respeito de tudo, e eu tenho provas,* escreveu, *então por que sinto que é tudo coisa da minha cabeça? Por que tenho que me sentir como a pessoa que não bate bem, quando é o mundo que está errado?*

Kane tamborilou as botas no banco, se perguntando se era um erro procurar por respostas sobre quem ele era vindo até a escola. Ali, o garoto era a versão menos verdadeira de si, e de propósito. Sua exclusão era algo que tinha cultivado com o passar dos anos, abstendo-se de um mundo no qual sempre se sentira errado.

Não por ser gay, ou por ser quem era, mas sim por como tinha vindo a ser. Por conta de suas excentricidades, Kane tinha sido tirado do armário bem novinho. Talvez uma criança mais esperta teria se esforçado mais para tentar controlá-las, mas ele foi o último a saber que era gay e, portanto, não tinha como negar isso uma vez que, enfim, lhe contaram. Só foi descobrir à medida que os outros meninos começaram a fugir de sua presença na escola primária. Convites para noites do pijama e festas de aniversário minguaram. Os professores ficaram gentis até demais, o que garantiu sua vergonha. Ele ficou marcado. Uma curiosidade colocada no limbo entre os mundos de meninos e meninas.

A cada ano que se passava, o limbo ficava cada vez maior, e ninguém tinha ousado se juntar a ele. Sozinho, Kane percebeu enquanto se transformava em alguém que não confiava em qualquer um. Às vezes, recebia mensagens vindas do limbo (pessoas fazendo contato por meio de bilhetes sem assinatura ou e-mails anônimos dizendo desejar também serem assumidas), mas era difícil saber quais eram reais. Na maior parte do tempo, se tratavam de zombarias das mesmas noites do pijama para as quais já não era mais convidado. Mais de uma vez as conversas foram compartilhadas por toda a escola. Por fim, Kane parou de respondê-las.

Estatisticamente, ele sabia que não era o único aluno LGBTQIAP+ na escola, mas Kane tinha sido marcado de tal modo que era arriscado para outras pessoas se associarem a ele. É isso o que curiosidades fazem: chamam a atenção. Mais ninguém queria ser o foco dos olhos que atacavam Kane. Ninguém queria compartilhar de seu limbo, tendo apenas ele como companhia. Eles o observavam à distância, e assim Kane ficou à vontade com o hábito que tinha de se esconder.

As pessoas o deixavam sozinho, algo de que gostava. No entanto, isso mudou. Os comentários de Vivian seriam os primeiros de muitos à medida que os colegas de turma de Kane se lembrassem dele (de quão pouco gostavam dele).

No pátio dos fundos, mais uma vez Kane sentiu que estava sendo observado. Dessa vez foi pior do que na turma de tutoria, porque não se tratava dos olhos de uma multidão, mas dos olhos cravados de um predador.

Kane ergueu o olhar.

Parada a vinte metros na direção da floresta, atravessada pelo dia iluminado, encontrava-se uma figura de sombras do garoto que ele tinha visto naquela manhã. Ele não se aproximou. Apenas encarou, o brilho em seus olhos radiando tamanha intensidade que os ossos de Kane cantarolaram com a urgência de correr.

Por reflexo, Kane arriscou um breve aceno, que não foi retribuído. Em vez disso, o garoto apontou para o diário. Onde antes não havia nada, uma foto projetava-se das costuras nas quais as páginas se encontravam. Ao pegá-la, viu que mostrava quatro pares de sapatos vistos de cima. Quatro pessoas paradas num círculo apertado, os calçados quase se tocando.

Na foto, Kane reconheceu as próprias botas e o que lembrava serem os tênis de corrida de Ursula, mas os outros dois lhe eram anônimos: um par de tornozelos brancos calçando tênis de hétero e um par de sandálias cinza em pés marrons.

Algo passou pela mente de Kane, como um farol ao longe lançando sua luz sobre águas escuras: em um momento estava lá e no outro, não, antes que conseguisse trilhar em sua direção.

Quando voltou a erguer o olhar, o garoto tinha desaparecido. Agora (a centímetros de onde Kane estava sentado), encontrava-se Ursula.

— Meu Deus! — Kane fechou o diário com tudo, tampando a foto.

— Você veio — disse, sorrindo.

Ela vestia um chapéu sobre os cachos e um corta-vento verde néon. A frieza apresentada na manhã havia se derretido, mas ela ainda se curvava com timidez enquanto se balançava para frente e para trás. Kane olhou ao redor. Sem dúvida alguma, o garoto havia desaparecido. Talvez tenha ficado assustado quando a viu se aproximar? Como todo mundo conseguia se aproximar de Kane sem ser visto? Ele era tão desligado assim?

— Você queria conversar? — perguntou Ursula.

— Aham. — Dessa vez, Kane estava preparado. — Onde eu consegui o meu peixe?

Ursula parou de se balançar.

— O seu o quê?

— Meu peixe. Onde eu consegui ele?

Lá estava, o vislumbre de decepção nos olhos de Ursula enquanto ela olhava para outro lugar.

— Não faço nem ideia de que peixe você tá falando.

Kane abriu a mochila, tirou as fotos e as bateu contra a mesa. Aquela na qual Ursula estava segurando o saco de água com o peixe estava bem no topo.

— Você tá mentindo.

# DEVANEIO

O rosto da menina foi de rosa a vermelho a cinza. Ela tentou suavizar a expressão, mas não havia como salvar a situação. Tinha sigo pega no pulo e sabia disso. Sua postura rígida relaxou e uma pontinha de sorriso marcou seus lábios. Estava aliviada?

— Tá. Beleza — disse, agindo como se tivesse sido derrotada. — Eu ganhei ele na Feira Agrícola de Amity, no verão, numa daquelas brincadeiras de argolas. Eu coloquei o nome dele de Peter, mas meus irmãos estavam sempre tentando brincar com ele, então você se ofereceu para assumir a custódia. E, em homenagem ao conselheiro místico do czar da Rússia, você o rebatizou de Rasputin, o que eu achei meio macabro por conta do local em que o corpo dele foi encontrado... o do místico, não o do peixe... mas aí você me disse que esse tipo de comportamento autoritário ia me custar direito de visitação, e...

— A gente era amigo?

Ursula ficou em silêncio por tanto tempo que sua respiração se misturou à canção latente da cigarra. E, em seguida:

— Nós ainda somos amigos, espero.

Palavras simples e sinceras. Elas se assentaram com força em Kane, uma por uma, como pedacinhos de vidro marinho. Mergulharam nas profundezas de seu ser e, de suas sombras, brilharam para ele, insinuadoras e inacessíveis. A verdade estava nas suas profundezas e fora de alcance.

Precisava saber mais. Saber tudo.

— Por quanto tempo?

— Hmm. Acho que desde o quarto ano, quando pedi seu pente emprestado no dia da foto e você contou pra todo mundo que eu tinha pulgas por conta do canil ou algo assim, o que acabou se tornando toda essa história sobre mim e cachorros, e aí o seu pai fez você ir até a minha casa e pedir desculpas. Somos amigos desde então. Acho que só tirando uma parte no oitavo ano, porque você teve uma fase gótica bem intensa e começou a tirar tarô, o que meu pai achou ser adoração ao Satã, daí a gente entrou numa briga feia e você me amaldiçoou.

De um jeito doloroso, Kane se lembrava dessa fase. Não se lembrava de Ursula durante esse período, nem antes nem depois. Ela tinha sido completamente cortada de sua memória. Como isso era possível?

— Eu te amaldiçoei? Tipo, com magia?

— É, acho que foi. Era essa a intenção, mas não foi de verdade nem nada assim.

— De verdade?

Ursula soltou uma risada tensa.

— Você encontrou meu bilhete?

— Bilhete?

— Estava na caixa que deixei pra você no hospital? Eles falaram que, tirando família, nenhum visitante era permitido, então eu deixei na mesa.

Houvera vários presentes e flores. Com zelo, Sophia os havia levado do hospital para casa e, com a mesma diligência, Kane havia jogado todos no lixo.

— Eu perdi. Foi mal.

— Não esquenta a cabeça com isso. Era coisa idiota. — Ela soava aliviada, mas depois do compasso de silêncio, seu tom de voz se tornou hesitante: — Olha, Kane, sinto muito por não ter te contado quando te vi na trilha. Já revivi aquela noite por, tipo, um milhão de vezes na minha cabeça, e em todas elas eu faço cagada. Quando você não me reconheceu, eu só... sei lá. Entrei em pânico. Ouvi rumores de que sua memória ficou atrapalhada, mas pensei que, talvez, quando me visse...

Sua voz falhou. Ela engoliu em seco.

— Eu não devia ter te deixado daquele jeito. Só não queria te deixar ainda mais confuso.

— Eu não estou confuso.

O ar entre os dois ficou tenso.

— Tudo bem. Desculpa.

Kane suspirou. Em sua mente, ele assistiu a Ursula correr noite adentro. Reassistiu vez após vez. A dureza, a angústia oculta. Na época parecera estranho, mas ele enfim entendia. Como uma névoa espessa, a lástima ameaçou apagar sua determinação. A necessidade familiar de recuar o assolava. Para que se afundasse no limbo, onde ninguém era capaz de encontrá-lo. Mas, como um peixe saltando da escuridão, indo em direção às águas banhadas pelo sol, ele se desviou dessa necessidade. Precisava dar continuidade à conversa.

— Escuta — disse. — Não é só com você, tá? Outras coisas estão enevoadas. Não faço ideia do quanto vou conseguir recuperar. Nem de quando.

— Tudo bem.

— E talvez eu nunca me lembre da nossa amizade por completo.

— Tudo bem.

# DEVANEIO

— Ou nem sequer um pouco.

— Tudo bem.

— Você pode dizer alguma coisa que não seja "tudo bem"?

Ursula sorriu.

— Isso é meio idiota, mas eu trouxe uma coisa pra você. — Da mochila, ela pegou um recipiente de plástico. — Fecha os olhos.

Kane obedeceu. A garota colocou algo gelado e macio em suas mãos.

— Beleza, pode olhar.

No começo, ele as confundiu com algum tipo de bonecas achatadas. Uma delas tinha tufos de cabelo marrom, e a outra tinha cabelo vermelho. Lançavam um sorriso amarelo para Kane enquanto o garoto tentava entender que tipo de talismã estranho e oculto tinha acabado de receber.

— Não consegui deixar suas botas tão detalhadas quanto gostaria — comentou Ursula, apontando para a boneca de cabelo marrom. — Mas peguei umas dicas de um blog culinário e acho que, com um bico de confeitar menor, eu conseguiria fazer os cadarços.

— Ah! — Kane estava segurando dois biscoitos. Dois biscoitos açucarados incrivelmente decorados, feitos para se parecerem com ele e Ursula. — Você que *fez* isso?

— Aham.

— E você só ficou carregando isso por aí?

— Haha. Não. Nós dois somos bons amigos das tias da cantina. Elas me deixaram guardar no congelador da cafeteria. Acabei de pegar lá.

— Mas... por que fazer isso?

O sorriso dela se tornou envergonhado.

— Eu tinha que fazer *alguma coisa*, acho. E eu... senti falta... — Uma dor melancólica se assomou à voz dela. — A gente tinha uma piada interna com o meu pai sobre como nós queríamos poder viver como pessoas feitas de biscoito no reino do biscoito e... Pra ser sincera, é difícil explicar.

Ela não se deu ao trabalho. Sacudiu a cabeça e disse:

— E eu queria tentar essa receita nova. E, só pra avisar, talvez esteja uma droga.

— Eles são lindos demais, tô com dó de comer.

— Ah, me poupe. Eu tenho, tipo, muito mais. Olha. — Ela pegou um biscoito, arrancou a perna e a entregou para o garoto.

Os dois deram uma mordida.

— Isso é... — Kane arregalou os olhos.

Ursula foi a primeira a cuspir.

— Ai, nossa, isso tá *horrível*.

Com muito esforço, Kane engoliu.

— Ai, meu Deus! — Ursula arrancou o pedaço da mão de Kane, encarando os rostos dos biscoitos como se eles pudessem lhe contar o que tinha dado errado. Mas mantiveram o segredo. — Eu sabia que não devia ter testado uma receita nova em algo tão importante. Sinto muito, Kane. Ai, meu Deus, tô *morrendo* de vergonha, isso é tão constrangedor, você deve achar que eu estava tentando te *envenenar*.

— Relaxa, Urs — disse Kane. — Tá de boa. Ainda assim, eles estão lindinhos.

O rosto dela pareceu surpreso.

— Você me chamou de "Urs". Era assim que costumava me chamar.

Não tinha sido de propósito. Kane deu de ombros, desconfortável, não se sentindo nem um pouco mais íntimo dela do que antes.

Ela se juntou ao garoto na mesa. Com ar interrogativo, tico-ticos circulavam as migalhas caídas. Ursula partiu pedacinhos da anatomia do biscoito e os jogou para os pássaros.

— Você nem sequer gosta de biscoitos açucarados — confessou ela.

Kane se manteve bem parado. Aquilo era verdade. Ele achava que biscoitos açucarados eram para pessoas que nunca tinham saboreado o verdadeiro gosto da felicidade, mas não ia dizer isso para Ursula.

— Tipo, da última vez que fiz biscoitos assim, você me disse que biscoitos açucarados eram pra pessoas que nunca tinham saboreado o verdadeiro gosto da...

— Para.

Kane não conseguia suportar ouvir as próprias lembranças lhe serem repetidas. O sentimento tenso em seu coração ameaçou se partir bem ali, como a corda de um piano se arrebentando dentro de seu corpo.

O silêncio o acalmou, mas depois tornou a situação pior. Ele, no mínimo, precisava dar a ela uma chance.

— Na verdade, acho que ia ajudar se você me contasse mais sobre a gente.

— Hmm, tudo bem. — Ursula entregou a Kane o que tinha sobrado do biscoito. — Bom, para começar, a gente costumava sentar aqui durante as manhãs, e você jogava comida para os pássaros. Para ser sincera,

# DEVANEIO

eu odiava. Tipo, eu morria de medo dos pássaros. De todos eles. E eu costumava ficar tão brava, que você passava a tentar fazer eles chegarem *mais perto*, mas aí, um dia, você apareceu com migalhas de pão e me mostrou como é possível meio que conduzir eles se jogar as migalhas de um lado e então do outro.

Ela demonstrou isso ao jogar um punhado de pedacinhos de biscoito num lado do pátio. O bando explodiu num arco giratório que despencou pelo ar radiante. Em seguida, ela repetiu o movimento, só que do outro lado, e os pássaros fluíram feito água.

— Eu amo isso — revelou Ursula. — A gente costumava fazer isso sempre, mesmo durante as férias de verão. Aonde quer que fôssemos, nós sempre alimentávamos os pássaros. Sinto falta disso.

Kane jogou migalhas próximo demais da mesa e os pássaros voaram para tão perto que Ursula gritou e riu, inclinando-se para trás e arrastando o amigo junto.

— Babaca. — Brincando, ela deu um soquinho nele. — É bom ver que você não mudou nem um pouco.

Era estranho aprender a respeito de si mesmo por meio de outras pessoas, era como ler a própria biografia. O fato de que Ursula parecia tão sincera ajudava. Naquele momento, ela parecia uma pessoa que nunca tinha conseguido mentir bem na vida. A versão dela de antes (da trilha, do bicicletário) pareceu ao mesmo tempo bastante improvável e muitíssimo previsível. Quando o mundo de Kane chegou ao fim, o mesmo aconteceria com o mundo que um dia os dois construíram juntos. Talvez seu limbo não tivesse sido tão solitário, afinal de contas.

Durante os minutos seguintes, Ursula falou sobre confeitaria e sobre os professores e as frustrações do hóquei sobre grama. Kane se permitiu uma paz momentânea. Aos poucos, em algum lugar dentro de seu corpo, seu próprio bando de tico-ticos estava voltando. Não ousou chegar perto demais. Disse a si mesmo que fosse paciente e continuasse jogando migalhas para ver o que aparecia.

A porta foi aberta com um estrondo (um professor enfim vinha para dizer que voltassem para dentro da escola). O nervosismo latente de Kane retornou. Assim como a culpa. Conforme entravam, o primeiro sinal tocou e os corredores foram tomados por alunos. Todas as perguntas que se esquecera de fazer tumultuaram sua mente.

— Urs, a gente... tem amigos?

Ursula riu.

— Claro, a Escola Regional de Amity não é *tão* grande assim. A maioria de nós estuda junto desde, tipo, sempre.

Kane lutou para manter a cabeça abaixada, sem corresponder os olhares dos alunos, que o observavam. Pensou na foto dos calçados que encontrou no diário. Os sapatos dele, os de Ursula e outros dois pares.

— Não, tô falando de amigos, *amigos*! Tipo, outros amigos que alimentam pássaros?

— Nisso, infelizmente, somos só nós dois mesmo. Foi mal, migo.

— Não, de boa. Só pensei que... — Kane não sabia como colocar para fora o que queria dizer. — Pensei reconhecer alguém. A gente conhece um garoto? Alto, pele marrom, sardas, olhos esverdeados, meio com a aparência magra de um modelo?

Como uma nuvem passando na frente do sol, a luz de Ursula se apagou.

— Você tá falando de Dean Flores.

— Dean Flores? — Kane saboreou a familiaridade em cada sílaba. — A gente conhece ele?

— Não. Ele é novo aqui. Se mudou para Amity do Leste no fim do ano passado, acho. Nunca conversa com ninguém. O único motivo de eu saber o nome dele é porque ele apareceu no banquete dos atletas, logo antes de o ano letivo começar, e se inscreveu na equipe de natação. Obviamente, ele é bem bom. Um mergulhador, acho? Sei lá. Não confio nele.

— Por que não?

A garota franziu o cenho.

— Hm, porque você me disse pra não confiar nele. Tipo, já no segundo dia dele aqui, no ano passado, você me disse pra evitar ele. Acho que suas palavras exatas foram: "Qualquer pessoa que seja linda e melancólica daquele jeito provavelmente matou a família inteira, ou tá planejando fazer isso durante a próxima lua nova". E desde então a gente o evita.

Ele riu. O segundo sinal tocou e Ursula levou o dedão para cima do ombro.

— Vou pra esse lado. Você tem o meu número, né?

Tinha digitado o contato no celular emprestado e o levantou para mostrar a ela. Ursula ergueu os dedões em joinhas.

— Espera, antes de você ir, posso te fazer outra pergunta?

Hesitante, Ursula assentiu.

— Aquela noite, na trilha, havia umas... coisas, com várias pernas... tipo, monstros.

Alguns poucos calouros passaram por ali, deixando Kane consciente de como isso soava estranho. Ursula os observou passar, como se identificando quem tinha escutado a conversa dos dois. Kane abaixou o tom de voz e continuou:

— E depois que você me salvou deles, e eu mencionei Maxine...

Ursula o cortou ali:

— Eu não te salvei de nada. Estava na rua correndo. Eu corro em área aberta o tempo todo. Sou toda esportiva. — Isso claramente se tratava de uma explicação ensaiada. Kane tinha razão; ela era uma péssima mentirosa. E continuou falando: — Mais tarde a gente pode discutir o que você *acha* que viu. Não aqui. E, se você *achar* que está vendo alguma outra coisa, me manda mensagem, beleza? A gente geralmente almoça junto durante o sexto período. Até lá você vai ficar bem, prometo.

E assim ela foi embora. De novo.

Kane estava sozinho no corredor, chocado. Em algum lugar, nos últimos minutos, uma coragem surgira na menina que assava biscoitos e tinha medo de pássaros. Ele havia vislumbrado aquele limiar de novo e, por meio dele, vira outra versão do mundo. Uma versão que Ursula pretendia proteger.

Sua mente se voltou ao garoto. Dean Flores. Só pensar no nome trouxe de volta aquela sensação inquietante de estar sendo observado, como se os olhos de Dean tivessem tomado posse de Kane e nunca fossem largá-lo. Mesmo agora, era como se Dean conseguisse bisbilhotar entre os tijolos e o metal da escola onde Kane estava parado, perplexo, tentando encaixar as peças.

A determinação se espalhou por seu corpo, endireitando sua postura e cerrando seus punhos. *Dean Flores. Ursula Abernathy.* Essas pessoas o conheciam. Ou sabiam a seu respeito. Tinha certeza de que elas estavam entre ele e as respostas de que precisava.

E, se não iriam dar a Kane o que queria, tudo bem. Ele as conseguiria a qualquer custo. Não tinha mais nada a perder.

# SEIS

## *Os outros*

Durante metade do dia, ninguém falou com Kane, e foi maravilhoso.

Na aula de estatística e análise, o garoto teve autorização para ficar de fora do teste surpresa. Na aula de espanhol, a *señora* Pennington pulou a vez dele enquanto a turma se revezava na correção de frases de uma apostila. Na de biologia, pôde se sentar no laboratório, ficar à mesa e "colocar em dia a leitura que tinha perdido". Em vez disso, Kane pegou a foto e a estudou.

E ninguém deu a mínima.

Ou, caso tenham se importado, ninguém ousou dizer nada. Era provável que os rumores sobre o surto de Kane com Viv tivessem se espalhado, e aquelas boas-vindas calorosas do turma de tutoria tinham parado completamente. As pessoas deram espaço para Kane. E Kane deu espaço para Kane. Enquanto desenhava calçados no diário, olhava por sobre o próprio ombro. Então vagou para além de si mesmo, como um demônio incerto quanto a possuir *este* corpo ou um fantasma debatendo sobre ocupar *esta* casa.

Imaginou quem usava tênis branco e quem usava sandálias cinza.

O sinal tocou. Kane enfiou a foto no bolso enquanto os colegas de turma voltavam às respectivas mesas para guardar as coisas. Adeline Bishop estava recolhendo as lições para a sra. Clark e, quando chegou à mesa de Kane, ficou enrolando, curiosa a respeito do diário. O garoto o fechou com um baque e lançou um olhar desdenhoso e, porque aquela era Adeline Bishop, o olhar que deu em resposta continha um divertimento

# DEVANEIO

mirrado. Para irritá-la, Kane deixou a lição de casa sobre a carteira.

A aula seguinte era de educação física. Kane desejou que fosse capaz de não se lembrar disso e pudesse ignorá-la, colocando a culpa na memória fragmentada, mas ele estava numa missão. Analisou os rostos no corredor em busca de Ursula ou Dean, mas não viu nenhum dos dois. Qualquer pessoa o encarando desviava o olhar com rapidez. Era impossível descobrir quem talvez estivesse escondendo algo, porque, numa reviravolta estranha, de modo geral, todos pareciam estar escondendo algo dele. A frustração tomou conta e, quando o garoto enfim chegou ao ginásio, estava de péssimo humor.

E então, de repente, fosse lá que feitiço seu surto lançou na turma de tutoria, parou de fazer efeito à medida que foi se aproximando dos alunos nas arquibancadas e alguém sussurrou:

— Cara, dá uma *olhada* no Montgomery. Parece que ele dormiu dentro de uma churrasqueira.

Todos os olhos se voltaram em direção às suas queimaduras. Houve risadinhas e uma comichão borbulhante de "Uuuuuuuhs" dos garotos do ano dele, que estavam no processo de atingir o auge precocemente na vida. Eles manifestavam seus status superiores e efêmeros ao, basicamente, pegar no pé de qualquer um. Kane era um alvo popular quando não conseguia sair do caminho deles, como naquele momento. Eles eram o principal motivo para que, este ano, o garoto odiasse educação física e, em todos os outros, a escola.

Tragicamente, eles se referiam a si mesmo como Os Caras.

— Ouvi dizer que ele veio dirigindo pra escola — disse um dos Caras, Zachary DuPont. — Sinto daqui o cheiro do acidente.

— Caraaa.

— Ouvi falar que agora ele pilota um unicórnio.

— Ouvi falar que a pista dele é um arco-íris.

— Ouvi falar que o arco-íris sai de dentro do...

A explosão de risadas cortou o resto da frase. Kane escorregou para o lado oposto das arquibancadas. Não ousou pegar o diário (só ia chamar ainda mais atenção). Desejou que estivesse com o volume de *As bruxas*, mas então o treinador O'Brien apareceu e fez a chamada. Kane deu início ao processo tedioso de voltar a ser invisível. Estava tão ocupado com isso que quase perdeu o anúncio do professor.

— Temos uma notícia boa e uma ruim. A boa é que ninguém vai

ter que trocar de roupa pra aula. A ruim é que essa semana a gente vai dançar quadrilha[2].

Uma comemoração debochada surgiu entre os alunos que, em grande parte, estavam conformados com a estranha obsessão folclórica de Connecticut. Acontecia todos os anos, e havia até mesmo um clube que às vezes participava de competições regionais em Waterbury.

Kane ficou travado de pavor. Temia o que vinha em seguida: A Formação de Casais. Os garotos começaram a formar pares com as garotas como gotas d'água se juntando, mas ninguém o escolheu. Em questão de segundos, só duas pessoas estavam sobrando: Kane e (claro, porque isso sempre acontecia com ele) outro garoto. Elliot Levi. Um dos *Caras*.

*Merda.*

Dessa vez nem tentaram esconder a zoação. Os amigos de Elliot não iam deixá-lo dançar com outro cara e viver para contar a história, ainda mais com o único da Escola Regional de Amity que é abertamente gay.

— Se prepara pra dançar com as mãozinhas de jazz, Elliot.

— E usar collant.

— Não deixa ele chegar muito perto.

— E deixa um espacinho pra Jesus entre vocês dois, hein.

— É, um ménage com Jesus e o Cabeça de Grelha do Montgomery.

O treinador O'Brien interveio depois dessa, mas o estrago já tinha sido feito. Kane estava sendo usado para tirarem sarro de Elliot, que agora ia fazer o que fosse preciso para puni-lo e se salvar. Era assim que garotos héteros funcionavam.

— Aqueles caras são babacas.

Kane se assustou. Elliot estava à sua frente.

— Como é que é?

— Foi mal por aqueles caras. Eles são babacas. Deixa eles pra lá.

Os batimentos de Kane pulsaram em seu pescoço.

— Você vai mesmo dançar comigo?

— Claro. Por que não? — Elliot deu de ombros.

— Eu sou um garoto.

---

[2] N. do T.: A *square dance* guarda inúmeras similaridades com a quadrilha, típica das festas juninas brasileiras. Nos Estados Unidos, porém, além da existência de um tipo de "instrutor" orientando os dançarinos, a dança não está necessariamente associada a uma época do ano.

# DEVANEIO

— Massa, eu também sou. Bora.

Kane começou a entrar em pânico de verdade. De algum jeito, isso era muito pior. Elliot ia dançar com ele por livre e espontânea vontade? Para que tipo de armadilha ele estava sendo conduzido?

Elliot estendeu uma das mãos. Kane passou tempo demais a observando. Aquele garoto era tão irritante quanto o restante dos Caras, mas talvez fosse um pouco mais surpreendente, já que tinha se mudado para Amity do Leste, vindo da Costa Oeste, no oitavo ano. Ele tinha cabelo loiro escuro, mas as sobrancelhas eram ainda mais escuras, e usava uma corrente fina de ouro no pescoço. O acessório tinha um pingente brilhante de estrela de Davi, disso Kane se lembrava. À medida que a turma formou filas uma de frente à outra, ele conseguiu enxergar o rebordo da corrente sob a camiseta branca e fina de Elliot, esticada contra suas clavículas.

Um tanto tardio, Kane se lembrou de uma quedinha antiga que costumava ter por Elliot. Sentiu seu corpo começar a suar enquanto o treinador O'Brien dava chutes para fazer o alto-falante funcionar, gritando por cima do violino.

Elliot pegou as mãos de Kane, que continuou corando tanto quanto era possível.

— Eu não... — começou a dizer Elliot.

— Relaxa — apressou-se a falar Kane. — Sei que você não é gay. A gente não precisa fazer isso. De qualquer forma, eu ia pular fora dessa.

O outro negou com a cabeça.

— Eu ia dizer que eu não sou como aqueles caras.

Eles se separaram e se reuniram. As mãos de Elliot estavam quentes. Kane estava com a mandíbula cerrada.

— Eles são seus amigos.

— É, eu sei, mas não sou como eles.

— Como assim?

— Eles são cuzões. Eu sou diferente.

O treinador O'Brien passou por ali, observou, bufou e continuou fileira abaixo. Os amigos de Elliot estavam tendo um troço com tudo isso, claro. Ficavam tentando chamar a atenção do garoto. Zachary DuPont ficava cantarolando "Beija! Beija!" As bochechas de Kane coraram.

— Você não é diferente — disse Kane, olhando para baixo. — Seja lá o que está tentando fazer, só acaba logo com isso.

Uma longa pausa.

— Eu não...

De repente, Kane se afastou. As pessoas perto deles pararam de dançar, superconscientes enquanto o garoto deixava Elliot no meio do ginásio e ia até as arquibancadas para pegar a mochila. A zoação veio, mas ele não ouviu nem um pio dela conforme abriu o diário. Estava olhando para a foto dos sapatos. Os tênis brancos.

Os mesmos que estivera encarando na foto, bem ali nos pés de Elliot.

Quando encontrou a foto, teve certeza na hora de que tinha razão. O ilhó da parte superior do calçado direito estava faltando, igual ao de Elliot. Kane se virou, seu rosto tomado por triunfo, pronto para confrontar o outro, mas o ginásio estava vazio. A música se transformou num lamento estranho.

— Olá? — disse Kane para o vazio. Sua voz estava abafada, como se gritasse dentro de uma lã grossa.

— Me dá.

Kane pulou. Elliot simplesmente tinha aparecido ao seu lado.

— A foto. Me dá — exigiu.

— Cadê todo mundo? O que rolou?

O telefone do outro garoto tocou. Ele o pegou com irritação.

— É, eu sei. Tô indo. Só aguenta aí. Como é? Aham, ele tá aqui. Não, tá tudo certo. Chego aí embaixo em um minuto. — Ele puxou a foto da mão de Kane, olhou para ela e fez uma expressão que indicava que talvez não estivesse *tudo* certo. Em seguida enfiou o celular no bolso e falou: — Não conta isso pra ninguém, beleza?

— Contar o quê?

Então, numa lufada de brilho dourado, Elliot desapareceu e o ginásio voltou a ser a versão cheia de alunos arrastando os pés ao som de um violino acelerado.

— Por favor, pare de tentar inclinar a Erica, sr. DuPont — gritou o treinador O'Brien.

Todos os outros no ginásio estavam completamente alheios.

— Montgomery, tudo certo aí? — gritou O'Brien, mais alto do que o barulho de suas palmas ritmadas.

Kane não tinha nem ideia do que havia acabado de acontecer. Estava na cara que mais ninguém fazia. O espaço que ele e Elliot tinham acabado de ocupar, o que quer que fosse, era particular. E tinha desaparecido, junto com o garoto.

Com aquela foto. Que era de Kane.

— Vou até a enfermaria — informou Kane, pegando a mochila e correndo atrás de Elliot.

Se antes suspeitava de uma conexão com o garoto, agora tinha certeza. Logicamente ele sabia que deveria sentir medo, mas tudo o que sentia era eletricidade azul de adrenalina em seu sangue.

Kane correu para o corredor a tempo de conseguir um vislumbre de Elliot enquanto virava num canto. Um momento depois, Kane estava lá, esperando um instante antes de virar para o caso de o outro olhar para trás. Então viu Elliot descer correndo a escada sul, o que era estranho. Os alunos não tinham autorização para ir ao porão. Era lá que o departamento de teatro armazenava as coisas e onde ficavam os gabinetes da zeladoria. E a sala da caldeira.

*A sala da caldeira.*

Algo em Kane se eriçou. Algo bem fundo em seus pensamentos, não uma lembrança, mas a concha de uma lembrança, como o exoesqueleto frágil deixado para trás por uma cigarra. Então desceu a escada na ponta dos pés. Independentemente do que essa memória fosse, ele a guardou sob um aperto delicado em sua mente, como se fosse seu único bem precioso. Para sua surpresa, ela o levou para os túneis do porão, para as portas da sala da caldeira, sem fazer nem uma única curva errada.

As portas estavam entreabertas. O sibilo quente da maquinaria era expelido, com um cheiro oleoso e empoeirado, e ele se lembrou de todas as lendas a respeito dos monstros que viviam nas entranhas escuras da Escola Regional de Amity. Carnívoros. Trotes de calouros. Essas coisas poderiam ser reais?

Não havia tempo para perguntas. Ele precisava da foto de volta.

Foi fácil entrar sorrateiramente na sala escura e barulhenta. Em meio aos sibilos, conseguiu identificar uma voz, então duas, e logo foi capaz de identificar toda uma conversa de onde estava escondido, entre os canos.

A questão, no entanto, era que não se tratava de uma conversa. E sim de um debate.

— Como você pode ter certeza? — perguntou Elliot.

— Só vai por mim, tá?

Kane tapou a boca com as mãos. Aquela era Ursula!

— Essa foto é a prova de que ele continua lá — disse.

— A única coisa que essa foto prova é que a gente não fez um bom trabalho dando uma geral no quarto dele.

O corpo inteiro de Kane ficou frio, então anestesiado. Os dois estavam falando sobre ele. Estavam falando sobre seu quarto. Eles estiveram dentro de sua casa.

— No máximo — dizia Elliot —, isso mostra que ele tá tentando desvendar as coisas por conta própria usando pistas, algo que *alguém* claramente está deixando pra ele, *Ursula*. O que você contou pra ele na trilha? Você queria que ele descobrisse aquelas fotos, não é?

— Isso aí é uma acusação? — O drama na voz dela mostrou para Kane, e provavelmente para Elliot, que ela com certeza era culpada.

— Dá uma segurada, vocês dois — disse uma nova voz. Um soprano gélido que ele não conhecia. — Mesmo que a gente tenha deixado passar algumas fotos *por engano*... certo, Urs? O Kane não faz nem ideia de quem somos ou do que fazemos. Eu passei a aula inteira de biologia observando ele escrever naquele diário, e ele não olhou pra mim até o fim da aula. Ele não vai lembrar nada por conta própria. Não consegue.

— Ela tem razão — concordou Elliot. — A Adeline sabe melhor do que ninguém sobre esse tipo de coisa. A gente vai ter que seguir sem ele.

Kane avaliou o nome. Adeline, a garota que tentara lhe entregar a lição de casa na aula de biologia. Adeline Bishop. "Popular" não fazia justiça a ela. Estava mais para Sociopata Soberana da Escola Regional de Amity. O que alguém como ela estava fazendo na sala da caldeira, Kane não sabia dizer. Imaginou a cena que estava bisbilhotando: Ursula Abertnathy, uma atleta supostamente lésbica; Elliot Levy, um Adônis com o maxilar abençoado; Adeline Bishop, a abelha-rainha banhada a ouro. Todos os três tendo um encontro secreto no porão da escola. Era a pausa para os comerciais durante um filme da Sessão da Tarde de baixo orçamento.

— Mas e os devaneios? — perguntou Ursula. — Faz parte do trabalho do Kane desvendá-los. E aquelas coisas que ele disse que o perseguiram? Elas pareciam coisas que fugiram de um devaneio. Eu nem sequer sabia que era possível escapar de um devaneio.

— Talvez seja o próximo devaneio — sugeriu Adeline. — Às vezes, no começo, os devaneios mais fortes eram formados de modo parcial, em partículas e fragmentos. O Kane chamava eles de visões. Talvez o próximo se forme perto de Harrow Creek?

Elliot suspirou.

— Não, o próximo devaneio vai ser aqui na escola. Tenho certeza.

— Por causa das lagostas que começaram a brilhar no laboratório de biologia?

— Não são lagostas, Adeline. São isópodes. Algo completamente diferente.

Kane não conseguia ver Adeline, mas o revirar de olhos estava claro em sua voz quando disse:

— Elliot. Foco. O fato de eles brilharem que é importante, não a taxonomia.

— Mas os isópodes são...

— Ninguém liga! — cortou Ursula. — O importante aqui é que, em geral, é o *Kane* quem desvenda os devaneios, e neste momento ele basicamente está sem poderes.

— *Ótimo* — disseram Elliot e Adeline ao mesmo tempo.

O garoto continuou:

— Não podemos arriscar envolver o Kane, não do jeito que ele tá agora. Nem mesmo se ele recuperar os poderes. Lembram o que aconteceu com a Maxine?

O estômago de Kane se embrulhou. Eles sabiam sobre Maxine. Sabiam o que havia acontecido. Se havia qualquer dúvida de que estava envolvido na morte de Maxine, tinha acabado de ser obliterada pela conexão horrorosa que o diálogo estava criando.

— A gente não dá conta de encobrir mais nada — afirmou Elliot. — A gente mal conseguiu dessa vez.

— Mas a Urs tem razão, Elliot. Nós não somos os Outros sem o Kane. A gente precisa dele pra fazer isso do jeito certo. Sei que falei que provavelmente conseguiria dar conta de apagar os devaneios quando se formassem, mas não é a mesma coisa.

— *Se* eles se formarem — disse Ursula, esperançosa.

— *Quando* se formarem — rebateu Adeline. — E eles vão se formar. Vocês sabem disso. A gente precisa dos poderes do Kane, mas não podemos envolver ele até que descubramos uma forma de consertá-lo.

*Consertá-lo.*

— Ele não tá quebrado — corrigiu Ursula. — Só perdido.

— Tanto faz — disse Adeline. — Por ora, ele é peso morto.

— Ele é o nosso líder.

— Então por que ele abandonou a gente, Ursula?

A tensão silenciou a sala da caldeira, fazendo o barulho respingar no encontro secreto.

— O Kane escondeu um monte de coisas da gente, não foi? — perguntou Ursula.

— Parece que sim — confirmou Adeline. — Mas a gente não pode chorar sobre o leite derramado. Aquele Kane já era. A gente precisa seguir adiante com seja lá quem ele é agora, e ele não tem nem ideia dessas coisas. A gente precisa recrutá-lo do mesmo jeito que ele recrutou cada um de nós para fazer parte dos Outros. Com gentileza. Senão ele vai desmoronar de novo.

— Talvez a gente não tenha tempo para gentileza, Adeline — disse Elliot. — As visões do próximo devaneio estão ficando mais frequentes. Se vocês estão sentindo o mesmo que eu, é até possível que o devaneio se forme hoje. A gente tem que estar lá quando acontecer para que você possa fazer o seu lance para o herói do devaneio.

— Isso vai dar certo, Adeline? É seguro? — A voz de Ursula parecia tomada por pânico.

— Acho que a gente vai ter que pagar pra ver — respondeu Adeline, parecendo hesitante.

Elliot só continuou falando:

— Baseado nas visões, a gente afunilou possíveis heróis para alguém do último ano no time de futebol americano ou no time reserva de futebol. Os dois times têm treino hoje, então a gente devia se dividir. E alguém vai ter que ficar do lado de fora pra impedir o Kane de entrar e para protegê-lo no caso de haver *mesmo* alguma coisa pior perseguindo ele.

— E quem vai ser?

— Você?

— Eu? — A voz de Ursula ficou mais aguda.

— Sim, você — confirmou Elliot. — Posso montar uma ilusão ao redor do devaneio para prevenir a maioria das pessoas de entrar nele, mas a gente precisa de você do lado de fora para segurar o Kane.

— Por que eu?

— Porque foi você quem conduziu o Kane de volta pra gente, Urs. Ele é culpa sua. Além do mais, ele confia em você. Deve ser moleza ficar de olho nele durante o resto do dia, certo? Só manda uma mensagem pra gente caso ele faça alguma outra coisa estranha. Ah, e, Adeline, será que nesse meio-tempo você pode chegar nele e apagar as lembranças da foto?

# DEVANEIO

— Eu tenho lição de latim.

— Adeline.

— Tá. Urs, vou com você pra encontrar ele antes do almoço. Não deixa ele fugir.

— Ótimo. Temos um bom plano, então? — perguntou Elliot.

As garotas murmuraram em acordo e o encontro foi finalizado. Kane se abaixou enquanto os Outros saíam da sala da caldeira, as mãos sobre a boca. *Os Outros*. Tinha certeza de que nunca havia ouvido aquele nome antes, mas de alguma forma o termo lhe era mais do que familiar. Parecia algo que lhe pertencia, como uma coisa da qual ele já tinha sentido orgulho de fazer parte.

Ele se afundou ainda mais no canto, as mãos contendo pequenos soluços conforme lágrimas escorriam por suas bochechas. Podia até correr dos Outros, mas não de si próprio. Seu corpo o estava traindo. Sua vida o estava traindo. Agora, mais do que nunca, desejava conseguir se isolar, mas, com a própria mente comprometida, não sobrava nenhum lugar para o qual fugir.

# SETE

## *Cuidado com o cão II*

No final das contas, Kane acabou mesmo fugindo para a enfermaria. Parecia ser o único lugar seguro para o qual ir. Os Outros sabiam onde ele morava e tinham vasculhado seu quarto. Os Outros sabiam sua rotina escolar, onde ele deveria estar e quando. Kane pensou em sair da escola, ir para a cidade (talvez ao Poleiro ou a St. Agnes), mas cada uma das ideias parecia previsível demais. Muito a cara dele. Os Outros sabiam tudo a seu respeito e, portanto, qualquer coisa habitual estava fora de cogitação.

O escritório da enfermeira não lhe era conhecido. A mulher levou Kane para uma sala dos fundos que tinha uma maca pequena enrolada em papel, na qual ele se sentou e observou a maçaneta da porta. Em algum momento, se sentiu corajoso o suficiente para pegar o diário e, durante as muitas horas seguintes, anotou cada coisinha que lhe veio à mente. Cada teoria. Cada fantasia. Não importava o quão estranhas ou surreais eram. Ele só precisava colocar essas coisas no papel e tirá-las da cabeça.

Houve uma batida na porta, a qual o acordou algum tempo depois. Não percebeu que tinha dormido. Educada, a enfermeira o informou que o dia letivo havia acabado e perguntou se ele precisava usar um telefone para ligar para o pai.

— Não precisa. Quero ir andando pra casa — disse enquanto recolhia seus pertences.

A escola estava vazia de um jeito macabro em meio à vasta luz dourada do entardecer. Havia o som de armários sendo batidos e de risadas, mas estes eram sons distantes que pareciam emanados de um outro mundo. Kane piscou até afastar a sonolência. Sem saber para onde ir, entrou na biblioteca e se jogou em seu lugar favorito, que ficava próximo das últimas estantes. Lá, analisou as listas que fizera no diário antes de cair no sono. A primeira foi intitulada *Os Outros*:

*Ursula Abernathy — péssima mentirosa, esportiva. Odeia pássaros.*
*Adeline Bishop — um pouco malvada, mas sempre tem razão*
*Elliot Levi — bandidinho hétero, mas mágico*
*Dean Flores — gostosão solitário?*

A segunda lista foi intitulada *Perguntas*:
*Sou um Outro? Desvendo coisas?*
*O que Os Outros fizeram com Maxine Osman?*
*O que é um devaneio? Uma visão? Esses trecos são magia??*
*O que é real??*
*Isópodes brilhantes (não são lagostas)*

Por último, no fim da página, Kane rabiscara duas palavras diversas vezes. *Peso morto.*

Kane enfiou o diário na mochila e caminhou rumo à saída da frente da escola, mas algo o impediu de ir para casa e desistir de tudo. Estava incerto a respeito de tanta coisa (deste mundo, dessas pessoas, do que significava ser um peso morto), mas de uma coisa ele sabia: estava vivo.

Desde o enterro da avó, o garoto se deu conta de que, quando as pessoas contam histórias sobre os mortos, elas criam vida ao inverso. O que é lembrado em relação a uma pessoa se torna o que é verdadeiro a respeito dela, depois que já se foi. Mas Kane ainda não estava morto, então sua história ainda lhe pertencia. Independentemente das coisas pelas quais ele tinha passado, de qualquer que fosse a calamidade misteriosa a que ele tinha sobrevivido, cabia a *ele* entender o que aconteceria em seguida.

Mandou uma mensagem para Sophia: Diz pra mãe e pro pai que vou ficar na escola depois da aula pra fazer uma coisa.

Então mudou de direção, as botas ecoando nos corredores vazios até que passou com tudo pelas portas que levavam aos fundos da escola. Os campos estavam onde sempre estiveram, nada novo sob o sol. O time de futebol estava em fila e se revezava batendo pênaltis enquanto as garotas do hóquei sobre grama estavam sentadas num círculo, se alongando. Formas minúsculas corriam em círculos na pista que contornava o campo de futebol americano, cujo time treinava tiros de corrida, tocando nas linhas brancas à medida que voltavam. Gritos distantes alcançaram suas orelhas e assobios cortavam o ar dourado. O treinador O'Brien gritou alguma coisa. Não havia nenhuma música *folk* tocando.

A normalidade de toda a cena doía. O que ele tinha esperado?

Kane caminhou até a beira do campo. Tinha dormido em meio à oportunidade de pegar os Outros fazendo fosse lá o que iam fazer. Sua determinação não importava; essa história tinha seguido em frente sem ele. Mas então, no meio de sua viagem pela coitadolândia, ouviu alguém gritar seu nome.

Nenhum dos alunos no estacionamento estava olhando em sua direção. À esquerda estavam as garotas do hóquei sobre grama, mas ele não conhecia ninguém do time.

Mentira. Só tinha esquecido.

Enquanto Ursula se levantava, seus cachos dispersos capturaram a luz da tarde e queimaram uma auréola ao redor de sua cabeça. Conforme ela trotava até ali, Kane notou uma raiva no corpo da menina que se derreteu até o alcançar, substituída por sua leveza de sempre. Entre os dois se assomava uma cerca de três metros, mas isso não importava. Ele tinha sido pego em flagrante.

— Oiê! — O sorriso de Ursula era grande, como o das fotos do parque de diversões.

Kane estudou seu rosto em busca de um sinal de falsidade, e o encontrou: um pequeno vinco de preocupação enraizado entre as sobrancelhas, o mesmo vinco dedo-duro de quando conversaram na trilha.

— Olá.

— Como você tá?

— Bem. — Ele ouviu como soava grosseiro, então acrescentou: — Foi mal não ter dado as caras no almoço. Apaguei durante a maior parte do dia, descansando.

— Mas agora você tá bem?

— Só cansado.

Ele começou a andar pelo caminho que levava à entrada do estádio. Ursula o seguiu. Aquilo o deixou pilhado, mas a cerca tinha três metros.

## DEVANEIO

Três grandíssimos metros. E era feita de metal.

— Então... por que você só não vai pra casa? — perguntou Ursula.

Kane se forçou a continuar andando.

— Tive que trocar umas ideias com alguns professores. E preciso conversar com o treinador O'Brien.

O garoto observou Ursula para ver sua reação, mas os olhos dela estavam presos no estádio. Hesitante, a menina disse:

— Não vai rolar. Ele tá ocupado com o treino de futebol americano.

— De boa. Vou ser rápido.

— Ah, bom... você pode falar com ele amanhã, não? E, além disso, eles tão fazendo uma linha de *scrimmage*[3]. Ele tá ocupado.

— Ele tá me esperando. No treino.

Incrédula, ela arqueou uma das sobrancelhas. Kane se perguntou aonde estava indo com essa mentira deslavada. Tentou ao máximo puxar na memória como as pessoas jogavam futebol americano. Tinha assistido a alguns filmes e, às vezes, ao início do Super Bowl depois que a parte mais importante acabava, que era o hino nacional.

— Aham, ele me convidou pra... levar a moeda.

— A moeda?

— Pra parte da moeda.

— Você quer dizer o cara ou coroa?

— Isso aí.

Kane acelerou o passo. Ursula acompanhou. Agora estavam atrás das arquibancadas de futebol americano. O estádio tinha vestiários e ele podia usar a entrada dos fundos para passar pela cerca.

— Ah, quer saber? Eu tenho uma moeda na minha mochila de equipamentos. Eu levo pra ele! Por que você não vai pra casa? Eu falo com o O'Brien por você. Não é pra isso que servem os amigos?

O garoto estava sem desculpinhas e com a paciência esgotada. Suas mãos tremiam. Tremiam para valer. Ursula o enojava com seu desespero. E ele se enojava com o próprio desespero para acreditar nela. Seus olhos queimavam, um precedente para lágrimas. A cerca não virava na curva, e ele se preparou para a fuga.

---

[3] N. do T.: No futebol americano dos Estados Unidos e no do Canadá, a linha de *scrimmage* é uma linha imaginária transversal que corta o campo e se posiciona entre a linha defensiva e a ofensiva. Os times não podem ultrapassar a linha antes do começo da jogada.

— Kane, você tá meio pálido. Que tal eu te levar de carro pra casa?

— Fica *longe* da minha casa.

O medo tomou conta do rosto da garota.

— Como é?

— Não se faça de idiota — ralhou Kane. — Eu te ouvi conversando com o Elliot e a Adeline na sala da caldeira.

Ursula ficou pálida.

— Aquela noite na trilha, você tava me seguindo, não tava?

— Kane, me escuta...

— O que é um devaneio, Ursula? Por que as lagostas estão brilhando?

— Kane...

— O que aconteceu com a Maxine Osman?

O vinco entre as sobrancelhas de Ursula se espalhou numa série de linhas descrentes. Ela meneou a cabeça num horror vagaroso.

— Vocês mataram ela?

— Kane, para, você não entende. Tá confuso, e se você se acalmar um pouco...

— Eu não tô confuso, e não me diga pra ficar calmo. — Sua voz fumegou. — Eu pensei que você era minha amiga!

Ela parecia ofendida, como se de fato se importasse.

— E eu sou! Eu ia te contar, mas não desse jeito.

O olhar fumegante de Kane foi sua única resposta antes de dar meia-volta em direção aos vestiários.

— Kane — chamou ela. — Espera só um minuto, beleza? A gente pode encontrar um lugar pra ir. Eu vou explicar. Vou explicar tudo. Só me dá uma chance.

— Eu te dei a sua chance — respondeu, cansado de ouvir.

Ia descobrir por conta própria o que Ursula estava escondendo. Como uma onda encapelada, a traição o arrastou e o fez correr.

— Kane! — gritou Ursula. — Você não pode entrar aí.

Ele a ignorou.

— PARA!

Não se tratava de um apelo. Era uma ordem. Kane precisou olhar para trás. As mãos de Ursula estavam agarrando os elos da corrente, seu rosto sombrio com um desprezo súbito. Então, com um movimento veloz, ela partiu a cerca ao meio como se fosse uma cortina de miçangas.

Agora, Kane corria. Contornou a curva a uma velocidade perigosa,

## DEVANEIO

deslizando na parte enlameada. Com um rodopiar, ele estava no chão, as mãos completamente sujas. Lançou um olhar para trás. Ursula virou a curva feito um foguete, diminuindo a distância que os separava.

Sua mente gritou para que se levantasse. Que fizesse qualquer coisa que não fosse observar enquanto ela se aproximava com ar ameaçador. Sobressaindo do seu íntimo, uma cristalização de pânico, raiva e determinação. Seu corpo foi de encontro a sua mente, que recuava, colocando-o de pé, em direção a Ursula. As palmas de suas mãos se levantaram para impedi-la.

— Me deixa em *paz*!

Uma pontada de dor atravessou as têmporas de Kane enquanto uma chama estonteante envolveu a ponta de seus dedos. Emitindo um som como o do próprio ar se rasgando ao meio, uma iridescência pura explodiu de suas mãos. Ela acertou Ursula em cheio, surgindo sobre ela como um jato d'água espesso, desequilibrando-a e fazendo com que caísse com força para trás.

Um pulsar esbaforido se passou. Ursula estava caída numa pequena cratera, fumaça rodopiando para fora de seu corpo imóvel, provavelmente morta, e a mão de Kane ainda estalava com a luz transcendental. As chamas eram facetadas como pedras preciosas, mas tinham a fluidez de uma névoa e, em suas profundezas dançantes, continham todas as cores imagináveis.

Frenético, Kane chacoalhou a mão, desesperado para tirar o fogo de sua pele. Enfiou os nós dos dedos na lama pegajosa, mas a luz ainda assim fervia sobre sua pele.

— Socorro! — gritou, embora o fogo não o queimasse.

Em vez disso, uma vibração elétrica pulsava nos ossos de sua mão, em sincronia com as chamas em tons pastel, como se Kane não empunhasse fogo, mas som.

Então Ursula se sentou.

— Kane — rosnou, com uma dor restringida.

Seu uniforme estava com algumas partes queimadas. Pedaços de pedras caíram de seu cabelo à medida que se levantava e encarava o garoto com olhos que agora brilhavam com um rosa néon.

Ela partiu na direção dele.

— Nós somos amigos, Kane, lembra? Se você parar e me escutar, eu posso te ajudar.

— Fica *longe* de mim!

Dessa vez, quando a pluma surgiu na mão de Kane, ela não varreu Ursula para longe. Em vez disso, chegou a um metro da garota e colidiu contra algo que... ele não sabia o que era. O feixe de luz atingiu uma barreira invisível e explodiu, passando por Ursula como o enxame de um milhão de brasas inofensivas.

Agora ela estava a poucos passos de distância. E parecia *puta da cara*.

E, sem mais nem menos, o fogo desapareceu da palma de Kane, que correu como o diabo fugindo da cruz. Os vestiários eram sua única opção e, por alguma bondade assustadora, a porta estava escancarada. Ele se lançou até ela enquanto Ursula se lançou atrás dele.

— *Não faz isso!*

Mas Kane estava à porta, pulando para dentro e jogando todo o corpo contra ela para fechá-la.

A centímetros de distância, Ursula gritou:

— Eu vou te achar!

A porta se fechou com um estrondo. A trava se encaixou no lugar com um clique delicioso.

E Kane estava em segurança.

# OITO

## *Sangue estragado*

Kane sorveu respiração atrás de respiração. Cada inalada se prendia à garganta como um melaço. Ficou de olho na porta. Ursula havia passado pela cerca de metal. Será que a porta era capaz de impedi-la?

De algum jeito foi o que fez, e Kane estava seguro. Por ora.

Então enfim se permitiu chorar.

Para algumas pessoas, o desencadeamento repentino de magia pode ser chocante, mas para Kane parecia oportuno. Desde criança, e desde que soube que era diferente, ele tinha tecido a esperança pela magia em cada decepção do mundo. Cada desdenho, cada olhar furtivo, cada aniversário comemorado sozinho com apenas Sophia como companhia. Cada uma dessas coisas parecia uma dívida.

*Me prova que nada foi em vão,* costumava dizer ao universo. *Me deixa ter um poder que eles não podem tirar de mim.*

Como os X-Men. Como a Sailor Moon. Como a Avatar Korra. Achou que, se sofresse o suficiente, a magia talvez o encontrasse num momento de perigo instransponível. Telecinesia, como a Carrie. Ou o poder de manipulação da água, como a Sailor Mercúrio.

Em nenhuma dessas projeções, Kane tinha imaginado suas mãos explodindo em projéteis arco-íris.

Mas foi isso o que havia acontecido. Ele fungou enquanto inspecionava as mãos. Para sua surpresa, não tinha nenhuma queimadura. Tudo o que cobria sua pele era uma camada de sujeira devido à queda. Na verdade, estava coberto de lama por todos os lados. Uma mistura de argila, suor e algo que era ao mesmo tempo pegajoso e pungente.

Sangue.

Kane entrou num frenesi à procura de ferimentos, mas em vez disso percebeu que, de repente, sua camiseta de algodão era feita de sarja áspera. E o short tinha desaparecido, assim como as botas de montaria. Vestia uma calça cargo muito rasgada e um par de mocassins marrons que rangiam contra o chão de pedra irregular do túnel em que estava agora, o qual era iluminado por tochas.

Tochas?

Calça *cargo*?

Ele não estava mais no vestiário. Nem sequer tinha certeza de que estava acordado. Um túnel grosseiro se curvava às suas costas, escuridão adentro. Veias de cristais escarlate tricotavam através da rocha, seu brilho pulsante tingindo a passagem num carmesim medonho. Uma única tocha projetava-se de um suporte no qual estivera o interruptor do vestiário.

Kane correu até as paredes para sentir se eram de verdade. Eram. Deslizou a mão em direção à tocha para ver se era quente. Era. O que estava acontecendo? Para onde foi que a porta do vestiário o levou de fato?

Em um torpor, voltou-se para a porta a tempo de ver o metal se derreter num mosaico de paralelepípedos. Continuava sendo uma porta, mas uma que combinava com este novo mundo. O mosaico retratava uma cena de figuras se curvando diante de sua divindade, uma coisa gigantesca e pinçada incrustada com rubis e granadas preto avermelhadas.

— Lagosta brilhante — sussurrou.

Era disso que os Outros estavam falando. Este era o devaneio. A compreensão acarretou mais perguntas do que ofereceu respostas, mas o garoto se forçou a continuar concentrado. Estava cansado de chorar. Por ora, pelo menos.

Foi então que a porta deu uma guinada para cima e Kane soltou um grito. Vozes sibilaram pela abertura na base, o que o mandou aos tropeços para trás. O garoto tentou alcançar o celular, mas em vez disso encontrou um revólver no coldre em sua cintura. Enojado e horrorizado, jogou a arma para longe.

— Urīb! — cantavam em sincronia com a subida da porta. Pareciam vozes de homens, e não eram poucos. — Urīb!

## DEVANEIO

De um jeito absurdo, legendas brancas surgiram na parte inferior da visão de Kane. E diziam: "Levante! Levante!"

Kane pestanejou. As legendas continuaram. As vozes ficaram mais altas, o que fez o garoto disparar na direção oposta, descendo pelo túnel inclinado e entrando numa caverna cujo espaço era deslumbrante. O teto era formado pelo mesmo cristal carmesim, num padrão estilhaçado que lembrava vasos sanguíneos, e, contra um horizonte vermelho brilhante, havia toda uma cidade subterrânea. Construções feitas de pedra, cristal e musgo erguiam-se do chão da caverna, cada uma com centenas de metros de altura e repletas de sacadas. Estalactites gigantescas dependuravam-se do teto da caverna, esculpidas com janelas que mostravam apartamentos iluminados por tochas. Pontes feitas de corda costuravam por entre as casas, e jardins de plantas com folhas brancas pairavam sobre avenidas sulcadas e passarelas de paralelepípedos.

Tudo era estruturado em vermelho sangue pelos cristais pulsantes, os quais colocavam em foco a cidade elaborada, e, em seguida, uma respiração sim, outra não, a bania de volta à escuridão.

Kane nunca tivera um sonho tão realista. Forçou-se a continuar seguindo pelas ruas enquanto esperava despertar. A cidade estava vazia, e ele conseguia adivinhar onde estavam seus cidadãos; bem ao longe, ouvia uma multidão gigante, seu rugido tão alto que fazia vibrar os sapatos.

Então, de suas costas veio o som de homens se aproximando.

Kane se jogou nas partes escuras entre uma estalagmite caída, ignorando os estalidos raivosos de fossem lá que criaturas tinha assustado.

*O que tá acontecendo? Que merda tá rolando? Eu morri? Posso estar morto em breve?*

Tentou todos os truques para acordar. Se beliscou. Se mordeu. Se deu um tapa. Prendeu o ar. Tentou fazer xixi. De nada adiantou.

Àquela altura, os homens estavam próximos e a Kane só restava observar. Havia uma dezena deles e seus uniformes eram uma pegada futurista de um estilo bárbaro-chique: armaduras revestidas de metal polido sobre trajes feitos de carne crua. Alguns vestiam máscaras de mandíbulas e dentes. Eram humanos, e estavam *vestindo* humanos.

Kane engoliu a bile e escutou com atenção enquanto o líder falava, suas palavras escritas em texto branco nos olhos do garoto.

— Pelo jeito, as outras caravanas chegaram. Apressem-se ou serão vocês que estarão naquele grupo de sacrifício.

Ele era enorme, tomado por músculos, e brandia um chicote que parecia ser feito de cabelo. Kane não precisava saber o idioma para entender que havia algo errado com a língua do homem, que deslizava com densidade ao redor de suas palavras.

Os homens dele o entendiam direitinho. E traziam à frente uma jaula improvisada feita de madeira petrificada. Era transportada sobre rodas de pedra, que preenchiam a cidade abandonada com seus rangidos. Dentro dela havia um bando de garotas amontoadas que, no mesmo instante, Kane reconheceu do esquadrão de líderes de torcida, tirando seus uniformes, que curiosamente foram substituídos por vestimentas datadas que contrastavam com o ambiente bruto. Ali estava Veronica McMann vestindo uma camisa azul, o cabelo preso num coque. E Ashley Benton usando um terninho cor de creme amarrotado. E a terceira talvez fosse Heather Nguyen, mas ela estava com as mãos pressionadas contra o rosto enquanto chorava de soluçar.

As roupas das garotas eram uma complexidade adicional que Kane não era capaz de entender. Mas o grupo de líderes de torcidas ensaiava próximo ao campo de futebol americano. Elas também estariam no estádio.

Aos poucos, a ficha caiu: os homens puxando a carroça também não lhe eram estranhos. Fora preciso uma segunda encarada das boas para enxergar além das armaduras, mas todos aqueles rostos zombeteiros se pareciam com os dos garotos do time de futebol americano.

— Andem logo ou eu vou sacrificar todos vocês! — bradou o líder.

Os garotos ovacionaram, alegres, e as garotas choramingaram.

— Senhor — chamou um deles. — Sabe que nenhum de nós é virgem. A poderosa Cymotheriana ficaria furiosa se sentisse o gosto do nosso sangue estragado!

A brigada seguiu em frente e, nas sombras, Kane foi atrás. A dilatação seguinte de luz vermelha lhe permitiu enxergar uma quarta garota na jaula. Ela estava no fundo e não chorava. Mantinha os braços cruzados sobre o peito e olhava para fora com uma expressão de irritação. Usava um vestido rosado que caía logo acima dos joelhos e, preso ao redor da cintura, havia um firme cinto magenta que combinava com seus escarpins magenta brilhantes. Seu cabelo acobreado tinha sido preso na forma de uma colmeia bulbosa que continuava de pé (enorme e imponente) sem nenhuma deferência à gravidade. E, em seu nariz arrebitado, óculos

# DEVANEIO

de armação de tartaruga se equilibravam. Sem dúvida alguma havia um vinco de desprezo entre suas sobrancelhas recém-esculpidas.

Kane arfou. Era Ursula.

Então começou a entender as últimas palavras dela antes que fechasse a porta com tudo.

*Eu vou te achar*. Não era uma ameaça. Mas um aviso. Uma promessa. Ela sabia.

Aquilo era um devaneio. *Aquilo* era o que Kane não deveria descobrir, mas que, de algum jeito, devia desvendar.

Então rastejou até a parte de trás da carroça, onde não havia nenhum bárbaro parado, e foi capaz de chegar até a jaula sem que ninguém sequer notasse.

— Ursula.

A garota batucava os pés com impaciência. Ela não respondeu.

— Uuursulaaa.

Nada.

Kane enfiou os dedos pelas barras e cutucou a lateral do corpo dela. Uma das mãos da garota se moveu com velocidade e pegou o dedo dele, então o puxou para mais perto.

— Fica quieto — sibilou, ainda encarando ao longe. — Você tem que se esconder. *Agora*.

Seu aperto era como ferro. Kane pensou na cerca partida ao meio. Com que facilidade ela seria capaz de quebrar as juntas do dedo dele caso quisesse fazê-lo?

— Eu vou te tirar daqui — sussurrou ele.

— Fuja.

Ela apertou o dedo dele com tamanha força que Kane ficou surpreso por seu osso não ter quebrado.

— Só quebra as barras de uma vez — implorou o garoto. — Eu sei que você consegue.

— Não consigo, não.

— Consegue, *sim*.

— Quero dizer, claro que *consigo*, Kane, mas não *posso*.

— Por quê?

— Porque não é coisa de *mocinha* — bufou Ursula.

Um estalo soou como o barulho de uma arma, e o braço de Kane explodiu de dor. Ele foi arrastado para o chão, o chicote de cabelo trançado queimando ao redor do pulso. A coisa puxou com força à medida que o líder contornava a carroça, fazendo uma careta para Kane, suas pupilas eram dois poços pretos que perfuravam as íris de um branco nebuloso.

— Tira a mão da carne — balbuciou o líder.

A dor borrou a visão de Kane enquanto ele tentava romper a corda em vão, a qual só se cravou mais fundo em seu punho. A jaula parou de se mover e os garotos amontoaram-se sobre o novo cativo. O fedor deles era real. Aquilo tudo era real.

— Achei esse aqui xeretando — disse um subalterno, um segunda-nista que Kane reconheceu de seu intervalo de almoço do ano passado.

No entanto, neste mundo, as bochechas do garoto estavam cobertas por cicatrizes vivas. Diferente do líder, seus olhos eram do mesmo azul de sempre.

— Arranquem a mandíbula dele!

— Sufocá-lo com as próprias tripas?

— Cadê o resto? — perguntou o líder, ajoelhando-se sobre Kane.

— O resto de mim?

— Os outros *Keólogos*.

— Eu não...

O líder assentiu com a cabeça e dois garotos prenderam Kane contra o chão enquanto o comandante guardava o chicote, puxando o braço da vítima. Alguém entregou ao líder um machado gigante e pegou o açoite de suas mãos. Gentilmente, ele levantou o queixo de Kane com a ponta serrada do objeto, demonstrando excelente controle sobre a arma.

— Me conta.

— Eu disse que não sei!

Com isso, o líder recuou, levantou o machado e, então, deu dois passos rápidos conforme descia a lâmina em direção aos membros de Kane. O garoto gritou e lançou-se contra o peso dos dois que o seguravam, mas a arma nunca encostou nele. Quando abriu os olhos, viu o choque corroendo o sorriso sanguinário do líder. Um dos outros bárbaros havia intervido, apanhando o cabo do machado.

— Já basta.

O garoto era diferente dos demais. Usava um arnês de combate que combinava couro e osso, mas sua posição era marcada por uma elaborada máscara de estilhaços de ossos presa à testa, às bochechas e ao nariz, como se seu crânio estivesse exposto. Havia uma letalidade nele que faltava nos outros subalternos. Uma autoridade que até mesmo o líder se sentia compelido a obedecer, apesar da juventude do garoto. A arma foi abaixada.

— Vocês devem ir para a cerimônia. Deixem esse aí — ordenou o que salvou Kane.

Graças a Deus.

Ele desembainhou a lâmina em seu arnês.

— Eu mesmo quero matá-lo.

# NOVE

## *Parasitas*

*Puta merda.*

A brigada ficou latente com sussurros hesitantes. Kane olhou do garoto para o líder e então para Ursula, mas não enxergou nenhum deles. Só viu as várias formas que poderia (e meios pelos quais provavelmente iria) morrer.

— E por que eu deveria deixar este *Keólogo* para você? — perguntou o líder.

— As cerimônias vão começar em breve. Você deve entregar os sacrifícios.

— E por que não trazer ele junto para ser sacrificado?

A brigada murmurou em acordo.

— Porque ele é um Tiẋorno.

Nenhuma legenda apareceu para aquela palavra. Apenas <XINGAMENTO>.

— Tiẋorno! — O insulto foi ecoado num horror abafado.

— A poderosa Cymotheriana jamais se manifestaria diante da presença de um sangue tão estragado. É melhor ele ser abatido fora do santuário. Do contrário, nós corremos o risco de contaminação.

— Que assim seja. — O líder deu de ombros e ao garoto foi entregue o chicote. — Mas você não pode matá-lo. Coloque-o nas masmorras. Cortarei a mandíbula dele depois da cerimônia.

O garoto mascarado se curvou.

— Como desejar.

## DEVANEIO

Desanimada por toda a civilidade da coisa, a brigada voltou à caminhada lenta e a carroça se moveu com um estrondo. Kane tentou chamar a atenção de Ursula, mas ela havia se virado. E agora ele estava preso. O garoto era muito maior do que ele. Mais forte. E olhou Kane de cima com uma leve aversão.

— Anda. Vem comigo — disse ele, em inglês, e saiu andando.

Kane trotou em seu encalço como um cachorro inseguro sendo levado para passear. Procurou uma oportunidade de fugir, mas o chicote estava rígido contra seu pulso. O garoto estava menos hostil agora, quase desinteressado conforme os levava pela rede de passarelas, para dentro de uma estalagmite oca e subindo por uma escada cujos degraus foram esculpidos com suavidade.

— Pra onde a gente tá indo? — Kane ofegou quando chegaram a um patamar.

— Não é para uma cadeia bárbara, isso é certeza.

— Quem é você?

— Um bárbaro.

— Você não fala como um bárbaro.

— Bom, mas eu sou.

Kane tentou se lembrar da palavra de que tinha sido chamado.

— O que é um tiich... tiixoo...

— *Tiixorno*. Acho que significa que você vai pra cama com outros homens. Os outros garotos estavam dizendo isso, então eu joguei um verde. Seja lá o que significa, deu certo.

— Você me tirou do armário?

O garoto deu um puxão no chicote.

— Eu salvei sua vida.

— Eles vão mesmo cortar minha mandíbula?

— Credo. Não.

A passagem chegou à ponta da estalagmite, e uma ponte robusta os conduzia sobre uma queda vertiginosa em direção ao túnel em formato de meia-lua escavado dentro da parede da caverna.

— Mas você falou que...

O garoto se virou para Kane, balançando a ponte com ar ameaçador.

— Eu falei o que precisava pra te tirar de lá. Se não fosse isso, a Ursula ia ter que sair do personagem e o devaneio é recente demais para isso. Só foi se manifestar uma hora atrás. Agora fica quieto e se segura em mim.

Kane fez como mandado enquanto avançavam por uma rede de túneis similar à passagem pela qual havia aparecido no começo. Sentia o cheiro de fumaça e, em algum outro lugar, água gotejava. Ali, o chão era mais nivelado e ele podia andar sem se curvar. Estava prestes a começar a fazer mais perguntas quando o garoto o fez primeiro.

— Você ainda quer dar no pé?

Kane surpreendeu a si mesmo ao responder com honestidade:

— Se você fosse me matar, já teria feito isso. Acho que estou mais seguro com você do que sem.

O garoto exibiu sua lâmina, passando-a pelo chicote de cabelo trançado.

— Isso mesmo. Agora me conta, do que você se lembra?

Kane massageou o pulso.

— Eu tava correndo da Ursula e tentei escapar entrando nos vestiários, mas, em vez disso, acabei aqui.

— Antes disso.

— Eu tentei ir para o treino de futebol americano para... entregar uma moeda.

— Conta outra. Aqui, isso significa algo pra você?

Com a ponta da adaga, ele traçou algo no chão úmido.

— É o número oito? — chutou.

O garoto não pareceu impressionado, e perguntou:

— Beleza. O que você lembra sobre devaneios?

— Devaneios? — Kane tropicou numa pedra solta, e o garoto o arrastou para frente. Agora estavam andando rápido. — Tipo, sonhos?

— Tipo isso.

Eles entraram em outra caverna, esta era marmorizada em piscinas bioluminescentes da cor do céu de um junho sem nuvens. Nas piscinas, coisas se moviam, seus rastros brilhavam em fosforescência.

— Devaneios são o que acontece quando o mundo imaginado de uma pessoa se torna real. Eles são como realidades em miniatura, com seus enredos, regras e riscos próprios. Por exemplo, este devaneio parece ser sobre uma civilização subterrânea que venera uma divindade chamada *Cymo*. Eu chuto que a gente tá na fantasia, transformada em realidade, que alguém tem de ser resgatado. Por exemplo, você parece ser algum tipo de... como são chamadas as pessoas que estudam ossos e sujeira?

— Arqueólogos.

— Isso. *Keólogos*, como dizem aqui. O enredo do devaneio parece ser sobre arqueólogos que deram de cara com essas cavernas e devem resgatar aquelas garotas.

— A equipe de líderes de torcida?

— Obviamente.

— Mas por que elas estavam vestidas como secretárias eróticas?

O garoto deu de ombros.

— E aqueles garotos... eles eram do time de futebol americano, certo?

— Certo.

— Como ninguém se lembra de nada?

O garoto enganchou um braço ao redor da cintura de Kane, ajudando-o a passar sobre um montículo de cogumelos.

— A maioria das pessoas nunca nem faz ideia de que está num devaneio. A mente delas só aceita o novo mundo onde estão e o novo papel que recebem. Pense nisso como um filme cheio de atores, a diferença é que eles não sabem que estão atuando. Eles acreditam ser verdade. Bem poucas pessoas continuam lúcidas como nós e a Ursula, mas a gente ainda precisa continuar no papel ou, então, nós vamos arrumar problema.

— Que tipo de problema?

— Todo devaneio tem um enredo. Se você não seguir as regras internas, está arriscando desencadear uma reviravolta, e reviravoltas podem ser bem mortais para pessoas presas dentro de devaneios. Então a gente tem que entrar na brincadeira e dar nosso melhor para manter as pessoas em segurança até que o devaneio chegue ao fim.

A pele no pescoço de Kane pinicou. Alguma coisa fez a água espirrar ali perto, formando uma oscilação cintilante.

— Mas, se isso tudo não passa de uma fantasia descabida, como pode ser perigosa?

A luz pálida lançou sombras na cavidade ocular do garoto.

— Só porque uma coisa é imaginada não significa que ela não é perigosa. Às vezes, as coisas nas quais acreditamos são as mais perigosas a nosso respeito. É por isso que as pessoas constroem mundos inteiros em suas mentes. Porque acham que estão seguras, mas elas estão erradas. Sonhos são como parasitas. Eles crescem na escuridão dentro da gente, e o fazem de modo fatal. Confia em mim quando falo que devaneios podem te matar.

— Não acredito nisso.

— Você não precisa acreditar. Só precisa sobreviver a ele.

— Como?

O garoto os levou para dentro de uma caverna com teto abobadado e colunas espaçadas sem regularidade.

— Devaneios não duram para sempre. Conforme se aproximam do fim, eles se tornam instáveis e começam a colapsar. Se você conseguir sobreviver até lá, pode desvendá-lo.

*Desvendar*, como os Outros falaram.

— Desvendar de que jeito?

— Acho que a gente vai descobrir.

Depois disso, o garoto impôs silêncio. A multidão extasiada que Kane ouvira mais cedo estava muito mais alta agora. Os sons vibravam diretamente das pedras. Quando eles saíram para o que restava de uma ponte ancestral e mutilada, o rugido se resumiu a um canto.

Não, a uma comemoração.

Ele andou até a beirada e então girou de volta, tonto por causa da altura. Esta caverna era uma tigela enorme; milhares de pessoas se aglomeravam na encosta superficial. Elas cantavam e batiam os pés, conferindo à vista toda o caos espaçoso e cambaleante de um estádio. O espaço, inconcebível e caótico, era arquitetado como uma respiração ofegante em direção a um único elemento: um santuário monstruoso na parede aos fundos, esculpida para se parecer com um rosto contorcido de raiva. A boca, cheia de um inferno dourado, era tão grande que uma casa caberia em sua língua. Os olhos sem órbitas jorravam cascatas brancas que chiavam contra os lábios partidos. Vapor varria a multidão, que se contorcia e pedia por mais.

— Que porcaria é essa? De onde saíram todas essas pessoas? — perguntou Kane, arfando.

— A maioria delas não é real — disse o garoto. — Dá pra notar pelos olhos. As pessoas criadas pelo devaneio têm íris brancas.

Kane se lembrou do olhar gélido do bárbaro que liderava a caravana. Todos os outros eram do time de futebol americano, mas ele era uma criação deste mundo.

— O que eles estão fazendo?

— Presta mais atenção no pátio.

O pátio era uma plataforma de obsidiana envolta em magma, o que lhe conferia um brilho malévolo. No centro, um homem rodopiava usando vestes imundas, gritando enquanto empunhava um cajado nodoso com um chocalho de crânios minúsculos.

— O Alto Feiticeiro — explicou o garoto.

— O que ele tá fazendo?

— Presta mais atenção — repetiu.

Saltando do piso preto do pátio havia um altar de mármore claro, esculpido no formato de uma mão gigante e drapeado em correntes. Havia coisas atadas a ele.

Não coisas. Pessoas.

Seus olhos vieram a pousar sobre Adeline Bishop, sua pele marrom-escura brilhando contra o mármore frio que a prendia.

*Mas é claro*, murmurou em pensamento. Adeline era a terceira pessoa na sala da caldeira. Dentro da lógica deturpada deste mundo, deste *devaneio*, fazia sentido que alguém com uma beleza tão intensa como Adeline Bishop fosse escalada como uma donzela indefesa. Pelo que parecia, como a donzela principal. As outras garotas estavam amarradas entre os dedos esticados, enquanto Adeline estava vulnerável na palma, em perigo.

— O que vai acontecer com ela?

— Ela provavelmente vai ser sacrificada — murmurou o outro em resposta. — Vai depender se o herói chegar até ela a tempo. Ele tá perto.

— E se ele não chegar?

— Então ela com certeza vai ser sacrificada.

Kane olhou para o garoto e então, talvez por conta da claridade na caverna ou por causa da proximidade que compartilhavam, o reconhecimento enfim se fez presente. Ele conhecia essa pessoa. Eram os olhos, a única coisa visível sob a grossa máscara de osso.

— Você é o Dean Flores, não?

O garoto continuou de olho no pátio, sem piscar. Kane sabia que estava certo.

— Foi você quem me deu aquela foto dos Outros. Você queria que eu encontrasse meu caminho até aqui, não foi?

Dean se virou para Kane.

— Não exatamente, mas estou feliz que esteja aqui. Eles precisam de você. Mas, por ora, você tem que ficar fora de vista até que o Elliot dê as caras. Ele tá com o herói... a pessoa no centro do devaneio, responsável por criá-lo. Eles estão se deslocando entre as armadilhas sob a caverna.

Vão tentar impedir o sacrifício, e talvez terão sucesso. Independentemente disso, o devaneio vai começar a colapsar logo em seguida.

— Mas...

— E aí vai sobrar pra você desvendá-lo.

— Mas...

— E essa última parte é muito importante, Kane. — O rosto de Kane era uma máscara apática de sombras. — Você nunca deve contar aos Outros sobre mim. Se fizer isso, eles vão te machucar e, então, vão me machucar. Me promete isso?

Dean estava inflexível. A curiosidade arranhou Kane para perguntar mais coisas: sobre os Outros e seus mundos secretos. Sobre seu papel em tudo aquilo. Prometeu a si mesmo que perguntaria essas coisas caso sobrevivesse.

— Prometo.

— Ótimo. Agora não se mexe e tenta não se meter em problema. Já passei tempo demais aqui... não vou conseguir voltar.

Outra explosão saiu da boca. Atrás dos dentes escurecidos uma língua vermelha se contorcia, algo distendido no fundo da garganta da terra.

Quando desviou o olhar da cena, Dean havia desaparecido.

Ele se virou. Dean tinha deslizado para dentro das cavernas sem nem ao menos mexer um único seixo. Kane sabia que era idiota tentar alcançá-lo; o garoto havia se movido com a suavidade de uma centopeia entre aquelas curvas sem luz.

Só sobravam duas opções: ficar ou partir.

Ele tomou uma decisão.

# DEZ

## *Reviravoltas*

Kane tinha muitos arrependimentos, e de alguma forma todos eles tinham a ver com Ursula. Entrar escondido na sala da caldeira para bisbilhotar a garota e os Outros. Confrontá-la na quadra da escola. Correr dela e entrar num mundo de sonhos mortais. Ir atrás de Ursula de novo só para acabar chicoteado por uma arma feita de *cabelo de verdade*. Uma nojeira.

No entanto, seu arrependimento mais recente era a respeito de Dean. Claro, Kane havia decidido não dar ouvidos ao garoto, certo de que era capaz de encontrar um jeito de sair dessa bagunça cavernosa, mas, assim que voltou a entrar nos túneis, se perdeu no mesmo instante. Dez minutos depois, nem sequer conseguia encontrar um meio de voltar à posição elevada da arena. Os túneis, ele tinha certeza, estavam se reorganizando. Dean dissera que o devaneio ia colapsar. Era isso o que estava acontecendo? Como seria a sensação de ser esmagado por quilômetros de pedra e sujeira?

— Arrasou horrores, Kane. Tomou decisões incríveis e maravilhosas de verdade. Você é o momento.

Estava tão ocupado dando um sermão a si mesmo que não ouviu os guardas bárbaros até que rodopiou para fora da passagem que eles estiveram guardando. Os garotos se levantaram, tão surpresos quanto ele estava, mas, em um piscar de olhos, os guardas tinham colocado Kane contra a parede sob a mira de uma lança. Os olhos deles eram normais. Pessoas da escola.

— Keólogo — grunhiu o maior, com ar ameaçador.

Kane poderia ter jurado que estava parado diante de Evan, da fanfarra esportiva, só que esta versão tinha um queixo muito mais lisonjeiro. O outro (provavelmente Mikhail Etan, também da fanfarra), até mesmo neste mundo, tinha acne nas têmporas.

— Mikhail, Evan, sou eu! O Kane, da escola! A gente estava junto na turma de tutoria no ano passado!

Eles pestanejaram para Kane, sem entender nada.

*Não fazem ideia de que estão atuando. Não sabem que isso não é real.*

— Isso não é real! Isso tudo é, tipo... um sonho ou algo assim. Vocês não são...

Naquele mesmo momento um tremor nauseante veio pelo túnel, atingindo os três. Uma eletricidade sombria cortou as fibras do próprio mundo, chocando-o (literalmente). O devaneio parecia... bravo. A textura do ar ficou tensa e sufocante, como se estivesse se contorcendo ao redor do trio. Punindo Kane por ter sido pego.

Os dois guardas se lançaram sobre Kane, mas o garoto foi mais rápido. Ele voou e, de repente, o mundo que o cercava começou a girar e se deformar. A rocha sob seus pés mudava a cada passo dado. Os túneis a sua frente se despedaçaram, se reorganizando em novas rotas, levando-o para algum lugar, como um rato preso num labirinto. Dean lhe tinha dito que era imprescindível que ele entrasse na onda do devaneio, e Kane tinha acabado de chutar o balde ao sair do personagem. Agora sentia que o devaneio o estava conduzindo com habilidade rumo a algo muito pior. Mas ele não podia parar de correr. Os guardas estavam bem em seu encalço.

O passo seguinte atingiu o nada, e ele estava caindo por uma escuridão ampla, até que mergulhou numa piscina gelada e escura. Kane se debateu e cuspiu enquanto a correnteza o arrastava ao longo de paredes curvadas escorregadias de sujeira, suas mãos deslizando e arranhando. A correnteza ganhou força, e um brilho pulsava à frente. De lá, ouvia o canto. O rugido da água em queda. Sabia o que vinha a seguir.

A correnteza o puxou para baixo, para o caos das cascatas que despencavam dentro da arena. Ele se curvou em posição fetal enquanto deslizava por um declive escorregadio, sacudindo e quicando entre os coágulos de musgos até que, por fim, rolou até parar.

Ao redor dele, a água assobiava, transformando-se em vapor, em um chão preto brilhante. Kane estava ciente de ter despencado em um

## DEVANEIO

novo silêncio atordoado, como quando tinha entrado na sala da turma da tutoria aquela manhã. Ele se sentou e encarou e, em resposta, encontrou três mil olhos brancos como nuvens. A multidão, toda a arena, estava cativada pelo garoto que tinha acabado de ser expelido da careta chorosa da divindade gigante.

Kane sentiu que devia fazer uma pose. Ou acenar. Ou fazer alguma coisa. Parecia estranho fazer tamanha entrada com tão pouco charme. Ele olhou para Adeline, presa no altar, e seu rosto era o único que não demonstrava espanto. A nuvem de seus cachos pretos balançou enquanto ela meneou a cabeça. Com um olhar fulminante, a garota parecia muitíssimo irritada com a chegada de Kane.

O silêncio acabou quando as outras virgens sacrificiais começaram a gritar.

— Estamos salvas!

— Nosso herói!

— A gente sabia que você viria!

E, simples assim, a reviravolta estava completa. Kane foi de um espectador distante para salvador inesperado. A fúria irrompeu da multidão, banhando o pátio numa exigência dissonante por sacrifício. Sacrifício. SACRIFÍCIO!

Arrepios fizeram seu corpo tremer e seus dentes rangerem. Ele tinha estragado as coisas de um jeito tão descomunal que o pior cenário possível estava se concretizando e, agora, não havia nada que pudesse fazer.

— Kane! O feiticeiro! — gritou Adeline.

De perto, o homem era algo entre um cadáver e um esqueleto, sua pele escamava em queimaduras suaves, seus dentes não passavam de seixos apodrecidos presos em gengivas pegajosas. Da manga de sua veste, ele puxou uma adaga de osso retorcido e, fixando seus olhos brancos em Kane, correu em direção a Adeline. Ele levou a adaga para trás, mirando o estômago dela. A garota recuou, mas não tinha para onde ir.

Contra todos seus instintos, Kane correu atrás do feiticeiro, mas não era tão veloz quanto o outro. Suas roupas encharcadas grudavam a cada passo. Não tinha como ele conseguir alcançar a adaga antes que ela fosse enfiada em Adeline... mas...

Ele alcançou as vestes do feiticeiro e as puxou com o máximo de força que conseguia. A adaga foi inclinada para cima, presa na cavidade da mandíbula de Adeline, e em seguida foi afastada conforme Kane puxava com mais força. Juntos, eles caíram no chão, presos no tecido grudento. Cegamente, o garoto pegou a faca, encontrando o pulso do feiticeiro e o apertando com força. O velhote cuspiu e choramingou e, então, veio o tinido da adaga atingindo o chão. Arrasou! Com um chute, Kane se livrou das vestes, pegou a arma e correu até Adeline.

Gotículas de sangue escorriam pelo pescoço dela como joias errantes, mas nada mais. A adaga só tinha cortado sua mandíbula.

— O que você tá fazendo? — sibilou ela.

— Te salvando!

— Mandou mal, Kane. — Adeline recuou quando Kane partiu as correntes. — Eu tô preparada. Você deveria estar... será que dá pra você tomar cuidado, por favor?

— Tô tentando.

— Bom, tenta correr.

— Como é?

— Correr. Tipo, com suas pernas.

— Não, isso eu ouvi.

Bem naquele momento, Adeline meteu o joelho no estômago de Kane, fazendo-o se curvar a tempo de o cajado do feiticeiro passar assobiando sobre sua cabeça. O objeto atingiu o altar, estilhaços de crânios quicando sobre o chão. A menina tinha salvado sua vida, mas as mãos do feiticeiro caíram sobre Kane, pegando-o pela camisa e jogando-o no centro do palco com uma força inumana. O garoto pousou com força demais; seu pescoço foi para trás e sua cabeça bateu contra o chão de obsidiana. A adaga escorregou de sua mão trêmula, e ele ficou enfurecido.

Tudo perdeu a velocidade. O feiticeiro pairou sobre ele, com os olhos intensos de ódio, e a capa se agitando como fumaça vulcânica. O velho se ajoelhou e levou um dedo imundo sobre o lábio superior de Kane. O dedo voltou coberto de sangue. O feiticeiro o levou até a boca, enfiando com prazer o dedo ensanguentado entre os lábios. Então sorriu, mostrando todos os dentes para o garoto. Todos os cinco.

— Virgem — anunciou o feiticeiro, e outra reviravolta sombria se agrupou no devaneio.

Ele se virou para a multidão e ergueu o cajado no ar.

— VIRGEM!

A resposta fez a caverna tremer, o devaneio se distorcendo para acomodar essa nova trajetória. A estridência histérica dos aplausos parecia

# DEVANEIO

fortalecer o feiticeiro, que levou uma mão ossuda sobre a orelha e se inclinou em direção a uma metade dos espectadores.

— Sacrifício! — gritaram os homens.

Ele repetiu o ato, dessa vez do outro lado, que também entoou:

— Sacrifício! Sacrifício!

O feiticeiro foi teatral ao deliberar qual dos lados tinha sido mais alto, então deu de ombros de modo cômico e deu a cada um dos lados outra chance de superar a concorrência. Tratava-se da cafonice dramática de uma performance de intervalo no jogo de um time da série D. Kane, em seu delírio, ficou se perguntando se as líderes de torcida seriam libertas para a função de jogar camisetas para a multidão.

O velho declarou o lado direito o vencedor e a comemoração resultante foi de estourar os tímpanos. Os gritos percorreram Kane, o anestesiando. Ele mal sentiu o feiticeiro o levantando e o carregando por uma breve distância. Sem se dar conta, o garoto se perguntou se o lugar estava ficando mais quente.

Sua cabeça rolou para o lado e ele conseguia ver Adeline, que gritava, mas Kane não conseguia ouvi-la. Estava sendo levado para longe, rumo ao outro lado da arena. Em direção ao braseiro, cujo formato era parecido com uma boca, pronta para devorá-lo.

Foi então que Adeline fez algo estranho. Ela ficou calma, quase séria, como se tivesse tomado uma decisão importante. Fechou os dedos ao redor das correntes, como se quisesse rompê-las com as próprias mãos.

O feiticeiro deu um empurrão em Kane, forçando-o a encarar as chamas infernais à frente. A boca dominou sua visão e o ar vibrou com duas vezes mais força com os gritos da multidão, agora entrelaçada com um tremor profundo vindo de baixo. Suor ardeu nos olhos de Kane, que conseguia sentir seu cabelo queimando. Ainda assim, o feiticeiro o empurrou para a frente, o oferecendo.

— Sacrifício — rosnou o feiticeiro.

— SACRIFÍCIO! — rugiu a multidão.

E, com isso, Kane foi jogado nas chamas.

# ONZE

## *Limites*

Kane pousou no chão, jogado para trás em vez de para a frente. O canto da multidão se dissolveu em confusão. Perdido, o garoto abriu os olhos e viu a adaga na pedra a seu lado, a ponta ensanguentada brilhando à luz do fogo. Ele piscou para afastar as lágrimas e identificou o feiticeiro tentando alcançar a arma, tomado por desespero, enquanto uma corrente, presa em torno de sua perna, o arrastava para trás.

Kane seguiu a corrente até sua fonte: Adeline, agora parada no centro da arena, as pernas fixas enquanto usava uma das mãos para puxar o feiticeiro ao passo que, com a outra, enrolava a corrente com precisão. O feiticeiro, que fora forte o bastante para levantar Kane, não era concorrência nenhuma para os movimentos fluidos e deliberados da menina. Ele arranhava e arfava, tão impotente quanto um peixe fisgado.

— Sai de perto do fogo! — gritou ela.

Não havia para onde correr. O feiticeiro se lançou para frente, suas pupilas não passavam de buraquinhos na branquidão ampla de seus olhos vazios. Kane bateu os calçados contra as mãos do homem, dobrando seus dedos quebradiços como se fossem canudos. Com outro chute, fez a adaga deslizar para dentro do fogo, o que fez o feiticeiro gritar de ódio. Num piscar de olhos, ele se virou na direção de Adeline. Como uma pipa pega pelo vento, ele se lançou no ar e mergulhou sobre ela, mas a garota estava preparada. Manuseando a corrente com a facilidade de alguém que maneja uma fita, Adeline girou com graciosidade e, em um golpe violento, puxou a extensão enrolada. Ela atingiu o feiticeiro, cortando-o como um fio passando por um queijo macio.

Sangue respingou sobre Kane e se evaporou no mesmo instante. Ele cambaleou para fora do limiar do braseiro, lutando para conter o vômito enquanto saltava sobre o corpo rugoso do feiticeiro para se juntar a Adeline.

— Isso foi irado! — disse, ofegante. — Como...

— Mais tarde — rebateu Adeline. — Agora a gente precisa tirar daqui as pessoas de verdade antes da próxima reviravolta. Me dá uma mãozinha.

Ela estava arrancando extensões de correntes do altar em formato de mão. Kane não conseguia entender como ela tinha se libertado, mas então viu o cadeado antigo aos pés dela, aberto com um único grampo de cabelo.

— Isso aí funciona mesmo? — perguntou, arfando, e ajudou uma menina a descer do altar.

— Os devaneios adoram um bom clichê — grunhiu Adeline. — Se prepara pra reviravolta.

— *Outra* reviravolta?

Adeline arrastou as correntes, voltando a enrolá-las, enquanto a última menina saía correndo. Nada do que tinha acabado de acontecer agradou a multidão, mas pareceu que foram as virgens salvando a si próprias o que mais ofendeu o devaneio, e não a derrota do feiticeiro. Kane sentiu outra distorção fervilhando no tecido deste universo.

— Lá vem. Fica atrás de mim — falou Adeline, colocando-se entre Kane e a multidão.

— Onde estão as lagostas brilhantes? — indagou ele.

Adeline olhou para ele.

— Como você sabe disso?

— Eu tava na sala da caldeira. Ouvi você falando com os Outros. É assim que vocês se chamam, certo? *Os Outros?*

Adeline desenrolou uma parte da corrente. Agora, olhava para além de Kane, seu rosto ilegível enquanto vários bárbaros saltavam para dentro do pátio. Eram as maiores pessoas que o garoto já tinha visto, cada um deles era uma torre de massa e músculo; olhavam com glóbulos brancos perolados que combinavam com as lâminas polidas feitas de ossos que empunhavam.

Adeline deu de ombros.

— Beleza, Sherlock Holmes espero que você esteja pronto pra briga.

Você lembra como fazer aqueles estalidos com os dedos?

— Ahn?

Com um grito, o soldado mais próximo reduziu as passadas para um galope, a espada empunhada acima da cabeça. Adeline pegou Kane pelo braço e o levantou, a mão dele apontada para o peito do soldado.

— Estala! — ordenou ela.

Num segundo, ele se lembrou do jato de magia que tinha explodido da ponta de seus dedos para deter Ursula. Então remexeu os dedos e, quando nada aconteceu, Adeline os afastou do alcance de uma lâmina cortante. O guerreiro rosnou, pronto para outra investida, e seus amigos estavam logo atrás.

— Eu disse pra *estalar*, não pra fazer mãozinhas de jazz! — gritou Adeline.

Kane fez como mandado.

O som foi alto como um trovão, afiado como o tiro de uma arma; a visão era uma veia de brilho cintilante cortando o ar ao meio. Era difícil enxergar qualquer outra coisa enquanto o brilho atingia o guerreiro numa ferocidade tão selvagem que o lançou para trás, com velocidade espantosa e em muitíssimos pedaços. E então os outros guerreiros estavam sobre eles.

Adeline não permitiu que eles chegassem perto. Ela balançou a corrente em movimentos de varrer e cortar, dando golpes angulados com o chicote de metal com precisão notável. Atingia nas partes em que as juntas da armadura não cumpriam seu papel. Gargantas, ombros, virilhas. Os guerreiros mal tinham tempo de mostrar os dentes em frustração enquanto ela os afastava.

— Kane. Se concentra — exigiu ela, mas o garoto estava enfeitiçado pela chama remanescente que tocava os nós de seus dedos.

Todas as cores que ele já conhecera vibravam na magia desbotada. As digitais das pontas de seus dedos brilhavam, como se ele tivesse pressionado a mão contra luz líquida.

Adeline estava com a respiração pesada.

— A qualquer momento agora. Leva o tempo que precisar, caramba.

Kane se livrou do estupor, pronto para tentar outra estalada.

— Não tô falando de você. — Adeline empurrou a mão dele para baixo, levando-os para uma retirada enquanto seus olhos vasculhavam a multidão. — Poupa sua energia. A gente vai precisar de você tinindo.

— Pra quê?

## DEVANEIO

Um coro de gritos irrompeu da multidão e, ao longe, Kane viu corpos inteiros sendo lançados para cima. Adeline o pegou pelo pulso e falou:

— Se prepara pra correr.

O que quer que fosse, estava chegando mais perto a uma velocidade incrível. Alguma coisa passou cortando a multidão e estava indo bem na direção do altar. Logo antes de chegar à borda, Adeline o puxou para si para protegê-lo, mas Kane não conseguia desviar o olhar.

A multidão se abriu e concebeu, à força, um vistoso raio vermelho, uma garota envolta em rosa. Ela se lançou no ar, seu vestido rosado se abrindo ao redor da cintura enquanto se contorcia num chute aéreo.

Kane se ouviu rir. Era Ursula!

Os sapatos de salto dela foram os primeiros a pousar e atingiram a garganta de um guerreiro, que foi ao chão sem nenhuma resistência. Sem nem titubear, Ursula saiu de cima dele. Se não fosse pelo couro brilhante de seus sapatos, teria sido impossível ver a perna dela se estender e acertar a lateral das costelas do guerreiro seguinte, forçando-o para baixo. Um segundo depois, Ursula estava sobre a nova vítima, o pescoço preso em um estrangulamento de dois braços enquanto ele chutava as pernas com selvageria. Então houve um barulho de ossos quebrando e o homem caiu. Sem vida. Ursula continuou dando socos, cada golpe mandando uma onda de choque de luz magenta estalando no ar superaquecido da arena.

— A gente devia ajudar — disse Adeline, puxando Kane na direção do braseiro.

Ele observou, hipnotizado pela velocidade da menina. Seu poder. O fato de que ela estava comprimida numa fantasia de dona de casa e o fato adicional de que aquilo não a deteve nem um pouco. Na verdade, a fantasia até ajudava. Agora, Ursula estava em cima de uma pilha de homens ensanguentados e inquietos, batendo em um de cada vez com seus *scarpins* brilhantes. E, no meio de tudo isso, o cabelo dela não se moveu. Nem mesmo um pouquinho. Kane pensou que, fosse lá que fixador de cabelo ela usava, merecia tanto crédito quanto a própria Ursula.

Com a mão, Adeline desviou o rosto de Kane para longe da ação.

— O devaneio está colapsando, o que significa que está prestes a ficar ainda pior. Eu não tenho nem ideia de como você chegou aqui, Kane, mas, já que está aqui, você vai ter que fazer a sua parte.

— Minha parte?

— É. Você precisa desvendar esse devaneio.

Adeline podia muito bem ter dito a Kane que ele precisava beber o Mar Cáspio. Aquela frase não tinha nenhum sentido. Nenhuma ação que o garoto pudesse sequer conceber.

Um som especialmente alto de trituramento chamou a atenção deles de volta à luta. Ursula tinha tomado posse de um porrete cheio de espinhos e o estava usando para bloquear os ataques simultâneos de outros dois guerreiros. Em sincronia, eles a atacaram com suas lâminas imensas, e a pedra sob seus pés (um de salto e o outro descalço) se rachou.

Adeline puxou Kane para trás.

— Agora, Kane. Você precisa desvendar *agora*.

— Como? — gritou ele em resposta.

A pedra que rachava e o calor vindo do fogo o atordoaram. Mais guerreiros estavam surgindo da multidão, todos avançando aos poucos e de modo desajeitado em direção a Ursula.

— Normalmente você bate palmas e... — Adeline foi cortada por um arroto repentino do braseiro em formato de boca.

Algo dentro desse inferno estava se movendo. Algo sólido e serpenteante. Algo pior do que qualquer coisa que haviam encontrado até aquele momento.

De repente, os brados da multidão se sincronizaram. Não era o som de uma ordem, como antes. Era o som de celebração conforme exclamavam, felizes:

— Sacrifíciooo de sangueee!

O rosto de Adeline se contorceu.

— Kane, cadê a adaga?

O garoto tentou se lembrar.

— Eu chutei pra dentro do fogo!

Os olhos da garota se arregalaram.

— Você jogou a adaga cerimonial com meu sangue virginal para dentro do fogo?

— Mas você não é virgem.

Ela contorceu o rosto.

— Ah, Deus. Ai, meu Deus. Kane, isso não importa nesse mundo. Você concretizou o sacrifício!

Nos lábios do braseiro, as chamas assumiram um tom escarlate mais escuro, transformando-se em montes fumegantes. Em seguida, como

**DEVANEIO**

uma língua inchada, uma fera gigantesca deslizou para fora da garganta da terra, entrando na arena.

Seu corpo era uma composição de lâminas em chamas que deslizavam sobre milhares de pernas ondulantes. Debaixo da criatura, Kane conseguia distinguir mandíbulas serradas grandes o suficiente para partirem ao meio um ônibus, e olhos ancestrais e lustrosos que escaneavam o altar vazio com voracidade e, então, fúria. Independentemente do que fosse, a criatura estava irada por descobrir que sua refeição tinha fugido e manifestou esse sentimento por meio de uma linguagem inescrutável de cliques e guinchos.

*Elliot estava errado*, pensou Kane. *Existe*, sim, *uma lagosta brilhante.*

Um novo canto atravessou o barulho, rapidamente ganhando força.

— CY! MO! THO! AH! EX! I! GWA!

O crustáceo de fogo se esticou para trás e, em resposta, soltou um guincho de perfurar os tímpanos, então voltou o olhar de laser sobre Kane e Adeline. Sua antena se contraiu e ele se afastou à medida que fagulhas eram expelidas de suas mandíbulas brilhantes.

Os dois correram, mas, antes que tivessem chegado na metade do altar, a criatura abriu suas mandíbulas imensas e escarrou para fora um tsunami de fogo néon.

— Consegui! Consegui! — gritou Ursula.

Em seguida, passou correndo por entre os dois, indo *direto* para o fogo, o braço para trás como se tivesse a intenção de abrir caminho pelas chamas por meio de socos.

E, de certa forma, foi o que fez. Seu punho voou para frente no momento em que a onda de fogo convergiu sobre os três e (de um jeito ridículo) o dilúvio se partiu ao meio. O calor se derramou ao redor deles, abismal, insuportável, abrangente e como algo que Kane nunca havia sentido, mas eles estavam vivos. Foram preservados sobre uma ilha de ladrilhos pretos conforme um escudo cintilante de luz magenta formou uma redoma sobre eles. Ursula estava à frente, os punhos estendidos diante de si e seu corpo todo tremendo enquanto se opunha à respiração do crustáceo.

E, ainda assim, seu cabelo não se mexia.

— Anda logo, Kane! — Adeline o forçou a se levantar. Seu cabelo batia com ferocidade quando o inferno começou a sangrar do escudo de força de Ursula. — Desvenda!

O garoto não sabia o que fazer. Não sabia o que ela queria dizer com aquilo. Mas uma fé tão sincera brilhava nos olhos dela... uma fé nele. E o que ele podia fazer diante de uma fé tão crua e inabalável? Assim, mergulhou dentro de si, à procura de uma resposta, mas tudo o que conseguia sentir era seu próprio coração hesitante, seu próprio medo.

Seus próprios limites.

O fogo perdeu força e Ursula caiu sobre os joelhos. Para todos os lados, o chão era um deserto de vidro derretido. Não havia mais nenhum lugar para onde ir quando o crustáceo começou a recarregar o fôlego.

— Isso não pode ser verdade — sussurrou Kane.

Os olhos de Adeline perfuraram os dele.

— É verdade, Kane, mas só até você dizer que é.

Fagulhas saltaram da mandíbula do crustáceo conforme deslizava no calor cintilante. A criatura estava bem acima deles. Kane semicerrou os olhos com força, abraçando Adeline.

Tinha refutado este mundo (seu poder e sua realidade), mas não havia como negar o que aconteceria caso falhasse. Ele morreria. Todos eles morreriam. Este devaneio não era um sonho. Não era uma historinha. Não havia mais reviravoltas, e não havia mais possibilidades. Apenas o desejo do devaneio de ver os intrusos aniquilados. E, alimentando esse desejo, estava uma raiva poderosa, como se o devaneio soubesse o mesmo que Adeline: que Kane tinha vindo para desvendá-lo. Talvez fosse a imaginação repleta de medo dele, ou talvez fosse um senso que o garoto não sabia que possuía, mas naquele momento ele sentiu como se pudesse comungar com o núcleo do devaneio. E o que ressoava naquele núcleo era mais do que desejo ou raiva; era medo.

O medo de que lhe tirassem vantagem.

E o medo de ser invadido, de ser desmantelado de dentro para fora. Sob novos olhos, Kane viu o braseiro barulhento e o parasita que tinha saído de suas entranhas derretidas. Com a mente aberta, entendeu o padrão do devaneio. O que estava debaixo do enredo. A metáfora ou a tese ou a medula que libertava tudo. Mesmo que ele não conhecesse a mente que criou este mundo, ao menos conhecia o coração.

E ele pensou que talvez soubesse o que fazer em seguida.

— Lembra, Kane — sussurrou Adeline em seu ouvido.

Ele estendeu os braços para o fio de intuição, que retribuiu o gesto, florescendo ousado e impetuoso em seu peito. A sensação de florescimento se manifestou a seu redor, rios de cor fluindo da pele de Kane e o levando

## DEVANEIO

para o alto. Impulsionado sobre arco-íris nebulosos, olhou para baixo, para a multidão embasbacada, então se virou para examinar a divindade deles.

A criatura fez o mesmo com Kane, nada surpresa, antes de expelir seu bafo mortífero sobre o garoto.

Kane bateu as mãos.

O arco de fogo cessou. O tempo parou.

Foi um instante de imobilidade.

Das mãos de Kane irrompeu um brilho claro como a luz do dia, banhando a caverna em todas as cores, como se o garoto fosse um prisma através do qual a luz se fragmentava em espectro. Nesse instante de imobilidade, Kane entendeu o devaneio pelo que era: uma tapeçaria viva de lembranças, pensamentos e sonhos costurados uns nos outros com o desespero para que fossem reais, para que se concretizassem.

O devaneio resistiu ao controle de Kane, queimando sua mente enquanto o garoto lutava para mantê-lo em sua cabeça de uma vez. Mas o devaneio era letárgico, sua energia minguando, e Kane cerrou os dentes em meio à dor. Ele conseguiu abrir bem os cantos e cutucar seu centro, o qual era a criatura temerosa congelada diante dele. Aquele corpo horroroso cedeu sob a concentração de Kane, expelindo uma onda de choque que tornou a arena líquida. Cores e texturas borbulharam juntas. Pedaços da caverna se romperam e flutuaram sem amarras no ar vibrante. Abaixo, o chão se dispersou feito folhas secas, de modo que Ursula e Adeline flutuaram numa imensidão branca de vazio enquanto o devaneio se desfazia, revirando-se na direção de Kane e colidindo contra o nó de luz que se reunia entre suas palmas flexionadas.

O desvendamento se intensificou, sua pressa se transformando numa rebelião estrondosa. A dor na cabeça de Kane ia além até mesmo do tormento vindo do fogo, mas ele continuou concentrado em seu propósito, sabendo que a sentiria mais tarde.

Ele levantou o nó de luz, uma estrela branca puxando tudo em sua direção.

Ali, forçou-se a continuar firme e forte enquanto o peso do mundo colidia sobre seus ombros.

# DOZE

## *A palavra com P*

Kane sentia uma nova empatia por sacos de pancada. Por empurrar as coisas com a barriga. Por ser o centro das atenções de uma força incessante.

Seus pensamentos surgiram aos poucos e borrados, como contusões em seu cérebro.

Estava flutuando. Estava afundando. A aurora se dissipava, o depositando na grama dura e plástica marcada com símbolos brancos. Sua cabeça estava dependurada sobre as mãos mágicas. Ele talvez tivesse pegado no sono ali, no campo de futebol americano, se não tivessem sido pelos murmúrios reticentes das muitas pessoas que o tinham visto despencar do céu.

— Dá licença, dá licença.

Adeline abriu caminho pela multidão de atletas chocados, se abaixando a ponto de ficar bem na cara de Kane.

— Ei. Garoto onírico. Tudo certo aí?

Kane piscou ao vê-la. A caverna tinha desaparecido; a arena, evaporado. Atrás de Adeline, o crepúsculo tinha chegado a Amity do Leste, e as luzes do estádio brilhavam brancas contra um pôr do sol avermelhado. Ela o ajudou a se levantar, e o garoto viu que estavam de pé diante de uma congregação de espectadores extasiados, posicionados numa versão minimizada da multidão do devaneio. Viu os jogadores que tinha reconhecido como bárbaros. E, bem mais ao fundo, localizou Mikhail e Ethan com o restante da fanfarra, já não mais vestidos como guardas. Mais na lateral, amontoava-se a equipe de líderes de torcida, como se pegas no meio da fuga.

## DEVANEIO

Kane girou para encarar onde a divindade em forma de lagosta gigante estivera; agora olhava para cima, para o sorriso vazio das traves.

— Ei! Tudo bem aí?

Mais ao lado, Ursula acenava para eles dos vestiários.

— O Elliot foi buscar o carro — gritou ela.

Estava vestida em seu uniforme de hóquei sobre grama (ainda incinerado). Kane notou que Adeline também estava diferente. Vestia short e uma camisa solta verde menta. As duas pareciam completamente livres dos ferimentos que tinham sofrido. Então passou as mãos sobre o próprio corpo.

Estava intacto e vivo, sendo as únicas queimaduras que restavam ali aquelas ao redor de sua cabeça.

— Kane, anda logo e devolve isso.

Adeline apontou para cima.

Pendurado no ar estava o nó de luz, brilhando como um ornamento de cristal lapidado. Kane estendeu as mãos e o nó voou até si com uma flutuabilidade evasiva, parando bem acima de sua palma. O brilho emanava a lembrança do fogo, do sangue, dos ossos tornados pó. Também tinha um som. Sussurrante e gentil, sem revelar nada da violência nele contida.

— Pega leve nessa parte, beleza? — disse Adeline. — Você precisa devolver devagar. Sem amarras.

Kane olhou para ela, então de volta ao nó.

— Você já fez isso antes?

— Não particularmente.

Para a sorte dos dois, o nó sabia o que fazer. E então vagou sobre a plateia confusa até que encontrou o que procurava: um jogador sentado no banco. O nó mergulhou em seu capacete.

— Eu te falei que era o Ben Cooper — gritou Adeline.

— Como assim? — Ursula ergueu as mãos. — Ele parece tão bonzinho! Nunca pensei que ele fosse do tipo misógino que invade tumbas.

— Tá mais pro tipo que invade úteros. Foi ele que tentou ficar comigo no meu aniversário ano passado. Ele é um esquisitão, Urs. É só que ele sabe esconder isso direitinho.

— Achei que você suspeitava do John Heckles.

Adeline soltou uma risada debochada.

— O Heckles? Aquele idiota não tem um pingo de imaginação sequer no corpo. Ele é um congelador, frio e vazio.

— Congeladores guardam maravilhas!

Kane não entendeu o clima de brincadeira. Ao redor deles, pessoas estavam entrando em pânico, já que o desaparecimento do devaneio os jogou de volta à realidade de sempre. Alguém começou um cantarolar inseguro. Outros se encolheram, como se a divindade invocada ainda pairasse sobre eles.

— É melhor você ir com a Urs — disse Adeline. — A não ser que você queira perder a cabeça também, sem trocadilhos. Encontro vocês assim que eu limpar essas lembranças. Não temos como deixar que aquela bagunça dê as caras de novo, né?

Ela apoiou as mãos na cintura e começou a contar as pessoas ao redor do campo. Kane entendeu que estava sendo dispensado e atravessou a multidão até onde Ursula o esperava. A garota o calou antes que ele pudesse lhe perguntar qualquer coisa.

— Eu sei — falou. — A gente vai explicar tudinho. Mas, antes disso, você tá com fome?

Kane estava morrendo de fome. Afinal de contas, tinha perdido o almoço. Ursula sorriu.

— Quando você não tá, né?

\*\*\*

— E quanto aos lobisomens? — perguntou Elliot. — Foram duas vezes, certo?

A lanchonete Gold Roc era um ambiente apertado e cafona na saída de Amity do Leste, vibrante em todas as horas da noite como um satélite de néon. O quarteto estava sentado na cabine mais ao fundo. Pratos em estado de desolação estavam espalhados sobre a mesa, cheios de manchas de ketchup e gordura, exceto pelo de Adeline. As cascas de seu sanduíche dissecado tinham sido empilhadas, formando uma torrezinha. Kane observava a torre. Era tudo o que podia fazer para evitar que desmaiasse por conta do cansaço.

Desde que haviam se sentado, ele mal abrira a boca. Era como se tivesse sido sacudido de um jeito substancial, sua mente saindo de alinhamento com o corpo por coisa de um centímetro, e nada se alinhava. Talvez alarmados por conta de seu silêncio, os Outros começaram a contar coisas para ele. Naquele momento, estavam discutindo todos os devaneios passados que tinham encontrado.

*Devaneios*, pensou Kane. *No plural. Essas coisas já aconteceram antes, e com frequência.*

## DEVANEIO

— É, eu me lembro de dois devaneios com lobisomens — confirmou Ursula.

— Três — corrigiu Adeline —, se contar a Barbara Weiss ano passado, durante a peça da escola.

— Aqueles eram só lobos gigantes — contestou Ursula.

— Não, ela tá certa — disse Elliot. — Ainda eram pessoas se transformando em lobos. Então foram três devaneios com lobisomens.

Kane absorveu aquilo. Àquela altura, já tinha passado, e muito, da dúvida. Estava além de qualquer coisa, girando em alguma órbita elíptica ao redor da conversa.

— Esse não foi o primeiro inseto gigante, né? — perguntou Ursula.

— Isópode — corrigiu Elliot, mas as meninas o ignoraram.

— Teve aquelas aranhas lunares gigantes — falou Adeline. — As que saíram do eclipse naquele devaneio.

— Aranhas são aracnídeos, Adeline.

— Elliot. Juro por Deus, se você não parar com isso...

Ursula mudou de assunto para um relato de seu devaneio favorito, uma história sobre dragões raros criados em lagos que estavam determinados a fazer chapéus usando vitórias-régias. Isso evoluiu para uma discussão sobre o mérito das sereias, um tópico que, por algum motivo, constrangia Ursula horrores. Elliot e Adeline sorriram, e a segunda fingiu que estava contando uma fofoca das boas para Kane.

— Você devia ter visto a Ursula usando um sutiã de concha. Você nem imaginaria isso, porque ela tá sempre usando esses moletons folgados, mas a Ursula tem ótimos...

— Adeline! — O rosto de Ursula ficou vermelho como seu cabelo.

A outra deu de ombros, ainda sorrindo.

— A questão é: a gente já viu de tudo — disse Adeline. — E tô falando de tudo *mesmo*.

A órbita da mente de Kane voltou para a estrela escura de seu mundo, para o vazio no céu noturno no qual deveria haver alguma coisa. Em seu extenso falatório, os Outros não tinham tocado uma única vez no nome de Dean Flores. Eles não sabiam sobre o garoto. Era como se não existisse para o trio.

— E fantasmas? — perguntou Kane.

A mesa ficou em silêncio diante das primeiras palavras de Kane em uma hora.

— Muitas vezes — respondeu Ursula, solene. — Em especial perto de feriados.

— Então o que vocês estão dizendo... — Kane pigarreou. Agora, sua língua formigou com perguntas, tantas que ele pensou que fossem apostar corrida para saírem de sua boca num enxame indisciplinado. — É que esses *devaneios* simplesmente acontecem? Eles só irrompem das pessoas, a cada poucas semanas, sem nenhum aviso? E vocês só vão lá e lidam com isso?

— Quem mais lidaria? — Elliot deu de ombros.

— A polícia? — ofereceu Kane. — O FBI? O Vaticano?

Ursula zombou.

— Nem, basicamente todo mundo, tirando a gente, se torna inútil quando fica preso num devaneio. A gente tentou fazer a polícia ajudar uma vez, mas eles também só acabaram passando por uma lavagem cerebral. Quando se está no devaneio de outra pessoa, nós somos seja lá quem a pessoa quer que sejamos.

Kane pensou nas expressões vidradas de todos os bárbaros, dos jogadores de futebol americano, dos membros da fanfarra, das líderes de torcida. Para eles, o devaneio era a única realidade que conheciam.

— Eu me lembro desse devaneio — falou Elliot. — Ficção científica. Estação espacial feita de pula-pula. Bem fora da casinha.

Adeline batucou o queixo.

— Era uma tosqueira danada, pouco lógico. Não tinha coelhinhos carnívoros?

— Ah, é mesmo! — exclamou Ursula. — Tinha até me esquecido deles!

A cabeça de Kane girava com o modo como esses três ficavam indo para lá e para cá entre detalhes.

— Enfim. — Adeline dobrou as mãos. — É melhor que nós mesmos cuidemos dos devaneios. Do contrário, as coisas ficam estranhas.

Ficam estranhas.

*Ficam.*

Ao ver o rosto de Kane, Elliot disse:

— Nem todos são intensos como o dessa noite. Na verdade, quase todos são inofensivos no começo, mas tudo gira em torno de como você se comporta. Se algo dá errado, até mesmo os devaneios fofinhos se tornam mortais. É por isso que é importante entrar na brincadeira e ajudar o devaneio a alcançar sua resolução, senão ocorrem as reviravoltas.

Os cílios de Adeline tremularam em amargura serena.

— Como hoje à noite, por exemplo.

*Ela sabe que eu estraguei tudo. Eles sabem que foi minha culpa terem sido pegos.*

— Certo. — Elliot concordou com a cabeça. — O devaneio de hoje veio do Benny Cooper, que, como era de se esperar, tinha que salvar as donzelas. É provável que tivesse pulado na arena no último segundo e matado o feiticeiro, evitando a invocação. Aquele monstro parecia coisa de última hora. — Os Outros assentiram em afirmativa. — Hoje em dia há muitas fantasias heroicas vindo desses garotos do segundo ano.

— Mas... — Kane estava ansioso para superar os próprios erros, sem debater sobre a lagosta de lava, o que, agora que parou para pensar, parecia meio tosco. — Mas por que bárbaros? E por que as garotas estavam vestidas como secretárias?

Elliot sorriu como se aquela observação o deixasse orgulhoso.

— Todo devaneio tem uma premissa. Uma inspiração, certo? Bom, recentemente o time de futebol americano deu uma festa de início de temporada. O tema era "Bárbaros e Bibliotecárias". O Cooper deve ter tido a ideia ali.

— Mas e quanto a... a seja lá o quê Cymo?

— *Cymothoa exigua* — disse Adeline. — É um parasita que se atraca à língua do hospedeiro, assumindo seu lugar. É algo que existe mesmo. A gente estudou eles na aula de biologia quando você não tava. E eu sei que o Cooper odeia mariscos. Ele surtou no ano passado quando a gente ficou na casa de praia da Claire e o pai dela fez lagostim, e alguém enfiou um na caneca do Cooper. Ele só viu o bicho depois de beber a coisa toda.

— Isso explica as lagostas brilhantes no laboratório da sra. Clark — apontou Ursula.

— Isópodes.

— A gente entendeu, Elliot — rebateram as meninas em uníssono.

Adeline ergueu o queixo para Kane.

— Enfim, Kane, você tem alguma outra pergunta?

— Aham. Como é que ninguém, tipo, sabe sobre tudo isso?

Elliot respondeu de novo:

— Sabe hoje, na aula de educação física, quando a gente tava conversando e todo mundo desapareceu?

— Aham. Foi como se, por um segundo, a gente estivesse em outra dimensão. Aquilo foi um devaneio?

— Não, aquilo foi um truque de invisibilidade. Eles não podiam ver a gente e vice-versa. Bem maneiro, né?

Kane pensou que aquilo era, em grande parte, manipulador, mas não disse nada.

— Quando os devaneios começaram, cada um de nós recebeu poderes — contou Elliot. — Todos nós somos mais fortes e mais rápidos do que costumávamos ser, embora a Urs seja consideravelmente mais forte e mais rápida.

A menina corou.

— E cada um de nós tem habilidades específicas. Por exemplo, eu consigo distorcer a percepção. Manipular o que as pessoas enxergam e criar projeções. Eu sou o mestre da ofuscação.

— Da ilusão, Elliot — provocou Ursula. — Só fala que você consegue criar ilusões. Não é tão difícil assim.

— Tá. Ilusões — repetiu Elliot, borocoxô. — Eu crio ilusões e oculto os devaneios enquanto estão acontecendo.

Kane beliscou a ponte do nariz.

— Beleza, então você consegue ocultar devaneios, mas e quanto às pessoas que acabaram de viver um deles? Elas não vão, tipo, falar muito no Twitter?

Adeline deu um sorrisinho.

— Nem, tá de boa. O Elliot consegue manipular o presente, mas o passado é por minha conta. Eu consigo bagunçar as lembranças. Apagá-las, criá-las. O que for necessário para que essas pessoas não se lembrem do que passaram. E, se eu não remover as lembranças, elas ficam superconfusas e, às vezes, isso faz com que criem seus próprios devaneios. Acho que é isso o que acontece quando não se consegue entender qual das suas vidas é a de verdade.

Mais cedo, explicaram para Kane que Adeline se demorou no estádio para lidar com a "faxina", o que significava garantir que ninguém nunca soubesse do devaneio.

— O truque é apagar tudo, mas sem preencher todas as lacunas — disse ela. — Se deixar só o suficiente do desconhecido, a mente inventa coisa pra si mesma e preenche esses espaços de modo orgânico. É facinho.

*Adeline consegue manipular lembranças*, pensou Kane. Então ficou gelado, conectando o poder macabro da menina com sua própria mente bagunçada.

— A Adeline é a patrulha — comentou Elliot. — Eu, o planejamento. Nós dois podemos lutar, mas é a Urs quem é a verdadeira pelejadora. Ela canaliza força, pegando-a por meio de suas barreiras e as transformando em força pura. Ela é nosso ataque e nossa defesa. Ela é uma fera.

— Valeu, Elliot. — Ursula sorriu.

Kane ficou ainda mais gelado. *Patrulha, Planejamento, Pelejadora.* Então direcionou seu olhar gélido para Ursula.

— Então qual é a minha palavra com P?

Os três congelaram enquanto Kane esperava por uma explicação que não viria, e cada segundo durava uma vida inteira. Exasperado, ele só decidiu ir direto ao ponto.

— Eu entreouvi toda a conversa na sala da caldeira. Sei que eu costumava ser parte desse grupo. "Os Outros", certo? É assim que vocês se chamam?

Ursula mudou de posição.

— Aham, a gente precisava de um nome para nos referirmos uns aos outros em qualquer devaneio. É um codinome.

— Um *codinome*? Quem foi o cafona que teve a ideia de ter um *codinome*?

— Você. — Adeline bateu a mão contra a mesa, silenciando Kane e as mesas ali perto. — A ideia foi *sua*. Você. Nosso líder.

Kane ficou vermelho feito pimentão, seu cabelo pinicou e, em suas costas, as roupas coçaram.

*Líder?*

— Mesma coisa com o termo "Devaneio". E "Herói". Você disse que é difícil lidar com um problema se não sabe como falar sobre ele, então você foi lá e inventou termos.

Um calorão branco explodiu nas bordas da visão de Kane. Suor pontilhou a parte inferior de suas costas. Como eles não conseguiam sentir o calor?

— Você foi o primeiro a explorar os devaneios. O primeiro a ter poderes — contou Elliot. — Você, depois a Urs. Mais cedo ou mais tarde, a Adeline e eu fomos arrastados para dentro de alguns devaneios por acidente e, quando nossos poderes se desenvolveram, pareceu que formar uma equipe era a coisa natural a fazer. Então nós nos tornamos os Outros. Somos os únicos que permanecem lúcidos e, se a gente não os desvendar do jeito certo, eles deixam um rastro de danos. Pessoas se ferem. Aprendemos isso do jeito difícil.

Foi um movimento sutil, mas Adeline fechou os olhos por uma fração de tempo a mais do que uma piscada.

— E, recentemente, os devaneios têm piorado — continuou Elliot. — Ficado mais... elaborados. Como mundos inteiros em vez de só uma historiazinha. E, então, cerca de dois meses atrás, a gente pensou... — Ele engoliu em seco. — Você começou a falar sobre a *energia* dos devaneios. A coisa que cria eles. Disse que havia uma fonte de poder a que, de algum jeito, os heróis estavam ganhando acesso e que, se conseguisse encontrar ela, também seria capaz de controlá-la.

— A gente te falou pra não fazer isso — acrescentou Adeline.

— Não fazer o quê?

Ninguém respondeu.

— Não fazer *o quê*?

Adeline baixou a voz, reduzindo-a a um sussurro:

— Você pirou o cabeção, Kane. — Elliot e Ursula estremeceram. — Que foi? É verdade. Você ficou obcecado por encontrar a fonte dos devaneios, a fonte do nosso poder. Estava convencido de que era uma arma que precisava ter, ou então ela seria usada contra você. Durante semanas só falava disso e, daí, no meio de um devaneio, você... sei lá. Despirocou? Tipo, você real oficial perdeu a noção da realidade. Você basicamente colocou a casa abaixo numa explosão psicodélica, e a gente pensou que você morreu. Tipo, morreu de *morte morrida*.

— E o acidente de carro?

Adeline brincou com as cascas de pão em seu prato.

— A polícia viu a explosão e apareceu por lá. A gente precisava fazer algo rápido, então a Ursula jogou seu carro no moinho e o Elliot criou um monte de provas falsas para que parecesse um incêndio. Eu preenchi o resto com algumas lembranças falsas enquanto a gente se certificava de que você fosse para um hospital. Não foi nosso melhor trabalho, mas nós precisávamos usar você como uma distração.

— Você jogou o carro do meu pai?

Ursula nunca parecera tão envergonhada, nem mesmo quando Adeline falou sobre seu sutiã de concha de sereia.

— Eu arremessei — chiou ela.

— E isso foi uma distração? Do quê?

O frio na cabine estava de volta, e agora não ia derreter. Em vez disso, se fixou com determinação na pele de Kane, uma espuma congelada. Ele endireitou os ombros na direção de Adeline, que era a mais comunicativa, mas foi Elliot quem falou:

— A heroína do devaneio daquela noite era uma velha pintora, e seu devaneio era uma reimaginação aquarelada de Amity do Leste. A gente acha que ele se formou enquanto a mulher se preparava para pintar o moinho. Quando você destruiu o devaneio, a heroína sumiu do mapa. A gente não sabe o que aconteceu com ela. A mulher se chamava...

— Maxine Osman — completou Kane.

E não viu a reação do grupo. As luzes florescentes da lanchonete zumbiram em silêncio. Nem o tempo nem o sentimento eram capazes de chegar até ele à medida que a sensação de traição, que havia sentido mais cedo naquele dia a respeito de seu passado, retornava, preenchendo-o até o limite com uma verdade pulsante e sombria. *Você é um assassino, você é um assassino*, dizia. Ele afastou a voz. Kane mal conhecia aquelas pessoas, e sem dúvida não confiava nelas. E se os três estivessem inventando essa história, assim como tinham criado o acidente? Assim como tinham criado todo o resto?

— Como é que eu sei que vocês não estão mentindo? Como é que eu não me lembro?

Ninguém olhava para ele. Adeline parecia a quilômetros de distância quando enfim falou:

— Depois que você desvendou o devaneio da Maxine, a gente te encontrou com um troço na cabeça. Era um artefato que definitivamente não fazia parte do devaneio. Nós achamos que foi o que desencadeou seus poderes, mas não sabemos. Meio que parecia uma coroa, mas estava te queimando. — Com isso, apontou para as queimaduras que pinicavam no couro cabeludo de Kane.

O medo se contorceu no peito do garoto.

— Eu tentei tirar ela de você, mas tocar nela também fez alguma coisa com os meus poderes. Eu não conseguia controlá-los. Era como se meus poderes tivessem virado do avesso, ou algo assim, e então todo o moinho se deteriorou. Assim como o seu carro. Mas eu aguentei firme, e deu certo. Tirei ela de você e joguei para longe. Mais tarde a gente procurou por ela, mas tinha desaparecido. Escafedeu-se. — Ela disse isso com o peso de um veredito. — Você sobreviveu, mas, seja lá o que eu fiz, destruiu algumas de suas lembranças. Quando apareci no hospital, tudo do verão passado tinha sumido, e tudo sobre a gente e os devaneios também.

A cabine estava imóvel como um cemitério. Kane esperou para ver como reagiria. Esperou para o pavor se estilhaçar e para uma emoção rastejar para fora. Pensou que, mais uma vez, talvez fosse traição. Ou dúvida. Em vez disso, o que eclodiu dentro dele não foi nenhuma dessas coisas. Era medo, mas ele era esperto o bastante para não o demonstrar. A indignação era um disfarce que veio a calhar, e se derramava feito óleo quente.

— Foi você quem apagou a minha memória?

Adeline esticou o queixo.

— Kane, eu não tive escolha.

O garoto se levantou da cabine.

— Você me colocou num coma? Você destruiu o carro do meu pai? Você colocou a minha família e a polícia contra mim?

Os barulhos na lanchonete pararam, todos concentrados no garoto gritando.

— Ela te salvou, Kane — argumentou Elliot. — Ela anda salvando nossa pele desde então. Logo depois que você ficou inconsciente, a sua família abriu um boletim na polícia para investigar o crime, mas a Adeline chegou até eles a tempo e fez com que também não se lembrassem de quem nós somos. Ela é a única mantendo a gente como um segredo.

Kane se afastou, horrorizado.

— Você apagou a memória da minha família?

Adeline cruzou os braços e encarou as janelas escuras. O estômago de Kane se embrulhou. Elliot o acompanhou enquanto se afastava. Todos na lanchonete também os acompanharam com os olhos.

— Kane, escuta aqui. Não é perfeito. Nada disso é perfeito. Mas você tá aqui agora. Encontrou seu caminho de volta. E, mais do que nunca, a gente precisa trabalhar como uma equipe. Você precisa provar que consegue controlar seus poderes, senão...

Kane lançou um soco que acertou Elliot na bochecha. A cabeça dele foi para o lado, e fez o garoto cair, levando consigo uma pilha de pratos sujos numa queda de estilhaços.

Na arfada que se seguiu, Kane se dirigiu aos outros clientes:

— Ninguém aqui vai se lembrar disso. Ela vai apagar a memória de vocês também. — Então olhou para os Outros. — Se chegarem perto da minha família de novo, eu mato vocês.

Os sinos soaram quando Kane saiu correndo da lanchonete. E soaram de novo quando alguém o seguiu.

— Kane!

# DEVANEIO

Era Ursula.

Apesar da raiva e do medo, Kane parou.

— Tô indo nessa.

— Você não pode. Não com aquelas coisas lá fora. Pelo menos deixa a gente te dar uma carona.

— Prefiro arriscar. — Era verdade; ele preferia encarar os horrores da noite a passar mais um minuto com aqueles três.

Ursula tirou sua camisa de flanela.

— Aqui. Tá frio.

Ele aceitou. O calor que se infiltrou em seus dedos pareceu intrusivo. A roupa tinha o cheiro do sabonete e do desodorante dela, e isso também pareceu intrusivo. Como um milhão de cavalos de Troia, um milhão de traições trotando por seus sentidos.

— Kane, antes de você ir...

Ele partiu, esperando o badalar dos sinos, que indicaria que Ursula o tinha deixado para trás. Mas estes nunca vieram, o que significava que ela ainda estava ao relento, observando suas costas, observando-o se esquecer dela de novo. Odiando a si mesmo, Kane vestiu a camisa.

Porque Ursula tinha razão. Estava frio, e a caminhada até sua casa era longa.

# TREZE

*O peixe-pescador fêmea*

Quando Kane entrou pela porta da cozinha, já tinham se passado duas horas. Seus pés doíam por conta da caminhada de dez quilômetros. Os ombros pesavam no lugar em que a mochila fazia pressão. A mão estava inchada, os nós de seus dedos machucados estavam rachados e vazavam como se dar um soco em Elliot tivesse coagulado a magia radiante escondida logo abaixo da pele. Agora ela subia por ele às escondidas, como óleo abrindo caminho pelas camadas de pressão e rochas. Kane chacoalhou as mãos de novo e de novo enquanto andava em pequenos círculos na cozinha, prestando atenção à casa silenciosa em busca de qualquer som causado pela família. Parecia impossível que Sophia tivesse sustentado uma mentira para ele esse tempo todo, ainda assim, o garoto havia chegado em casa e se deparado com paz, escuridão e quietude. Quietude demais. Pelo andar da carruagem, Kane estava surpreso que a polícia não estava à espera dele. Contudo, seu celular continuava adormecido em seu bolso. Ele tinha desaparecido da face deste mundo por uma tarde inteira, e isso não havia provocado nem ao menos uma mensagem.

Sentia-se aliviado demais para questionar. Ficar em seu próprio quarto não era uma opção, então ele foi até o sofá da sala de estar. Logo antes de se jogar nele, uma luminária foi acesa e, na poltrona reclinável, estava Sophia.

— Um corujão na escola, pelo jeito.

Kane escondeu os nós dos dedos sangrentos atrás das costas enquanto a irmã o estudava com sonolência, empurrando os óculos nariz acima e ajustando o cobertor. Ela deve ter apagado enquanto o esperava.

# DEVANEIO

— Eu te acobertei — disse ela, enfim. — A mãe e o pai acham que você tá dormindo desde que chegou em casa depois da aula. Me fizeram levar o jantar pro seu quarto. Eu joguei tudo fora pela janela e trouxe os pratos de volta. Depois vê se limpa, hein?

Kane comprimiu os lábios. Sabia que devia agradecer a ela, mas ser abduzido para dentro de um pesadelo falso não tinha sido exatamente escolha dele. Ele se impediu de falar qualquer coisa, sabendo que seria usado contra si.

Com um breve menear de cabeça, Sophia se arrastou para fora da poltrona, o cobertor deslizando atrás dela como uma capa caríssima. No meio da escada, ela parou.

— Amanhã cedo você vai me contar por onde andou. Se mentir, vou contar pra mãe e pro pai. Eu ia preferir ver você atrás das grades a te perder de novo, Kane. Essas são as minhas condições.

E então Kane estava sozinho de novo. Deixou a mochila cair no chão e, pouco tempo depois, ele estava lá ao lado dela, parado na piscina de luz dourada da lâmpada.

Uma hora mais tarde, o garoto continuava lá, e uma hora depois disso também, morrendo de medo de dormir, de sonhar. Estava morrendo de medo de que, se olhasse para outro lado, sua casa talvez se dissolvesse no éter, como a arena. Se sentia do mesmo jeito que acontecia quando vislumbrava o Complexo Cobalto através da floresta delgada que o escondia da rodovia; como se estivesse flertando com uma vastidão escondida guardada no tecido da realidade, como se, caso encarasse por tempo demais, ele fosse se perder dentro dela, pertencer a ela, e nunca mais acharia seu caminho de volta.

O que é que ele ia contar para Sophia?

*Ah, eu vesti um aparato mágico num mundo de sonhos e isso fez com que meus poderes entrassem em curto-circuito. Ah, e, falando nisso, eu tenho poderes.*

De modo deliberado, manteve as mãos fechadas em punhos.

Quando a manhã chegou, o fez em franjas de interferência, não passando de um incômodo rosado fazendo cócegas nos olhos avermelhados de Kane. Então, de algum jeito, a claridade estava por todo lado. Logo a casa estaria acordada.

Kane esticou as pernas rígidas, depois caiu de volta no tapete, esmagando a mochila no processo, e foi então que se lembrou do diário vermelho.

Foi preciso apenas um segundo para tirá-lo da mochila. O garoto o observou como se fosse algo de comer, como se estivesse prestes a abri-lo e devorar suas páginas. Na correria de fugir dos Outros, a mente de Kane tinha se mantido propositalmente vazia. Agora, as lembranças de Dean Flores explodiam feito fogos de artifício, uma depois da outra. *Boom, boom!*

— "Você nunca deve contar aos Outros sobre mim" — recitou Kane. — "Se fizer isso, eles vão te machucar e, então, vão me machucar."

Bom, eles já tinham machucado Kane, o que significava que metade da profecia de Dean já era verdade. E Dean não era um mero civil. Ele estivera lúcido, como Kane. Como os Outros. No entanto, o menino não era um dos Outros. Ele tinha sido a única constante do primeiro dia de Kane, e, ainda assim, era a única coisa que ainda não se encaixava.

Desenhos de calçados dançavam pelas páginas do diário. O que agora sabia que eram os tênis de Elliot e as sapatilhas de Adeline. Kane virou as páginas à procura de outra pista. Outra foto. Tinha certeza de que Dean o tinha guiado até ali. Kane estava desesperado para ir mais longe.

Um alarme soou em algum lugar da casa. Seus pais. Sophia se levantava em seguida. Ia querer respostas. Kane precisava pensar em mais mentiras.

Algo brilhou nas páginas. Então ele voltou algumas folhas, mas havia desaparecido. Balançou o diário de ponta-cabeça, e algo flutuou até o chão.

Era um bilhete de papel-cartão, rodeado com filigrana dourada. A fonte era elegante e brilhante. E dizia:

> *Para: Kane Montgomery*
> *O quê: Você está cordialmente convidado para*
> *comparecer a um chá para dois.*
> *Onde: Rua Carmel, 147*

Não havia nenhuma assinatura, mas, rabiscado na parte de baixo, havia uma linha de tinta preta lustrosa. Quando Kane passou o dedão sobre ela, as letras arredondadas ficaram manchadas.

E dizia:

> *Quando: Agora mesmo.*

\*\*\*

# DEVANEIO

De bicicleta, Kane desceu em disparada pela rua Carmel, passando por casas vitorianas convertidas em escritórios-butique e salões de beleza. Conforme se aproximava do centro da cidade, a folhagem espessa se dividiu para dar espaço a construções mais densas que perderam sua personalidade e se fundiram como dentes com aparelho. Ele tinha certeza de que o convite se tratava da pista seguinte enviada por Dean, assim como o garoto lhe passara a foto naquele mesmo diário. O endereço no convite era o da biblioteca. Ele se perguntou se Dean gostava de livros. Talvez gostassem dos mesmos.

*Agora mesmo.*

Kane tinha saído às pressas, mas não sem antes sujar algumas louças e escrever um bilhete sobre alguma mentoria matinal. Sabia que Sophia ia enxergar a verdade, então tinha mandado uma mensagem para ela. Não se preocupa. Tô bem. Vou te contar tudo.

Então desligou o telefone e torceu para que ela não ligasse para a polícia.

Kane subiu por curvas suaves, a manhã desbotada surgia sobre ele e era tomada pelo canto dos pássaros, calor e o burburinho de insetos. Quando a biblioteca surgiu à vista, ele parou com tudo. O lugar estava coberto de materiais de construção. Uma cerca revestida com telas verdes delimitava a propriedade e cortinas de plástico tinham sido colocadas na maioria das janelas. Através delas, a biblioteca parecia vazia, uma casca destroçada da memória de Kane.

O convite cantarolava em seu bolso. Ao redor dele, o coral de cigarras cresceu, o incentivando a seguir adiante. De repente, no entanto, sua investigação não parecia ser essa diversão toda.

Ainda assim, por mais imperfeito que o plano pudesse ser, era dele.

Kane escondeu a bicicleta atrás de um louro-da-serra imponente e, em seguida, entrou sorrateiramente no terreno baldio da construção. Tirando as cigarras, a quietude era sinistra. Cortinas opacas se dependuravam na entrada, ondulando para fora em exalações metódicas, e o interior atrás delas era de um preto impenetrável.

O garoto vestiu a camisa de flanela de Ursula e se perguntou se ao menos deveria enviar o endereço à garota, para o caso de ele desaparecer, mas decidiu que não podia arriscar ligar o celular. Cerrando a mandíbula, mergulhou para dentro.

A biblioteca tinha sido construída ao redor de uma área aberta, coberta por uma claraboia que, em geral, saturava cada centímetro do espaço com luz do sol. A lembrança de Kane a respeito do lugar era, portanto, uma rebelião de alaranjados e amarelos que queimavam a poeira que flutuava no ar, tornando-a purpurina.

A biblioteca onde estava agora era uma traição a essa lembrança. A claraboia tinha sido coberta com uma lona, e a luz solar que entrava por suas aberturas parecia sólida o bastante a ponto de trombar nela. Apenas alguns fragmentos de poeira entravam e saíam da luz, como insetos. Do contrário, o ar estava parado.

Não havia mais livros. Apenas madeira descascada e fios.

Mas havia um barulho. Um badalo distante no vazio, em algum lugar acima de Kane, que fechou os olhos para ouvi-lo. Quando voltou a abri-los, não estava sozinho.

Uma cachorra estava sentada sob um fecho de luz, elegante e preta, com orelhas cortadas como chifres. Uma dobermann com uma fina corrente prateada como coleira. O animal observava Kane com olhos imperativos, então choramingou e depois trotou em direção às escadas. Obediente, o garoto foi atrás, subindo dois degraus por vez até que encontrou a cachorra à espera dele no topo.

Antes da construção, o andar superior da biblioteca era reservado aos livros adultos entediantes. Agora, o andar era um cômodo único enorme, mal iluminado por uma rede de claraboias cobertas. Algumas lonas tinham se soltado e o efeito era como a parte inferior de um lago sacudindo em câmera lenta. Isso conferia uma translucidez turva para o vazio que, no final das contas, notou Kane, não era tão vazio assim.

No meio da vastidão, havia um cômodo sem paredes. O lugar emitia um brilho convidativo, como uma cena iluminada sobre um palco escuro e vazio. Havia um canapé cor de marfim posicionado diante de uma poltrona dura e cerimoniosa. Entre os móveis havia uma mesa de centro feita de mogno ocupada com uma bandeja reluzente de xícaras, pires e um bule feitos de porcelana. Dos lábios enrugados do bule o vapor espiralava, desaparecendo num lustre que queimava com mil cristais facetados. Kane se aproximou, vidrado. Foi só quando estava praticamente debaixo do lustre que ele notou algo a seu respeito: a luz pulsava, como se estivesse viva.

Então algo na cena se moveu. Como um polvo se desvencilhando do coral, uma pessoa inteira entrou em foco no canapé à medida que se levantava. A camuflagem de seu manto de brocado contra o sofá era

# DEVANEIO

inquietante. Arrepios irromperam pelo pescoço de Kane, que não reconheceu quem estava vendo; ele reconheceu o que ouviu.

— Você sabia — disse o dr. Poesy, a mesmíssima pessoa que tinha dado o diário vermelho a Kane na Sala Macia — que o peixe-pescador fêmea desenvolveu um revestimento escuro em seu sistema digestivo para que o consumo de nacos brilhantes não o expusesse de dentro para fora para sua presa?

Kane voltou a olhar para o lustre.

— Eles vivem no escuro, sabe — adicionou. — São abissais.

O dr. Poesy estava diferente de como Kane se lembrava. Contrário à palidez, com o robe lustroso cascateando de seus ombros, ele irradiava com um poder pastelado. A pele de seu rosto brilhava sob a maquiagem em tons de rosa e pêssego. Seu cabelo tinha ido de castanho para lavanda-perolado, penteado para trás com volume e enfeitado com pérolas (uma peruca, Kane tinha certeza). O resquício de algo feito de *chiffon* flutuava para fora do robe entreaberto.

O dr. Poesy estava montado de drag?

— Sim, *ela* está montada — confirmou a dra. Poesy, novamente respondendo às perguntas que estavam estampadas no rosto de Kane.

O garoto se controlou, piscando os olhos para afastar seu espanto.

— Enfim. Isso não é interessante? — perguntou ela. — Quanto ao peixe, quero dizer. Eu aprendi isso hoje mesmo. É uma bênção aprender algo novo todos os dias, mas seria preciso habitar um mundo pequenino para de fato não fazer isso. Não estou certa, sra. Daisy?

A dra. Poesy estendeu uma das mãos e a cachorra se encostou nos longos dedos. Com carinho, ela acariciou o animal.

— A sra. Daisy não é uma ótima acompanhante? Eu sempre falei pra ela que poderia fazer rios de dinheiro se não fosse tão exigente.

Ela se sentou, cruzando as penas bronzeadas e nuas, e apontou para que Kane fizesse a mesma coisa. Seus saltos eram monstruosos.

— Você não é médica, né? — perguntou Kane, do nada.

— Bem, não. Não no sentido convencional da coisa.

— Você tem doutorado?

— Não.

— Você tem alguma formação?

Poesy (nada de doutora, seria apenas Poesy, então) pareceu afrontada.

— Claro que sim.

— No quê?

— Arquiteturas parapsíquicas e no que o seu povo pode chamar de física, mas não vejo como isso tem a ver...

— O que você quer dizer com "seu povo"?

— Estadunidenses.

— De onde você é?

— Não daqui.

— Seja mais clara.

Poesy batucou uma unha, que parecia uma faca, contra a bochecha rosada, sorrindo com malícia.

— Da zona abissal.

— Bom, então o que é que você tá fazendo aqui? — Kane se forçou a controlar a voz.

— Tomando chá. Eu pensei que tinha escrito isso naquele convite. Gostaria de se juntar a mim? — Poesy deslizou para fora do robe e o pendurou sobre o sofá, revelando o espartilho brilhante com contas que usava.

Em um de seus punhos, usava um bracelete com uma dezena de pingentes que faziam barulho quando ela se mexia. Kane se viu se movendo para mais perto, para inspecioná-los. Localizou um crânio opalino, uma estrela-do-mar de cobre e uma chave branca feita de madeira.

Ele se sentou.

Também havia uma pinha de estanho. Uma abelhona de porcelana.

— Espero que você não tenha tido nenhum problema para achar o lugar. Como pode ver, eu priorizei nossa privacidade.

Kane pestanejou olhando para o aparelho de chá feito de porcelana branca, cujo valor era inestimável e estava debaixo de uma renda dourada estonteante. Poesy pegou sua própria xícara e usou uma colherzinha prateada para mexer o chá num pequeno redemoinho.

Prata contra porcelana. Era um som tão pequenino. Kane se perguntou como tinha ouvido aquilo dois andares abaixo.

— Você vai querer chá, certo? A gente tem um bocado de coisas para discutir e não muito tempo para fazê-lo, mas não tem nenhum sentido em dispensar a etiqueta. Não somos bárbaros, não é mesmo? — Poesy riu conscientemente enquanto enchia a xícara de Kane.

— Você sabe sobre os devaneios? — perguntou.

— Sei, sim.

— O que você sabe?

# DEVANEIO

— Muita coisa.

— O que eles são?

— Muito perigosos.

As respostas de Poesy só geraram mais perguntas, como cogumelos espalhando esporos. Kane guardou sua curiosidade, sabendo que era inútil esperar que uma drag queen fizesse qualquer coisa que não fosse exatamente o que queria. De seu conhecimento limitado, ele sabia que drag queens com frequência dublavam músicas enquanto bares abarrotados de pessoas felizes se estapeavam para dar dinheiro a elas. Kane estava zerado e, de qualquer modo, não achava que Poesy iria aceitar. Só lhe restava deixá-la interpretar até onde queria, ou então não fazer nadica de nada. Por isso, se calou e se encostou no assento.

Poesy levantou a xícara de chá. Kane fez o mesmo. Juntos, bebericaram. O chá era uma infusão de rosa, e zumbiu como eletricidade em seu estômago.

— Sr. Montgomery — começou Poesy —, o que você sabe sobre etéreo?

*Etéreo.* A palavra era nova para Kane, mas se prendeu em sua mente como uma joia facetada, um sentimento de familiaridade emanando de seus sulcos lapidados e profundezas refratadas. Kane sussurrou para si, sentindo como se fosse receber um murmúrio em resposta.

— Sr. Montgomery, eu gostaria que você pensasse na realidade como um pano exuberante que foi bordado com tudo o que enxerga neste mundo. Apenas uma camada sobre outra de uma concepção elaborada e incrível. E, se a realidade é um pano, ela deve ser tecida de algo, sim?

— Como uma costura?

Poesy lambeu a colherzinha de prata.

— Como uma costura. Como etéreo: a magia da criação, a magia que torna o real em irreal. Todas as coisas, a realidade ao nosso redor e os devaneios que você percorre, até mesmo outras magias, são tecidas do etéreo. Até mesmo essa cidadezinha charmosa é uma concepção bem formada. Estável e segura de si, ela deve existir por um bom tempo.

Depois de outra bebericada, os olhos de Poesy escureceram.

— Ou não. É essa a questão com o etéreo; trata-se uma magia terrivelmente errática, criando e desfazendo mundos num piscar de olhos. E é isso o que está acontecendo com esta cidade. Um poço de etéreo surgiu e agora o excesso de magia está por todos os lados, inquieto. Ele precisa tomar forma. E, para fazer isso, começou a usar as pessoas com mentes vastas de um jeito único, lançando seu poder como realidades completamente novas. — Poesy estudou as próprias palavras. — No entanto, elas não são realidades lá muito das boas, né? Ah, bom, suponho que não há nada que possa ser feito sobre o mau gosto das outras pessoas.

Kane lutou para digerir as palavras de Poesy. Era como mastigar pot-pourri. Sua mente se voltou para o desvendamento da noite anterior e aquele devaneio horroroso. Ele ainda sentia os ecos de aflição do devaneio, sua fúria caótica ao ser desfeito. A coisa tinha desejado sobreviver e, para fazer isso, também teria matado. A xícara de Kane tilintou contra o pires conforme o garoto começou a tremer. Já não queria mais beber.

— Então o que você tá falando... — Kane se atrapalhou para responder a uma pergunta que estava apenas começando a tomar forma. — É que o etéreo está manifestando os sonhos das pessoas?

— Sonhos! — Poesy fez uma careta ao ouvir a palavra, como se estivesse coberta de sal. — Coisas tão profundamente impraticáveis. Não vou sofrer com essa associação. Não mesmo. O fenômeno do paracosmo localizado, ou o que vocês resumiram como "devaneio", jamais poderia originar-se de algo tão efêmero quanto o *sonho*. Não. Eles vêm da profundidade, do núcleo, da *medula* da mente. Do subconsciente! O subconsciente tornado real numa majestade fantasmagórica!

Esse monólogo parecia bem elaborado. Kane deixou Poesy terminar, meneou a cabeça de modo respeitoso, os olhos arregalados, e, então, contrabalanceou com:

— Mas isso é impossível.

— É improvável — corrigiu ela.

— Quer dizer, é inacreditável. Tipo, irreal.

— E daí? — ralhou Poesy. — A irrealidade de algo não é motivo para ignorá-lo. Às vezes, devaneios... e sonhos, por falar nisso... são mais reais para uma pessoa do que a realidade da qual elas precisam se distrair. Eu esperaria que você, dentre todas as pessoas, entendesse isso.

O tom de Poesy era cortante, uma lâmina tão boa que estava sob a pele de Kane antes mesmo que ele conseguisse enxergá-la reluzir. Mas o garoto permaneceu de queixo erguido e de olho nela.

— Eu entendo isso, sim. O que eu quis dizer é que esses devaneios não deveriam estar aqui. Eles são errados.

O olhar frígido de Poesy se rompeu numa risada que preencheu a biblioteca vazia, e Kane enfim respirou.

# DEVANEIO

— Você tem toda a razão quanto a isso. — Ela sorriu, reabastecendo a xícara dele. — Devaneios são coisas belas e interessantes, mas eles não têm lugar na Realidade Própria. Na verdade, devem ser desvendados a qualquer custo ou, então, eles podem abrir um buraco *através* da Realidade Própria. Não se pode ter duas realidades em camadas, uma sobre a outra, por muito tempo sem ter consequências. Essa é apenas a física do atrito, apenas a matemática da coisa toda. E tá vendo? Eu te falei que tinha diploma. — Notando a surpresa crescente de Kane, ela acrescentou: — Ah, mas não se preocupe. Com sorte, você e seus amigos preveniram esse resultado ao desvendarem com afinco os devaneios à medida que eles são criados. Então, parabéns.

— Mas por que a gente?

Seu sorriso se tornou deslumbramento.

— Lucidez, querido. É rara, essa habilidade que vocês quatro compartilham de resistir aos efeitos hipnotizadores de estar numa realidade diferente. Eu também compartilho dela. Nós todos somos pessoas entre mundos.

— Mas e quanto aos poderes? O Elliot consegue criar ilusões. A Ursula consegue arremessar carros. A Adeline consegue...

Mesmo agora, ele não conseguia dizer aquilo. Poesy deu de ombros, como se esses detalhes fossem tão comuns quanto traços de personalidade.

— Assim como os heróis de seus devaneios, cada um de vocês é um prisma. O etéreo brilha por meio de suas profundezas escuras e produz poder. A diferença é que você está desperto para seu poder e é capaz de controlá-lo. É um privilégio e tanto. — Os olhos dela se desviaram para as queimaduras de Kane. — E, embora um pouco de poder venha de graça, a busca por mais poder sempre tem um preço.

O sangue ferveu nas bochechas de Kane. Os Outros tinham falado que ele conseguira aquelas queimaduras enquanto procurava por uma arma misteriosa.

— Você já sabia o que tinha acontecido com a Maxine Osman, não é?

— Sabia. Eu queria que você descobrisse por conta própria.

— E quanto à investigação da polícia? E o detetive Thistler?

— Já tomei conta deles. E vou continuar tomando conta deles e te protegendo, embora deva pedir que, em troca, você me ajude.

A cabeça de Kane girou, a mente afundando no vapor meloso do chá. Precisou se concentrar no bracelete de Poesy para se manter firme.

— O que você quer?

Poesy fingiu um sorriso acanhado, como se ela não tivesse guiado a conversa até essa questão específica.

— Você não se perguntou de onde o etéreo vem? Não se pegou sonhando com a fonte dele? O etéreo deve conter muitíssimo poder para liberar todos os tipos de sonho, desilusão, pesadelo e extravagância em nossa realidade sofrida. Seja lá o que e onde for essa fonte, eu a consideraria perigosíssima nas mãos erradas.

Poesy bebericou o chá, lançando um olhar atravessado para as mãos de Kane.

O garoto parou de se remexer.

— Uma arma — disse Kane, e sabia o que viria em seguida. Mais acusações sobre o que ele fizera e quem fora.

— Arma! — Poesy riu. — Armas apenas destroem, meu querido. *Instrumentos*, no entanto, tanto destroem quanto criam. É isso o que os torna tão poderosos. O cálice sagrado, a caixa de Pandora, a lâmpada do gênio; todas essas coisas foram fontes do etéreo. Se você olhar, olhar *de verdade*, a história está repleta de instrumentos que transformam o irreal em real, que evocam poder do nada. — Ela brincou com uma pérola perdida presa em seu cabelo, perto da têmpora. — Esses instrumentos são chamados de teares por conta da habilidade que possuem de tecer novos mundos a partir da imaginação dos mortais. Eu passei minha existência inteira os caçando, um por vez, para garantir que não fossem explorados.

Poesy tinha falado que os devaneios eram um fenômeno local. Uma novidade. Kane juntou as peças uma por vez.

— E é por isso que você está aqui? Você acha que tem um tear escondido em Amity do Leste?

Contente, ela moveu a xícara na direção de Kane, como um brinde.

— Exatamente. *O tear*, de acordo com a escala de seu poder. Um instrumento em formato de coroa que acredito que você já invocou uma vez. Me fale mais sobre isso, sr. Montgomery.

— Você acha... — Kane resistiu à lacuna giratória que se espalhava por seu corpo. De modo vago, se lembrou dos Outros dizendo que ele estivera procurando por uma fonte de poder (um tear, talvez) e que encontrara uma coroa mortal. O verdadeiro símbolo de poder. Mas o objeto tinha desaparecido, fora jogado no rio ou algo assim. — Eu não sei onde tá, se é isso que você acha. Nem sei como conseguir de volta.

# DEVANEIO

Poesy soltou o ar, assoprando curvas de vapor na direção dele.

— Talvez você não saiba agora, mas pense, sr. Montgomery: o que, tão repentinamente, está lhe faltando?

A resposta subiu dentro de Kane como uma bolha atravessando a água monótona.

— Minhas lembranças.

Os olhos de Poesy brilharam.

— Que inconveniente. Sabe, lembranças são algo que me interessa. De certo modo, você explorou a própria memória desta cidade por meio de Maxine Osman, que passou a vida toda aperfeiçoando sua representação. — Ela deu de ombros. — O mundo dela deve ter sido maravilhoso. Me pergunto o que você viu e me pergunto o que aprendeu. Mas, na maior parte do tempo, me pergunto o que uma pessoa deve descobrir para torná-la perigosa o bastante a ponto de ser ferida do modo como você foi. Que poder é merecedor de uma supressão tão meticulosa e perversa? — Ela deu de ombros de novo, seus olhos baixos subindo para encontrar os dele. — Um tear parece ser a inspiração exata para esse calibre de maldade, e a gente só conhece uma única pessoa com os meios para tanto.

Kane parou de respirar quando traçou com a mão a pele saliente de suas queimaduras. Ele tinha encontrado o tear, e então tinha sido traído. Só podia ter sido Adeline. Fora ela quem tinha tirado o instrumento de sua cabeça e apagado sua memória. A menina disse que tinha feito isso para salvá-lo. Ursula e Elliot concordaram. Será que eles sabiam ou também sofreram uma lavagem cerebral?

Um desamparo bruto se abriu em Kane. Com lágrimas nos olhos, era difícil corresponder ao olhar de Poesy.

— O que eu faço?

Dessa vez, nem um traço de arrogância marcou a voz de Poesy:

— Seja forte, sr. Montgomery. Encare os devaneios, recupere o tear e o entregue para mim em segurança. Juntos, nós podemos salvar a realidade dessa praga de fantasia e ruína.

Kane voltou a pensar nos bárbaros com olhos branco-gelo. Nos lábios partidos do altar vomitando feras inimagináveis.

— O que acontece se eu não quiser?

Poesy o observou com uma pena desmedida.

— Salvar o mundo, em geral, não se trata de *querer*, sr. Montgomery.

Quão covarde você deve ser para balancear a destruição da realidade pela escala de seu próprio coração. E egoísta também.

Kane fungou. As palavras doíam. E doíam porque eram verdadeiras; bem abaixo das ondas do medo, ele sabia o que era certo. Então concordou com a cabeça.

Poesy tomou as últimas gotas de chá, depois soltou um pingente de seu bracelete e o jogou para o garoto.

— Em minhas viagens, acumulei muitos artefatos que não apenas dobram a realidade, como também a quebram de jeitos úteis. O diário é um deles. Este é outro. Use apenas em emergências.

O pingente era um tubo de metal preto, mais pesado do que Kane esperava e frio como gelo. Um apito das antigas. Algo disse ao garoto que o som que o objeto emitia seria diferente de qualquer coisa que já tinha ouvido.

— Eu e a sra. Daisy precisamos ir andando. — Poesy se levantou e vestiu o robe.

Kane se ergueu, instável.

— E, sr. Montgomery, se eu fosse você manteria este encontro em segredo. Há outros como eu... outros que caçam teares sagrados. Você não pode ser desconfiado demais em assuntos como este, considero eu, porque nunca se sabe qual forma a escuridão vai assumir. Uma sereia de olho prateado ou um príncipe de cabelo dourado, vai saber? Ou talvez até mesmo uma ogra idiota? Mas não se preocupe. Você não está sozinho. Nunca esteve.

Um carrilhão cresceu em torno de Kane, rolando para fora através do espaço vazio, e então Poesy sumiu. Assim como a sra. Daisy, o chá e a mobília. Em seguida, o lustre se apagou e mais uma vez o garoto foi abandonado na penumbra aquosa da biblioteca, um apitozinho preto na palma da mão e um coro de perguntas sem resposta chilreando em sua cabeça.

# CATORZE

## *Bem e normal*

Kane ligou para Sophia no mesmo instante, mas a irmã mandou a ligação direto para a caixa postal. Quando enviou por mensagem um simples *e aí* e ela não respondeu, soube que estava encrencado, mas quanto? Com que tipo de encrenca? O silêncio dela o assustava mais do que qualquer coisa. Torcia para que ela não tivesse passado do ponto de tentar conversar com ele. Ainda não. Se o que Poesy tinha dito era verdade, o garoto ia precisar dela.

Na Escola Regional de Amity do Leste, era como se o devaneio nunca tivesse acontecido. Kane vagou pelos corredores ensolarados cheios de alunos risonhos e sem noção nenhuma do que tinha ocorrido. Seus olhos ficaram vitrificados com a lembrança de uma fantasia da qual ninguém sabia. Ele viu rostos conhecidos do devaneio, agora sem o sangue, a sujeira e as cinzas. Toda vez que fechava os olhos, enxergava o pulsar lento de luz avermelhada. Como se atuando como um lembrete, o metal gelado do apito preto mordiscava sua palma, garantindo-lhe que tinha sido tudo verdade, que só porque o pesadelo tinha terminado não significava que nunca tinha acontecido.

Kane não compareceu à turma da tutoria e, em vez disso, perambulou pelas quadras esportivas. Os vestiários estavam abertos para limpeza. E não levavam para uma cidade subterrânea. O próprio estádio de futebol americano não tinha um fosso de magma. Nada nefasto deslizava no calor ondulado que subia da pista de corrida.

O mistério do tear, e a missão com a qual Poesy tinha incumbido Kane, o seguia para onde quer que fosse. O tear era algo que devia ser invocado ou encontrado? Se era tão poderoso quanto Poesy tinha dito, ele não estava ansioso para confrontar a pessoa que o mantinha escondido, e decidiu que tudo o que podia fazer era sentar e esperar (e, com alguma sorte, não morrer no meio-tempo).

Sophia enfim o respondeu: Ocupada. Cansada das merdas que você apronta. A gente conversa quando eu chegar em casa.

E então, em silêncio, Kane entrou em pânico durante as horas seguintes. A aula de biologia chegou e passou sem nem uma única palavra trocada entre ele e Adeline. Na de educação física, só chegou perto o bastante de Elliot para verificar o machucado em sua bochecha. Depois disso, Kane se sentou na arquibancada e observou Elliot agir feito um otário com os amigos. Os dois não fizeram contato visual nem uma vez. Não havia qualquer sinal de Dean Flores.

Depois, no almoço, Kane tinha acabado de abarrotar uma bandeja com comida quando se virou e encontrou Ursula bem às suas costas. Parecia que ela estava arrumando coragem para dizer algo.

— Oi — foi tudo o que falou. Seus olhos grandes e inquisitivos fizeram uma varredura na camisa de flanela (que era dela) que ele ainda usava e, depois, voltaram a subir.

Ele passou por Ursula e comeu o almoço sozinho, alternando o apito entre as palmas como se nada nunca tivesse acontecido. Como se tudo estivesse bem e normal.

\*\*\*

Ao pedalar para casa depois da aula, Kane se arrependeu de ter ignorado Ursula o dia todo. Não tinha certeza do porquê. Ela tinha mentido. Ela foi pior do que Elliot e Adeline. Então por que estava puto consigo mesmo por tê-la evitado?

Em parte, a sensação era a de um potencial que não pode ser liberado. Durante todo o dia ele tinha ensaiado em silêncio o que ia dizer aos Outros, monólogos inteiros de aflição e culpa e palavras ácidas para o que eles tinham feito, mas, com a exceção de Ursula no almoço, eles tinham se mantido afastados, o privando da oportunidade. Sendo assim, todo aquele ácido não teve para onde ir. Ele queimava e fervilhava em Kane, junto com as milhares de outras coisas que o garoto nunca tivera coragem de dizer.

## DEVANEIO

Em algum lugar em seu cerne, ele percebeu que o trio tinha respeitado seu desejo de ficar sozinho. Como amigos de verdade. E ele não conseguia tirar da cabeça a mágoa sincera nos olhos de Ursula quando lhe deu as costas. Ela realmente se importava.

*Deixa eles pra lá*, disse a si mesmo. *Deixa todos eles pra lá.*

O apito pesava feito uma pedra em seu bolso. Mesmo abaixo do jeans, o metal era frio e vivo, o lembrando de que nada daquilo havia acabado. Não para ele. Poesy tinha razão. Ele não conseguia fugir disso, o que significava que não lhe restava escolha a não ser lutar.

Sophia era a primeira batalha de Kane. Assim que ela chegou em casa naquela noite, irrompeu covil adentro, desligou o PlayStation do irmão e o arrastou para fora antes que a mãe os fizesse sentar para o jantar.

— Você é tão sortudo — disse, fervendo, e andou em círculos ao redor de Kane no parquinho da escola perto da casa. O crepúsculo queimava em torno deles, vivo com o burburinho de insetos. — Caramba, você tem tanta sorte por me ter como irmã.

— Olha, me desculpa, mas eu já te falei que na noite passada eu só estava fazendo lição de casa.

— Onde?

Kane já estava preparado para isso.

— Na casa da Ursula. Dã.

Sophia franziu o rosto.

— De quem?

*Merda.* Kane se deu conta de que, embora Ursula fosse sua amizade mais duradoura, Sophia não fazia nem ideia de quem a garota era graças a Adeline.

— Uma pessoa da escola. Ela é minha tutora. Mas quem se importa? Você tem que parar de ficar imaginando que eu tô fugindo toda vez que não consegue me ver. — Kane enganchou as mãos no trepa-trepa, mudando de assunto: — Eu não consigo ficar naquela casa. Nada lá parece conhecido. Meu quarto parece um memorial.

— Você precisa contar pra mãe e pro pai. Se a sua amnésia é tão ruim a ponto de não conseguir se lembrar de quem é, talvez você devesse fazer algum exame pra ver se está com dano cerebral.

— Eu sei quem sou — rebateu ele. — E estou sendo avaliado, lembra?

— Por aquele psicanalista? Que tá te fazendo manter um diário de sonhos? Pois é. Eu te vejo escrevendo nele.

— Não é um diário de sonhos — disse Kane, ofendido. — É só um diário. É o que a polícia quer. É o que nossos pais querem. Só estou fazendo o que me dizem para que eu não seja preso. Você sabe disso.

Kane fugiu para os balanços, e Sophia foi logo em seguida, um espelho de sua própria tristeza enquanto ele se impulsionava para cima. Estava torcendo para que o movimento fosse acabar de vez com a conversa, mas a voz de Sophia veio em explosões sobre os rangidos do metal enferrujado do brinquedo.

— Sair escondido. *Não* é fazer. O que te dizem.

— Pode até não ser. De acordo com *você*. Senhoritazinha Anal. Retentiva.

Sophia saltou do balanço e encarou Kane com as mãos na cintura. Sob o olhar dela, o impulso do garoto foi para o saco.

— Sério mesmo, Kane? Senhoritazinha Anal?

— Anal-retentiva. Significa "sistemática".

— Eu sei o que anal-retentiva significa.

Kane sorriu, tentando fazer a irmã rir. Isso não aconteceu. Sob a luz fraca, os olhos dela se agitaram com uma fúria desamparada, mal contendo as lágrimas.

— Eu não posso ser a única que fica de olho em você, Kane. Me assusta de novo, e eu vou garantir que você reprove naquela avaliação. Já cansei de mentir por você.

Depois disso, passaram dias sem se falar. Uma guerra fria se abriu entre eles, travada por meio de olhares no café da manhã e de silêncio ao se cruzarem no corredor que compartilhavam. Os pais notaram, mas estavam relutantes quanto a adicionar mais tensão à casa pequena e sufocante.

Kane continuou dizendo a si mesmo que não se importava. Sophia não iria sabotá-lo, e os dois sabiam disso. A irmã só estava assumindo o protagonismo da situação e, naquele momento, ele tinha preocupações maiores do que o ressentimento dela. Preocupações maiores e medos muitíssimo maiores. Precisava achar o tear para Poesy. E, para seu próprio bem, tinha que descobrir o que havia causado a Maxine Osman. Seu coração não ia aguentar não saber.

A culpa que sentia o fez se voltar para a internet, na qual aprendeu tudo o que podia a respeito da mulher. Ele encontrou o endereço e o telefone de Maxine numa página de correspondência de um antigo comitê, criada para um banquete que a artista tinha organizado. Leu as entrevistas

## DEVANEIO

que ela tinha dado para um jornal, nas quais falava sobre seu amor pelo Complexo Cobalto, que ficava perto de onde ela morava. Ele também encontrou alguns vídeos, reunidos para um especial sobre artistas da região no canal comunitário. Neles, a mulher era uma oradora calma, mas, de um jeito sombrio, incisiva e engraçada. Depois que seu marido morreu, ela tentara qualquer hobby que a aceitasse. Cerâmica, mas fazia uma bagunça danada. Depois se envolveu com esqui de fundo, explicou ela, mostrando para a câmera um par de bastões de esqui, os quais estavam fincados na sujeira de seu jardim como se sempre tivessem estado lá, com videiras de tomate se enrolando neles. "Como podem ver, eu fui muito, muito lerda", disse ela, seca. Em seguida a mulher mostrou sua coleção de ovos decorados que estavam expostos em redomas de vidro ao redor de sua sala de estar. "A gente tem mais de cem. Às vezes os levamos para passear", confessou, se referindo a ela e à amiga, uma outra senhora que, de algum jeito, era ainda mais velha e menor, e estava ao lado dela. As duas riram enquanto apontavam a câmera para um ovo azul salpicado de ouro. "A gente conversa sobre o que eles chocariam", comentou a amiga. E então a entrevista focou no estúdio de Maxine, que se tratava do segundo quarto da casa. "Eu faço a maior parte do meu trabalho em campo, mas este quarto tem a melhor iluminação no inverno", contou ela. "A iluminação é importante para as cores. E, claro, para meu bronzeado".

Não havia nada sobre ela ter desaparecido. Para o mundo, ela continuava em seu pequeno reduto, pintando em seu estúdio e cercada por seus muitos hobbies. Bem e normal. Isso foi o que mais acabou com Kane. Ele se odiava pelo papel que tinha na morte dela, embora continuasse sem se lembrar de nada.

Toda noite (toda noite *mesmo*), sonhava com ela e, embora tivesse memorizado o rosto da artista, em seus sonhos a mulher estava sempre em chamas. Nunca morta, mas sempre em chamas.

Mais de uma vez, encontrou-se sentado na beira da cama, o número de telefone dela brilhando na tela de seu notebook. Uma manhã, depois de acordar com as queimaduras pegando fogo e os lençóis revirados a seu redor, ele, de fato, ligou.

Não era como se esperasse que alguém fosse atender, mas então alguém o fez.

— Alô?

Um "oi" teria cumprido seu papel, mas Kane não estivera esperando que alguém fosse atender o telefone de uma casa que pensou estar vazia. Não era a voz de Maxine, mas, de certo modo, lhe pareceu conhecida. Baixa, inquisidora.

— Alô? É muito cedo para estar ligando. Alô?

Houve um longo silêncio no qual a estática entre os dois telefones zuniu, e, então, a voz perguntou:

— Maxine? É você?

Algo se encaixou. Por meio do choque, Kane reconheceu a voz: a amiga de Maxine. A que falou sobre os ovos.

A que não sabia que Maxine estava morta.

— Por favor — disse ela e, por trás da voz, surgiu um ruído estranho, um sussurro que a engoliu um pouco antes de a ligação ficar muda.

Por entre o sussurro, Kane conseguia ouvir a súplica da mulher:

— Por favor, Maxine, só volte para casa.

# QUINZE

## *Sussurros*

Dias depois, Kane ainda estava pensando na ligação. A esperança naquela voz era inesquecível, mas a dor também. E ele não tinha ideia alguma sobre o que pensar daquele sussurro estranho.

O nome da mulher era Helena Quigley. Ela costumava administrar uma lojinha no centro e, antes disso, era professora de biologia do ensino médio. Tirando o fato de as duas parecerem ser amigas próximas, Kane nem imaginava por que não teve coragem de voltar a ligar.

Mas ele estava curioso e, em geral, perdia todas as batalhas contra a curiosidade.

Sendo assim, se manteve ocupado no Poleiro, a livraria do centro que tinha se tornado seu refúgio da escola e de casa. Andara se escondendo ali durante a última semana, exaurindo as montanhas de lição que precisava fazer. No entanto, esconder não era a palavra certa. Sophia e os pais dele sabiam exatamente onde encontrá-lo quando não estava em casa ou no grupo de apoio. Eles o deixavam no Poleiro depois da aula e o buscavam no horário de fechamento da loja, como uma creche.

Kane ia para lá mesmo aos sábados, como naquele dia. Qualquer coisa para fugir da música inquietante de Sophia praticando viola erudita e de seus pais se alfinetando no quintal sobre onde colocar essa planta nova ou aquele adubo vermelho. A trilha sonora hipernormal de um inferninho suburbano, o que tornava impossível imaginar uma drag queen feiticeira protegendo Amity do Leste e, ainda mais difícil de imaginar, para começo de conversa, uma drag queen padrão e comum em Amity do Leste. Mas no Poleiro, entre livros sobre maldições e aventuras e cidades que se agarravam à borda mais extrema do espaço, era tudo um pouco mais verdadeiro. Um pouco mais alcançável. E Kane não se sentia tão perdido.

E ele gostava dos funcionários, que sabiam tudo a seu respeito, mas nunca perguntavam nada sobre o burburinho local que seu nome representava. Eles reservavam um assento para o garoto próximo às promoções e lhe traziam sobras de bolinhos de milho da cafeteria e até mesmo deixavam Kane trazer suas raspadinhas azuis do 7-Eleven do outro lado da rua, desde que o garoto as colocasse sobre um pires, para que não estragassem as mesas de madeira. Em resumo, eles lhe davam bastante espaço.

Às vezes, no entanto, Kane torcia para que lhe perguntassem como estava. Ou o que estava se passando em sua cabeça. Mas eles não perguntavam e, portanto, em vez disso, o garoto despejava seus pensamentos no diário até que sua mão estivesse tão rígida e contraída como seu coração.

— Agora você é escritor, então?

Com rapidez, Kane fechou o diário vermelho, sem ao menos saber que alguém tinha se sentado por perto. Quando ergueu o olhar, estava encarando uma mecha de cabelo loiro escuro e, então, olhos castanhos risonhos.

Elliot.

— Espera! — Ele ergueu as mãos, tentando impedir Kane de correr. — Só quero conversar, beleza?

Kane enfiou o diário debaixo de alguns livros. Quanto tempo Elliot estivera sentado ali, invisível? Será que tinha visto o que ele estava escrevendo? Era uma lista de lugares em que o tear talvez estivesse.

— O que você quer, Elliot?

O outro garoto olhou ao redor.

— Será que talvez a gente possa ir pra algum outro lugar? Meu carro tá lá na frente.

— Não. Vamos ficar aqui. E não use seus poderes de novo. Não é justo.

— Beleza. Mas você também, certo?

— Eu nem mesmo sei como usar meus poderes.

Aquilo era uma mentira. Ele andara praticando invocar o fogo etéreo e, então, o apagar quando os objetos em seu quarto começavam a flutuar.

— A Adeline falou que você se saiu bem no devaneio do Cooper. Como alguém que nasceu pra isso.

# DEVANEIO

— Bom, não se preocupa. Eu não vou estalar ou bater palmas tão cedo.

Elliot fez um ótimo trabalho fingindo que isso o tranquilizava, mas, no geral, o garoto ainda continuava um tanto surpreso por ver que realmente estavam conversando. Ele brincou com os dedos até que Kane repetiu a pergunta.

— O que você quer?

— Acho que quero pedir desculpas. A gente sempre planejou te trazer de volta pros Outros, mas não daquele jeito. Nada saiu como eu planejei, e isso é culpa minha.

— Você ama um plano, né? — Kane mordiscou o canudinho de sua bebida. — Planos e fatos.

— Isso é tão óbvio assim?

— Aham. Eu presenciei, tipo, três conversas com você, e em cada uma delas você não consegue parar de corrigir as pessoas. Não sei como a Adeline e a Ursula aguentam. Você é extremamente condescendente.

Um rubor subiu pelo pescoço de Elliot, que parecia prestes a se defender, mas então encarou as próprias mãos.

— Essa eu mereci — murmurou.

As palavras antigas se agitavam em Kane, todo o ácido que ele tinha poupado para Elliot e os Outros, mas agora aquelas emoções estavam chocas, como refrigerante sem gás. No entanto, ele não sabia o que dizer para a conversa avançar além deste ponto. Felizmente, Elliot ofereceu um caminho adiante.

— Sabe, antes, você e eu estávamos trabalhando nessa teoria juntos — contou ele. — Sobre como nossos poderes vêm da nossa dor ou de partes nossas que odiamos. Por exemplo, eu realmente gosto de fatos e planos, mas tudo o que posso fazer é criar ilusões. Mentiras e manipulação. E a Ursula, certo? Ela é, tipo, a pessoa que menos curte confrontos que eu conheço. Ela odeia violência, mas os poderes dão a ela aquela força brutal. Parece meio estranho, certo?

— E quanto a mim? E a Adeline?

— Você pode perguntar isso pra Adeline. E a gente nunca entendeu o seu. — O rosto de Elliot continuava vermelho, os ombros tensos como se ele estivesse esperando para ser eviscerado de novo, mas Kane não estava comprando aquela atuação de sofrido.

— É meio estranho que você odeia manipular pessoas com ilusões. Você parece bem bom nisso.

A risada de Elliot não continha humor. Soava conformada.

— Acho que tá no meu sangue. Meu pai era um mentiroso de primeira. Supermanipulador. E, às vezes, eu penso que ele nem sabia que estava mentindo. Acho que é por isso que meu poder me dá medo. Tipo, e se um dia eu também não souber? Eu nunca quero ser tão bom em mentir quanto ele era.

— Era?

— Aham. A gente se afastou dele. Minha tia mora em Amity do Leste. É por isso que nos mudamos pra cá. Agora está bem melhor, para minha mãe, quero dizer. E minhas irmãs.

Nesse momento, Elliot parecia distante, no mar aberto com ondas de pensamentos enormes e misteriosas. Kane queria puxá-lo de volta.

— E você?

O menino esfregou um lábio no outro e, então, assentiu.

— Também está melhor para mim.

Este garoto, que tinha botado medo em Kane (que ainda lhe botava medo), tinha compartilhado algo precioso, depositando-o bem nas mandíbulas impassíveis de Kane. Será que essa vulnerabilidade era sincera ou será que, no final das contas, tudo não passava de manipulação? De qualquer modo, Kane precisava seguir adiante com gentileza.

— Sinto muito — disse, enfim. — Eu não sabia nada disso.

Elliot pareceu se lembrar de com quem estava conversando e limpou de sua garganta a emoção ali contida.

— Pois é, tá vendo? E isso também é minha culpa. Você saberia de tudo se a gente não tivesse mexido com suas lembranças. Eu sinto muito, muito mesmo que as coisas aconteceram desse jeito. Era isso o que eu queria falar. — Sua boca se abriu num sorriso hesitante, deixando as covinhas à mostra.

*Ah.* Então *este* era o Elliot que, pelo que parecia, todo mundo conhecia. Charmoso. Carismático. Persuasivo.

Ele era o Elliot em quem Poesy tinha dito a Kane para não confiar.

— Tá tudo certo — encontrou-se dizendo Kane, embora, com certeza, não estivesse tudo certo.

Aliviado, Elliot soltou o ar.

— Então você pode me fazer um favor?

Quando Kane deu de ombros em resposta, Elliot desembestou a falar:

## DEVANEIO

— Eu só quero que você saiba que nada disso é culpa da Ursula. Ela tava sempre te priorizando, você sabe disso, né? Não gosto que ela tenha estragado o plano, mas eu a respeito, e sei que só estava tentando ser uma boa amiga. Eu acho que você devia pegar leve com ela.

A sementinha de culpa que já tinha criado raízes cresceu ainda mais, aos poucos abrindo caminho à força até o coração de Kane. Elliot tinha verbalizado o que ele não se permitia acreditar: Ursula era inocente. Isso significava que a menina merecia um amigo melhor do que Kane jamais fora.

Depois que Elliot foi embora, Kane revirou o pedido em sua cabeça como se inspecionasse uma pedra lisa antes de a lançar saltitando sobre águas tranquilas. Por que Elliot tinha conversado com ele daquele jeito? O que o menino queria? Era possível que sua motivação tivesse sido apenas por Ursula? Isso fazia com que Kane questionasse sua desconfiança apenas por tempo suficiente para que ficasse curioso, e sua curiosidade tinha se cansado de ouvir não.

Ele jogou as coisas dentro da mochila antes de correr atrás de Elliot e espalmar as mãos contra o capô do carro do garoto enquanto este dava partida. No banco do motorista, Elliot levou um susto.

— Espera — disse Kane. — Preciso da sua ajuda. E chame os Outros. Também vamos precisar deles.

\*\*\*

Dirigiram na direção do Complexo Cobalto. Em algum momento, o sábado sufocante tinha se tornado uma tarde tempestuosa, e a umidade tinha desencadeado uma tremenda chuva que durou apenas seis minutos. Aconteceu quando estavam sobre a ponte, varrendo o rio em ondas douradas e cinzentas que embrulharam a distância numa proximidade turva. Quando chegaram ao complexo, a chuva tinha parado e as árvores balançavam com um novo peso. Os dois encontraram as garotas num terreno rachado, com o calçamento já secando como uma colcha de retalhos.

— Tem certeza de que quer fazer isso? — perguntou Elliot de novo.

— Aham.

Elliot acenou para as amigas se aproximarem. Elas se amontoaram no banco de trás e, então, Elliot saiu do terreno enquanto Adeline lia as direções no celular. Alguns minutos depois, eles chegaram. O outro garoto, sempre prudente, estacionou uma rua depois. Essa mesma prudência foi o motivo de terem deixado os outros carros no complexo. Quanto menos tivessem para esconder, melhor, disse Elliot. E então os quatro estavam em frente à casa, a de Maxine, o que significava que Kane tinha que explicar o motivo de estarem todos ali.

— Quem mais sabe sobre a Maxine? — questionou.

Adeline e Elliot trocaram um olhar.

— Por enquanto, ninguém — respondeu a menina. — A gente imaginou que, em algum momento, alguém fosse registrar que ela está desaparecida. Mas ela não tem nenhuma família. Nada de filhos e tal.

— Ela tem uma amiga chamada Helena Quigley — contou Kane. — E eu acho que ela tá naquela casa.

Mais olhares foram trocados.

— E eu acho que ela tá com problemas — acrescentou Kane.

— Que tipo de problemas? — perguntou Ursula.

— Do tipo relacionado a devaneios — explicou.

Kane esperava reviradas de olhos e raiva, mas o que recebeu foi uma preocupação direta dos três enquanto o bombardeavam com um milhão de perguntas. Ele acenou para que se calassem e para que pudesse explicar.

— Isso vai soar bizarro, mas me lembro de ouvir um sussurro depois que desvendei o devaneio do Benny Cooper, logo antes de eu o devolver para ele. E então, quando liguei para a casa da Maxine e alguém atendeu, eu ouvi esse mesmo som. E eu acho que esse alguém era a Helena.

Com o dedo indicador, Adeline fez Kane parar de falar.

— Você ligou pra casa da Maxine?

— Só uma vez — confessou, um pouco envergonhado.

De novo, ele esperou por descrença ou críticas, mas os Outros apenas assentiram.

— Antigamente, você era o melhor em descobrir onde seria o devaneio seguinte — contou Elliot. — É provável que seja parte da energia que você consegue manipular.

— O etéreo — disse Kane, no automático.

— É assim que vamos chamar isso agora? — perguntou Adeline, incisiva, como se soubesse que Kane não tinha acabado de inventar o termo.

No mesmo instante, o garoto desviou o olhar.

— É só um nome — falou ele.

# DEVANEIO

— E você acha que consegue sentir o... *etéreo* de dentro daquela casa?

— Algo nesse sentido.

Usando apenas os olhos, os Outros tiveram uma conversa silenciosa, talvez decidindo como lidar com a nova e estranha missão de Kane. Ursula foi quem se aproximou e disse:

— Beleza, o mínimo que podemos fazer é dar uma olhada, certo? Se alguém está com problemas, cabe a nós ajudar.

O grupo se aproximou da casa de Maxine, uma construção estreita ao estilo Tudor que ficava atrás de um foro de pinheiros. Por conta dos vídeos, Kane sabia que se fossem até o andar de cima, eles encontrariam um quarto e um cômodo repleto de claridade e aquarelas. Conforme davam a volta por trás, sabia que iam encontrar um jardim tomado por vegetação e dois bastões de esqui fincados na sujeira. E de fato encontraram, embora o jardim estivesse pra lá de negligenciado. Videiras murchas se dependuravam dos bastões por meio de amarras retorcidas. Vegetais que não foram colhidos permaneciam sobre a terra, molengas por conta da decomposição. Fazia algum tempo que ninguém estivera por ali.

— Tá ouvindo alguma coisa? — perguntou Adeline a Kane.

O garoto ainda não tinha certeza. Tinha ouvido um leve ruído, logo abaixo da brisa quente, mas poderia ter sido só seu batimento cardíaco ressoando em seus ouvidos.

— Não tô vendo nenhuma luz acesa — sussurrou Ursula.

— Urs, você não precisa sussurrar, estou mantendo a gente invisível — disse Elliot, os olhos brilhando num dourado inumano.

— Faz parte da magia de ilusão dele — explicou Ursula para Kane, ainda sussurrando.

Assustado, Kane vagou até a porta dos fundos, mas a voz de Elliot o impediu.

— Que isso, Kane. A gente não pode simplesmente entrar.

— Quero dar uma olhada nela.

— Mas essa casa nem sequer é *dela*.

— Então por que ela atendeu o telefone?

Kane agia com confiança, mas não tinha como ter certeza. Tudo o que sabia era o desespero que ouvira na voz da mulher de idade enquanto clamava pela amiga perdida. E, naquele momento, o ruído crescia em sua cabeça. Havia algo errado.

Ursula soltou um gritinho.

— Eu vi alguma coisa! Numa das janelas! Algo se mexeu.

Eles se afastaram para observar o aspecto estoico da casa. Nada se moveu nas janelas, mas Kane tinha certeza de que algo estava errado em relação à casa. Algo sobre sua presença escura contra o céu cinza parecia dobrar o ar, como se a casa fosse um peso que se afundava aos poucos para trás, tensionando o mundo ao redor. E, de novo, ele ouviu um sussurro taciturno. Fraco e efêmero, mas presente. A casa sussurrava com uma promessa sombria, os incitando a se aproximar.

Então um grito veio do andar de cima. No mesmo instante, uma janela explodiu, liberando uma pressão estranha casa afora que foi soprada sobre o jardim ressequido. Ao redor do grupo, as plantas voltaram à vida, passando de cinza a verdes. Flores produziram novos botões que, em questão de segundos, desabrocharam, revigoradas pelo que devia ser magia.

— O Kane estava certo. — Adeline soava abalada. — É um devaneio. E já tá tomando forma!

— A gente precisa ajudar ela.

Kane disparou em direção à porta. Antes que chegasse lá, no momento em que estava passando por uma carriola apoiada em pé, ele colidiu com uma pessoa que tentava se esconder no jardim.

Os dois caíram no chão.

— Sophia?

Enquanto se levantava, a menina arrumou a camisa. Então pegou o celular, a tela mostrando um vídeo sendo gravado.

Por trás, os Outros se aproximaram.

— Arrasou, Elliot. *Superinvisível* — ralhou Adeline.

Pelo cotovelo, Kane afastou a irmã para longe.

— Que merda você tá fazendo aqui?

Sophia se soltou dele.

— Eu fui até o Poleiro ver se você queria sair pra comer. Uma oferta de paz, mas aí você tava com aquele cara. E então te vi correndo atrás dele, daí segui. E... — Ela perdeu o fio da meada enquanto observava o jardim ganhar vida de modo desenfreado ao redor deles. — Kane, você também tá vendo isso?

— Você estava me *espionando*?

Os olhos de Sophia foram de Kane para os Outros e, então, para o jardim.

— Não, quer dizer, acho que sim. Eu estava espionando *todos* vocês. Quem são eles? Mais "tutores"? O que é isso?

— Você precisa ir embora, Sophia. Aqui não é seguro pra você. — Kane a empurrou para longe.

Agora, pólen dourado flutuava no ar e, apenas sobre a casa, o clima tinha ficado ensolarado de um jeito incomum. O devaneio estava se formando ao redor deles.

Sophia passou à força por Kane e se dirigiu a Adeline:

— Você! Eu te conheço. Você faz aula de dança no conservatório, não faz?

— Balé — corrigiu Adeline.

— E, você! — Sophia apontou o dedo para Ursula. — Você joga hóquei sobre grama, não é? Eu sei que já te vi antes. E você! — Ela tinha chegado a Elliot, mas estava na cara que não fazia ideia de quem ele era, então apenas semicerrou os olhos para o garoto, como uma ameaça.

— Kane — chamou Elliot, sério. — Você precisa tirar ela daqui. E a gente não pode deixar que ela se lembre disso.

Kane se moveu entre eles. Sua raiva foi instantânea, surgindo em seu cerne assim como uma flama de etéreo surgia de suas mãos.

— Se você relar na minha irmã, eu te mato.

Os olhos de Elliot se encheram de medo conforme ele se afastava.

— Kane, a gente não tem tempo pra isso. Pensa no que você tá fazendo.

— É *isso* que eu tô fazendo. E, se eu tivesse conseguido pensar na época, também não teria deixado vocês apagarem a memória da minha irmã na primeira vez, mas... Ah, espera! Eu tava no meio da porra de um coma, ou vocês se esqueceram desse planozinho que tiveram?

Elliot tensionou a mandíbula, os olhos nunca se desviando da luz no punho de Kane. O sussurro estava por todos os lados agora, um rugido que aos poucos saturava o ar.

— Sophia, você precisa correr — mandou Kane.

E, pela primeira vez, ela o ouviu, correndo para fora do jardim e voltando para a rua.

— Nós vamos deixá-la ir — disse Elliot. — A gente promete. Mas agora também temos que meter o pé daqui.

Kane soltou o fogo, deixando a luz penetrar a grama que não parava de engrossar. Sugou o ar com força algumas vezes, dividido entre querer fugir junto da irmã e precisar dar continuidade a seu objetivo original.

Ele estivera certo. O devaneio seguinte tinha chegado a Amity do Leste e tinha feito de Helena Quigley sua moradia. Eles eram as únicas pessoas que sabiam, e eram as únicas pessoas capazes de salvá-la de fosse lá qual fosse o horror que tinha acabado de ser expelido da cabeça da mulher.

— A gente vai ficar — afirmou Kane, pensando nas palavras de Poesy.

Helena não era capaz de fugir disso, nem podia enfrentá-lo por conta própria. Isso cabia a eles, os lúcidos. Os poderosos. Kane marchou em direção à porta dos fundos sabendo que a encontraria entreaberta, assim como aconteceu nos vestiários. A boca do devaneio deixada ligeiramente boquiaberta, uma armadilha irresistível para qualquer um curioso o bastante para entrar.

Ursula o pegou, seu aperto parecendo concreto.

— A Helena tá lá dentro — gritou Kane para ela. — A gente não pode simplesmente abandoná-la.

— Você não vai entrar lá — disse Ursula, enquanto Adeline e Elliot se juntavam à garota. — Não sozinho. Não sem a gente.

# DEZESSEIS

*Um caso da família Beazley*

Dessa vez, entrar no devaneio não foi tão simples quanto correr através de uma porta. Ou foi, mas não foi assim que pareceu. No momento em que entrou na casa, a visão de Kane escureceu e o aperto de Ursula desapareceu. Seus sentidos apagaram um por vez, até que ele não foi capaz de sentir nada. Então, como um computador reiniciando, o mundo foi lhe voltando aos poucos. Um mundo diferente do que tinha acabado de deixar para trás.

\*\*\*

Música de um quarteto de cordas agitava o ar quente, entrelaçando-se junto ao canto dos pássaros e às gargalhadas distantes. O ar estava perfumado com mel e vinho e, embora o mundo parecesse radiante sobre as pálpebras de Kane, relutantes, elas permaneceram fechadas enquanto o garoto acordava.

— Os burgueses dão festas tão sem graça. É porque eles só conhecem outros burgueses, e o dinheiro faz as pessoas ficarem entediantes. Não culpo você por tentar fugir disso tudo, Willard.

Uma mão cobriu a de Kane. Ele tentou se mover, responder, mas apenas um coaxar arranhou sua garganta.

— Você sempre foi um ouvinte tão bom. Sinto muito que a gente não tenha conversado mais quando você podia. — A voz pertencia a uma jovem, talvez por volta da idade de Kane. — Aposto que você podia me contar tantas coisas sobre o mundo distante daqui. Talvez um dia eu tenha a chance de te contar coisas.

Kane enfim conseguiu abrir um dos olhos e, então, o outro. Estava sentado em um banco sob uma faixa de sombra criada por uma fileira de choupos que tinha vista para um quintal bem cuidado. Por entre as árvores, tecia-se um casarão cintilante, tão grande que parecia se arrastar e se assomar sobre eles como uma onda enorme. Sob a claridade do meio-dia, a construção brilhava, cada uma das janelas flamejando com tamanha luminosidade que o jardim abaixo (um labirinto vasto e complicado feito de cercas vivas, fontes e canais que envolviam o lugar no qual Kane se sentava) estava submerso em luz dourada.

Convidados vagavam pelo jardim (Kane sabia que se tratavam de convidados do mesmo modo que sabia que aquilo era uma festa). Todas as mulheres usavam vestidos longos, macios e com mil camadas, como peônias florescendo. Todos os homens usavam casacos com caudas longas e sapatos lustrados para combinar com o brilho de seus cabelos oleosos. Havia uma boa quantidade de chapéus.

O devaneio exalava elegância vitoriana, mas de um jeito que, para Kane, pareciam ser figurinos, como fantasias.

Ao lado dele estava uma jovem com bochechas rechonchudas e dentes grandes. Usava um vestido de cetim da cor de rosas-vermelhas e um chapéu com pássaros de mentira empilhados. Ela examinou o jardim. Seus olhos eram castanhos, cheios de uma fome sonhadora. A jovem era de verdade e, a menos que o devaneio tivesse mudado drasticamente um dos Outros, Kane estava sentado ao lado da própria Helena.

— Lindo, não acha?

Kane seguiu seu olhar para um gazebo enorme. Diante da estrutura havia fileiras e mais fileiras de cadeiras brancas. Fitas marfim eram sacudidas pela brisa e pétalas atulhavam o chão. Helena estava encarando um casal em particular que o garoto presumiu ter acabado de se casar, pois o homem usava um lindo smoking preto e a mulher estava envolta numa quantidade tão intensa de tule que seria absurdo presumir que ela fosse qualquer coisa além de uma noiva. Quando ela se virou, a luz do sol capturou a coroa de flores de laranjeira entrelaçada em seus cachos vermelhos e iluminou um rosto amplo e pálido.

Kane quase zombou. O disfarce era brilhante. A única parte não finalizada da fantasia era a própria Ursula, que fervia em desconforto sob

# DEVANEIO

o vestido enorme.

O garoto não conseguiu se controlar. Então riu.

Assim que o fez, soube que foi um erro. Sua garganta se fechou, como se tivesse inalado fumaça picante. Ele chiou e se engasgou até que a compressão se desfez. O devaneio o queria caladinho.

Helena acariciou as costas dele.

— Ah, Willard, você não deve fazer esforço. A culpa é minha. Eu não deveria estar tagarelando sem parar desse jeito, como se você desse a mínima. Mas, devo confessar, seu silêncio me é um alívio. — Ela se inclinou para perto e havia traços de champanhe e morangos em seu hálito. — Tenho um segredo para você, primo Willard. Há um homem muitíssimo importante aqui. Um senhor chamado Johan Belanger, que todos acreditam que vai pedir Katherine Duval em casamento esta noite.

Kane desejou conseguir afastá-la. Com o tempo, seu corpo estava despertando para seu próprio controle e, enquanto o fazia, o garoto descobriu que suas mãos ardiam com algo gelado.

O apito! Ainda estava aninhado na palma de suas mãos. Concentrar-se no objeto trouxe de volta um dilúvio de sensações para o corpo de Kane.

— E eu sei que todo mundo faz fofoca sobre minha rivalidade com Katherine Duval — continuou Helena —, mas a verdade é que a conheço melhor do que ninguém. Ela realmente acredita que Johan a ama, e isso a enfraquece. Está distraída por essa mentira, assim como todos, mas eu, não. E é por isso que devo triunfar.

A mulher se aproximou ainda mais de Kane, seus olhos escurecendo com determinação. Ela colocou as mãos sobre as dele.

— O que é isso que você tem aqui, primo Willard? — Ela abriu os dedos do garoto.

*Não!*

— Vamos lá, deixe-me ver. É um brinquedo? O que está acontecendo com você?

Ela conseguiu abrir uma das mãos e, depois, a outra.

— Irmã!

Helena se voltou para trás. De repente, Ursula se elevava sobre eles, com o vestido monstruoso e tudo. Estava acompanhada do marido, que parecia surpreso de verdade ao ver que foi arrastado com tamanha rapidez por um terreno tão extenso.

— Augustine — disse Helena, se referindo a Ursula. — Você está muitíssimo encantadora! Eu só estava chamando nosso primo Willard para ir dizer olá. Você se lembra de Willard, não? Quando criança, nós costumávamos passar o verão juntos no acampamento ao norte do estado, antes de nossa mãe morrer.

Ursula meneou a cabeça em concordância.

— Mas é claro que me lembro. Como você está, Willard? — Ela estendeu uma mão, a qual Kane não sabia como cumprimentar.

— Augustine, por favor, você deve se lembrar que ele prefere se manter em silêncio.

Ursula deu uma olhada em Kane.

— Sim, claro. — Seu rosto se iluminou. — Bom, talvez ele fosse gostar de um passeio pelos jardins? Tenho certeza de que ele iria apreciá-los, e faz tanto tempo desde que passamos o verão juntos na... — Estava na cara que Ursula não sabia onde tinha passado os verões durante a infância fictícia e, então, terminou com um constrangedor: — Temporada de verão.

Helena se curvou, zelosa.

— Claro, irmã! — Então se virou para o marido de Ursula e falou: — Robert, venha, arranje um refresco para sua nova cunhada antes que aquela Katherine dê as caras e acabe com nossa diversão.

Depois disso, eles saíram.

Ursula enganchou o braço no de Kane e o levantou. Com a ajuda dela, atravessaram a sombra. A outra mão do garoto continuava fechada ao redor de seu talismã.

— Então você consegue se mexer, mas não falar? Eita lelê. Esse devaneio é peculiar. Não queria nem mesmo me deixar afrouxar essa droga de espartilho. Tentei assim que acordei, mas ele só ficou mais apertado. E você viu esses jardins? É como se a gente estivesse preso em Versalhes! Gigantescos. Pelo menos não tem nenhum elemento fantástico, né? Só espero que os Outros estejam bem. A gente precisa encontrar eles assim que descobrirmos o que Helena está procurando. Era com ela que você tava sentado, certo?

Kane assentiu.

— E eu sou a irmã mais velha dela, Augustine Beazley. Mas acabei de me casar, então vai saber qual é o meu sobrenome agora. Beleza, começo intenso até aqui.

Eles circularam o quintal bem cuidado do gazebo e depois voltaram pela beirada de um canal brilhante asfixiado com vitórias-régias.

# DEVANEIO

Carpas deslizavam abaixo deles, com escamas douradas e citrinas. Na caminhada pelo elaborado labirinto de cercas vivas, eles passaram por centenas de convidados (alguns sobre as pontezinhas de pedras, alguns rastelando areia no jardim japonês, alguns correndo atrás de muitos pavões cravejados com joias), todos eles adornados com as mesmas íris brancas límpidas. Conversavam com a mesma conduta sonora sobre assuntos como transações, taxas, chá e cavalos. Tópicos simplistas sobre riqueza. No geral, parecia artificial de um péssimo jeito, mas Ursula tinha razão: uma rigidez saturava o ar (a mesma inflexibilidade que tinha sufocado Kane) e, embora soubesse que podia falar caso precisasse, ele não ousava incitar quaisquer reviravoltas. Não depois da última vez.

Kane permaneceu em silêncio enquanto Ursula enfrentava a barricada de pessoas a felicitando, a abençoando e lhe perguntando sobre o vestido de casamento.

— Onde você o comprou?

— Na França — dissera ela.

— Ah! Me fale sobre o tecido!

— É branco — respondera.

A mente de Kane vagou do devaneio, se perguntando para onde Sophia tinha corrido. Talvez estivesse em casa. Talvez estivesse na delegacia naquele exato momento.

O sol se pôs e o jardim mudou para tonalidades de rosa e laranja, a deixa que fez com que os convidados subissem pelos amplos degraus do pátio rumo ao casarão. Ursula continuou perdida em pensamentos até que, de repente, bateu palmas e gritou:

— Eu entendi!

Nos degraus, as pessoas se viraram. Ela apressou Kane para o quintal e para dentro de uma alcova isolada atrás de duas hortênsias.

— Isso tudo parece tão comum, e eu não estava conseguindo entender até agora. O casamento, o jardim, a família Beazley. É tudo de *O diabo no lírio*! Foi um puta livro de romance no ano passado. Tipo, estrondoso. Vai virar filme.

Kane deu de ombros.

— Tá, bom, os detalhes não importam, mas o livro basicamente foca na rivalidade entre a personagem principal, que imagino ser Helena, e sua concorrente, a malvada Katherine Duval. Elas estão atrás do mesmo cara, esse prodígio industrialista gostosão, Johan Balanger, que despreza

Katherine *de corpo e alma*, mas não tem escolha a não ser se casar com ela por causa do investimento da família dela em seus empreendimentos e... que foi?

Kane não notou que estava fazendo uma careta.

— Olha só, não me julga. O livro é bom, tá? Sei que você não lê romances, então eu só vou te contar como ele termina: Katherine é completamente ablublubé das ideias. Ela é tipo... o diabo, acho? É uma metáfora. Sei lá. Mas isso nos diz tudo o que a gente precisa saber sobre esse devaneio! Você não entende? Tudo o que nós precisamos fazer é garantir que vamos recriar a resolução do livro. Ah, isso é tão *fácil*!

Ursula estava bastante convencida, e havia pouco que Kane pudesse fazer para contrariar qualquer coisa. Ela conhecia essa história, e conhecia este mundo. Ainda assim, Kane não conseguia conciliar direito o enredo do devaneio com a Helena Quigley que tinha imaginado. Mas, novamente, ele não conhecia nem um pouco a mulher, e não cabia a ele especular quais mundos ela abrigava na mente.

Ursula bisbilhotou por entre as folhas da hortênsia.

— Beleza, me escuta aqui, Kane. O clímax de *O diabo no lírio* acontece na noite do casamento de Augustine. O meu casamento, que está acontecendo *neste momento*. Se eu estiver certa, a Katherine vai tentar impedir a Helena e o Johan de fugirem, e a Helena vai atirar nela. No livro, isso acontece durante a queima de fogos. O meu marido me contou que isso vai ser à meia-noite. O que significa que a gente precisa encontrar a Katherine e fazer com que ela descubra o plano da Helena, mas não pode ser tão cedo. Apenas cedo o bastante para ser assassinada. Ah, isso vai ser tão bom! Estou vivendo por isso.

Ursula parecia encantada de verdade por estar vivenciando esse livro, mas Kane não conseguia afastar uma incerteza inquietante de que algo estava errado. Para ele, nada era fácil desse jeito.

— Eu não sou o Elliot, mas segue o plano. — Ursula fez com que Kane se sentasse. — Fica aqui. Você é o primo Willard, um personagem secundário que tentou fugir no começo do livro, mas foi pego e arrastado de volta. Depois disso, ele foi colocado em algum tipo de instituição. Ele não fala e mal escuta. Basicamente é um aviso do que acontece com aqueles que desafiam as expectativas da sociedade, assim como farão a Helena e o Johan ao fugirem. E você deveria ficar fora disso, tá bom? Deixa que eu e os Outros cuidamos disso. Só fica quietinho até a gente chegar à fuga da Helena e do Johan.

# DEVANEIO

Daí a gente vem te encontrar assim que o devaneio estiver pronto pra ser desvendado. Tá bom? Então tá bom.

*Espera!*, disse Kane, apenas mexendo a boca.

— Que foi?

*Não me deixa aqui.*

Ursula pegou as mãos dele.

— Não se preocupa, eu vou cuidar de tudo. Você não tem nada com que se preocupar, tá? Só esteja pronto para o desvendamento e me promete que vai ficar aqui.

— Eu...

— Não fale. Apenas prometa.

Ela se enfiou no meio da multidão, deixando Kane à espera na companhia do medo.

E esperar foi o que fez. Só não o fez lá. Seja pela sua ansiedade de sempre ou por instinto mais aguçado, Kane se encontrou nas redondezas do pátio, observando os rostos na multidão. Ele se perguntou quem eram. Eram pessoas completamente inventadas pelo devaneio ou os rostos eram lembranças de pessoas que Helena conhecia? Talvez a mente dela tivesse reunido todos os fantasmas do passado para habitar seu mundo imaginado, para presenciar seu triunfo sobre a rival, para respeitar Helena aqui de formas que ela tinha falhado na vida real.

Não parecia certo.

Sob arcos enfeitados com videiras e frutinhas brilhantes, os convidados formavam casais. Kane deslizou para dentro do salão de festas e arfou com as pilastras gigantescas, os candelabros incandescentes e uma claraboia marcada pela luz do sol. Ele se encontrou diante de uma mesa cheia de frutas e doces, onde viu uma coisa esquisitíssima. Sobre um expositor luxuoso havia uma gaiola de pássaro, o que era estranho, mas os pássaros dentro dela eram ainda mais. Eram formados por delicadas penas de porcelana, bicos cromados e olhos cegos feitos de rolimãs. Máquinas pequenas e ornamentais.

Então eles piscaram. Funcionavam à manivela? Ou era mecânico? Kane se aproximou e eles eriçaram as penas. Era orgânico de um jeito bizarro. Em seguida, algo atrás da gaiola chamou sua atenção.

*É ele!*

Kane se apressou ao redor da mesa, abrindo caminho pelos convidados até que chegou ao casal dançante que tinha visto. Então bateu uma das mãos no ombro do homem e o girou.

Encarou dentro dos olhos de espuma marinha de Dean Flores. Reconhecimento e, em seguida, pavor mascararam o rosto do garoto.

— Primo Willard — disse Dean, tão lúcido quanto Ursula.

Então a pessoa com quem Dean estivera dançando afastou os dois garotos.

— Minha nossa, o que é que está acontecendo? — exclamou ela, olhando para Kane com asco total. — O que dá ao senhor esse direito?

Kane viu os olhos dela, e seu coração se partiu bem ao meio. Não conseguia responder nem mesmo se quisesse, pois a pessoa o repreendendo no meio do salão de festas do devaneio era ninguém mais, ninguém menos do que sua própria irmã.

Sophia estava ali. Ela os tinha seguido.

Sophia estava no devaneio.

# Dezessete

*O ninho*

— Não.

Kane se engasgou com as palavras, a dor não passando de uma fração do horror que sentia ao ver a própria irmã adornada no esplendor do devaneio. E, do modo que ela o olhava, sem nem um traço de familiaridade; não chegava nem perto de estar lúcida. Não fazia ideia de quem ele era. Não tinha ideia nem de quem *ela própria* era.

Agora, sua irmã pertencia a este mundo. Pertencia a Helena.

E, pela facilidade do abraço que Kane tinha interrompido, um momento antes ela havia pertencido a Dean. Eles estavam *juntos*.

Dean levou os dois para um corredor escuro. Ali, sussurrou algumas palavras apaziguadoras para Sophia, antes de chamar Kane de lado.

— Não é o que parece — disse. — Eu reconheci sua irmã. Eu tava mantendo ela em segurança.

— Ela nem devia *estar* aqui, e como você veio...

Kane tinha tantas perguntas: sobre Dean estar ali, sobre Sophia e Elliot e Adeline e sobre como eles iam sobreviver a isso, mas, antes que pudesse dizer outra palavra, sua garganta se fechou com um silvo. As arandelas enfileiradas pelo corredor tremeluziram; uma ameaça. Oxigênio viciado se agitou no peito do garoto, girando-o até que ele caiu sobre Dean. Devagar, sua garganta voltou a se abrir. Ele exalou o ar aos tropeços, apenas algumas poucas lufadas azuis profundas, e deixou Dean o reconfortar.

— O que foi? — As mãos de Dean desabaram sobre Kane, fortes e conhecedoras à medida que roçava as costelas do garoto, o pescoço. — Você consegue falar? Por que não está falando?

— Você não sabe? — Sophia se juntou a eles. — Esse é o infame Willard Beazley. Ele é... bem... — Ela deu a Dean um aviso de olhos esbugalhados, insinuando algum escândalo absurdo.

Dean enfiou as mãos dentro do casaco conforme Kane se levantava. Sophia falava sobre o irmão como se ele fosse uma das pinturas no corredor.

— Você não deveria se incomodar com Willard Beazley. Ele é o irmão mais velho de Eva Beazley, o que fugiu. Ele nunca mais foi o mesmo desde que voltou do retiro. — Ela arqueou as sobrancelhas ao dizer "retiro", dando a entender que não tinha sido um dos bons. — Não fala com mais ninguém. O coitadinho. — Sophia olhou para Kane e pronunciou suas palavras bem alto: — Me Desculpa Por Ter Gritado Com Você, Willard. Você Só Me Pegou De Surpresa.

Kane ainda não conseguia lidar com a visão da irmã ali, desse jeito. Os cachos dela foram trançados com flores macias e ela usava um vestido dourado que combinava com o colete debaixo do casaco de Dean. Supôs que os dois eram um jovem casal. Convidados do casamento, e não personagens principais.

*Ótimo.*

Ainda assim, Kane sentiu uma mudança súbita ondular no tecido deste mundo. Estava observando-os.

Ele pegou Sophia pela mão e a levou para longe do salão de festas, no fim do corredor. E a menina o deixou.

— Está tudo bem! — Ela acenou as mãos para Dean. — Ele é inofensivo, querido! Para onde estamos indo, Willard? O que você deseja nos mostrar? — Então para Dean: — Isso é perfeito. Uma oportunidade para ver o que os Beazley escondem em todos esses cômodos. Ninguém pode ficar bravo com a gente se nós só estamos tomando conta do Willard.

Kane liderou o grupo adentro da casa cavernosa à procura de uma saída. A fuga os levou de um cômodo para outro, todos cheios de uma sombra índigo e atulhados de mobília, mas nunca para o lado de fora, como se a casa fosse esperta demais para deixá-los ir. Em vez disso, toda vez acabavam trombando com uma biblioteca gigantesca. Enquanto Sophia apalpava os livros, Dean levou Kane para conversar numa alcova.

# DEVANEIO

— A gente precisa voltar. Não tem como subjugar um devaneio. Você vai precisar desvendá-lo quando chegar a hora. Quando você estiver pronto.

Kane sentia muitas coisas. Em grande parte medo, mas também uma fascinação. Dean era o menino mais lindo que já tinha visto de perto. Kane cerrou os dentes diante da onda de eletricidade que vinha junto do hálito de Dean contra seus lábios, seu queixo. Um sotaque rodeava suas palavras e era poderoso de tal modo que Kane não sabia que era fraco diante dele. Portanto, se virou. Ainda assim, os dois permaneceram próximos demais na alcova estreita. Kane não sabia se eles eram inimigos ou amigos. Por ora, apenas estavam próximos.

— Você é mais poderoso do que imagina. Do que os Outros estão te contando — disse Dean, que se encaixou na curva das costas de Kane e passou os nós dos dedos contra sua têmpora, onde as queimaduras começavam. — Nunca espere que o mundo criado por alguma outra pessoa te mostre piedade. Quando for a sua vez, você não pode hesitar.

De algum lugar ali perto veio um estalido e, então, um grito de Sophia. Os dois a encontraram na estante mais distante, a meio caminho de uma passagem até então escondida na parede.

— Eu sabia! — sussurrou ela, os puxando. — Todos os Beazley são conhecidos por duas coisas: a riqueza repentina e o sigilo que isso exige. Acredito que acabei de encontrar nossa rota até uma explicação para ambas as coisas.

Novamente, Kane sentiu aquele pavor de eriçar os pelos, aquela mudança sutil entre os fios do devaneio. Tinham sido levados ali por um motivo. Por *este* motivo. Mas eles estavam seguindo o enredo ou o desafiando? Isso era parte do livro de Ursula ou um ornamento nascido da mente de Helena? Enquanto entravam numa passagem de escuridão aveludada, ele descobriu o apito em seu bolso. Devia ter assoprado o objeto quando tivera a chance, mas agora seus movimentos sorrateiros exigiam o máximo de silêncio.

Desceram por uma escada em espiral ladeada por lamparinas a gás. Quando Kane tropeçou, Dean o pegou pelo pulso. Pelo restante do caminho eles ficaram de mãos dadas, até que entraram num cômodo que deveria estar muito abaixo da propriedade.

Era um laboratório de madeira âmbar e vidro fosco. No canto, havia uma mesa enorme, coberta com engenhocas de latão e provetas com líquido fumacento. Estava posicionada debaixo de um espelho ainda maior. Em todas as caixas, brilhando feito luz estelar enjaulada, havia ovos. Centenas de ovos adornados.

Era, e não era, uma versão da sala de estar que Kane tinha visto nos vídeos de Maxine Osman. E duvidava que aquela tecnologia *steampunk* e aqueles ovos preciosos fizessem parte de *O diabo no lírio*. Fosse lá que mundo exploravam, não se tratava do livro previsível que Ursula acreditava estar interpretando. Ela não tinha como saber todos os segredos daquele mundo.

Os olhos de Sophia se iluminaram enquanto ela examinava a coleção.

— Eu sabia. Eu *sabia*. Os Beazley fazem dinheiro com o comércio de de pedras preciosas e metais, mas ninguém consegue entender sua fonte. Minas, segundo meu pai. Ou piratas. Mas isso prova minha teoria! Os Beazley não mineram suas pedras preciosas. Eles as *chocam*. Você viu aquelas criaturas esplendidas no jardim, não viu? Os peixes e os pavões e aquela tartaruga gigantesca encrustada em jade? Assim como todos, eu imaginei que eles simplesmente tinham sido ornamentados para o casamento, mas, não. Aquelas criaturas nasceram daquele jeito.

Kane se lembrou dos delicados pássaros esmaltados que tinha visto lá em cima. Se lembrou de Helena, uma mulher de idade, contando ao entrevistador sobre a coleção de ovos ornamentais que ela e Maxine compartilhavam. "A gente conversa sobre o que eles chocariam". Isso, então, era o joguinho delas transformado em realidade. Uma veia de fantasia costurada por meio da elegância vitoriana do devaneio de Helena.

Kane precisava voltar até Ursula. Ele pairou sobre Sophia, incerto de como repeli-la de sua bisbilhotice. Ela estava espreitando uma caixa aberta que continha um ovo de um primoroso ouro rosé. Fitas verdes esmaltadas dobravam-se sobre o fundo curvado, como folhas novas, cada uma pontilhada com pérolas e diamantes para que o ovo parecesse tremer com orvalho fresco.

Quando Sophia estendeu a mão para tocá-lo, Dean a afastou. Seus olhos estavam distantes.

— A gente não deveria estar aqui.

— Esse laboratório também não deveria estar aqui, mas veja só — disse Sophia. — Além disso, *Willard* nos trouxe aqui. Por acaso. Certo, Willard?

Kane se ressentia em ser usado como desculpa, mas mostrar isso seria desafiar o modo como Sophia o compreendia. Tanto no devaneio

# DEVANEIO

quanto na realidade, para dizer a verdade. Ele tentou encontrar os olhos de Dean, mas o garoto encarava as escadas. Nervoso, Kane brincou com o apito na palma de suas mãos.

— Tem alguém vindo — informou Dean.

Houve uma comoção enquanto os três tentaram se esconder, todos se espremendo no espaço sob a mesa.

Nada aconteceu, e pareceu que Dean estava errado. E, então, como esperado, uma pessoa apareceu na base da escada.

Kane observou pelo espelho.

Era Helena. Ela tinha mudado do vestido vermelho para calças e um casaco, e substituído o chapéu de pássaro por um gorro prático que escondia o cabelo. A mulher carregou uma mala de lona até o meio do cômodo, a pousou sobre a mesa acima deles e a abriu. Então começou a selecionar ovos específicos da sala de exposição. Pegou o ovo de ouro rosé, então o de diamante e o de granada. Depois de uma longa deliberação, ela pegou um ovo de opala leitosa e, por fim, um ovo simples de pedra azul comum com veias de ouro.

— Temo que todo aquele tempo que a mãe passou neste laboratório custou a ela seu ponto de vista. Ela nunca devia ter criado vocês. E o pai nunca os verá como algo além de suas peles e escamas preciosas — disse ela para os ovos. — Prometo que vou voltar para buscar o restante de vocês. Por favor, tenham paciência. Por favor, se comportem.

Então beijou o ovo azul e o colocou em sua caixa, depois pausou para pegar algo no chão. O apito preto.

*Merda.* Kane não tinha percebido que o derrubara.

Helena o pegou, olhando ao redor. Seus olhos foram até a mesa. E ela se moveu para bloquear a porta.

— Quem está aqui? — Um confronto acentuava sua voz, tão dura e reluzente quanto os cristais lapidados dos ovos.

Kane pegou Dean pelo rosto e, com a boca, disse em silêncio:

*Vai.*

Kane se levantou. Helena piscou os olhos em surpresa, mas a ameaça foi sugada dele de uma só vez.

— Willard? Como foi que você veio parar aqui embaixo?

Obediente, Kane saiu de trás da mesa, serpenteando para que Helena se afastasse da mesa de uma vez por todas. Não era nada difícil fingir acanhamento ao ser pego em flagrante. E era ainda mais fácil ficar em silêncio.

— Estou surpresa que você se lembrou de como chegar ao Ninho da mãe — comentou Helena, referindo-se ao laboratório. Seu tom animado se tornou triste. — Na verdade, depois do que fizeram com você, estou surpresa que ao menos se lembre dos segredos desta casa. — Então lhe mostrou o apito. — É com isso que você esteve brincando?

Atrás dela, Dean e Sophia rastejaram da mesa para as escadas. Helena se virou para seguir seu olhar, mas Kane pegou o apito para manter a atenção da mulher.

— Ora, ora — disse, rindo, e tirou o objeto de seu alcance. — Por enquanto vou ficar com isso aqui. Nós devemos ser muito, muito silenciosos, Willard. Onde foi que você achou isto? Imagino que não foi aqui. O metal está tão morto quanto é possível.

Kane não conseguia se controlar. Franziu profundamente o cenho enquanto ela prendia o apito numa corrente ao redor do pescoço, a qual também continha uma chave. Com uma batidinha de segurança, ela jogou os dois para debaixo do colarinho.

— Não seja assim. Eu entendo. Também tenho meus segredos. Viu?

Ela levantou a mala com cuidado, como se os ovos lá dentro pudessem se abrir.

— Fico me perguntando, você se lembra do segredo da família? Qualquer um que saiba está atado à nossa família para sempre, diz meu pai, e é por isso que nenhum de nós está livre para partir mundo afora e criar uma vida própria. — Quando disse isso, ela o fez com a elegância simples de um lema bem usado, embora este fosse frio e não pertencesse a ela. — Venha, vamos levar você de volta à festa. Aposto que, a essa altura, sua mãe está irradiando preocupação nos convidados próximos a ela.

Eles subiram as escadas e saíram na biblioteca, depois foram para os corredores. Os sons de festejo mais uma vez podiam ser ouvidos e, bem ao longe, Kane viu o brilho pálido do salão de festas. Helena parou e não ousava se aproximar mais.

— Willard, me escute — pediu ela. — Preciso contar algo para você, caso, depois desta noite, eu não tenha a chance. — Então pegou suas mãos, aquecendo-as nas dela. — Eu sinto muito pelo que nossa família fez com você. Entendo como é odiar a vida que lhe foi dada, e a forma que você assume, e entendo a determinação de encontrar uma nova vida e criar uma nova forma.

# DEVANEIO

Talvez por conta do cenho franzido de Kane, ela sussurrou:

— Eu sei do seu tutor de piano. Eu sei que você queria ir com ele. Entendo isso muitíssimo.

Ela o abraçou. Kane não achava que era possível que a voz da mulher ficasse ainda mais carinhosa, mas ficou.

— Talvez ninguém tenha te dito isso, e talvez ninguém nunca o faça, então essa pessoa serei eu: eu te perdoo. Quaisquer pecados que dizem a seu respeito, diante dos meus olhos, eles são esquecidos. Eu o vejo não como eles o fizeram, mas como você deseja ser. Espero que também possa me perdoar. E espero que você possa perdoar Katherine.

Helena se recompôs, toda respirações trêmulas e bochechas úmidas. Então pegou seus pertences, beijou Kane na bochecha e foi embora.

Ela tinha levado o apito, a única esperança de Kane, mas também o tinha deixado aliviado quanto a algo. Um peso que ele nem sabia cultivar, uma camada de pavor feita de chumbo que tinha se formado ao redor do coração do garoto. Rastros marejados refrescaram seu rosto e ele afastou a emoção para longe.

A mulher também tinha dado algo para Kane. A resposta para a pergunta que estivera se fazendo desde que o devaneio havia despertado. E a resposta era: Ursula estava terrível, devastadora e perigosamente errada a respeito do modo como o devaneio deveria terminar.

# Dezoito

## *Desfazendo*

O salão de festas se agitava com uma valsa.

Os olhos de Kane latejavam sob a nova claridade, à procura do vestido dourado de Sophia em meio à multidão rodopiante. Precisava encontrá-la para protegê-la. Precisava encontrar Ursula para impedi-la. Dean tinha razão. Ele não podia só ficar fugindo. Tinha que fazer alguma coisa.

Dançarinos pulavam para fora de seu caminho enquanto ele forçava passagem por entre as pessoas. Uma mão encontrou a dele e, antes que ao menos se desse conta do que tinha acontecido, havia um corpo nos seus braços.

— A Sophia tá aqui. Mas não se preocupa. Ela está segura — sussurrou Adeline, pegando o ombro de Kane com a outra mão. Um sorriso convincente se formou em seus lábios pintados. — Não vai atrás dela. Você vai causar uma reviravolta de novo se não se acalmar.

Adeline estava deslumbrante num vestido lilás. Em algumas partes ele se grudava a ela como umidade, e em outras esvoaçava feito vapor. Seu cabelo estava em tranças duplas, como uma coroa, e da gargantilha em seu pescoço dependurava-se um pingente com pontas. O objeto se aninhava em seu decote, os espinhos marcando a pele.

— Um, dois, três. Um, dois, três — contava Adeline, guiando-os nas voltas da dança.

Os convidados ali perto os tratavam de modo indulgente com sussurros perplexos.

Talvez se ele mantivesse a voz baixa, pudesse falar.

# DEVANEIO

— A Helena tá...

— Não fala. Estamos cuidando de tudo. Sabemos que a Helena tá interpretando o papel da Beazley mais nova. Sabemos o que ela tá tramando. Tudo o que precisamos fazer é nos encarregar de que Johan a encontre durante os fogos, para que possam fugir. Me gira em três-dois-*agora*.

Kane a girou. Em seguida, se reuniram. Os olhos de Adeline continuaram fixos na multidão atrás dele.

— Felizmente, parece que o Elliot tá fazendo o papel do sir Johan. Vai entender. Deve ser aquele queixo. Não sei. Aposto que aquele garoto exala um porte principesco dos pés à cabeça. Enfim. Me encontra na balaustrada em alguns minutos. Seja sorrateiro.

A dança acabou e Adeline agraciou Kane com uma profunda reverência. Então pediu licença e pegou uma taça de champanhe enquanto saía do salão de festas. O garoto pegou o longo caminho ao redor da multidão e saiu pátio afora, onde encontrou Adeline encostada contra a balaustrada, a taça já vazia.

— Adeline...

— Cala a boca. Pega meu braço. Não, do outro jeito. Beleza, não se apressa, lembra? Só estamos caminhando. Só isso. Não fala nada. A Ursula diz que você tá no silencioso. Não coloque tudo a perder, pois juro por Deus que se você...

Ela acenou para ele com a taça vazia de modo ameaçador. Eles desceram para o jardim, que, no escuro, estava ainda mais labirintesco. Lamparinas brilhavam, tingindo as cercas vivas luxuosas com uma luz cor de ferrugem de modo que parecia que o labirinto estava banhado em sangue.

— Vou te deixar aqui. Não vem atrás. Você não é um dos protagonistas. Tenta não mudar isso.

Kane precisava que ela o ouvisse. Então a pegou pela mão enluvada. Adeline interpretou errado, achando que fosse medo.

— Não se preocupa. A gente sabe o que tá fazendo. *Eu* sei o que tô fazendo. Eu sou a destruidora de corações malvada, Katherine Duval. Isso aí. Sou a escrota, como é o caso em praticamente todos esses devaneios de merda. Como diria meu pai, é o clássico azar dos Bishop. Bom, tanto faz. A questão é que eu sei o que tô fazendo. Agora, fica paradinho. A gente vem te pegar quando for seguro desvendar isso.

E, sem mais nem menos, ela desapareceu labirinto adentro.

Pela primeira vez desde que entrou no devaneio, Kane estava completamente sozinho. Ele podia correr. Ir atrás de Sophia. Podia lutar. Cada opção se assomava sobre ele, mantendo-o no lugar. Então se livrou do nervosismo. E abriu e fechou as mãos em punho, oito vezes cada.

O que por fim fez Kane voltar à ação não foi medo, nem mesmo coragem. Foi mágoa.

Os Outros estavam errados. Isso não era *O diabo no lírio*. Eles não deveriam estar encarnando a história de Helena e Johan. Deveriam estar a reformulando, porque esta não era a história da rivalidade entre Helena e Katherine. Era a história de amor das duas.

Kane pensou na casinha em que Maxine morava, e tinha certeza de que Helena morava lá também. Pensou no segundo quarto cheio de tintas aquareladas condenadas a desbotarem no sol de inverno. Helena e Maxine foram descritas como amigas, mas isso era verdade? Ou "amiga" não passava de uma mentira que o mundo contava sobre duas mulheres idosas que escolheram viver juntas, longe de todos, em seu mundo cheio de maravilhas?

Pensou no quarto de solteiro da casa. Pensou na vida secreta e obscura que tantas pessoas queer eram forçadas a viver à medida que se encontravam num tempo e num mundo que não eram capazes de se ajustar a elas. Pensou nos encontros secretos e nos nomes secretos, e na tristeza secreta que crescia feito bolor na umidade de uma vida mantida privada.

Este devaneio não era apenas sonhos e extravagância como Kane pensara. Era a psicologia de uma pessoa traduzida numa fantasia vívida. Eles tinham dançado valsa no salão de festas da perda de uma senhora e vagado pelos corredores de seu sofrimento. Esta festa era sua dor; este jardim, seu purgatório; e eles só estavam brincando de se fantasiar. Se intrometendo, como se fosse um joguinho.

Não, era pior do que isso. Este devaneio era a tábua de salvação de Helena, e eles estavam prestes a arruiná-la por inteiro.

Passando pelas treliças, Kane correu sob redes de um luar frágil, arremessando-se sobre pontes, riachos e passarelas de pedras. Perto dali houve uma explosão alta e uma fumaça acre foi carregada pela brisa adocicada. Ele a seguiu até sua fonte: um recinto escondido atrás de bosques de salgueiros espessos, o qual não tinha como ser visto do casarão. Sem fôlego, Kane parou nas redondezas, assimilando a cena em desenvolvimento.

# DEVANEIO

Havia dois cavalos nas sombras e Helena mexia nas selas. No centro do recinto, havia uma elaborada extensão de fios e tubos, como canhões. Um soltava fumaça e pequenos focos de chamas se espalhavam pelo local. Um homem mais velho estava caído na lateral, a boca amordaçada e os punhos atados.

— Helena, estou aqui — gritou Elliot enquanto entrou marchando com ar galanteador.

O pânico tomou conta de Kane, mas não era pânico o bastante para impedi-lo de notar como Elliot ficava bonito na formalidade da era regencial. Seu casaco era de um verde-escuro e se esticava sobre o peito largo e braços grossos. Kane estava prestando muita atenção nas coxas do garoto quando se lembrou de que aquilo caminhava para ser um desastre.

Helena se colocou entre Elliot e os cavalos, sua surpresa mal disfarçada.

— Johan, o que você está fazendo aqui?

— Eu escutei o primeiro rojão e vim encontrar você, meu amor.

A atuação de Elliot era tenebrosa.

— Foi um acidente. Nada mais — disse Helena, olhando para o corpo amarrado, o qual Elliot ainda não tinha visto. — É melhor você correr para o pátio. Os convidados estão todos assistindo de lá.

— Você não quer assistir também?

— Não. — Helena se aproximou, impedindo Elliot de avançar mais. — Vou assistir daqui. É para eu garantir que sejam disparados, de acordo com o plano. O que deve acontecer em breve. Então, por favor, vai se juntar aos outros convidados. É perigoso ficar aqui.

Kane precisou se controlar para não se enfiar no meio. Só ia piorar as coisas, como da última vez, mas será que Elliot não conseguia sentir a repugnância elétrica no ar? Contra os sentidos de Kane, o gosto era amargo, cada partezinha do devaneio pronto para estraçalhar Elliot caso o garoto não fosse embora. Mas ele continuou a sorrir como se fosse o melhor presente possível que Helena poderia estar recebendo.

— Estou preparado para enfrentar qualquer perigo se isso significar estar com você — afirmou Elliot, estendendo o braço para pegar a mão de Helena.

— Afaste-se dele.

Adeline entrou na cena, segurando uma taça de champanhe com seu corpo vacilante. A essa altura, a menina parecia muito mais bêbada.

— Katherine! — disse Helena, aliviada.

— Afaste-se dele, sua *baranga* — gaguejou Adeline.

Helena congelou. Kane acenou, desesperado, mas a concentração de Adeline era formidável. Diferentemente de Elliot, ela era uma atriz talentosa.

— Isso mesmo, eu sei tudo sobre o que você fez — acusou ela. — Quem você é de verdade. E pensar que você tentaria fugir, e deixar a própria família para trás? Você me dá nojo. Você é uma vergonha para o nome da sua família.

Helena parecia pequena o bastante para se desfazer no vento.

— Por que você está dizendo essas coisas?

Adeline gargalhou.

— Por quê, querida rival? Porque Johan é *meu*. E eu sou *dele*.

— Você está mentindo.

— Ah? Estou, é? — Adeline a rodeou e chutou a bota do homem amarrado. — Vejo que você surrupiou os fogos de artifício e descartou o coitado do seu próprio serviçal. Tenho certeza de que seu pai virá a qualquer momento. Em quem você acha que ele vai acreditar? Em mim ou na filha delinquente que está determinada a dar no pé durante a noite, se passando por um garoto, para se deitar com o primeiro homem que não a achar intimidante o bastante para...

Aconteceu rápido. Adeline saiu rodopiando, a taça de champanhe se quebrando. Helena lhe dera um tapa, com força.

Adeline se recompôs e jogou a haste quebrada, correndo para cima de Helena.

— Eu vou acabar com a sua raça!

E então Elliot atirou em Adeline. Um único tiro, no estômago, que a jogou para trás até uma árvore, onde deslizou para o chão numa bagunça de tecido ensanguentado.

— Ela nunca mais vai machucá-la — disse Elliot, galanteador, acreditando que tinha entendido corretamente a resolução do devaneio. — Agora, vamos deixar este lugar para sempre, meu amor.

Helena o empurrou para longe, tropeçou na própria mala e caiu. O garoto estendeu a mão, seu rosto estampando um sorriso gentil, o qual se contorceu quando alguma força invisível o arrastou para trás.

— Você... você... — Helena convulsionou. Apenas seus olhos continuaram firmes, presos no cadáver de Katherine. — Você a matou!

— Para que nós pudéssemos ficar juntos, meu amor.

# DEVANEIO

Ao redor de Kane, o devaneio também convulsionou, se movendo tão repentinamente que até mesmo Elliot sentiu. Incerto, o garoto olhou ao redor.

— Você *arruinou*... — disse Helena, a voz sumindo. Então apontou para Elliot e um dos tubos de metal se curvou na direção dele. — *Você arruinou tudo!*

Elliot nem mesmo teve tempo de levantar as mãos antes de o morteiro ser disparado. O rojão saiu como um foguete flamejante, apontado para a cabeça do garoto. A explosão ensurdecedora lançou vento e chamas nos salgueiros e, por dez segundos, o recinto era uma rebelião de fagulhas. Então, em meio à fumaça, uma luz rosa oscilante pulsou.

Kane não sabia o que restaria de Elliot. Alguns pedaços principescos de corpo e nada mais. Mas lá ele estava, seguro atrás da redoma de um escudo mágico vibrante, cuja fonte era a garota ao lado.

Ursula.

— Augustine — fulminou Helena. — Eu devia ter imaginado.

O calor no jardim flamejante aumentou enquanto a energia do devaneio foi de aflição a raiva, e Kane sentiu a reviravolta ganhar forma. Um por vez, os fogos começaram a explodir na noite.

— Você disse que me ajudaria, mas você é tão ruim quanto os outros. Tão cruel quanto. Ele a *matou*, Augustine.

Suas palavras foram sufocadas quando a mulher olhou para onde o corpo de Adeline deveria estar. Tinha desaparecido. Assim como o sangue. Kane se deu conta de que estivera assistindo a uma das ilusões de Elliot, que tinha deixado de fazer efeito no pior dos momentos. Adeline, saindo sorrateiramente, foi exposta pelos clarões do céu.

Helena não conseguia entender.

— O que é isso? Um truque? O que está acontecendo? Quem são vocês? *Me falem!*

— Adeline — chamou Elliot, entre dentes. — Faça alguma coisa!

Os olhos de Adeline ficaram cinza, sua telepatia corrosiva disparando à medida que estrondos faziam o chão sacudir. Como que por reflexo, um morteiro se virou na direção dela.

— Adeline! Cuidado!

As palavras deixaram a boca de Kane antes que o garoto conseguisse contê-las, mas Adeline o ouviu. Ela se jogou no chão quando um rojão assoviou pelas árvores. Após o embate, os olhos de Helena encontraram Kane.

170

— Você também, Willard?

Fosse lá que angústia Kane havia sentido mais cedo em nome de Helena, a mulher a sentia agora, enquanto os personagens de seu mundo se viravam contra ela, um por vez. Enquanto seu mundo se revirava para além de seu próprio reconhecimento. Ela resmungou, levando as mãos à cabeça. Pulsações sombrias de energia explodiram de seu corpo, cavando buracos pelo jardim e partindo o tronco das árvores. O céu ficou repleto de nuvens iluminadas internamente por explosões de algodão-doce conforme os fogos continuavam a explodir. Uma sequidão enrugada acompanhou a rápida dessecação do jardim à medida que tudo que fora magnífico murchava e acinzentava.

Elliot se ajoelhou ao lado de Adeline, puxando-a para trás. Ursula estava ao lado de Kane.

— Isso é... uma armadilha — cuspiu Helena. — Willard estava no ninho. Vocês estão todos... atrás dos ovos. Isso é uma armadilha, não é?

— Ovos? — perguntou Ursula. — Não tem nada de ovos.

— Katherine também — disse Helena, soluçando, as explosões se sobrepondo à vozinha dela. A mulher pegou a mala. — Vocês não podem tirá-los de mim. Nunca vou permitir que os machuquem.

— Machucar o quê? — Ursula olhou para Elliot e Adeline. — Não é assim que funciona.

— Tarde demais — falou Adeline, se encolhendo e mal conseguindo manter os olhos abertos. — Já era.

— Isso mesmo — rebateu Helena, com uma voz vazia. — É tarde demais. Já era. Mas pelo menos nós ainda temos uns aos outros, certo, meus filhotinhos?

A mala se abriu e os quatro ovos que Helena estivera roubando flutuaram para fora. Ali estavam o azul e dourado, e o rosa e perolado. O de diamante e granada queimavam como um fósforo à luz do fogo. Ao lado, veio à tona o de opala leitoso.

— Minhas belezuras. Meus queridos — murmurou Helena. Seu corpo se iluminou com uma luz opaca, como se a mulher fosse as nuvens obscurecendo os fogos de artifício.

E aqui, sentiu Kane, vinha a reviravolta. A notável mutilação do mundo maravilhoso de Helena estava próxima. Ele sentia que o que a mulher precisava de sua história agora não se tratava de uma resolução, mas de uma vingança muito sangrenta.

# DEVANEIO

Os ovos incharam, crescendo em tamanho até que apinharam o recinto e abriram caminho pelos galhos dos salgueiros em chamas. De cima, choviam cinzas, as quais pousavam nos ovos e aqueciam suas carapaças de metal precioso.

O corpo enfumaçado de Helena fazia pressão entre eles, sugando o ar com sua malevolência na direção dos intrusos.

Houve uma batida de dentro do ovo azul e, de repente, um buraco foi aberto a pancadas por um chifre grande e brilhante, cujo verniz lápis-lazúli combinava com a casca de ovo que se desfazia. Em seguida, o ovo opala se abriu ao meio, um bico lustroso golpeando o ar. Um olho do tamanho de uma bola de praia pousou em Kane, fixo, sem piscar.

Os outros ovos começaram a se desfazer também. A voz de Helena escorria animosidade:

— Agora, meus filhinhos, é a vez de *vocês* se alimentarem do mundo.

# DEZENOVE

## *A recepção*

O casamento de Augustine Beazley tinha sido encantador, todos concordavam. Mas a recepção foi um completo pesadelo.

Em primeiro lugar, houve a questão dos fogos de artifício. Eles deixaram rastros brilhantes na noite nebulosa, apenas alguns alcançando altura o suficiente para perfurar as nuvens baixas. O restante pousou no jardim, incendiando-o, e vários voaram direto para o telhado, também o incendiando. Os convidados, que tinham se reunido no pátio para admirar ansiosamente o céu, assistiram ao desastre pelo tempo que levou para um rojão perfurar os salgueiros e ir parar no meio da multidão, mandando pelo ar rendas e membros numa chama vívida.

Em segundo lugar, houve o problema dos monstros: os filhotes de Helena, talhados de metais inestimáveis e pedras preciosas, invocados com apenas vingança em suas mentes. Os grandes segredos da fortuna dos Beazley foram libertos contra os detratores reunidos da família.

Em terceiro lugar, houve o champanhe, que foi servido quente. Mas, por conta dos monstros, ninguém se importou.

O que estava destroçando o salão de festas era um besouro. Tinha o tamanho de um elefante, armado com um chifre poderoso e protegido por uma carapaça lápis-lazúli impecável. Suas seis pernas douradas sapateavam sobre a pista de dança enquanto duas pessoas o circulavam. A primeira era o primo Willard, que sempre fora um tico estranho e era conhecido por proteger insetos dos golpes predatórios de sua mãe. Fazia sentido ele estar ali.

## DEVANEIO

A outra pessoa, no entanto, deveria ter fugido. Ela, de todas as pessoas, merecia buscar segurança e conforto. Afinal de contas, aquele era seu casamento.

\*\*\*

— Não era pra isso acontecer! — Ursula se abaixou quando uma cadeira passou voando, atingindo um espelho atrás dela.

— Deixa isso pra lá! — gritou Kane em resposta enquanto o besouro escavava a mobília do banquete. O devaneio tinha quase se esquecido do silêncio do garoto. — Só deixa essa porcaria de livro pra lá!

Ursula pegou o objeto seguinte que foi lançado (metade de uma mesa ainda coberta com linho).

— Não é uma porcaria — resmungou ela, girando de vestido e arremessando a mesa de volta ao besouro. — É o meu livro *favorito* da Lorna Osorio. Kane, *sai daí*!

O escudo da menina se formou com firmeza ao redor de Kane no momento em que o besouro atacou. Esperou que o inseto fosse ricochetear para longe como num jogo de fliperama, mas o bicho quicou e caiu de costas. Suas pernas douradas vasculharam o ar, estalando com fúria.

— Enfim — dizia Ursula. — Há dicas do oculto em *Lírio*, mas não passa de simbolismo.

— Ursula, me solta!

A menina desfez o escudo com um aceno e continuou sua explicação. Kane saltou sobre a mesa destroçada, prendeu os olhos na corrente que segurava o lustre vacilante e disparou um único brilho etéreo.

O lustre explodiu em lanças de cristal que se enterraram no besouro. Não era muito, mas de fato danificou uma perna inteira, que se voltou na direção de Kane, tão grande quanto o corpo dele e ainda tremelicando. O garoto a parou com o pé e olhou para Ursula, orgulhoso.

— Então, voltando — dizia ela. — O personagem que Helena está interpretando *jamais* trairia o verdadeiro Johan. Aposto que o Elliot disse alguma coisa.

— Ela é lésbica.

— Como é que é?

— A Helena é lésbica. Ou sáfica. Sei lá. Mas, com certeza, não é hétero.

— Mas a Katherine...

— Ela também é. Assim como era a Maxine Osman, suponho.

Ursula meneou a cabeça, impressionada, o mundo inteiro recalibrando em seus olhos. Hesitando, ela apontou para si mesma.

— Então, eu... sou...?

Kane pegou as mãos dela.

— Ursula. Não importa. A gente precisa encontrar a minha irmã.

A determinação endureceu o olhar da garota. Depois, veio o pânico. Num borrão de tule, ela pegou Kane pela cintura e o atirou para trás. Em seguida, Ursula foi cortada, o besouro investindo contra ela com força total. Apenas um clarão de magia rosa convenceu Kane que ela tinha erguido o escudo a tempo enquanto o besouro a carregava, abrindo caminho por uma parede do salão de festas, e depois atravessando a parede seguinte, e depois a parede além dela. Os convidados correram aos gritos conforme o casarão tremeu.

Kane se sentou entre os espelhos estilhaçados, encarando a poeira e a fumaça no rastro de sua amiga. O silêncio congelou ao redor dele, que fechou os olhos e se concentrou no tecido do devaneio, tateando pelas costuras que tinha sido capaz de sentir quando desvendou o mundo de Benny Cooper, mas sua mente não conseguia se controlar. Ainda era forte demais. Eles estavam presos ali com uma única alternativa: sobreviver.

Assim, olhou para as próprias mãos e o brilho pálido de etéreo sob a ponta de seus dedos. Que poder ele tinha? O que conseguia fazer além de desvendar e destruir? Ele olhou para baixo, para dentro das profundezas fraturadas do vidro esparramado ao redor. Então encontrou seus olhos, preenchidos com sombras enquanto os lustres remanescentes balançavam. O mundo ao redor de seu reflexo parecia enclausurá-lo num aperto silencioso e mortal.

Então Kane sentiu uma mecha de cabelo pegajoso se enrolar em sua orelha. Ao dar um tapinha ali, sua mão voltou pontilhada com pequenos orbes.

Pérolas? Elas estavam agrupadas numa teia de fio dourado-rosado, ainda quentes de fosse lá o que as tinha produzido.

O garoto teve um segundo para se perguntar: o que mais se chocava de um ovo?

Ele não se permitiu olhar para cima. Apenas lançou ambas as mãos diretamente para cima, liberando um jato de arco-íris etéreo que, no mesmo instante, colidiu com alguma coisa que estivera pairando logo

# DEVANEIO

acima dele. Então ele se lançou para o lado, vislumbrando as muitas pernas da criatura conforme o socavam. Massivo, seu abdômen era como um ovo bulboso entre o ninho de oito pernas mortíferas, toda sua forma era peluda, da cor do ouro rosé e vibrando com pérolas enquanto a criatura circulava Kane.

— Helena, me escuta! — gritou Kane. — Eu sei que você tá aí!

A aranha se lançou para cima, nas alturas espaçosas do salão de festas, ágil sobre uma rede de fios que se desenrolava de seu corpo. O aracnídeo se amontoou bem acima de Kane, preparado.

— Helena, por favor!

A aranha se lançou ao chão, fechando-se numa bola e se abrindo toda de uma vez, em uma mão cuja intenção era esmagar Kane. O garoto não queria, mas tinha que fazer aquilo. Logo antes de a aranha pousar sobre seu corpo, ele liberou uma explosão de energia etérea usando ambas as mãos. A magia queimou a partir de seu corpo inteiro, atravessando a aranha e fazendo picadinho dela.

Kane sibilou, cada nervo fluindo com clareza. Seu corpo pulsava, em especial suas têmporas. Ele sentiu as linhas ressaltadas de sua queimadura e, nos estilhaços do espelho, estava seu reflexo, envolto em luz etérea. Aquilo o impulsionou, levando-o para cima, como se ele não dominasse apenas luz, mas a luminosidade em si.

Um estrondo puxou Kane de volta ao chão, lhe dando apenas o tempo necessário para se abaixar. A parede oposta explodiu e ali entrou o besouro com Ursula montada em cima. O inseto gigante deslizou e oscilou, mas, de algum jeito, Ursula continuou firme. E, de alguma forma, o mesmo aconteceu com seu vestido. Ela lançou um escudo à frente do caminho do inseto, e a dupla avançou feito foguete até Kane.

— Kane! Pula!

E ele tentou, mas sua recém-levitação era difícil de controlar. Quando se deu conta, algo o pegou (Ursula, pensou ele) e, de repente, o garoto estava se agarrando ao chifre curvado do inseto enquanto este se debatia. Se segurou ali com firmeza, como se não houvesse amanhã.

— Não solta! — gritou Ursula.

O inseto berrou e, de repente, sua carapaça se abriu como o capô de um carro. Asas translúcidas com veias cerúleas se abriram, batendo em movimentos rápidos à medida que o besouro disparou para o céu.

Kane fechou os olhos, lutando para não vomitar enquanto o besouro voava direto para cima e atravessava a claraboia do salão de festas. Uma nuvem de vidros cortantes o rasgou, mas não houve tempo para sentir a dor antes que o inseto pousasse com um baque, lançando-o num telhado carcomido pelo fogo. Um segundo depois, Ursula estava a seu lado.

— Kane! Seus poderes! Você consegue voar?

— *Voar?*

Abaixo deles, os jardins fumegavam, uma rota impossível. O besouro se virou e investiu, mas Ursula estava pronta para bloquear o golpe de guilhotina do chifre. Então impediu o ataque com o escudo antes de pegar o chifre com suas próprias mãos.

— Tá pronto pra pular? — Sua voz veio sombria e urgente.

— Você bateu a cabeça?

Ursula fez algo com os pés sob a saia gigantesca, talvez para se firmar, porque o que ela fez em seguida foi arremessar o besouro direto no ar. O inseto emitiu alguns estalidos atordoados quando atingiu o ponto vertical de equilíbrio momentâneo.

— Kane — ofegou ela. — Vai pra esquerda, beleza?

E foi o que ele fez. Quando o besouro abriu as asas novamente, Ursula o trouxe para baixo num mortal para trás que o fez esmagar as próprias asas sob seu peso. O casarão tremeu, o telhado se curvou e Ursula mergulhou até Kane, o envolvendo num abraço enquanto eles saltavam da beirada.

— Voa, Kane!

Que direito Kane tinha de dizer a ela que não conseguia? Tinha acabado de ver Ursula executar um *suplex* contra um besouro de pedra preciosa gigantesco enquanto usava um vestido de noiva, em cima de uma mansão dos sonhos em chamas. A divisão entre "consegue" e "não consegue", fina como uma bolha, estourou bem naquele momento. Kane imaginou que ela tinha razão, que ele conseguia, sim, voar. Então acreditou nela, e ela acreditou nele.

Ele se voltou na direção do jardim em chamas e liberou outra explosão etérea, abrindo uma cratera no pátio pouco antes de ser tarde demais. A explosão os levantou e, de repente, o controle da gravidade se quebrou. Os dois deslizaram sobre o jardim, envoltos nas ondas rodopiantes de luz etérea do corpo de Kane.

Ursula comemorou.

— Você tá conseguindo! Ai, meu Deus! Você tá mesmo conseguindo!

## DEVANEIO

Kane riu junto a ela, mas a felicidade deles durou pouco. Descendo das nuvens como um facho de luar, veio uma criatura feita de silêncio e velocidade. Não deu tempo de ver o que era antes que atingisse Kane com um clamor assombroso. Ursula gritou, houve uma explosão de luz rosa e, então, eles estavam caindo.

Caindo.

A luz de Kane tinha desaparecido.

Ele se escondeu no abraço de Ursula conforme os primeiros galhos os atingiram. Uma onda de magia magenta após a outra os embalou enquanto quicavam pelas árvores, enfim parando com uma sacudida sobre o terreno sólido. A garota deixou o escudo se dissipar e caiu de joelhos.

— Você tá bem? — perguntou ela.

— Tô. E você?

— Ah, de boa.

— Aquilo era um pássaro? — Kane vasculhou o céu, mas a criatura havia desaparecido.

Ursula sacudiu a mão.

— Aham, mas era feito de, tipo... quartzo ou algo assim.

— Você deu um soco nele?

A menina deu de ombros.

— Eu literalmente seria capaz de socar qualquer pássaro. Eles são todos uns bostinhas.

Então ela se levantou e começou a rasgar a saia.

— Sério, eu queria poder usar uma dessas roupas sem precisar ter que acabar lutando. Tipo assim, como é que alguém deve enfrentar qualquer coisa vestindo todas essas camadas?

O ar ao redor deles começou a tremer com o que Kane reconheceu ser indignação.

— Ursula, acho que a gente tá ferrado.

— Essa porcaria de vestido que tá ferrado, isso sim! E aquelas porcarias de monstros de geodo vão estar ferrados assim que eu conseguir chutar de verdade...

— Não. — Kane pegou as mãos dela antes que a menina pudesse causar estragos.

A saia tinha sido estraçalhada num ninho chamuscado cingido ao redor de seus pés. Agora, ela usava apenas saltos gigantescos, meias brancas rendadas, cintas-ligas com babados e um tufo de crinolina carbonizada na altura dos quadris. Não havia nada que pudesse ser feito a respeito do espartilho, mas pelo menos ela tinha arrancado as mangas bufantes.

— Você vai deixar o devaneio maluco — avisou Kane.

Ursula estava um pouquinho sem ar.

— Não faz sentido se preocupar com a moda quando a casa inteira está pegando fogo, Kane. As gentilezas foram pro saco quando Helena tentou explodir a cara do Elliot. — Então ela se afastou do vestido de casamento arruinado e saiu marchando. Kane em seu encalço.

— Mas o que a gente faz?

— A gente encontra sua irmã. Aposto que ela tá se escondendo neste jardim. Daí nós encontramos os Outros. E depois, nós nos defendemos até que o devaneio fique só o pó da rabiola.

— E daí o quê?

— Você desvenda.

Kane parou.

— Mas e se eu não conseguir?

Ursula colocou as mãos na cintura.

— Acredita em mim, você consegue. Você acabou de *voar*, Kane. Nunca conseguiu fazer isso antes, mas veja só. Você foi lá e fez. E, além disso, na semana passada você desvendou um devaneio. Chega disso de "não consigo", beleza?

Outro "não" estava na ponta da língua de Kane, mas então um grito cortou a noite. Foi estridente e distante, um último recurso doloroso vindo dos confins do jardim. Ursula cravou os olhos nos de Kane, e ele soube que a amiga estava pensando na mesma coisa. Havia mais uma fera, e ela tinha encontrado Adeline.

# VINTE

## *Clareza*

Os dois correram ao longo do corredor de choupos que fazia divisa com o labirinto de cercas vivas, atentos aos gritos de Adeline. Kane se forçou a continuar em frente, a não tropeçar. Os gritos se multiplicaram enquanto eles passaram pelos arcos de rosas apodrecidas e videiras farpadas até que, enfim, irromperam dentro do lugar no qual Kane havia acordado: a clareira com o gazebo.

Helena estava num monte desmoronado, soluçando e indo em direção ao gazebo, implorando sem parar:

— Ela não! Deixe-a! Poupe-a!

A mulher se referia a Adeline, que se agarrava ao topo do gazebo enquanto a construção tombava para o lado, aos poucos colapsando enquanto algo se enrolava nas vigas. Era uma serpente, tão grande quanto as outras feras, mas de algum modo mais irreal. Toda a sua extensão era adornada com diamantes, o branco congelante interrompido apenas por granadas em formato de lágrimas que se contorciam sobre o corpo fluido. A criatura se contorcia e se flexionava, poderosa e imbatível enquanto passava sua cabeça triangular sobre a borda do telhado. Sua língua de ônix saboreava o ar entre ela e Adeline, que não podia fazer nada a não ser estremecer de novo.

— Me desculpe — implorou Helena, soluçando, como se já desse Adeline por morta. — Me desculpe, Katherine.

Uma segunda fera estava ainda mais perto, bem em frente a eles, no terreno. Kane reconheceu sua luminosidade opala da coisa que os tinha atingido no ar mais cedo. No começo, o corpo da criatura estava sem uma forma, até que ela abriu as asas colossais e virou a cabeça completamente. Ela olhou para Ursula e Kane com seus salientes olhos de porcelana. Uma coruja.

E, em seu bico, havia intestinos dependurados.

Kane e Ursula estavam chocados demais com a visão de sangue na pedra em tom pastel para se moverem. A coruja perdeu o interesse e se virou para a refeição sob suas garras.

Elliot.

A surpresa entorpeceu a audição de Kane. O sangue de Elliot estava por todos os lados. O próprio Elliot estava por todos os lados. Aqui um braço, ali um pulmão. Partes principescas espalhadas pelo jardim.

Derrotada, Ursula desmoronou sobre os joelhos.

— Macabro, né? — disse a voz de Adeline, perto deles.

Kane saltou e virou-se para encontrar não apenas Adeline, mas também Elliot se escondendo na lateral da clareira, próximos ao banco onde Kane tinha acordado. Os olhos de Elliot brilhavam em dourado enquanto se concentrava no poder.

— Aquelas coisas... elas são... — gaguejou Kane.

— Ilusões — completou Adeline.

Tirando um nariz com sangue seco, ela parecia bem. Ursula, por outro lado, ainda parecia enjoada ao se levantar. Kane também não conseguia afastar aquela visão macabra, então foi pegar o apito para confortá-lo quando lembrou que não estava mais com ele. Tinha sido levado por Helena.

— Não demorou muito pra ficha cair de que entendemos errado quando a Helena veio atrás da gente. — A voz de Elliot estava marcada pelo esforço de sustentar a magia. — Pra nossa sorte, ela estava bem concentrada em Adeline... ou Katherine... então a gente conseguiu atrair ela até aqui. Nós achamos que isso também fosse atrair vocês, e não podia ser em melhor hora. Esse devaneio tá pegando fogo.

O garoto sorriu, mas Adeline suspirou e disse:

— Elliot, agora não é hora de Piada de Tiozão.

— Quem é a Piada de Tiozão? — perguntou uma voz dócil atrás de Kane, o fazendo se virar na direção da irmã, que estava escondida detrás de um choupo.

Kane correu abraçá-la. A menina ficou rígida sob seu abraço, incomodada.

— Sério, quem são vocês? Por que me trouxeram pra cá?

— A gente encontrou ela se escondendo no jardim — explicou Adeline. — É bem difícil manter ela de bico fechado.

Elliot riu e olhou para a vestimenta burlesca esfarrapada de Ursula.

— Casamento difícil, Urs?

A menina cruzou os braços sobre o decote e ficou parecendo um pimentão.

— Desvenda, Kane — murmurou. — Vamos embora.

Ele ficou tenso. Desvendar isso tudo? Desvendar Helena, que se debulhava sobre a grama e chorava em desespero? Desgastado, Kane abriu os braços e tentou reconquistar aquele poder que havia invocado no fim do devaneio de Cymo. Daquela vez não parecera poder (parecera sabedoria). E, sendo assim, ele lutou por concentração e fez a única coisa de que se lembrava. Ele bateu palmas.

No instante em que suas mãos se encontraram, muita coisa aconteceu. Primeiro, com uma clareza estimulante, o devaneio revelou detalhes horríveis: as flores dissecadas balançando na brisa misturada com cinzas, as lascas de madeira do gazebo, a propriedade engolida pelo inferno, cada partícula de neblina, cada fio de pérola.

Depois, por toda sua volta, ele sentia Helena. A mulher piscou para ele com olhos abertos e raiados de sangue, e Kane foi forçado a abraçar o medo dela. Seu sofrimento. Sua esperança estonteante e centrífuga, que tinha florescido num mundo de notável beleza e então, num piscar de olhos, se transformado em ruínas. Esse mesmo mundo se abriu para criar criaturas insensíveis de metal, pedra e fúria. Estupendas e letais, elas defendiam sua preceptora, mas agora tinham crescido além do controle dela.

Por último, houve uma pequena explosão.

Todo o corpo de Kane ressoou com dor. As mãos, para sua surpresa, continuavam atadas a seus pulsos, mas todos os choupos se partiram para trás. Sophia e os Outros estavam espalhados ao redor dele, atônitos. Uma fumaça esquálida subia do chão.

Ursula rastejou até ele.

— Kane?

O garoto tossiu, sentindo o gosto de sangue.

— Não consigo...

Ele não era capaz de desvendar. Não era capaz de desvendar Helena.

Este devaneio queria viver mais do que ele queria matá-lo.

— Galera... — sussurrou Adeline.

Vacilando, Helena se levantou, seus olhos os encontrando. A coruja também se virou. As ilusões de Elliot tinham se desfeito e agora a víbora descia até o chão, silenciosa como a neve.

Elliot se virou para Ursula.

— Espero que você não esteja zerada.

A menina se livrou da tontura.

— Nem — disse, então cuspiu para o lado, estalou os nós dos dedos enluvados e caminhou bem em direção à víbora.

Não chegou muito longe quando um zumbido cacofônico fez o ar tremer e o besouro, completamente recuperado, caiu sobre ela como um cometa. No mesmo instante, a víbora chicoteou para frente, os separando de Adeline.

— Adeline, corre! — gritou Elliot, mesmo enquanto a coruja acertava o ar com grandes asas opalescentes. Os olhos presos nele, a refeição que havia perdido.

Com lágrimas escorrendo pelo rosto, Adeline correu para dentro do labirinto de cercas vivas. Em seguida, a víbora deslizou atrás dela.

Kane levantou a irmã e a empurrou para Elliot.

— Sumam! AGORA!

Pela primeira vez, Elliot não discutiu. Assim que Sophia estava em seus braços, eles passaram por trás de uma cortina de fumaça dourada. E então desapareceram.

Houve uma série de golpes entre Ursula e o besouro quando, então, ela foi jogada pela clareira. Kane esperou que ela se virasse em meio ao ar, que colocasse as pernas sobre o corpo e saltasse de volta, mas o corpo da garota estava flácido enquanto navegava por um dos apoios gastos do gazebo. Mancando, foi atrás dela, as pernas doendo, as mãos latejando, e, assim que a alcançou, o gazebo desmoronou.

— Augustine! — exclamou Helena, e estava bem ao lado de Kane quando se enfiou na bagunça de madeira e videiras.

Juntos, abriram caminho em meio ao caos, cavucando, pensando apenas em Ursula.

— Me desculpe! Me desculpe! — gritou Helena.

O coração de Kane estava pungindo, pulsando sangue em suas orelhas. Ele encontrou o joelho de Ursula, enfiou uma mão por trás dele e

# DEVANEIO

puxou. E, enquanto o fazia, a aranha (tão recuperada quanto o besouro) adentrou correndo na clareira. Seus olhos verde-claros fixos no garoto. O aracnídeo se curvou, pronto para saltar sobre eles.

Helena puxou Kane para perto, e algo frio e metálico ao redor do pescoço alfinetou seu braço.

A aranha pulou alto no ar. As pernas abertas lançando uma garra mediante a lua pálida.

Kane só tinha uma respiração o separando da morte. Uma única chance. Nada de estalar os dedos, nada de mãos brilhantes. Apenas um último movimento a ser feito. Era tarde demais para ele e os Outros, e talvez até mesmo para Helena, mas talvez fosse capaz de convencer o destino a poupar sua irmã.

Conforme a aranha pousava sobre Kane, o garoto pegou o apito do pescoço de Helena, o pressionou contra os lábios e deixou sua última respiração sair.

# VINTE E UM

## *Achado não é roubado*

O apito não emitiu som nenhum. Emitiu silêncio. Um silêncio eletrizante e hesitante que prendeu o devaneio num único instante.

Ar úmido roçou os cachos opacos de Kane. Ele estava olhando bem no espaço brilhante entre as presas peludas da aranha, duas de suas pernas já enganchadas nos braços dele. Mas o aracnídeo não o picou. Estava petrificado. Kane se encontrava numa jaula de pernas imóveis sobre um gazebo destruído.

Ao lado, estava Helena, uma das tais pernas perfurando sua coxa. O devaneio tinha parado, mas o sangue dela jorrava livremente ao redor da adaga de ouro rosé. Com cautela, a mulher a tocou, sabendo se tratar de um ferimento mortal.

— M-m-me ajuda — sussurrou.

Kane se libertou da aranha, surpreso que o aracnídeo permitiu. Ele girou, chocado com a obra do apito. Tudo estava imóvel. Nada de vento, nada de cinzas voando. Até mesmo a névoa dos jardins permanecia congelada, ondas marmorizadas ao redor do besouro inerte. E fazia silêncio. Vagamente, o garoto conseguia distinguir um rangido distante, como se eles existissem no casco de um enorme navio oscilante.

Kane não conseguia mover a aranha sozinho.

— Ajuda! — gritou. — Qualquer um!

— Aqui! — Era Adeline. E o garoto correu até ela.

— Onde você tá? — Sua voz soava monótona no ar parado.

— Tô aqui!

— Você tá bem?

# DEVANEIO

— Mais ou menos.

A pausa demorada antes da resposta disse a ele que algo estava errado.

Ele fez uma curva e se deparou com a serpente, o corpo congelado num nó apertado.

— Aqui — chamou Adeline, e Kane mal a viu entre o corpo contorcido de diamante.

A menina tinha sido pega, prestes a ser consumida quando o apito congelou o devaneio. A mandíbula da víbora já estava ensandecida, a poucos centímetros da cabeça dela.

— Vamos lá — disse Adeline. — Explode ela.

Ele lançou dois raios no corpo da fera, explodindo-o em eclosões brilhantes que rapidamente foram congeladas. Então tirou Adeline dos destroços flutuantes, e a poeira os deixou brancos feito ossos. A menina se agarrou a ele por mais tempo do que Kane sentiu que ela precisava e, então, por um pouco mais de tempo depois disso.

— Ela me pegou. — Sua voz estava trêmula.

Reconfortando-a, Kane apertou sua mão.

— Mas você conseguiu sair.

Adeline passou a mão ao redor do devaneio imóvel.

— Você que fez isso?

— Mais ou menos. Vem.

Eles chegaram à clareira com o gazebo. Elliot estava lá, Sophia presa em seu braço. O garoto fazia força para respirar.

— A gente tava correndo... da coruja... e aí o tempo congelou.

— Foi coisa dele — falou Adeline, apontando para Kane.

— Não foi eu. Foi este apito.

— Onde a Ursula tá? — perguntou Elliot.

Kane apontou para a aranha. Elliot, por mérito próprio, correu em direção à fera, e não para longe, mas, antes que se aproximasse, uma frequência de estourar os tímpanos fissurou o ar. O barulho praticamente os atravessou, com tamanha severidade que os forçou ao chão. Kane conseguia senti-lo nos dentes, nas cavidades oculares. Resistiu para não vomitar, mas falhou.

Aquela era a mais nova reviravolta de Helena?

Em toda a clareira, o ar ondulou, dobrando a luz num grande retângulo vertical. Uma parcela do cenário estava se desfazendo, nitidamente se dissociando em duas portas imensas que se abriam no devaneio.

Kane prendeu o ar. Sentia o gosto de sangue e bile na língua.

Pelas portas, algo completamente extraterreste flutuou para dentro do devaneio que se apodrecia: uma mulher vestindo um casaco de pele de pelúcia que era da mesma cor do rosa-claro batido do nascer do sol contra nuvens tempestuosas. Seu chapéu de abas largas e os calçados de salto meia pata combinavam, como se tivessem sido feitos da mesma atmosfera açucarada, e seus óculos octogonais refletiam tudo numa claridade metálica. Ela passou os dedos pela echarpe em seu pescoço. No punho estava um bracelete lotado de pingentes. As únicas coisas firmes nela eram os músculos de suas panturrilhas à mostra e o vinco em seus lábios brilhantes.

Poesy estudou a cena.

— Ah, mas que baderna.

Alívio se derramou pelo corpo de Kane, tão grosso e doce quanto a cor da fantasia de Poesy. Ela era poderosa, diferenciada. E salvaria todos eles.

Adeline deve ter sentido o oposto.

— Quem é você? — gritou.

Poesy sorriu, mas não respondeu. Ela olhou por sobre o ombro e acenou para algo.

— Não tenha vergonha. Venha, querida.

Então veio um som como o obturador de uma câmera antiga e, com uma centelha de luar, Poesy já não estava mais sozinha. O que tinha se juntado a ela na porta era um monstro que variava entre um cavalo e um demônio. Seu corpo contorcido se prostrava sobre quatro pernas alongadas que terminavam em cascos em formatos de ganchos. A criatura não tinha um rosto, apenas um bico longo e curvado. Também não tinha olhos nem orelhas, só um par de chifres espiralados. Sua pele era de uma obsidiana brilhante, esticada sobre ossos afiados e uma coluna exposta. O pior de tudo era o modo como andava, suas pernas se movendo com uma independência própria nada elegante, como se Poesy estivesse debaixo da irmã sinistra da aranha de ouro rosé.

— Outros — disse Poesy —, conheçam minha Efialta.

De modo educado, a Efialta se curvou em cumprimento.

A raiva do devaneio enfim superou a suspensão causada pelo apito. O mundo se descongelou como um obturador violento e as criaturas aturdidas (o besouro, a coruja no céu e a aranha) estavam todas partindo para cima de Efialta. Acima de tudo isso, estavam os gritos de Helena à medida que sua vida escorria pelo ferimento em sua perna.

# DEVANEIO

— Andem logo, por favor — pediu Poesy.

A Efialta avançou numa harmonia desconexa, agarrando o besouro num lampejo escuro. Algumas apunhaladas impiedosas depois, a carapaça do besouro tinha sido arrancada de suas costas, ficando apenas metade de uma asa se projetando para cima.

Em seguida, a Efialta foi para cima da aranha. Enquanto galopava, seu corpo rijo se derreteu feito sombra. Então ela afundou, suas pernas se separando e se multiplicando, até que se assemelhou ao formato da aranha. Agora dois aracnídeos se engalfinhavam, pernas pretas se entrelaçando com pernas rosas, até que a Efialta desenvolveu muitas outras pernas e as enterrou nas costas da aranha. O confronto acabou de repente, como um grão de milho explodindo em pipoca.

Como névoa, a Efialta desapareceu, e então o grito da coruja fez com que todos voltassem a atenção para cima. De alguma forma, a criatura tinha se materializado ao redor da ave, arrastando-a para fora do ar. A dupla de lutadores atingiu o chão com violência. Kane caiu para frente, perto o bastante para ver o bico da Efialta se fechar sobre as juntas da asa da coruja e rasgar a carne de pedra como se fosse argila molhada. Então os gritos da coruja cessaram.

Entre os escombros recentes, a Efialta se levantou e olhou para Poesy com frieza.

— Acredito que ainda há um — disse Poesy, e a Efialta sumiu de vista. Então ela se virou para Kane. — Chamou?

— Com licença... — começou a falar Adeline, mas Kane a cortou.

— Ursula! — clamou, apontando para o monte. — Salva ela! Por favor!

Poesy assentiu em concordância.

— Mas é claro, meu querido, mas vamos começar do início.

A Efialta cintilou de volta à vista ao lado de Poesy. Em sua mandíbula, carregava a cabeça da serpente, o que fez com que Poesy batesse palmas animadas.

— Eu andei procurando por esse tipo de granada! Que maravilha. É isso, então? Sem mais interrupções?

A Efialta arremessou a cabeça sobre a carcaça da coruja e, em seguida, se afastou.

— Uma maravilha mesmo — confirmou Poesy.

Ela traçou o caminho sobre os escombros, xeretando no sangue brilhante como uma garimpeira.

Kane mancou até o gazebo. Ninguém ia ajudar Ursula? E quanto a Helena? A mulher estendeu a mão até o tornozelo do garoto, que se ajoelhou ao seu lado, tentando não olhar para o osso exposto no fundo do corte da perna. Sem força, ela segurou os braços dele.

— Willard? — disse como se estivesse no fundo de um sonho. — Eu estava... Eu não...

— Está tudo bem — anunciou Kane. — A ajuda chegou. Nós vamos te levar de volta para o mundo real. Mas preciso que você me ajude a desvendar isso, tudo bem?

— Desvendar isso? — Ela piscou para as feras arruinadas. A culpa e a miséria estremeceram no corpo da mulher. — Você fala sobre o mundo real como se fosse a salvação, mas você não enxerga? Pessoas como nós... Algo nos separa do mundo real. Algo garante que nós nunca pertençamos. — Agora os olhos dela eram mais velhos do que aqueles de uma jovem. — Aqui eu pertenço, mas até mesmo este mundo me rejeitou. Até mesmo aqui, eu sou... eu sou...

— Um monstro.

Os saltos de Poesy faziam barulho à medida que ela se assomava sobre eles. Helena a viu pela primeira vez e, a partir do medo dela, Kane se deu conta de algo. Poesy estava ali para ajudar, mas não estava ali para ajudar Helena.

— Não, não! — implorou Helena a Kane. — Me desculpe. Eu não estava no comando. Foi um mal-entendido!

— *Malem tem dido?* — perguntou Poesy. — Eu não conheço nenhum Malem e não sei o que é um dido, mas, se conhecesse, tenho certeza de que ele ficaria chateado com essa acusação. — Poesy piscou para Kane, e o garoto novamente percebeu como Poesy estava tão além deste mundo para ser capaz de fazer piada quando Helena morria diante dos olhos deles. — Agora, venham comigo. Vamos dar um jeito nisso juntos, sim?

Poesy gesticulou para que Helena se levantasse. Quando a mulher não o fez, Poesy suspirou, gesticulou de novo e, dessa vez, Helena se levantou no ar contra sua vontade. Ela se agarrou a Kane.

— Por favor, Willard! Me ajude!

— Espera! — Kane segurou as mãos dela enquanto a mulher flutuava. — O que você está fazendo com ela?

A mão de Helena ficou fria. Um pavor sísmico retumbou sobre a pele dela. Algo horrível estava acontecendo e Kane, ainda sintonizado

# DEVANEIO

à mente de Helena, a sentiu compreender que não sobreviveria a fosse lá o que viria em seguida.

— Me perdoe — soluçou Helena. — Por favor, me perdoe!

Poesy alcançou algo dentro do casaco e, para o pavor crescente de Kane, fabricou uma xícara de chá. Diferente daquelas da biblioteca, esta era rosa clarinho com bordas curvadas em ouro. Ela moveu a porcelana com uma unha bem-feita e, como um barco de repente encalhando, o devaneio sacudiu.

Um tilintar ressoou para fora da porcelana como o badalar de uma centena de sinos de igreja, inundando o devaneio com uma cacofonia brilhante que deixou Kane apavorado. O som reverberou tanto dentro dele quanto a seu redor, e ele sabia o que aconteceria em seguida. Os jardins começaram a se desmanchar, suas cores pingando no ar vibrante. Tudo começou a quebrar, a girar, a se desvendar.

Foi como da última vez, exceto que Kane não era o centro. E sim Poesy. O redemoinho o atingiu como se provando seu gosto. Seus pés se levantaram do chão, mas, antes que fosse sugado, alguém o agarrou do vórtice fantasmagórico. Elliot. Eles se amontoaram, observando sem poderem fazer nada enquanto Helena se contorcia em fosse lá que controle psíquico Poesy exercia. Grito seguido de grito se rasgou da garganta dela à medida que seu devaneio se desmantelava em pedaços, à medida que a juventude que sonhara também se desfazia, revelando a forma enrugada de uma senhora usando um suéter amarelo e um jeans com elástico na cintura. Ela chutava o ar com tênis ortopédicos, os cadarços atados com precisão. E, então, como se o mundo dela não bastasse, Helena também colapsou dentro da xícara de chá.

E, assim, acabou.

O quintalzinho voltou ao foco. A casa ao estilo Tudor os observava, estoica. Eles estavam de volta à Realidade Própria, onde a noite pulsava com um frio tempestuoso. O gazebo, o casarão as feras... tinham desaparecido. Retirados.

Houve o som de algo caindo e, então, Poesy tirou algo pequeno e brilhante de dentro da xícara, o qual pendurou no bracelete com o restante dos pingentes. Limpou o fundo do recipiente com um dos dedos para provar o resíduo.

— Doce. Pegajoso. Uma extravagância floral e um escapismo encorpado. Hmm. Notas de nostalgia por tempos que ela nunca viveu, saudade de lugares em que nunca esteve. Ah! E que gostinho residual. Insinuações de inveja e desespero acentuadas por *diversas* deserções difíceis. Toques de obsessão e... ah, que nojo... tanta autopiedade sacarina! Cheira a paranoia.

Foi Adeline quem enfim protestou:

— Você não pode fazer isso! Não pode simplesmente roubar ela!

O sorriso de Poesy era largo e seguro de si.

— Achado não é roubado — disse, suas unhas estalando contra o bico da Efialta enquanto a criatura se abaixava para receber carinho.

E, assim, eles cintilaram e sumiram de vista.

# VINTE E DOIS

## *Ainda assim*

Nesta noite não haveria nenhuma ida à lanchonete. Ninguém ao menos parecia confortável de tirar os olhos de onde Helena estivera. Era como estar diante de um túmulo, observando a terra se assentar sobre o espaço onde alguém havia sido engolido pela terra. Sair dali parecia como perdê-los para sempre.

Então, um por vez, os Outros encararam Kane. Onde antes houvera irritação e pena, uma nova expressão tingia seus olhos. Medo. Adeline falou num tom suave e devagar, como se conversasse com um animal feroz:

— O que você fez?

Kane foi até a irmã, que tremia sentada no chão.

— Kane, deixa ela, eu posso ajudar com isso — disse Adeline, tentando de novo. — Antes de mais nada, só conta pra gente o que foi aquilo?

— Ela não precisa da *sua* ajuda — rebateu ele.

— Só me deixa amenizar a memória um pouquinho. Vai aliviar o choque. A gente precisa conversar sobre isso.

Kane não conseguia encarar o que tinha acabado de acontecer, e não ia deixá-los machucar Sophia. Ele a puxou para si enquanto a guiava para fora do jardim. Deixaram os Outros os encarando e colocaram a casinha bem entre eles, como se o novo vazio fosse vasto o bastante para engolir qualquer ponte que os Outros pudessem criar.

No entanto, conforme se aproximavam do carro de Sophia, e Kane pegava a chave das mãos rígidas da irmã, ele precisou se perguntar: ela estava mais segura com ele? Será que alguém estava?

O garoto prendeu o cinto de segurança em Sophia no banco de trás e os levou para casa, se virando para ver como ela estava o tempo todo. Os olhos da menina estavam fixados ao longe, como se ela pudesse enxergar para além deste mundo e do próximo. Quando Kane a guiou para dentro de casa, ela ignorou o "oi" dos pais na sala de estar e subiu as escadas, seus passos tão suaves quanto a fumaça de uma vela apagada. A porta foi fechada sem fazer barulho.

— Vocês dois estão brigando de novo? — perguntou o pai de Kane.

Ele não estava bravo. Na verdade, soava aliviado por ao menos Kane e Sophia estarem conversando.

— A gente vai dar um jeito — prometeu Kane.

Os pais trocaram um olhar e, então, voltaram à leitura, embora Kane soubesse que estavam esperando até que ele saísse para que pudessem conversar. O garoto deu abraços rápidos nos dois, o que ele tinha certeza de que os deixou alarmados, e seguiu para o próprio quarto. Ele não fechou a porta; em vez disso, a manteve entreaberta para que pudesse ouvir se Sophia precisasse de ajuda, para que ficasse sabendo caso alguém tentasse entrar na casa deles e apagar as lembranças dela. Concentrar-se em Sophia significava que ele não tinha que pensar em Helena.

Kane prestou atenção a noite toda, até que nem sequer se desse conta de que estava pegando no sono, e em seus sonhos a forma flamejante de Maxine esperava. Só que dessa vez a artista não esperava sozinha.

Helena também flamejava.

\*\*\*

Dois dias se passaram. Mais do que isso, na verdade. Eram sessenta horas mais tarde. Eram vinte e três olhares gélidos mais tarde, vindos de Adeline. Eram seis chamadas perdidas e cinco caixas postais mais tarde, deixadas por Elliot. Eram nove bilhetes mais tarde, escritos por Ursula, cada um deles enfiado em seu armário e mantido intacto. Kane não conseguia responder a nenhuma dessas coisas. Só podia contá-las, e continuar contando, se perguntando quanto tempo mais levaria para que o mundo se esquecesse dele.

E então Elliot o raptou.

— Foi mal pela emboscada — disse Elliot enquanto dirigia em direção a um lugar não especificado.

## DEVANEIO

Um momento antes, Kane tinha entrado no carro da mãe, junto de sua própria mãe, para deixar o Poleiro e ir para casa. E então, de repente, sua mãe havia desaparecido, substituída por um adolescente. Elliot. O Subaru da mãe de Kane tinha desaparecido, substituído pelo carro de Elliot. Tinha sido uma ilusão.

— Foi uma ilusão *necessária* — explicou-se Elliot. — A gente precisa muito, muito mesmo, conversar com você.

Kane mandou uma mensagem para a mãe. Pegando comida aqui. Ligo quando estiver pronto.

Eles estacionaram diante de uma casa desconhecida.

— É a casa da Urs — explicou Elliot, levando-os para a garagem. — E só um aviso rapidinho antes de a gente entrar: não fala nada sobre a bagunça. Quando tá estressada, a Urs cozinha sem parar.

Eles entraram pela porta da cozinha,

— Peguei ele! — gritou Elliot, seus passos fazendo barulho.

O chão estava coberto de grãos de açúcar. E então Kane viu o que o garoto queria dizer. Pelo que parecia, Ursula estava estressada *para caramba*. Doces cobriam toda a cozinha. Cupcakes, bolos, folhados, biscoitos; eles atulhavam cada superfície da cozinha da garota com uma camada açucarada, como se tivessem sido carregados na maré baixa de uma obsessão.

— Aqui embaixo!

Passos soaram vindo do porão e Ursula entrou com tudo segurando uma assadeira de muffin surrada. Ela casualmente os tirou das cavidades com os dedões descobertos. Quando abraçou Kane, ele conseguiu sentir o cheiro de baunilha no cabelo dela. Adeline estava junto e, pelo que parecia, estivera ajudando a noite toda. Farinha se espalhava por seu braço como hematomas empoeirados e, em vez de abraçar Kane, apenas lhe deu um aceno frio.

*Isso conta*, pensou Kane. *Vinte e quatro olhares gélidos de Adeline.*

— Meu pai e os meninos tão em casa, mas a gente deve ficar de boa aqui — falou Ursula.

Eles se sentaram à mesa da cozinha, entre pilhas de biscoitos e tigelas de coberturas raspadas. Elliot e Adeline pareciam ansiosos para ouvir o que Kane tinha a dizer, mas Ursula estava desesperada por qualquer outra coisa.

— Hoje eu fiz broa de damasco — contou ela. — E eu nem gosto de damasco. Alguém quer experimentar? Ah, espera, na verdade, experimentem essa fornada. Você ainda segue o kosher? Eu posso pegar os ingredientes, se quiser dar uma olhada neles. Eu aprendi que é importante perguntar de antemão, porque, uma vez, uma garota na equipe de hóquei sobre grama disse que ela era celíaca, o que eu achei que fosse algum hobby. Enfim, quase envenenei a coitada. Mas kosher é diferente, né? — Elliot concordou com a cabeça. — Certo, bom, então deixa eu achar um prato. Talvez você mesmo precise limpar um. Meu pai e a Gail têm usado os de papel, acho, o que faz com que eu me sinta mal. Acho que isso aqui tá uma zona, né? — Ninguém confirmou logo de cara, mas Ursula explicou de qualquer forma: — Eu e minha mãe costumávamos cozinhar quando meu pai estava de plantão no corpo de bombeiros. Sempre me acalmou. Provavelmente alguma coisa relacionada ao foco? Sei lá. É um hábito. Depois que ela morreu, fiquei anos sem cozinhar, mas esse último ano me fez voltar. Não sei por quê.

Ursula tinha contado a Kane que o pai dela se casou de novo e teve dois novos filhos. Criancinhas. Ele conseguia ouvi-las em algum outro canto da casa, batendo palmas e cantando. A mãe deles, Gail, era enfermeira e trabalhava durante a noite.

— Kane — disse Elliot, enfim —, relaxa. Não estamos bravos. A gente só tem uma porrada de perguntas.

O garoto não esperava isso. Já não sabia mais o que esperar.

— Eu tô um pouco brava — confessou Adeline, sorrindo. Uma piada. Então prosseguiu: — Eu tive aula de balé ontem à noite no conservatório e, minha nossa, Kane. A sua irmã. Ela é persistente. Ela quase fez todos os aquecimentos com a gente, querendo chamar minha atenção.

Kane endireitou a coluna. Tinha se esquecido completamente que tanto Adeline quanto Sophia faziam aulas no conservatório vinculado à universidade.

— Não esquenta — continuou a menina. — Eu não tô zoando a cabeça dela. Ela é esperta. Sabe o que é real e o que não é. Eu sigo falando pra ela perguntar tudo a você, mas, pelo que parece, isso não tá dando muito certo pra ela.

Era exaustivo ficar encontrando novos jeitos de evitar Sophia agora que ela tinha saído de seu estupor, o devaneio completamente cimentado em sua memória. Kane deu de ombros.

— Eu não quero ela nem um pouco mais envolvida nisso do que o necessário. Ela nunca deveria ter sido pega num devaneio.

# DEVANEIO

— Então a gente vai deixar ela de fora — ofereceu Adeline. — Mas a gente precisa conversar sobre o que aconteceu. Helena se foi. Assim como Maxine. E eu acho que a gente sabe quem culpar. Eu acho que *você* pode nos contar tudo a respeito de quem é a culpa.

Kane respirou fundo. Estava tremendo. Numa tentativa de confortá-lo, bem devagar, Ursula deslizou o prato de cerâmica com as broas na direção dele. Aquilo lembrou o garoto de um detetive deslizando fotos macabras sobre a mesa de metal em direção à pessoa que estavam interrogando. Ele respirou fundo de novo, depois mais duas vezes, e então falou por um bom tempo.

Contou ao grupo sobre a primeira conversa com Poesy, na qual ela tinha prometido que Kane estaria a salvo da polícia em troca de sua cooperação. Até então, aquilo tinha sido verdade. Contou ao grupo sobre o convite que tinha aparecido no diário, e da mobília estranha que tinha aparecido na biblioteca abandonada, e da conversa de que ele mal se lembrava sob as camadas de vapor floral que se curvavam nas bordas de sua memória. Contou ao grupo sobre a sra. Daisy, a dobermann, e enquanto o fazia percebeu que o cachorro, assim como tudo a respeito de Poesy, mudava de forma. A sra. Daisy era um cachorro, mas ela também era o pesadelo de estimação de Poesy, a Efialta, a qual ele agora reconhecia como a mesma sombra de muitas pernas que protegia o antigo moinho dele e de Sophia e que, então, o seguiu na caminhada de volta para casa.

Houve coisas que Kane não compartilhou. Não contou aos Outros sobre Dean, alguém que, até aquele momento, ele não conseguia encaixar em nada. Não contou a eles sobre o motivo de Poesy ter vindo para Amity do Leste: o tear. E não se sentiu mal por isso. Poesy tinha sido um milagre para Kane, atuando como porta-voz e guia quando todos os que o amavam o tinham tratado como uma responsabilidade ou um acessório. Poesy tinha dado a Kane conhecimento, discernimento e ferramentas para entender os devaneios. Ela tinha mantido a promessa que fizera e *salvara* todos eles, usando apenas uma xícara de chá e unhas bem-feitas.

Kane reconhecia poder quando o via, e Poesy era poder. O garoto também reconhecia a violência de Poesy, mas a violência dela não foi usada para desmantelar algo muitíssimo mais perigoso e nocivo do que ela própria? O mundo de Helena tinha tentado matá-los e, se Poesy não tivesse revidado com força, o mundo de Helena teria conseguido. Kane não achava que podia confiar nos Outros para entender este preço da sobrevivência.

Nem sequer tinha certeza de que ele próprio entendia. O que de fato entendia era que tinha pedido a ajuda de Poesy, e ela não merecia ser traída por ter dado as caras e os salvado do jeito dela.

Independentemente de que erro ela cometera, cabia a Kane corrigi-lo. Mas ela tinha mesmo cometido um erro?

— Eu tenho algumas perguntas — anunciou Elliot ao fim da história de Kane.

— Idem — disse Adeline.

O modo como ela olhava para Kane o fez se perguntar se a garota era capaz de traçar o esboço de todas as lembranças que ele havia omitido. Então tomou o cuidado de não a encarar nos olhos.

— Idem — adicionou Ursula com a boca cheia de broa. — Tipo, ela era alta mesmo? Uma vez eu vi uma drag queen que, tipo, tinha dois metros e quarenta. Era o cabelo.

— No mínimo, dois metros e setenta — respondeu Elliot. — Mas o que ela quer? Ela só pode ter um objetivo pra aparecer. Ela tá atrás dos devaneios? Ela o transformou num pingente. E claramente já tinha alguns outros no bracelete. Ela é algum tipo de colecionadora?

Kane tinha pensado nisso. Ela dissera que ia consertar o que aconteceu com Helena, insinuando que pretendia desfazer todas as reviravoltas que os Outros causaram. Aquilo fomentava a própria pergunta de Kane.

— Por que vocês devolvem os devaneios? — questionou. — Se eles são tão perigosos, não seria mais fácil simplesmente ficar com eles? Ou apagá-los por completo?

Ursula e Elliot olharam para Adeline, que passou um lábio contra o outro, como se não quisesse responder.

— A gente já pensou nisso uma vez. A gente não sabia direito. No final das contas, quando uma parte tão grande das pessoas desaparece, elas já não são mais elas mesmas. Se tornam... ocas. Mesmo formato, mas nada para as manter funcionando internamente. Foram precisos apenas alguns esvaziamentos antes que nós entendêssemos que é preciso devolver o devaneio, cada partezinha dele, ou então a gente pode muito bem matar alguém.

— Com quem isso aconteceu? — perguntou Kane.

Agora o garoto não conseguia tirar os olhos de Adeline. Ela olhou para ele, para além dele, e, por um momento, Kane sentiu como se tivesse o poder dela e conseguisse enxergar as lembranças de uma pessoa dançando nas entranhas de suas profundezas.

**DEVANEIO**

— Minha vó — respondeu ela.

O cômodo ficou quieto demais. Ursula se levantou e começou a levar panelas para a pia. Elliot podia muito bem ter ficado invisível. Adeline e Kane estavam cativos de uma competição de encarar.

— As pessoas se machucam quando a gente erra desse jeito — comentou a menina.

— Sinto muito — ofereceu ele. — Eu não sabia.

— Tem muita coisa que você não sabe.

Ele estremeceu.

— Ah, é mesmo? E de quem é a culpa disso, Adeline?

Ela bufou, se dirigindo ao cômodo com uma felicidade condescendente.

— Então, quando é que a gente vai falar de como, em sua primeira missão oficial de volta, Kane foi lá e contrabandeou uma drag queen feiticeira pra dentro do devaneio, o que custou a vida de uma senhora?

— Ela não tá morta — pontuou Kane, calor subindo às bochechas.

— Bom, então o que aconteceu com ela, garoto onírico? — Adeline apontou os dedos na direção da pequena cozinha. — *Onde* ela tá?

Eles não tinham visto o mesmo que Kane?

— Ela está em seu devaneio. Ela estava feliz lá, antes de a gente estragar tudo.

— *Feliz?* — A garota empurrou a cadeira para trás e se levantou. — Você acha que ela tá vivendo um felizes para sempre presa num mundo de *mentira* no pulso daquela maluca brilhante? Nossa senhora, Kane, você tá tão delirante quanto antes, mas pelo menos você costumava saber a diferença entre certo e errado.

— Eu sei o que é errado. — Kane também se levantou. — Ao contrário de vocês três, quando destruíram a história de amor de Helena. Se qualquer um dos três tivesse parado por um segundo e olhado para ela, tipo, olhado mesmo, vocês teriam visto o que eu vi. Ela era uma pessoa, não um enredo.

Os nós dos dedos de Adeline ficaram escuros quando ela pegou o encosto da cadeira e sua voz ficou baixa:

— Exatamente. Ela *era*. Ela já não é mais, graças a você e àquela bruxa.

Uma comoção quebrou a tensão quando dois menininhos correram para dentro da cozinha, perseguidos de perto pelo pai de Ursula. Ele era um homem gigantesco (sério, como uma cabana de madeira maciça), e habilmente levou as duas crianças para cima dos ombros, que gritaram e estenderam os braços para a irmã.

O sr. Abernathy riu, um barulho estrondeante e pujante.

— Muito bem, a gente já teve heróis e monstros o suficiente por uma noite. Hora de tomar banho e ir pra cama, certo, meninos? Foi mal, Urs, foi mal, gente.

Então ele localizou Kane. Seu rosto estava firme e parecia exausto, mas, naquele momento de reconhecimento, uma ternura brilhou em seus olhos, tão gentil quanto o modo como segurava as crianças.

Ele então colocou os meninos no chão e os despachou para Ursula e Elliot, que tinham recuado até o corredor.

— Kane — disse o sr. Abernathy. — Não te vejo por aqui faz um tempinho. Fico feliz que esteja se sentindo melhor. A Ursula e eu... a gente tem rezado por você antes do jantar. O Mason e o Joey também, até mesmo a Gail, embora ela não acredite nisso.

— Valeu — respondeu Kane, rápido. — Eu agradeço.

O sr. Abernathy colocou as mãos na cintura e analisou a cozinha como se estivesse notando a bagunça pela primeira vez.

— Parece que a Ursula tem andado bem ocupada. Sobra mais pro clube de pôquer, tô errado? Eles vão chegar daqui a pouco, se você quiser participar. Eu estive mostrando o básico pro Elliot, mas, pra ser sincero, acho que ele vai ser melhor que todos nós. Vocês querem participar?

— Desculpa, sr. A., mas a gente já estava de saída — respondeu Adeline, pegando a jaqueta. — Kane, eu te levo pra casa.

O pai de Ursula saiu para procurar a filha e Elliot. Antes que Kane pudesse protestar, Adeline o empurrou para fora da casa.

— A gente precisa conversar. A sós. — Foi tudo o que disse.

Porém, em vez de conversar, um silêncio profundo caiu sobre eles conforme saíam de carro. Ela dirigiu fazendo curvas suaves que nunca tinham fim, jamais chegando perto da casa de Kane. A garota estava esperando que ele tomasse a inciativa.

— Sinto muito pela sua avó — ofereceu.

— Tá tudo bem. Isso não foi culpa sua. De qualquer forma ela estava se esvaindo. Alzheimer. Tá no sangue da família da minha mãe. Eu gosto de pensar que eu dei alguma paz a ela, uma vez que todas as boas lembranças que tinha a deixaram, e as que eram ruins se tornaram seu próprio tipo de devaneio.

# DEVANEIO

— Ainda assim — falou Kane.

— Ainda assim.

Ele não tinha certeza sobre como formular a pergunta que lhe ocorreu em seguida.

— Você disse que uma pessoa precisa de seus devaneios, que elas não são as mesmas sem seus sonhos. Como você tem certeza de que isso não é melhor para Helena?

Parada no semáforo, Adeline refletiu.

— Porque não foi uma decisão que ela tomou por conta própria. A gente não tem como ter certeza, porque ela não tem como ter certeza. Ela não conhece nada além disso, nem nunca vai conhecer. Nós não fazemos ideia do que Poesy faz com aqueles devaneios.

— Ela disse que ia ajudar Helena a consertá-lo. Talvez ela seja uma médica de devaneios.

— Ou vai ver ela os maceta até virar um iluminador? Por que você tem tanta certeza de que ela sabe o que é melhor, Kane? Como ela te conquistou tão rápido, quando a gente não consegue arrancar uma palavra de você durante dois dias inteiros?

Kane queria tanto responder, mas não conseguia encontrar as palavras. Uma nova agonia ardente queimou por trás de seus olhos. Ele não sabia por que estava prestes a chorar, ou por que a pergunta se parecia tanto com uma invasão.

Adeline encostou o carro no acostamento e estacionou.

— Kane, você precisa saber de uma coisa, e eu não conseguia te contar com a Ursula e o Elliot lá. Eles sabem o que aconteceu na noite do incidente, mas não sabem tudo. — Ela se virou para encará-lo. — Você me pediu pra fazer o que eu fiz. Quando aquela coroa estava tomando posse do seu corpo, você me puxou e implorou que eu destruísse suas lembranças. Me disse pra destruir tudo. E eu não sabia o que fazer, então te dei ouvidos. E deu certo. A coroa te soltou e você sobreviveu.

Ela olhou para Kane, algo como ódio em seus grandes olhos castanhos.

— E me mata saber que te dei ouvidos. Eu penso na pessoa que você costumava ser, e eu me odeio por ter destruído isso também.

O ar se reduziu a nada. A veneno. Kane morreu com cada palavra, certo de que não era capaz de receber outra lufada de fosse lá o que Adeline estava dizendo. Aquilo não era culpa dele.

Aquilo não era culpa dele.

— A Poesy tá te manipulando — continuou Adeline. — Você não enxerga? Ela tá armando pra você e nos separando. De novo. Você precisa esquecer aquela coroa. Eu tenho certeza de que foi ela quem te deu aquela coroa, pra desencadear a explosão. E talvez ela também tenha roubado o devaneio da Maxine Osman. E agora ela voltou, para terminar o que começou, para terminar...

Kane pegou a mochila e saiu feito um raio. Deixou Adeline no carro parado, a porta do passageiro completamente aberta. Ele a deixou como um dia tinha deixado Ursula: correndo para longe, determinado a pegar o caminho mais longo para casa.

# VINTE E TRÊS

## *Espuma do mar*

Os dias seguintes foram claros e frescos, anunciando o fim oficial de setembro com o início da melancolia sutil de outubro. E o mês estava prometendo tudo: brisas frescas, tonalidades de amarelo tocando as árvores, nuvens leitosas arrastando sombras sobre o subúrbio (eram os detalhes pelos quais Kane sempre ansiava). Outubro era o mês que o garoto mais amava.

Mas Kane não estava lá muito amoroso.

Nem um pouco.

— Querido, já faz alguns dias que você anda tristonho — disse a mãe dele.

Ela e Sophia tinham convencido Kane a ir ao shopping com elas para cuidar dos preparativos do churrasco que dariam em homenagem ao aniversário do pai aquela noite. A família fazia isso todos os anos, mesmo quando estava frio demais para um churrasco.

— Faz *anos* — adicionou a irmã.

Kane ignorou Sophia, algo que, àquela altura, ele era ótimo em fazer. Se existisse Olímpiadas por ignorar a menina, Kane seria imbatível.

— Aconteceu alguma coisa na escola?

— Isso, conta pra mãe o que tem acontecido na escola, Kane.

O garoto deu meia-volta e olhou feio para ela. Sophia, desde que aprendera sobre os Outros, tinha se transformado numa cuzona de carteirinha. Depois daquela primeira noite, ela tivera tantas perguntas (perguntas que Kane se recusava a responder). Agora a irmã o estava fazendo pagar. Mas ele não se importava. Tinha contado a ela que não podia mantê-la em segurança se soubesse mais do que já sabia, e Sophia odiou isso. Vai entender por que quando Kane enfim começou a agir como um irmão mais velho, Sophia decidiu ir de apenas ressentida a completamente agressiva. Sendo assim, quando percebeu que fazer com que ele se sentisse culpado não deu certo, ela se voltou a ameaças de exposição, e, quando ficou claro que isso também não estava funcionando, ela virou uma megera total. Todas as vezes, ela colocava lenha na fogueira dos pais.

— Você é uma babaca — disse a ela.

A menina piscou.

Kane se virou para olhar pela janela, observando as árvores mudando. A beleza delas o fez se sentir pior. Ele se lembrou de que o outono, apesar de todo seu brilho reconfortante, na verdade, era uma sequência extravagante de decadência. E havia mais melodrama de onde isso saiu, tudo gotejando sobre Kane sem ter mais nenhum lugar para onde ir.

No entanto, havia uma pontinha de clareza que Kane não conseguia esquecer. Adeline lhe dissera algo incrível: Poesy podia ter sido a verdadeira responsável pelo desvendamento do devaneio de Maxine Osman. Se isso fosse verdade, e caso ela tivesse sido absorvida como Helena, então ela estava viva.

*Ela estava viva.*

— O que aconteceu na escola? — perguntou sua mãe.

— Nada.

— Então o que foi?

*Ah, sabe como é, eu cruzei o caminho de uma drag queen onipotente ceifadora de sonhos e agora um par de senhoras sáficas estão quarentenadas na forma de joias bregas e, embora a gente esteja muito mais seguro por causa disso, meus amigos me odeiam!*

— Tá tudo certo — disse a ela.

A mãe suspirou.

— Você não tem dormido — intrometeu-se Sophia do banco de trás.

— Como você saberia disso?

— Eu consigo te ouvir pisoteando a noite toda.

*Ah, na verdade, eu estou dormindo, mas ando tendo pesadelos tão vívidos que acordo flutuando, porque uma coisa nova e engraçada sobre minha magia incontrolável de dobrar a realidade é que agora, às vezes, levito a mim e outros objetos próximos!*

# DEVANEIO

— Vou fazer menos barulho — respondeu.

À força, o assunto mudou para o dia de Sophia, o qual tinha sido (como sempre) especialmente agitado. Ela contou uma história elaborada sobre como a diretora Smithe tinha anunciado um seminário obrigatório no outono que cortaria as horas eletivas, algo que Sophia concluiu ser *exatamente* o tipo de manobra que a vingativa diretora Smithe andara concatenando desde que a menina deu um jeito de trapacear em *duas* eletivas seguidas no começo do ano, durante as quais, de qualquer modo, ela passou ensaiando a viola erudita.

É por isso que Kane não a queria envolvida. Tudo sobre ela era uma reviravolta. Ele parou de ouvir a história, apenas voltando a escutar quando sua mãe jogou um pouco de dinheiro em seu colo.

— Aqui — disse ela. — Compra doce enquanto abasteço. O tanto de açúcar que for necessário pra te trazer de volta à vida.

— Eu vou junto — proclamou Sophia, com um sorriso malicioso.

Enquanto vasculhavam todas as prateleiras da loja de conveniência do posto de gasolina, a menina contou a Kane teorias sobre as fantasias doentias que ela suspeitava que suas colegas de turma estavam cultivando.

— A Escola Pemberton para Garotas tá *lotada* de gente estranha — suplicou ela.

Kane foi direto para a máquina de raspadinha, como sempre.

— Kane, esses trecos são radioativos. Como você consegue beber isso?

Ele deu de ombros. A mistura azul-claro na máquina girava sem parar enquanto a bebida caía no copo de Kane.

Sophia pulava sobre os calcanhares, claramente querendo dizer algo, então ele enfim deu à irmã um olhar de soslaio.

— Eu descobri alguma coisa, Kane. Eu sei — afirmou.

— Sabe o quê?

— O seu acidente não foi de verdade, foi? — Sua voz reluzia com orgulho. — Ele teve relação com os devaneios, não foi? Todo o lance do carro... aquilo não passou de um encobrimento.

Kane rangeu a mandíbula e começou a procurar uma tampa. Sophia bloqueou seu caminho.

— Eu não sou idiota, Kane.

— Eu sei.

— Se eu soubesse que estava num mundo falso, eu nunca teria agido daquela forma. Eu sou esperta.

— Não se trata de ser esperta. E sim de permanecer lúcida.

— Eu consigo permanecer lúcida. Posso ajudar vocês. Eu vejo coisas que mais ninguém vê. — Ela estendeu um canudo, mas o puxou de volta antes que ele conseguisse pegá-lo. — Por exemplo! Eu sei que você tá a fim daquele menino. E entendo por quê. Ele é muito bonitinho.

Kane revirou os olhos. É claro que ela tinha uma quedinha por Elliot. Devia ser coisa de família.

Sophia o cutucou com o canudo.

— Eu já encontrei ele antes. Mas precisei de um bom tempo pra lembrar. Mas eu me lembro de ter visto ele na feira com você. E eu sei que vocês saíam juntos escondidos à noite. E sei até o sinal secreto de vocês.

Ao ver a reação surpresa do irmão, ela disse:

— Que foi? Você achou que era discreto? Desenhando aqueles números oito por todo canto? Não sei por que vocês simplesmente não mandavam mensagem um pro outro. Ou talvez mandassem. Sei lá. Mas então eu via ele do lado de fora, tarde da noite, acenando pra você descer, e aí horas se passavam até você voltar.

Kane puxou o canudo.

— Eu não sei do que você tá falando.

Isso era verdade.

— Ele parecia... diferente dos outros — comentou ela. — Quando tava com ele, você parecia... feliz.

Algo nessa frase amenizou as acusações de Sophia, preenchendo as palavras dela com uma reflexão triste. E agora Kane estava cheio de suas próprias perguntas. Ele e Elliot, felizes juntos?

— O Elliot não é gay, Sophia.

Sophia se inclinou para trás, como se se arrependesse de ter invadido esse território.

— Não o Elliot. O garoto que tomou conta de mim no devaneio. Eu me lembro dos olhos dele. Eles não eram verdes, e também não eram exatamente azuis.

— Espuma do mar — disse ele, mal notando Sophia assentir enquanto o mundo ao redor dele esvanecia.

*Espuma do mar.*

A raspadinha caiu da mão de Kane, espalhando sua densidade néon pela prateleira. O garoto mal ouviu a irmã xingar.

*Espuma do mar.*

# DEVANEIO

Ela estava descrevendo Dean. E, sem saber, estava contando a ele exatamente onde procurar pelo restante do que tinha perdido.

\*\*\*

Kane nem sabia se isso daria certo, mas precisava tentar.

Estava nas coxias do auditório, onde era escuro e frio. O espaço vazio amplificava os sons ao fundo de alunos indo para a aula. Gritos. Batidas de armários. Risadas. Era um período antes de espanhol. Nenhum dos Outros sabia que ele estava ali. Aquilo tinha que ser feito a sós.

Kane esperou até o segundo sinal para ver se alguém entrava no auditório. Ninguém entrou. Ele caminhou até o palco (que estava montado para *Sonho de uma noite de verão*, cheio de árvores aquareladas e videiras de papel). Quando chegou no meio, se agachou, pegando o diário e um hidrocor grosso.

O que ele faria se desse certo?

Agachado no centro do palco, Kane desenhou um número oito encurvado numa página limpa.

Nada aconteceu.

Kane chacoalhou as mãos e refez o oito, assim como vira Dean fazer no devaneio de Benny Cooper e na organização das conchas em sua estante. Por todo canto de seus pertences, ele encontrava oitos.

Nada aconteceu. O auditório continuava igual, sua multidão invisível nada surpresa. O que ele achou que aconteceria? Fagulhas? Um vento repentino e místico? Depois das últimas semanas de magia e de sobrenatural, a realidade parecia insuportavelmente desinteressante.

Kane rasgou a página do diário, a amassou e jogou o mais forte que conseguiu nos assentos. Isso era tão idiota. Ele correu de volta às coxias, já se perguntando se deveria pular essa aula e simplesmente ir à enfermaria, quando viu algo reluzir no auditório.

O garoto recuou para o palco. Lá, parado no corredor central, estava aquele que Kane tinha invocado, mas não esperado.

— Olá, Kane — disse Dean.

Ele subiu ao palco e entregou a Kane a página amassada. Na ponte do nariz, ele tinha entre dez e vinte sardas. Ao redor de seu pescoço, um colar com pingente em formato de uma peça de xadrez (o cavalo, esculpido em obsidiana).

— Estava me perguntando quando você ia descobrir. Mas não faça mais isso — alertou.

— O sinal deu certo? Como você o viu?

O rosto de Dean era ilegível, seus olhos brancos como os de uma boneca. Eram da cor da luz solar costeira mastigada pelos lábios do Atlântico até virar espuma.

Espuma do mar.

Kane se atrapalhou no que havia preparado.

— Você me conhece, não é? Quer dizer, a gente se conhece. Um dia você fez parte dos Outros, né? Você tem poderes. Consegue ver coisas que outras pessoas não conseguem, e você toma conta de mim. Mas só de mim.

Enfim alguma coisa agitou os olhos de Dean: ressentimento. Quando o garoto passou roçando, Kane o pegou pelo pulso.

— Eu tenho perguntas pra você!

Dean girou, agarrando a mão de Kane com força.

— Você não sabe como isso é perigoso? — sibilou. — Eu não fui claro?

Kane estremeceu. Nervos. As bordas da página amassada espetavam uma de suas palmas e as unhas de Dean espetavam a outra.

— Eu só quero saber quem você é.

— Vê se me esquece — pediu Dean.

— Tá na cara que já fiz isso — rebateu Kane.

Algo mudou naquelas profundezas de espuma do mar. Ele tinha cutucado uma ferida. Exposto algo. Agora Dean o observava com olhos resguardados, como se a simples visão de Kane o machucasse.

Ele sabia o que queria perguntar, mas também sabia que nunca acreditaria em uma palavra sequer que saísse da boca de Dean. Todos mentiam. Se tinha aprendido algo, era que palavras saídas de bocas podiam ser lindas e mentirosas, mas as bocas podiam contar suas verdades de outras maneiras. Kane não ia sair sem aquela verdade. Sendo assim, sob uma lua de papel e entre a floresta falsa do palco, ele o beijou.

E, pego de surpresa, Dean esqueceu as regras estritas que o mantinham inteiro e correspondeu o beijo.

Na cabeça de Kane, houve aplausos de uma plateia fantasmagórica. Quando Dean tentou falar, Kane suspirou as palavras de volta para a boca do garoto, recusando suas mentiras, até que Dean escalou as mãos por ele numa familiaridade segura. O garoto, sedento para

# DEVANEIO

saber, pegou tudo o que podia daquele beijo (a verdade de Dean e sua dor) e, quando chegou ao fim, foi contra a vontade do outro. E foi assim que Kane soube.

Ele se afastou, deixando a mão de Dean pegar o ar vazio.

— Você me ama — constatou Kane.

Não conseguia encarar o rosto de Dean, então olhou para as mãos. Pele marrom, palmas macias, unhas perfeitas. As mãos de um príncipe.

Dean não negou.

— O que você fez? — perguntou Kane. — Você era um de nós, não foi? Por que os Outros não se lembram? Foi coisa da Adeline?

— Não foi ela.

— O Elliot?

Dean atou as mãos na frente do corpo, então desfez o movimento, deixando-as se contorcerem inquietas nas laterais.

— Você.

— Não entendo.

— Você tirou tudo da gente.

A garganta de Kane pareceu se afinar com um canudo, uma molécula de ar por vez deslizando para dentro dele.

— Tá falando do meu acidente? Sobre a morte da Maxine Osman?

— Acidente. — Dean fez uma careta. — O que aconteceu com a Maxine foi o acidente. O que aconteceu com *você* foi de propósito. Foi... — Dean procurou por uma palavra, sua boca trabalhando por meio da raiva. — Foi o que você queria.

— Você tá falando de encontrar o tear?

— O tear. — Dean envolveu seus longos braços ao redor do corpo estreito. — Eu achei que, se a gente achasse, nós poderíamos ser livres juntos. Mas eu tava errado.

— Livres do quê?

Dean andou ao redor de Kane. Antes de deixar o palco, ele virou.

— Você e os Outros nunca deveriam ter descoberto a meu respeito. Essas foram as minhas ordens. Mas eu achei que valia a pena quebrar todas as regras por você, e achei que você ia fazer o mesmo por mim. Eu estava errado.

Kane não entendia o que Dean dissera, mas sabia o suficiente sobre mágoa para entender o que ele queria dizer. Kane o tinha deixado para trás de um jeito horrível. Pelo tear? Por poder?

Dean tirou algo da jaqueta e jogou para Kane.

— Aqui, isso é seu.

Kane pegou um livro. *As bruxas*, de Roald Dahl. Ele não tinha perdido isso recentemente? Sim. Mas onde? Na trilha. Quando estava sendo perseguido pela Efialta.

— Onde você conseguiu isso? — perguntou Kane.

— Eu achei. Estava procurando uma oportunidade de te devolver.

Kane folheou as páginas. Em nenhum lugar do livro tinha escrito seu nome, mas ele sabia que era dele pelo modo como se encaixava em sua mão, pela dobra no canto indicando onde tinha parado de ler e pela lombada gasta de todas as vezes que tinha se perdido dentro daquelas páginas.

— Eu li — contou Dean. — Entendo por que você o ama. Você deveria se esforçar um pouquinho mais pra não perder as coisas que ama.

Então ele saiu. Kane olhou para as sombras que se dobravam sobre o garoto. Não sabia o que tinha acabado de acontecer, mas sabia que era importante. E sabia que Dean lhe tinha dado algo além do livro. O garoto lhe tinha jogado uma chave.

Kane esperou para ver o que seria destrancado dentro dele. Esperou, assim como esperara no rio, entre os âmios-maiores e os peixes prateados e o pólen rodopiante.

Dito e feito. Algo se encaixou.

# VINTE E QUATRO

## *Pressentimentos*

O Centro de Artes da St. Agnes (ou, como Sophia e Adeline o chamavam, o conservatório) era cheio de ângulos retos, pedra e vidro. Era mais recente do que o restante do campus, e ainda bem. Tanta música dissonante preenchia os corredores no fim da tarde que Kane imaginou que o prédio anterior, o qual provavelmente tinha um estilo vitoriano antigo como muitos outros no campus da St. Agnes, tinha se desfeito em vibrações.

Elliot tinha levado Ursula e Kane de carro até lá. Iam se encontrar com Adeline, que se recusou a matar aula de balé a menos que houvesse "catástrofes urgentes e etéreas se formando". Uma reunião de emergência solicitada por Kane evidentemente não se tratava de uma catástrofe etérea e urgente, então o grupo estava esperando pelo intervalo dela. A garota só tinha alguns minutos.

Enquanto Elliot bisbilhotava a aula de sapateado, Ursula e Kane se sentaram num banco, saboreando a música de todos os ângulos. Ursula tinha feito granola caseira e estava ótima. Ela e Kane a comeram, confortáveis em ficarem em silêncio juntos. No meio de toda a tensão, a amizade deles tinha se tornado algo frágil, mas que definitivamente crescia, e o garoto sentia-se grato por ao menos ter isso.

— Eu me pergunto como seria andar por aí o tempo todo na ponta dos pés desse jeito — comentou Ursula enquanto as meninas no estúdio rodopiavam sobre as sapatilhas de ponta.

— Seria bem alto — respondeu Kane.

— Elas parecem flamingos.

— E isso é bom? Sabe, flamingos são aves.

— Aham, mas tipo... — Ursula enfiou o restante da granola na boca, depois amassou o pacote e o jogou na direção da lixeira. — Elas são, tipo, aves engraçadas. Aves dinossauras.

O pacote errou a lixeira. Ela se levantou para pegá-lo do chão.

— E de algum jeito aves dinossauras são melhores?

— Não, é só que aves dinossauras não são nativas de Connecticut.

A música do piano acabou e a coreografia terminou. Meninas vestidas com saia e meia-calça correram até o perímetro da sala para pegar água e olhar o celular. Adeline empurrou as portas e passou direto por eles. Depois de um segundo, os três a seguiram pela escadaria e saíram no estacionamento dos fundos.

— Sejam bem-vindos à minha casa — anunciou ela, uma mão sarcástica lançada ao ar apontando para o conservatório e as lixeiras que escondiam na parte de trás. — Valeu por aparecerem. O que posso fazer por vocês?

Kane ainda não tinha afastado os arrepios daquela manhã. Eles percorreram seu corpo o dia todo, irregulares e dentados, e agora deslizavam pela palma de suas mãos. Para se acalmar, ele alcançou a mochila e tirou *As bruxas*.

Todos olharam para o livro, depois para Kane.

— Quem é o Dean Flores? — perguntou Kane. — E dessa vez não mintam pra mim.

Ursula, Elliot e Adeline trocaram olhares. Os três voltaram a olhar para o livro e depois, Kane. Estavam confusos.

— Ele é um aluno novo da escola — disse Ursula. — Ele é um nadador na equipe de natação...

— Quero dizer, quem ele é de verdade?

Mais olhares. Adeline tomou um gole da garrafa d'água, depois se contorceu para alongar algo nas costas.

Kane foi se frustrando. Eles não estavam levando o assunto a sério.

— Ele também faz parte dos Outros? Já fez? — Então olhou para Adeline. — Você sabe, não é? Você sabe algo sobre ele.

Se sabia, Adeline não entregava nada. Ela deu de ombros e começou a cutucar sua sua saia leve e transparente que balançava na brisa de outubro.

# DEVANEIO

— A gente não sabe, Kane. Nós íamos te perguntar a mesma coisa quando fosse o momento certo. A gente acha que ele tem algo a ver com o seu acidente.

— Por quê?

— Um pressentimento.

— Me conta o que você sabe — exigiu.

— Você que chamou a gente aqui. Começa você.

Adeline tomou outro gole. Estavam todos esperando Kane. Seu ressentimento fervilhou logo abaixo da superfície. Sabia que Adeline seria assim, insultante e mesquinha, depois que a tinha deixado no carro na outra noite. Ele não podia deixar aquilo o distrair. Kane sabia que Dean era parte de seu passado perdido e, portanto, era crucial no desbloqueio do mistério de como recuperar o tear. Essa talvez fosse a resposta para todas as perguntas, a coisa que faria os devaneios acabarem de uma vez por todas.

— A última vez que estive com este livro foi quando fui atacado pela Efialta na trilha de Harrow Creek. Lembra disso, Urs?

Ela assentiu em concordância.

— Bom, hoje o Dean Flores me devolveu esse exato livro. — Kane o levantou. — A sra. Daisy, a dobermann, não é a Efialta. *O Dean que é.*

A reação foi sutil, mas instantânea. Sobrancelhas arqueadas, posturas rígidas. Novamente, todos os olhos recaíram sobre o livro e, então, sobre Kane.

— Isso é... — começou Adeline.

— Absurdo — completou Elliot.

Kane ficou boquiaberto.

Então Adeline continuou:

— Você acha que porque o Dean te deu um livro, ele é um pesadelo gigante meio cavalo, meio aranha?

— Não, eu só... — Uma risada nervosa borbulhou para fora de Kane, que a empurrou para baixo. — Quer dizer, sim, é o livro, mas ele também tinha um pingente como os que Poesy tem, e além disso...

Kane parou de falar, se perguntando mais uma vez com que facilidade Adeline conseguia bisbilhotar suas lembranças. Queria contar tudo para eles, mas, no passado, o garoto decidira esconder dos Outros fosse lá que relacionamento tivera com Dean. Não achava que o motivo fosse vergonha, porque não havia isso no modo como Dean tinha correspondido seu beijo. Foi um beijo amargo pela perda. E fez com que Kane acreditasse que Dean era bom. Ou que o garoto queria ser bom. Mas algo o atava a Poesy e, portanto, independentemente do que ele e Kane tinham juntos, precisava ser mantido em segredo pelo bem do garoto. Ele tinha muito mais a perder.

Pelo menos essa era a teoria de Kane. Ele precisava aprender mais, porém não conseguia contar mais aos Outros do que já tinha feito e, portanto, disse:

— Eu só acho que talvez o Dean esteja do nosso lado. E que a gente devia falar com ele.

Adeline soltou uma gargalhada incrédula.

— Você só poder estar brincando. Se o Dean é a Efialta, como ele poderia ser um aliado? Aquela coisa literalmente estraçalhou o devaneio da Helena.

— Ela nos salvou.

— Ela seguiu as ordens da Poesy. Existe uma diferença e você sabe disso.

Kane se sentiu corar. Claro que Adeline apontou essa contradição logo de cara.

— Espera — chamou Ursula. — Tipo assim, é possível, né? Não é a coisa mais estranha que a gente já viu.

Adeline deu de ombros e pegou o celular.

— Eu preciso voltar.

Ursula deu a Kane um aceno encorajador.

— Kane, o que você acha que a gente devia fazer?

Os nós dos dedos dele estavam brancos ao redor das bordas do livro.

— Falar com ele. Aprender mais. A gente poderia pegar a ficha dele da escola e ver onde ele mora e... ir lá. Conversar com ele.

— Esse é um péssimo plano — apontou Elliot. — A gente não sabe o suficiente.

— Exatamente — concordou Kane. — É por isso que a gente precisa investigar, seu bocó.

— Ele não tem Insta — disse Adeline enquanto passava o dedo pelo celular. — Nem Snapchat.

— Isso não é estranho? — Kane controlou a entonação da voz. — E você mesma disse. Você acha que ele tem algo a ver com meu acidente.

— Aquilo foi só um pressentimento. — Adeline deu de ombros de novo.

— Bom, isso também é um pressentimento!

# DEVANEIO

— Vocês dois, parem com isso — ralhou Elliot. — A gente não pode agir com base em pressentimentos. É perigoso demais. E se você estiver certo, Kane? E se ele é a Efialta? Você realmente planeja enfrentar aquela coisa?

Kane sem dúvida alguma não queria enfrentar a Efialta. Ele queria beijá-la. Talvez. Derrotado, cedeu.

— Bom, isso foi ótimo — disse Adeline, ainda mexendo no celular. — Urs, você trouxe o *você-sabe-o-quê* pra mim?

Furtiva, Ursula olhou ao redor e então puxou para fora do corta-vento outro saquinho de granola. Ela o passou para Adeline com uma discrição fria, como se se tratasse de uma substância ilícita. A outra o pegou com o mesmo nível de drama, piscando para Ursula.

— Essas meninas ficam sedentas depois de duas horas, e eu não divido meus lanchinhos. Vocês deveriam ir embora logo. A irmã do Kane vai aparecer em cerca de doze minutos para o conjunto de cordas.

Em seguida saiu, deixando Elliot e Ursula para aquietar Kane.

— Foi mal, Kane — falou Elliot —, mas a gente precisa se concentrar no que tem certeza. Nós sabemos que precisamos desvendar os devaneios antes que Poesy o faça, ou então ela vai levá-los. Nós sabemos que ela te usou pra entrar no devaneio da Helena, então, a menos que a gente bote tudo a perder de novo, tá tudo sob controle. — Ele não disse, mas estava falando de Kane assoprar o apito de novo. — Nós precisamos priorizar a nossa segurança em primeiro lugar, antes de partir pra cima da Poesy pra conseguir o devaneio da Helena de volta. E, com sorte, a própria Helena. Um dia desses, as pessoas vão começar a fazer perguntas, e a gente precisa garantir que não seremos nós as respostas, ou então não vamos poder ajudar ninguém. Isso faz sentido?

— Aham — murmurou Kane.

Elliot se abaixou para encarar Kane nos olhos.

— "Aham" no sentido de que você concorda?

Um plano se formava na mente do garoto, uma divagação que Kane tinha entretido no caso de os Outros não concordarem. Ele olhou para Elliot e tentou dar um sorriso perfeitamente resignado.

— Eu concordo — mentiu.

# VINTE E CINCO

*Mãos*

No Complexo Cobalto, estava uma noite nítida e iluminada. O luar banhava tudo, gélido e puro, de modo que as construções evisceradas fossem esculpidas em marfim luminoso e encrustadas em prata. A fumacinha da respiração de Kane coroava seu pescoço enquanto pedalava sobre o concreto branqueado. O canto dos sapos e das mobelhas lhe dizia que estava se aproximando do rio. Era uma da madrugada.

Kane deslizou os pés até parar. Um segundo depois, Ursula fez o mesmo.

— Não acredito que a gente tá aqui — bufou ela. — Não acredito que você me persuadiu a fazer isso.

— Eu não te persuadi. Só falei que ia fazer isso de um jeito ou de outro, e você é uma amiga boa o suficiente pra reconhecer um pedido sem me fazer implorar.

— É, Kane, é isso o que humanos chamam de persuadir.

O garoto lançou um sorriso seco à amiga. Na verdade, tinha sido Ursula quem ligou para ele depois daquele encontro, o qual tinha deixado a eles dois agitados. E, assim que Kane soube que a menina também sentia a necessidade de fazer algo, de partir para a ação de fato, ele se decidiu. Ursula, sentia ele, também estava decidida, mas ela tinha reclamado o caminho todo até ali. Provavelmente para compensar a culpa que sentia em fazer aquilo pelas costas de Elliot e Adeline. Isso e seu nervosismo de sempre. Aquela não era uma boa ideia, e os dois sabiam.

No entanto, não estavam sendo tontos. Kane tinha deixado um bilhete para Sophia com instruções para chamar Adeline e Elliot caso não tivesse

# DEVANEIO

voltado ao amanhecer. Depois disso, ele tinha arrumado uma mochila com o diário vermelho, *As bruxas*, alguns gizes e um antigo taco de beisebol feito de alumínio que encontrara na garagem. Vai que, né. Então ele e Ursula se encontraram perto da ponte, vestidos de preto, os refletores das bicicletas tampados à medida que se dirigiam para o canto leste do complexo.

Pedalando por ali, Kane pensou em como, de certa forma, o complexo era o seu próprio devaneio. Toda uma cidade transformada em realidade, depois abandonada pelo lento derretimento da negligência, e, em seguida, esquecida por completo à medida que o mundo se dobrou sobre ela. Connecticut era cheia desses mundos perdidos e, quanto mais Kane pensava em procurá-los, mais certo ficava de que eles repousavam por toda parte. Bem do outro lado deste rio, ou depois daquele morro, ou atrás daquela cortina. De muitas formas, o Complexo Cobalto era o lugar perfeito para atrair pesadelos em direção à luz.

Eles chegaram ao moinho, lugar que Kane escolhera.

— Tem certeza de que ele vai aparecer?

— Tenho — confirmou Kane.

Então desenhou um número oito enorme no pavimento inclinado, grande o bastante para ficar em pé dentro de cada uma das voltas. Enquanto fazia aquilo, pensou em Helena. Estava em dívida com ela e Adeline devido à lição que aprendeu tarde demais: às vezes, os sonhos de uma pessoa são tudo o que ela tem, e tirá-los pode partir um coração ou até mesmo parar um corpo. O ato de esmagar um sonho não pode ser minimizado. Na melhor das hipóteses, é perverso. Na pior, é assassinato. De qualquer modo, Kane havia deixado Poesy pegar o que não era seu, e estava na hora de corrigir as coisas. Pegar Helena de volta e ajudá-la a se curar, se é que isso era possível.

E eles precisariam da ajuda de Dean para fazerem exatamente isso.

Kane estava de costas para o que tinha feito. Do rio, a lua piscava para eles e algumas cigarras que continuavam ali àquela altura da estação cantavam sob o silêncio.

Minutos se passaram. Nada aconteceu.

— Isso deu certo antes? — sussurrou Ursula.

— Aham.

— E ele, tipo, recebe uma notificação ou algo assim?

Kane imaginou o celular de Dean se acendendo na mesa de cabeceira. *Kane Montgomery gostaria de mandar uma mensagem direta.*

— Dean? — gritou Kane. — Ou você aparece ou a gente vai chamar Poesy. Estou com o apito.

Ele levantou o pingente. Os poucos pássaros chilreando ficaram em silêncio conforme algo mais escuro do que a escuridão se ergueu do teto implodido do moinho, assumindo a forma de um bico lustroso e chifres. Ursula assumiu uma postura de boxe. Kane segurou o taco com mais força e uma aura de etéreo se reuniu ao redor deles em fractais pulsantes, seus poderes à prontidão.

Uma vez, a Efialta tinha perseguido Kane e Sophia a partir daquele mesmíssimo moinho, como se eles fossem saqueadores de túmulos. Agora, o garoto garantiria que a criatura soubesse que ele era o dono deste túmulo em particular. Dean não podia botar Kane para correr de seu próprio passado para sempre, não quando tinha recrutado a pessoa mais forte que conhecia como segurança.

Um clarão varreu Kane vindo da esquerda, então outro. Lanternas gêmeas atravessando as árvores enquanto Adeline e Elliot tropeçavam para dentro da clareira.

— Merda — exclamou Adeline, ofegante.

— Te falei que eles iam estar aqui — respondeu Elliot, sem ar.

A Efialta se dissipou, o moinho não passando de paredes vazias sob as lanternas chamativas de Adeline e Elliot. Eles as apontaram diretamente sobre Kane e Ursula, como se fossem dois criminosos. Kane soltou um gemido frustrado e, sem pensar, liberou sua aura reprimida. A luz banhou os Outros, os desequilibrando, então mergulhou floresta adentro. Tinha tudo ido para o brejo.

— Nossa, Kane — disse Elliot, as mãos para cima, de modo que sua lanterna iluminava as árvores. — Relaxa aí. A Sophia ligou pra gente. Seu bilhete deixou ela apavorada.

— Onde ela tá agora?

— Na sua casa. A gente disse que daria uma resposta depois que te pegasse.

— Me *pegasse?*

Adeline se colocou entre eles, desligando a lanterna.

— Não é nesse sentido, Kane. Ela tava descontrolada. A gente tinha que fazer alguma coisa, ou a menina ia sair procurando por conta própria. E eu tô feliz que ela ligou. Vocês dois sabem que tentar enfrentar o Dean é, tipo, literalmente muito burro, né?

Kane ajustou a empunhadura no taco.

— Então você acredita que o Dean é a Efialta?

Adeline passou um lábio no outro e olhou por sobre o rio, claramente não querendo responder à pergunta. Elliot deu de ombros e falou:

— Pra ser sincero, não importa no que a gente acredita. Vocês são nossa equipe. Se suas crenças são fortes o bastante pra trazer vocês aqui no meio da noite, a gente deveria estar bem aqui, ao lado dos dois.

Kane sabia que aquilo era uma oferta de paz, mas não tinha nada a dizer.

— Então onde estava "nossa equipe" quando eu toquei nesse assunto lá no conservatório? Fala a verdade, Elliot. Você só está aqui porque a Ursula tá em perigo, certo? Você sabe que pode flertar com ela sem ter que tentar ganhar estrelinhas por ser um excelente capitão do time, né?

Adeline gargalhou na cara dura ao ver a expressão embasbacada no rosto de Elliot. Então se controlou com um sorrisinho mal contido e, por um segundo, ela e Kane se conectaram na humilhação sombria que queimava entre Elliot e Ursula. Kane decidiu que estava começando a gostar de Adeline.

— Calma lá — disse Ursula. — Pera, como é que é?

Elliot, corando, ignorou o ataque.

— Eu priorizo a segurança. Só estou tomando cuidado. Vocês sabem que esse é o meu jeitinho.

— E você sabe que a gente não pode se dar o luxo de tomar cuidado — rebateu Kane. — Não quando nós somos os únicos capazes de partir para a ação. Minhas escolhas podem ter custado a vida de uma mulher. Talvez duas. Pode olhar pro seu próprio umbigo o quanto quiser, mas não me impeça de tentar trazer a Helena de volta.

Ursula pousou a mão sobre o ombro de Kane.

— A gente não sabe o que aconteceu com a Maxine, e o que aconteceu com a Helena não foi só culpa sua, Kane. Você já salvou muitas e muitas pessoas de seus devaneios, e a gente deveria ter te escutado quando intercedeu por ela. O que aconteceu foi culpa da Poesy. O sangue tá nas mãos dela.

O grupo refletiu a respeito disso.

— Nas mãos pra lá de bem-feitas dela — adicionou Adeline.

Kane precisava admitir que a garota tinha razão. Poesy tinha unhas lindas.

Os olhos de Adeline riam para Kane.

— Você achou mesmo que podia enfrentar a Poesy e a Efialta dela?

— Não.

Ele ainda não tinha certeza de como se sentia a respeito de Poesy. Temeroso, com certeza, mas ainda sentia que esse ar assustador dela estava enraizado em necessidade. Ele não queria confrontá-la; queria investigá-la. Aprender mais sobre o que ela quis dizer quando falou que "daria um jeito" no devaneio de Helena.

— Eu achei que o Dean ia ajudar a gente por baixo dos panos. Tenho certeza de que ele é parte do...

— Parte do quê?

Kane reavaliou seu plano. Não estava pronto para contar a eles sobre seu passado com Dean, o qual ele próprio mal entendia. Não estava pronto para lembrá-los do tear misterioso e de seu papel em gerar devaneios e atrair Poesy e quase aniquilar a vida do garoto.

Mas então ele viu seus rostos interrogativos sob o luar e percebeu que eles eram a única coisa mantendo a escuridão do moinho sob controle. Kane se deu conta de que, por mais bagunçada que a chegada deles tivesse sido, mesmo depois de tudo, os dois tinham aparecido para apoiá-lo. Cada um deles tinha chegado à própria maneira, escolhendo perseguir a chama de seus pressentimentos meio imaginados em vez do conforto das próprias camas e da segurança de seus próprios sonhos.

Kane, então, quase conseguia sentir suas amizades perdidas, como sombras debaixo das novas amizades que tentavam se formar. Então por que ele estava tentando proteger Dean, que tinha desaparecido quando mais precisava dele?

— Vocês lembram que disseram que eu estava obcecado por encontrar a verdadeira fonte dos devaneios? — começou Kane, respirando fundo. — Bom, eu encontrei, no devaneio da Maxine Osman. Era aquela coroa. Ela é chamada de tear. É algum tipo de arma que estava vazando etéreo como radiação, fazendo os devaneios das pessoas sofrerem mutações. Poesy falou que, se a gente encontrar o tear, nós podemos parar os devaneios. Ela achou que talvez um de vocês o tivesse roubado. É por isso que eu ajudei ela.

— Ninguém roubou sua coroa — defendeu-se Ursula. — Aquele treco era horrível. Quase matou a gente.

— Mas e o Dean? — perguntou Adeline, num tom cortado, colocando sua indagação na frente das acusações de Kane.

**DEVANEIO**

Novamente, ele tinha certeza de que a menina sabia mais do que mostrava.

— Eu acho que ele também tá aqui pelo tear. Acho que, de algum jeito, ele o quer usar.

— E como você fica no meio disso tudo? — quis saber Adeline. — Se você achasse aquele tipo de poder de novo, o que faria?

Kane cerrou os punhos.

— Sabendo o que sei agora? Eu o destruiria.

Adeline retesou o queixo, o observando sob a ótica deste novo fato.

— Me dá o apito — pediu ela, o rosto enigmático.

Kane cedeu. Talvez contar a verdade a eles lhe tinha custado sua oportunidade esta noite. Talvez tivesse tomado a decisão errada.

— Fazer um acordo com o Dean foi um plano ruim — disse Adeline enquanto pegava o apito. — Mas foi a ideia certa. Se o que você diz sobre a Poesy é verdade, estou chutando que ela precisa da nossa ajuda pra encontrar o tear, o que significa que temos moeda de troca. E tá na cara que ela valoriza a sua vida. Vamos ver se ela está aberta a negociações.

E, então, assoprou o apito.

A mente de Kane tropeçou. Bolhas de ansiedade efervesceram em sua garganta, preenchendo-o com a picada brilhante da empolgação. Elliot e Ursula pareciam tão chocados quanto o garoto.

O silêncio do apito passou cortando pelo chilreio dos pássaros como se tivesse atravessado as próprias aves. Então uma discórdia sussurrante e crescente foi soprada através do moinho e o luar à frente se feriu, criou cavidades e se desfez. Um par de portas duplas se assomou diante deles, finalizada num preto fosco e totalmente plana contra o rio errante mais além. O garoto se preparou para a Efialta voar por ali, mas minuto seguido de minuto se passou na imobilidade vítrea.

— É uma porta — constatou Elliot.

— Sim, Elliot, todo mundo consegue ver a porta — rebateu Adeline.

— A gente bate? — perguntou Ursula.

— Acho que a gente já tocou a campainha — respondeu Elliot.

— O apito abriu algum tipo de passagem pra dentro do devaneio da Helena — comentou Kane. — Talvez isso leve pra seja lá de onde Poesy é?

Adeline marchou adiante, pegou a maçaneta gigante e empurrou a porta pesada até abrir alguns centímetros. Uma luz suave se derramou para fora.

— Não tem ninguém aqui — sussurrou. — Kane, o que você quer fazer?

Kane sentiu um alívio absurdo. Avaliou a porta e tudo que podia estar atrás dela. Algo lhe disse que o destino tinha entregado a eles uma chance muito rara de entrar no reino de Poesy quando ela não estava em casa.

Ou aquilo era uma armadilha. De qualquer modo, eles precisavam entrar e descobrir. Do contrário, bem-feitas ou não, todas as mãos deles estariam sujas do crime de ficar de braços cruzados e não fazer nada para trazer Helena para casa.

— Vamos lá — disse Kane.

# VINTE E SEIS

## *Gostosuras ou travessuras*

Kane não tinha certeza do que esperava, mas não era aquilo.

Eles entraram num cômodo cheio de alteza e brilho dourado, com paredes curvas feitas de vitrines de vidro. Ao se virar, o garoto não ficou surpreso ao descobrir que o lugar na verdade era circular. A porta dupla pela qual tinham acabado de passar erguia-se sozinha e sem nenhuma parede discernível para orientá-los. Apenas um batente de porta, da mesma obsidiana que o apito, ornamentado por filigranas de ouro. Mantinha-se em pé como um dominó solitário sobre um palco circular ao centro do cômodo. Quase alcançava o lustre.

Elliot manteve a porta aberta usando o taco de Kane.

— Acho que tá de boa — sussurrou. — Mas ninguém rela em nada. Esse lugar pode estar sendo manipulado.

Cada um deles escolheu uma área diferente para explorar. Kane procurou a mesa de centro baixa e o jogo de chá. Havia algumas xícaras prontas para uso, mas a louça específica de Poesy não estava ali. Ele passou para os expositores, os quais estavam apoiados por espelhos de modo que, num primeiro momento, pareceriam conter nada além de extensa infinitude. Em seguida, o garoto olhou mais de perto.

Ornamentos inusitados. Artefatos. Pingentes. Objetos pequenos e estranhos que emanavam a mesma aura de dobra de realidade dos devaneios. Eles sussurravam para Kane sobre suas magnitudes misteriosas, de suas vastidões roubadas. Alguns estavam em pedaços, esmagados, mas arrumados com cuidado, como uma borboleta exótica alfinetada, adornada em sua dissolução.

Poesy não consertava devaneios. Ela os colecionava. Kane estalou o pescoço, seguindo os expositores que subiam até o teto. Só naquele cômodo deveria ter milhares deles. Quantos estavam em pedaços? Quantas pessoas foram aprisionadas em reinos falsos?

A pouca esperança que Kane alimentava em relação a Poesy enfim desmoronou, e isso o deixou zonzo e aéreo. Ele tropeçou para trás, se apoiando no canto de uma mesa ampla. Os Outros olharam para o garoto, mas nenhum sinal de alerta ligou para eles. Nada mudou. Voltaram a inspecionar os pingentes, a mesma conclusão sinistra se dependurando sobre cada um deles no silêncio.

O garoto se virou para a mesa, que estava coberta de papéis, livros e instrumentos estranhos e afiados. Pegou um pergaminho cheio de diagramas e impressões crípticas. Enterrado sob ele estava um livro com uma capa vermelho vivo. Arrepios se espalharam pelo pescoço de Kane. Ele conhecia aquele vermelho.

Então deslizou o diário adiante e passou os dedos pelo couro maleável. A fita de elástico escorregou para o lado com suavidade, seus olhos se preencheram com sua própria caligrafia. Exceto que não era bem isso; todas as palavras estavam de trás para frente.

Kane se certificou de que ninguém estava observando quando tirou da mochila o diário que Poesy lhe tinha dado. Os dois eram idênticos. Testando, abriu os dois até a página mais ao fim e escreveu sobre uma delas. Na outra, como um vergão subindo pela superfície da pele, o texto reapareceu ao contrário.

A decepção invadiu o coração de Kane, delgada como óleo e abrasiva, amplificando a humilhação que o garoto já sentia. Com dedicação, ele tinha registrado cada detalhe gritante de sua recuperação (até mesmo seus sonhos!) naquele diário sem nenhuma intenção de o devolver, mas Poesy estivera lendo o tempo todo.

Tinha certeza de que era assim que Poesy tinha mandado o convite para o chá. Seguindo esse pressentimento, depositou a caneta entre as páginas de um dos diários, então abriu o outro. A caneta rolou da lombada, um tantinho quente por conta de sua jornada.

A raiva de Kane abriu espaço para o espanto. Repetiu o truque várias outras vezes, cativado pela magia. Ele conseguia se sentir perdendo o controle, então, antes que alguém notasse, pegou os dois diários e os enfiou na mochila.

Em seguida, ele viu o ovo.

# DEVANEIO

Num canto vazio da mesa, aninhado em uma almofadinha de cetim, estava um ovo adornado, não maior do que uma noz. Sua superfície estava abarrotada de joias primorosas de todas as cores. Não havia dúvida: ele tinha encontrado o devaneio de Helena.

— Tá aqui! — gritou Kane, e os outros correram até lá.

— Tem certeza? — perguntou Elliot.

— Tenho.

Vários outros pingentes estavam espalhados ao redor do ovo, mas o de Helena parecia diferente. Dele, saía uma energia desesperada, estrondosa, como se estivesse prestes a chocar.

— Ótimo. Nenhuma negociação foi necessária, então. Alguém pega ele — disse Elliot.

— Que tal *você* pegar ele, Elliot?

Ninguém queria encostar naquela coisa. Então as luzes tremelicaram e todo mundo olhou para cima. Um rangido distante fez arrepios descerem pela coluna de Kane.

— Bom, isso aí é sinistro — sussurrou Elliot.

As luzes voltaram a tremelicar. A porta vibrou no batente.

Foi Ursula quem enfim se moveu. Ela pegou um nécessaire de veludo da mesa e varreu os pingentes (o de Helena e os outros) para dentro da bolsa. Então eles estavam seguindo Elliot até a porta, que ainda estava aberta por conta do taco. A noite atrás dela era um pedaço de azul-marinho acenando para eles do calor dourado do cômodo, mas, logo antes de Elliot deslizar para fora, Adeline o puxou de volta. Houve uma batida e a porta se fechou com força, partindo o taco ao meio.

— Merda — exclamou Elliot.

Ursula empurrou a porta. Ao fazê-lo, a passagem claramente dava para o outro lado do cômodo. O moinho tinha sumido. A menina a fechou e a abriu de novo. Nada. Na terceira tentativa, desistiu.

— Tá... frio? — constatou ela.

Kane pegou a maçaneta. Estava gelada.

A iluminação do cômodo diminuiu e um tremor subiu pelo braço de Kane. Adeline apontou para a fresta da porta.

— Neve — sussurrou, e sem dúvida alguma uma camada de flocos de neve vazou por baixo da porta numa corrente de ar gelado.

— Se escondam — sibilou Elliot, mas, àquela altura, eles já estavam tropicando uns nos outros para se esconderem atrás do sofá.

Um segundo mais tarde, a porta foi aberta com um gemido e o frio jorrou para dentro do ambiente, beijando a nuca de Kane. O garoto observou por baixo do sofá, abafando sua respiração frenética, conforme uma lufada de neve primeiro revelava as patas de um cachorro, depois parte de uma corrente prateada e, por fim, pernas humanas calçando botas de cano alto.

A porta foi fechada, prendendo a nevasca do lado de fora e eles do lado de dentro.

Os olhos de Elliot brilharam dourados enquanto trabalhava em sua magia de invisibilidade, mas Kane sabia que o amigo não podia esconder todos eles por muito tempo.

— Sei que falo isso todas as vezes, sra. Daisy, mas aquela é a última vez que visitamos Saas-Fee — disse Poesy enquanto soltava a corrente de prata. — Na próxima, eu decido onde vamos passear.

A sra. Daisy rosnou. Kane sentiu uma mão apertar sua panturrilha. Era Adeline. Ele estivera certo. Durante todo esse tempo, a sra. Daisy estivera passeando com Poesy, o que significava que a cachorra e a Efialta não eram o mesmo ser.

— Pare com isso. Você ama dar uma voltinha em Belgrado.

Durante os minutos seguintes, o grupo ouviu Poesy andar ao redor do cômodo e mexer em quinquilharias aqui e ali. Ajustando alguma coisa. Então, com bastante calma, gritou:

— Algum de vocês vai querer chá?

Ninguém se mexeu.

— Sério, não vai dar nenhum trabalho — explicou ela. — Estou fazendo um pouco para mim... para me aquecer... e seria falta de educação não oferecer a vocês. Sei que o sr. Montgomery está propenso a rejeitar, mas estou muito otimista de que o sr. Levi iria gostar de uma xícara. Sra. Bishop, sra. Abernathy, um torrão de açúcar ou vários?

Elliot se levantou primeiro, arrastando Kane junto. Adeline os seguiu e, depois de uma cutucada forte, Ursula também cambaleou para cima. Poesy, vestindo um robe de pele com franjas, observou com os olhos brilhantes do outro lado do cômodo. Em suas mãos estava uma bandeja de chá, a chaleira já soltando vapor. A sra. Daisy trotou até eles com um osso entre a mandíbula e o colocou com cordialidade aos pés de Ursula.

— A gente não veio beber chá — disse Kane, tentando soar durão.

Poesy abriu um sorriso condescendente.

# DEVANEIO

— Sim, sr. Montgomery, eu sei. Vocês vieram em busca do pingente da sra. Helena Quigley, e vejo que o encontraram. É de se pensar que eu teria alarmes por aqui, mas, pobre de mim, sem nenhuma entrada aparente, eu não recebo muitos penetras, que dirá visitantes caóticos pedindo gostosuras ou travessuras como vocês. Se tivessem me avisado com antecedência, tenho certeza de que poderia ter invocado uma tábua de charcutaria.

— Nós não vamos ficar — rejeitou Adeline.

Pela segunda vez, ela cutucou Ursula, porque agora a menina estava acariciando a cabeça da sra. Daisy.

— Aham — gaguejou Ursula. — Nós estamos *de saída*.

Poesy arqueou uma das sobrancelhas.

— Como?

Com confiança, Adeline ergueu o apito.

— Hmm. — Poesy observou o pingente sem nenhuma preocupação. — Apitos são para atrair pessoas. Pelo jeito, você está precisando de uma chave.

Kane abriu a boca, então a fechou. Seus olhos vislumbraram o bracelete de Poesy, no qual se lembrava de ter uma chavezinha branca. Aquele era um plano muito ruim mesmo.

— Você vem e vai como bem entende — apontou Elliot. — Vai nos deixar ir.

— Vou, é? Não tenho tanta certeza.

Elliot deu uma cotovelada em Kane.

— Ameaça ela!

— Ah, claro.

Kane esticou a mão, produzindo uma nuvem de luz vaporosa. No mesmo instante, os expositores de pingentes começaram a sussurrar conforme ingeriram a magia do ambiente.

Os brancos dos olhos de Poesy brilharam enquanto escaneavam os patamares do cômodo.

— Essa não seria uma boa jogada, sr. Montgomery.

— Então deixa a gente sair — exigiu.

— Pare com isso, criança. Não há necessidade de partir para a selvageria.

Adeline a olhou boquiaberta.

— Selvageria? E quanto ao que você fez com a Helena Quigley? Que tal essa selvageria?

Poesy abaixou o olhar, transbordando ameaça.

— Não — repreendeu ela, fervilhando. — Não questione minha ética, *Outra*. O que faço e como faço nasceu da necessidade.

— Necessidade? — rebateu Adeline. — E destruir os sonhos de uma senhora foi necessário? Você praticamente a assassinou.

— Assassinar? Ha! — Poesy soltou uma gargalhada gutural. — E suponho que ela estivesse mais segura sob sua proteção duvidosa? Quando o sr. Montgomery invocou minha intervenção, não era o que parecia. Mas ele o fez, e eu livrei a realidade da fantasia que vocês quatro envenenaram e agora a sra. Helena Quigley está segura. Ela me agradeceria caso tivesse consciência da minha misericórdia. Vocês também deveriam me agradecer.

Adeline segurou o sofá.

— Você é má. Todos esses pingentes são.

Poesy deu um sorriso divertido.

— E o que acha que isso faz de você? Vocês não têm a mínima ideia de onde vêm seus poderes, né? E pensar que invadiram o *meu* santuário para denunciar o mesmíssimo mecanismo que usei para criar *vocês*? Não gosto de ironia. Tamanha insolência vindo das minhas próprias crias não será tolerada.

Poesy ainda segurava a bandeja e, como se nervosa, as xícaras sobre ela sacudiam.

— Que mecanismo? — A voz de Elliot foi firme.

Poesy abaixou o queixo.

— O processo sagrado de transformar a dor de uma pessoa em poder, ora bolas. Mas não vejo motivo algum em entreter a curiosidade de alguns protótipos falhos. Vejo agora como os poderes que garanti a vocês os tornaram ousados demais, e nós não podemos aceitar isso em nosso novo mundo, não é, sra. Daisy? — Então os observou com um olhar avaliador. — Suponho que eu poderia tentar desmontá-los e então juntar tudo de volta, mas isso vai levar certo tempo. E é um processo um tanto doloroso. Eu teria que trocar de roupa.

A luz na palma de Kane estava perdendo força. Ele estivera tão errado. Essa pessoa, a única pessoa na qual se viu refletido, deveria protegê-lo e ajudá-lo, mas ela o tinha usado como uma das cartas em sua manga. Ela o tinha isolado e manipulado, e agora todos eles iriam sofrer.

— Você não vai machucar ninguém — disse, sem força. — Você falou que ia me proteger. Disse que precisava de mim!

## DEVANEIO

Os olhos de Poesy eram bolinhas de gude em seu crânio maquiado.

— Não preciso de ninguém — afirmou com frivolidade. — Só preciso de poder, e você o trouxe para mim. Eu tinha, sim, imaginado uma aliança com você, mas essa deslealdade recém-descoberta não vai funcionar. Você escolheu seus amigos. Uma péssima escolha. Você é minha maior decepção.

Um borrão preto se lançou do tapete e agarrou Adeline, arrastando ela e Kane para o chão. Sem mira ou discrição, a magia reprimida do garoto explodiu de sua mão.

Poesy derrubou o jogo de chá e arremessou a bandeja, desviando o raio para o lustre acima. Fagulhas e vidros os saudaram do alto. Kane ouviu um cachorro rosnar e depois ganir enquanto Elliot jogava a sra. Daisy para o lado. Depois disso, estavam todos correndo.

— Tire-os daqui! — gritou Poesy enquanto eles se lançavam pelos corredores, para além do santuário.

Os corredores se encheram de garras estalando contra o mármore, a Efialta se desdobrando das sombras. Elliot gritou e desapareceu. Um segundo depois, Ursula se escafedeu.

Adeline empurrou Kane para a direita, e uma perna aracnídea cortou o ar entre eles. O garoto deu meia-volta e disparou por um novo corredor, correndo a toda velocidade no covil labiríntico de Poesy. De modo aleatório, abriu portas e cortou caminho por um quarto cheio de estrelas brilhantes, um arsenal de lâminas pretas, e enfim saiu numa estufa.

Kane deslizou pelas fileiras de heras e samambaias, passando feito um chicote por flores que pareciam tão surreais quanto venenosas. Abriu caminho à força por suas redes pegajosas, apenas diminuindo nos confins da estufa gigantesca, onde encontrou uma floresta de caules lenhosos e verticais. Ofegando, entrou.

Será que tinha conseguido escapar?

A Efialta deve ter corrido atrás de Adeline em vez de atrás dele. O que tinha acontecido com eles? Os gritos tinham cessado como um filme interrompido.

O nariz de Kane ardia com um soluço, que ele engoliu quando ouviu a porta da estufa ser aberta.

— Talvez por aqui? — veio uma voz que sem dúvida era de Poesy, embora agora estivesse latente com o canto das cigarras.

Ao ouvir isso, Kane se perguntou como aqueles dois sons um dia lhe pareceram tão diferentes. Ele recuou ainda mais nas profundezas dos troncos.

Passos avançaram sobre o chão da estufa. Ele ouviu o farejar de um cachorro, e a sra. Daisy choramingou. A água sibilava das mangueiras túrgidas. Do outro lado dos vidros foscos das paredes, sombras tão grandes quanto baleias flutuavam e giravam.

Os pulmões de Kane queimavam em busca de ar. Sua visão estava ficando acinzentada. Estava tão concentrado nos passos que não notou as videiras estranhas o rodeando. Videiras que eram férreas e pretas, com cascos em forma de ganchos nas pontas. Foi só quando uma se enrolou ao redor dele que o garoto pensou em olhar para cima, para dentro do bico enorme e brilhante da Efialta enquanto este se abria.

Não houve chance de gritar. O bico se fechou sobre o ombro de Kane, tão certeiro e hábil quanto um beijo, e então o garoto foi arrastado para dentro da escuridão.

# VINTE E SETE

## No intermediário

Quando Kane tinha doze anos, Sophia o convenceu a ligar a esteira dos pais no máximo para ver se ele conseguia correr nela. Com os braços apoiados nas barras, ele tinha pairado sobre a esteira, os nós de seus dedos brancos enquanto se guiava para baixo. Por um brevíssimo segundo, ele se manteve em pé! E, então, como era inevitável, tropeçou naquele momento ofegante entre se levantar e cair (um lugar de impulso imprudente sem nenhum movimento).

Foi isso que Kane sentiu quando a Efialta se fechou ao redor dele. Não havia gravidade, nenhuma direção. Apenas o momento e a inevitabilidade doentia do impacto. Kane precisava sair. Ele bateu palmas e a luz fraturou a escuridão, catapultando-o para fora com uma velocidade fantástica.

O impacto quando o garoto pousou foi mais suave do que deveria ter sido. Kane se sentou na cama de um quarto mal iluminado. Tateou em busca das alças da mochila antes de lembrar que a tinha largado durante a fuga. Na verdade, o que estava preso ao redor de seus ombros era outra pessoa.

Kane se afastou da figura coberta num macacão de couro flexível, preto como a couraça da Efialta, com placas de armadura de obsidiana espetando os lençóis bagunçados. Um capacete pontudo, que cobria toda a cabeça, havia substituído o bico, mas os chifres continuavam lá. Era a mesma fera sob uma nova forma. A criatura se sentou, observando-o. Esperando para ver o que o garoto faria.

— É você, não é? — indagou Kane.

A Efialta deslizou para fora da cama e ficou de costas para Kane. A criatura flexionou os ombros, fazendo com que a armadura se puxasse e escorregasse para dentro do couro fino.

Este cômodo cheirava a garoto, a detergente e a um traço de perfume. Pinho, ou algo parecido. O cheiro causou um comichão nos instintos de Kane, fez sua cabeça se encher de neblina.

— Me mostra seu rosto. — Era tudo o que conseguia falar.

A Efialta se virou. E, enquanto o fazia, sua armadura se transformou, ondulando e se desfazendo em riachos escuros como tinta que fluía rapidamente para dentro da palma da criatura. E então já não era mais a Efialta. Era Dean Flores, segurando uma pecinha de xadrez (o cavalo, esculpido em obsidiana). Um pingente, como os de Poesy, trancafiando sua armadura. Dean o guardou e disse:

— Você tá sangrando.

Era verdade. Arranhões por todos os braços de Kane tinham marcado os lençóis com sangue. O estado de Dean não estava melhor. Vermelho margeava uma abertura em seu lábio, e um corte em seu pescoço aos poucos manchava o colarinho da camiseta.

A surpresa da revelação pousava furiosa e desnuda entre os dois. Mesmo que Kane andasse sonhando acordado com este exato momento, o garoto descobriu que a realidade repentina era curiosamente surreal. O que aconteceu agora?

— O que acabou de acontecer? Onde a gente tá?

— Nós nos teletransportamos. Ou estávamos nos teletransportando quando você liberou aquela explosão. Ela pegou a gente em cheio. Acha que quebrou algum osso?

— Acho que não.

— Ótimo. Aquilo poderia ter sido muito pior.

— O que poderia ser sido muito pior?

— Seu resgate.

Kane riu.

— Você chama isso de resgate? Você acabou de... me abduzir pra sua cama.

Dean deu de ombros.

— Eu precisava de um lugar macio pra você aterrissar depois que armou todo aquele impulso.

## DEVANEIO

— E onde estão os meus amigos? O que você fez com eles?

Dean parecia incerto.

— Em grande parte eles estão seguros, mas...

*Ele tá me enrolando.*

Kane saiu às pressas do quarto, esperando estar em alguma masmorra escura debaixo do covil de Poesy. Chamou por Ursula, por qualquer um deles. Então parou quando chegou ao fim de um extenso corredor e se encontrou não em uma masmorra, mas no meio de um ambiente esparso de vidro e ferro. Um apartamento, impecável de forma exemplar, com janelas que iam do chão ao teto e tinham vista para um rio que Kane conhecia.

— Isso é... — Kane notou que as luzes do outro lado do rio eram aquelas de Amity do Leste.

*Por que eu conheço esse lugar? Por que essa vista me é tão familiar?*

— A minha casa — completou Dean, aos fundos. Ele surgiu da cozinha com duas tigelas grandes de água e vários panos. Do banheiro, ele pegou um compartimento de plástico com garrafas e curativos. Então acenou para que Kane se juntasse a ele à mesa. — Você conhece esse lugar como o Complexo Cobalto, certo? Eles tão construindo condomínios por aqui. Neste momento, sou um dos únicos inquilinos.

— É aqui que você mora.

— Aham.

— Sozinho?

— Por ora.

— Onde estão os seus pais?

— Visitando minha vó.

Kane se sentou diante dele. Seu pânico havia se transformado, imagine só, em triunfo. Ele teve um pressentimento. Esse pressentimento estava certo. E a prova estava sentada do outro lado da mesa. A necessidade de se gabar surgiu nele, pesada e contente, o que o lembrou de perguntar de novo:

— Onde meus amigos estão?

— Eles estão seguros. Eu os teletransportei pra escola. No telhado.

Isso empolgou e aterrorizou Kane. Mesmo que eles soubessem que o garoto estava ali, o grupo levaria pelo menos vinte minutos para atravessar a cidade inteira e cruzar até o outro lado do rio. Ele estava completamente sozinho com Dean. Com a Efialta. Com o capanga de Poesy. Mas, naquele exato momento, Dean não parecia um capanga. Ele estava torcendo uma toalha e passando-a sobre seus braços cortados. Então assentiu para que Kane fizesse o mesmo. As tigelas de água ficaram vermelhas enquanto os dois sentavam-se em silêncio, os ruídos do líquido gotejante mantendo intacta a cerimônia dos dois.

— Como você sabe quando eu desenho o número oito? — perguntou Kane.

— Eu consigo ver.

— Mas como?

— É um dos meus poderes. Consigo ver coisas na minha mente.

— Então é tipo clarividência?

— Aham, algo assim.

Kane torceu o pano.

— Você estava observando a gente hoje à noite?

— Estava. Mas fiquei tímido quando a Adeline e o Elliot chegaram. Depois disso eu nem mesmo ia aparecer, mas quando a Poesy chamou eu não tive escolha. Foi um erro ir até o santuário dela. É onde ela é mais poderosa.

— Onde fica?

Dean meneou a cabeça, como se gostasse que Kane tinha perguntado aquilo.

— Não tem como saber. Fica num espaço intermediário.

— Como um devaneio.

Dean pensou a respeito.

— Parecido, mas com algumas mudanças arquitetônicas importantes que foram concebidas pela própria Poesy.

— Tipo?

— Bom, por exemplo, pessoas podem entrar e sair.

— Por aquelas portas?

— E teletransporte, como fizemos mais cedo.

Kane ficou enjoado ao pensar naquele esquecimento prolongado. Não estava ansioso para reentrar naquele espaço entre espaços que ficavam entre outros espaços intermediários.

— Não entendo.

Dean enxugou o cotovelo.

— Teletransporte, na verdade, é bem simples uma vez que você pega o fio da meada. A distância importa, mas não tanto quanto o trajeto e o impulso. É preciso enxergar sua entrada com clareza. Por isso não posso teletransportar para dentro e fora de devaneios, que distorcem a distância de um jeito parecido...

— Não, sobre Poesy. Ela é sua chefe, não é?

— É. — Ressentimento brilhou nos olhos de Dean, mas ele continuou concentrado nos cortes.

Kane entendia. Também estava bravo consigo mesmo por ter sido enganado pela autoridade de Poesy.

— Mas você nos salvou dela.

— Salvei.

Àquela altura, a delicadeza de Dean tinha desaparecido, substituída por um rosto tão frio e impecável quanto mármore. E Kane se deu conta de que não sentia rancor de Poesy. Sentia resignação.

— Você está desobedecendo a ela neste momento? — perguntou Kane.

E, como a primeira flor de açafrão rompendo a geada de inverno, Dean sorriu. Uma confissão. Um "sim" não verbalizado. Kane também sorria.

— Me dá seus braços.

Kane os estendeu e Dean lavou os arranhões com delicadeza, limpando o sangue seco da pele do garoto. Então ele aplicou um pouco de água oxigenada em outro tecido e o esfregou.

— Isso vai doer — alertou tarde demais.

Kane não se importou. Observou as bolhas espumarem em sua pele, como se a efervescência delas fosse sua empolgação fugindo de seu corpo. Então foi a vez de Dean. Eles sentaram-se próximos, com Dean tenso enquanto Kane limpava o corte em seu pescoço, dando seu melhor apesar da distração de ter o garoto tão pertinho. Sua mandíbula, o marrom de sua pele e o tom mais escuro de suas sardas.

Kane conseguiu contá-las dessa vez. No total, havia vinte e nove.

— A gente vai precisar trocar de roupa — disse Dean.

Ele saiu e voltou com duas blusas limpas. Então começou a tirar as roupas ensanguentadas, mas parou ao ver a expressão de Kane.

— Você queria trocar lá no quarto?

Kane corou.

— Ah, não, aqui está ótimo.

Dean se virou. Obediente, Kane tirou a própria blusa e pensou em algo que Ursula uma vez dissera sobre Dean ser do time de natação.

E dava para ver mesmo. Seu corpo parecia desenhado com meticulosidade, como um diagrama de anatomia. Não era por ele ser encorpado além da conta, nem por ser magro além da conta. Era pelo modo como seus músculos se moviam sob a pele; havia tamanha beleza neles que era difícil imaginar que o garoto não tinha sido concebido com um objetivo maravilhoso.

Então viu um corte que tinha deixado passar na clavícula de Dean.

— Espera, vem cá.

Com a blusa na metade do caminho, Dean deslizou de volta ao banco e Kane acariciou o ferimento. No dia anterior, Kane tinha ficado preso imaginando quem ele e Dean tinham sido um para o outro, e o que poderiam ter feito. Agora, estava apenas concentrado em fingir que os dois eram completos desconhecidos. Dean, seminu, estava fazendo o mesmo.

Ele estremeceu, pegando com a mão a parte de trás da coxa de Kane.

— Sinto muito — disse.

— Também sinto muito.

— Pelo quê?

— Por tentar te explodir.

— Você tava assustado — murmurou Dean.

Kane concordou com a cabeça.

— Você tá assustado agora? — perguntou Dean.

Kane pensou a respeito. Pensou no modo como mantinha os Outros e Dean separados, como se eles nunca pudessem ser misturados. Pensou que talvez perder a memória incluísse abrir mão da desconfiança que a definia. Pensou em como Dean não tinha soltado sua coxa.

O som do celular de Kane vibrando o salvou de responder. Dean deslizou a blusa para baixo enquanto o garoto mexia no aparelho.

— É a Ursula — explicou Kane.

— Mas, e aí, você não vai responder?

Kane sabia que deveria estar preocupado com os Outros, mas ali estava mais preocupado com a possibilidade de que aquele momento pudesse terminar cedo demais.

Dean pegou o celular e respondeu, usando viva-voz:

— Opa?

Houve uma boa quantidade de chius. Então Ursula, numa voz durona forçada, falou:

# DEVANEIO

— Escuta aqui, Flores, e presta bastante atenção. A gente sabe que você tá com o Kane. A gente não sabe o que você tá armando, mas você cometeu um erro *gregário*...

Ao fundo, Elliot sussurrou:

— É *egrégio*, Urs.

Ursula voltou a falar:

— Você comentou um erro *egrégio*. Se você não devolver ele daqui a uma hora, nós estamos preparados pra...

— Ursula, sou eu. Tá tudo bem.

— Kane?

Depois de alguma briga, Adeline estava na linha.

— Onde você tá, caralho?

— No apartamento do Dean — respondeu Kane. — Ele é... Ele é...

Dean assentiu.

— Ele é a Efialta. Ele teletransportou a gente para fora do santuário da Poesy. Nos salvou.

— Ele nos separou. — A voz de Adeline não escondia sua incredulidade. — Onde você tá? Nos condomínios do Complexo Cobalto?

— Como você sabia disso?

— A gente pode ou não ter invadido a escola pra pegar a ficha dele. Parecia um pressentimento tão bom quanto os outros que você teve nos últimos dias.

Apesar de toda a animosidade entre eles, Kane precisou rir junto de Adeline ao ouvir isso. Seu triunfo cresceu ainda mais.

— Diz pra ele te trazer de volta — falou Elliot, entrando na conversa.

Kane sentiu a rebeldia dele se inflamar.

— Não.

— Então nós vamos até aí.

— Não vão, não.

— Kane — disse Elliot, todo paternal. — A gente sabe o endereço dele. Já estamos a caminho. Não inventa moda.

Bipe. Kane desligou a chamada e notou cerca de uma centena de mensagens dos Outros, junto com um punhado de Sophia. Que delícia. Pra completar tudo, ela também estava pistola com ele. Então desligou o celular antes que começasse a tocar de novo e se voltou para Dean.

— Você pode teletransportar a gente de novo?

## VINTE E OITO

### *Águas sombrias*

Uma vez, Poesy tinha se referido a Amity do Leste como uma tapeçaria. De cima, Kane conseguia ver que ela tinha razão.

Do horizonte ao horizonte sombrio, o tecido do subúrbio rodopiou e se afundou, se beijou e se afastou. Então, se suavizou num tecido telado passado a ferro e, depois, se amontou em colinas suaves contra as montanhas florestadas. Postes de luz pontilhavam o tecido como lantejoulas, brilhando no límpido ar azul-marinho, e a lua iluminava um ou outro rio, desenhados na escuridão como pontos prateados. Outros focos de luz se moviam (carros, percorrendo seu caminho entre curvas e em direção à ponte, acelerando embaixo de onde Kane e Dean observavam).

— Por que a ponte? — perguntou Kane, balançando as pernas no vão.

As correntes de ar do rio atravessavam as mangas de sua blusa e beliscavam seus tornozelos, mas àquela altura já tinha superado os arrepios. Dean os tinha aninhado nas vigas invertidas com vista para a água. E estava segurando a mão de Kane. Por motivos de "segurança".

— A gente costumava vir aqui — contou Dean. — Pra praticar seus voos.

Aquilo surpreendeu Kane. Não a parte de voar, mas a abertura com a qual Dean mencionara o passado deles, como se pedisse a Kane que fizesse mais perguntas. E o garoto descobriu que não conseguia. E se não fosse o que ele queria? E se a ficção em sua cabeça fosse melhor?

A ponte não estava caindo; o sentimento de colapso estava dentro dele. Kane se concentrou no metal gelado sob seu corpo, e não no calor acumulado em sua mão. Então se agarrou à próxima pergunta que sua mente conseguiu formular.

— Como o apito funciona?

— Ele é um farol. Manda um sinal para o limiar... aquelas portas grandes.

— E elas sempre levam àquele lugar com todos os pingentes e artefatos?

— O santuário da Poesy — confirmou Dean, assentindo.

— E todos aqueles pingentes são de devaneios? De pessoas?

— Eu nunca tive a coragem de perguntar. Mas presumo que são.

O coração de Kane se apertou, pensando em todas aquelas vidas roubadas. Ele se virou de novo.

— Seus olhos. Eles são daquela cor mesmo?

Dean riu.

— Não, meus olhos são castanhos. Como os seus. Eles mudam quando eu uso minha segunda visão, e acho que agora eu a uso o tempo todo. Fiquei tão acostumado a ver coisas de todos os ângulos que é difícil ficar cativo apenas do meu próprio ponto de vista.

— Os olhos da Ursula ficam rosa quando ela usa os poderes. Os de Elliot ficam amarelos. Os de Adeline, completamente cinza.

Dean deu de ombros, empenhado em deixar que Kane conduzisse a conversa.

— A Poesy diz que ela criou os Outros ao transformar dor em poder. O que ela quis dizer com isso?

Dean pensou um pouco.

— A Poesy é uma mestra na manipulação do etéreo. Sua especialidade é desmembrar o poder etéreo em novas formas, como quando ela comprime devaneios em pingentes. Como a armadura da Efialta que uso. Aquilo foi uma tentativa inicial, acho.

— Tentativa do quê?

— De militarizar o etéreo de um jeito que ela seja capaz de controlar. Ele precisa ser canalizado por meio de uma forma, então ela tentou criar uma armadura como a Efialta. Antes era algum tipo de abismo de terror metamorfo, mas ela basicamente transformou numa pelagem. E agora ela tá trabalhando em canalizar etéreo por meio de pessoas. Por meio de nós, imagino.

— Mas isso não criaria um devaneio?

— Com uma pessoa normal, sim. Mas nós somos lúcidos. Isso significa que manifestações etéreas, devaneios, não nos atingem como acontece com as outras pessoas. É por isso que ela escolheu nos conceder poderes. Para ver como pessoas que estão sempre entre mundos, e nunca dentro deles, podem manifestar poderes. Ela tem observado você e os Outros há bastante tempo.

— Ela pode controlar a gente?

Dean engoliu em seco.

— Ela não precisa — explicou. — Pensa nisso. Nossos poderes... eles não parecem ser mais como maldições? O que ela te falou sobre dor confirmou uma teoria minha. O etéreo estabelece uma conexão com nosso subconsciente e materializa nossas fantasias, correto? Bom, algumas pessoas têm fantasias ruins e acreditam em coisas ruins sobre elas mesmas. Seja lá qual for o método da Poesy, acho que ela filtra etéreo por meio da nossa dor, e o resultado disso é um poder que nós tememos. Eu diria que esse é um jeito bastante engenhoso de garantir que ninguém fique muito sedento por poder ou a supere.

Kane pensou em Adeline, cuja avó sofreu de Alzheimer. Se perguntou se a menina sentia que era culpa dela que a memória da avó tenha desaparecido tão rápido. E em Elliot. No Elliot pragmático e pedante, cujos poderes o forçavam a viver à meia-luz de truques e ilusões. A se esconder entre as manipulações familiares de seu pai.

Ursula era a pessoa mais gentil que Kane conhecia. Ursula era a garota que tinha sido completamente atacada toda sua vida por conta de seu corpo e força. Entre o grupo, ela era a mais forte; seus poderes, os mais brutais.

— E os seus poderes? — perguntou Kane. — Qual é a sua dor?

Dean ficou em silêncio. Ele tinha um jeito de observar coisas sem olhar para elas. Seus olhos estavam sempre ao longe, mas agora seu corpo estava aberto para Kane, solícito e paciente, esperando para ser abraçado.

— Eu consigo ver coisas que não deveria ser capaz de enxergar, e consigo ir a lugares onde não deveria ir. Consigo fugir de qualquer coisa, e na minha vida isso sempre me machucou.

E então ele não diria mais nada. Egoístas, os pensamentos de Kane se voltaram para ele próprio.

— Mas meus olhos não brilham.

— Isso mesmo.

**DEVANEIO**

Ele passou a mão livre sobre as têmporas, suas queimaduras agora transformadas em cicatrizes.

— Então eu não sou como você e os Outros.

— É. Você é a peça que a Poesy ainda precisa desvendar. Ela não te deu poder. Você simplesmente tem, assim como ela. Na verdade, você é como ela de muitas formas. Ela pensa em você como um pupilo, sabe.

*Assim como ela?*

Os milhares de pingentes rodopiaram na mente de Kane, cortados em estilhaços caleidoscópicos que o trituraram com sua agonia muda. A boca dele ficou ácida. Se ele caísse da ponte, o vômito iria apenas flutuar na corrente de ar que subia como uma rede pegajosa de coisas não digeridas? *Não sou como ela*, disse a si mesmo. *Eu ia ajudar aquelas pessoas, e não as manter presas por... por...*

Adeline estava certa. Eles não faziam ideia de por que Poesy mantinha aqueles pingentes.

Dean apertou sua mão.

— Tá aí ainda?

— O que ela quer com todos aqueles devaneios? — quis saber Kane. — E quem é ela, de fato? E o que ela é?

— Poesy é Poesy — respondeu Dean. — Ninguém sabe onde ela começou, ou como, mas a essa altura ela é mais uma força da natureza do que é humana. Esse poder de manipular etéreo de que vocês dois compartilham... é incrível. Ela o usa para colher devaneios, e então faz experimentos com eles. Os disseca em busca de seus recursos.

— Recursos?

— Tesouros, feras, arquiteturas, magias. Ela consegue até mesmo pegar armas e artefatos mágicos, como o apito e a porta. Qualquer coisa que queira, ela pega. Pra ela, tudo não passa de tecidos.

— Mas tecidos para o quê?

Dean abaixou o queixo.

— Você não sabe mesmo?

Kane deu de ombros.

— Ela tá construindo seu próprio mundo — contou Dean. — Toda uma realidade própria, maior do que um simples devaneio. Tudo de que precisa é uma fonte de etéreo poderosa o bastante pra ajudar ela a tecer tudo junto.

Os olhos de Kane atravessaram a tapeçaria de Amity do Leste, subindo até as nuvens brancas e vastas.

— É por isso que ela tá atrás do tear.

— E é por isso que ela nunca deve achá-lo — disse Dean. — Independentemente da realidade que a Poesy criar, vai substituir esta daqui. Tenho certeza disso.

Kane se lembrou de que a hesitação vinha de dentro dele, e não debaixo dele. Então lutou para se concentrar. Queria perguntar como impedir Poesy, mas já sabia a resposta. Ele precisa encontrar o tear antes que ela o fizesse e o destruir de uma vez por todas.

— Você me ajudou a tentar impedir ela uma vez, não ajudou? — perguntou.

Dean assentiu em concordância.

Suas cicatrizes coçaram enquanto ele olhou sobre as águas sombrias que um dia sustentaram seu corpo queimado. Agora, ele estava brincando com um fogo parecido, conjecturando sobre seu passado em vez de apenas perguntar a respeito. Mas conjecturar parecia mais seguro, como passar a mão sobre a chama oscilante de uma vela cujas pequenas labaredas não eram capazes de queimá-lo.

— Mas seja lá o que eu fiz, te machucou, e agora você não vai mais me ajudar. Pelo menos, não do mesmo jeito.

— Eu estou te ajudando.

— Me ajudar a sobreviver não é me ajudar a conquistar.

Kane afastou a mão, enfiando a perna contra o canto de duas barras para que pudesse olhar para Dean de frente. O garoto tentou alcançá-lo, mas parou, encontrando uma nova rigidez no rosto de Kane. Era hora de saber a verdade.

— Me conta o que aconteceu. Me conta sobre a gente e como tudo terminou.

Os olhos de Dean o evitaram com a destreza de uma libélula.

— Tem muita coisa a ser contada.

— Então comece do início.

Dean pousou os olhos sobre a própria palma vazia e os fixou ali. Quando falou, era como se cada palavra machucasse mais do que a última.

— A Poesy me recrutou no inverno passado. Minhas instruções foram ficar de olho nos Outros, enquanto ela fazia experimentos com os poderes deles, e te se seguir de perto. De algum jeito, os seus poderes estão conectados com o tear, e a Poesy acreditava que, uma hora ou outra, suas habilidades o levariam direto a ele. Ela me disse que teares são como desejos:

# DEVANEIO

aparecem para aqueles que estão desesperados o bastante para precisar deles. De certo modo, você era a chave dela para esse tear, mas também seu concorrente. Ela precisava que eu ficasse de olho em você. E que te mantivesse seguro. Ela me deu os poderes e a armadura da Efialta como uma proteção e me disse para nunca interferir nos devaneios, a menos que sua vida estivesse em risco. Eu me mantive às sombras, apenas observando, até que um dia você me descobriu. Nós lutamos. Você venceu. Você me forçou a contar tudo o que eu sabia. De algum jeito, nós nos tornamos amigos.

— E os Outros nunca descobriram?

— Acho que eles suspeitavam de algo. Eles ficaram bem cabreiros quando a gente começou...

— Começou o quê?

Dean parecia tonto. Sua voz estava embargada.

— A procurar. A gente costumava se sentar aqui e conversar sobre o que nós faríamos se tivéssemos o poder do tear. Os mundos que criaríamos. Os erros que corrigiríamos. Mas, então, quando a gente encontrou mesmo o tear... quando *você* encontrou ele, no devaneio da Maxine, você... — Algo abalou a voz de Dean, uma fissura se abrindo nele. — Você não me esperou. Pegou para si, e a explosão resultante desmantelou o devaneio da Maxine. Ela quase rasgou a realidade em si, mas aí a Adeline...

— Eu sei — cortou Kane. — Eu sei o que a Adeline fez. Mas isso não faz sentido algum. Eu jamais ficaria com o poder para mim. Eu jamais pediria a Adeline que... que...

— Você desistiu — explodiu Dean. — Você fez a escolha de pegar aquele poder para si e, quando ficou demais, decidiu que era mais fácil começar de novo do que terminar o que começou.

Kane estava passado. Esse tempo todo, Dean nunca tinha levantado a voz. O garoto se ergueu, balançando no vento como se a queda não o fosse matar. Então ele soluçou (um barulho estrangulado estranho). Kane se deu conta de que o garoto estava tentando se impedir de chorar.

— Você forçou a mão da Adeline. Foi *você* quem se ausentou. Como se fosse fácil. Como se tudo não passasse de um jogo que você pudesse reiniciar quando não estava ganhando. Você fugiu, como sempre faz.

— Sinto muito — disse Kane, na defensiva. — Mas eu já não sou mais essa pessoa. Eu não sou a pessoa que te deixou.

Dean esfregou os olhos.

— Engraçado, vocês têm o mesmo sorriso.

Kane observou carros deslizarem sob eles. Buracos negros eram pesados, certo? Ele se perguntou como uma ponte com barras de metal finas conseguia suportar o peso do vácuo se abrindo dentro dele. Dean tinha razão. Ele era a mesma pessoa perdida, sempre correndo, sempre falhando.

— Aqui — ofereceu Dean, jogando para Kane um nécessaire. Nele, estavam os pingentes que eles tentaram roubar da coleção de Poesy. — Talvez você ainda consiga salvar a Helena.

Ele não iria olhar para Kane. O momento chegou ao fim, e Dean se fechou de novo. Kane pegou o celular e o ligou.

Mensagens brotaram. Mensagens de texto, de voz e diretas. Toneladas delas, tão rápido que Kane não as conseguia ler. Então o celular se iluminou com uma ligação. Era Ursula de novo.

— Urs, relaxa. Eu tô bem. Estou com o pingente da Helena. A gente pode...

— Kane. — Era Adeline. Em vez de raiva, sua voz tremia com um pânico mal controlado. — Por favor. Volta pra cá.

— O que foi? O que aconteceu?

O celular de Kane vibrou sem parar enquanto mais mensagens chegavam.

— É um devaneio. O Elliot e a Ursula já entraram. Eles tão procurando por ela. É...

Uma frequência surgiu no ouvido de Kane, afiada e histérica.

— Quem, Adeline? De quem é o devaneio?

— Da Sophia — gritou Adeline. — Kane, é a sua irmã.

# VINTE E NOVE

## *A arquivista*

Dean envolveu Kane num abraço, passando-o para longe do vão e o segurando com firmeza. E que bom, pois, do contrário, Kane tinha certeza de que teria se desintegrado em chamas, não passando de um milhão de cinzas espalhadas sobre Amity do Leste enquanto caía.

No celular, a voz de Adeline poderia muito bem ter saído de um outro mundo. Kane já conseguia ouvir o sussurro revelador do etéreo a engolindo enquanto a garota rapidamente lhe tentava contar os detalhes.

— Eu te *falei* pra me deixar apagar as lembranças do Caso da Família dos Beazley. Eu te *falei*. A mente dela estava vulnerável, e aí essa noite você fugiu e ela perdeu tudo, porra. Tá tudo nas mensagens. Sua irmã sentiu o devaneio assumindo o controle. Ela ligou pra todos nós e, quando ninguém respondeu, ela dirigiu até o Complexo pra nos encontrar. Eu não faço ideia de como ela chegou tão longe, mas foi lá que ele a dominou. Em algum lugar no Complexo. E agora ela tá lá, sozinha, e...

A estática sussurrante engoliu a voz de Adeline.

— Onde? — gritou Kane. — Me conta onde!

A voz da menina falhava.

— Você não pode deixar ela entrar — sibilou Adeline. — Não pode deixar que a Poesy pegue ela também.

A linha cortou, deixando Kane encarando a ladainha de mensagens que se acumulou enquanto o aparelho esteve desligado. Sophia tinha ligado, muitas vezes. Nas mensagens, sua voz mal estava audível contra aquele mesmo sussurro horrível.

— Kane, eu tô aqui no Complexo. Só atende. Por favor, atende. Eu tô aqui. Tem alguma coisa ruim acontecendo comigo. As construções estão respirando. Eu tô perdida. Eu sinto...

E a partir daí os gritos dela se mesclaram à estática ondulante, a linha morrendo com um bipe educado, assim como aconteceu com Adeline.

Ela se foi. Perdida em seu devaneio. Tudo isso enquanto Kane e Dean sentavam-se sobre uma ponte, conversando e observando o lugar exato em que o devaneio de Sophia tinha se formado: o Complexo Cobalto.

Kane afastou Dean, quase perdendo o equilíbrio sobre a viga.

— Onde a Poesy tá?

— No santuário. Se ela soubesse sobre esse novo devaneio, já teria me chamado, mas, de qualquer modo, ela vai estar me esperando em breve.

— Ela consegue entrar sem a permissão do apito?

— Consegue, mas o apito é o atalho dela.

Adeline ainda estava com o apito? Kane mal conseguia raciocinar. Não havia nenhuma lógica naquilo. Era tudo irreal, mas importante.

— Distrai ela. Faça com que ela não descubra o que tá acontecendo. Me teletransporta para a borda do devaneio, mas tenha certeza de que não vai chegar perto demais.

Dean estendeu o braço para Kane.

— Eu consigo te ajudar do lado de dentro.

— Eu não quero sua ajuda lá *dentro* — ralhou Kane, lembrando-se da violência da Efialta aniquilando as criaturas preciosas de Helena. Não poderia sujeitar Sophia a essa dor. — Não quero que você chegue nem perto do devaneio da minha irmã. Ou se esqueceu de que você continua sendo um pesadelo?

Dean se aproximou.

— Eu não vou te perder de novo, Kane.

A fúria do garoto se inflamou.

— Isso não tem a ver comigo! É minha irmã que está em risco! — Kane se engasgou com as palavras, com seu arrependimento. A última vez que tinha falado com Sophia foi naquele posto de gasolina, na frente daquela máquina idiota de raspadinha azul. — Tudo o que importa pra você é o que *você* perdeu.

— Você tá errado — gritou Dean em resposta.

— E você não é *nada*.

## DEVANEIO

Aquilo ecoou sobre o rio, rompendo a noite pacífica. Kane respirou ao redor do nó em sua garganta.

— Você não é nada além do pesadelo de estimação da Poesy. Se quer me ajudar, entra no meio do caminho da Poesy e sai do meu. Eu não vou fugir disso.

A resolução começou a surgir nos olhos de Dean, o apaziguando enquanto passava por seus membros longos, até que ele voltou a ser o garoto distante e estoico que Kane conhecera. Ele puxou a peça de xadrez do bolso e, com um sussurro, o objeto se desenrolou numa tempestade silenciosa de hera preta. A magia oscilou sobre ele até que o cavalo de armadura preta estava em seu lugar.

Dessa vez, quando a Efialta alcançou a mão de Kane, ele a pegou, agarrando o couro macio pela metade de um fôlego antes que a criatura se lançasse para dentro do intermediário e fosse lá o que jazia ali.

\* \* \*

Kane adentrou o devaneio sozinho.

Dessa vez, quando se deu conta, estava parado numa fissura irregular escavada na lateral do arranha-céu em ruínas. Sem pressa, se movia sobre um vão perigoso de pura escuridão. Não havia ninguém para impedi-lo de cair, então ele se abaixou, se segurou com força e encarou o mundo que Sophia tinha criado.

Era noite no devaneio, mas o crepúsculo brilhava sobre o limite do mar distante. A cena diante de Kane se tratava de uma cidade futurística. Placas de néon zumbindo dependuravam-se sobre prédios parecidos com lâminas, lançando cores granuladas nas nuvens baixas de modo que a cidade era embalada por uma neve cristalizada e onírica. Aeronaves zumbindo mergulhavam entre as nuvens, seus faróis varrendo as ruas abaixo e, ao longe, num distrito residencial, havia sirenes. Mas esse era o único barulho. A cidade devolvia os ecos com um silêncio que parecia mais do que indiferente. Parecia imposto.

Havia um toque de recolher, e alguém tinha acabado de quebrá-lo.

Kane se arrastou na fissura, virando-se para investigar o arranha-céu decadente. O lugar estava atulhado de porcarias esquecidas, como se abandonadas no meio do caminho. Havia grafite cobrindo todas as coisas. "Nossa sociedade é uma fraude", diziam letras sangrentas. Outro slogan dizia: "Conheça suas histórias profanas".

O grafite mais vibrante estava na parede de trás: uma luva com a palma para cima, e uma mariposa pousando sobre dedos curvados gentis. Abaixo, em letras garrafais, estavam: *"Damnatio Memoriae"*. Tudo a respeito disso era de um branco intenso contra uma panóplia de folhetos convocando a captura de um grupo chamado os "Arquivistas". Kane traçou o grafite com os dedos; a tinta estava fresca. Tinha sido seu personagem quem fez aquilo?

Uma batida soou nas profundezas do prédio e os cabos no poço do elevador chicotearam num frenesi. Kane se escondeu atrás de uma escrivaninha revirada, observando enquanto o elevador se erguia para revelar, como num milagre, Sophia. Ele se levantou, nem ao menos pensando que neste mundo eles pudessem ser inimigos.

— Irmão! — gritou Sophia.

Ela usava um paletó estruturado e calças de cintura alta que a faziam parecer uma toureira, e seu cabelo estava escondido sob um chapéu de aba larga. Toda a vestimenta era de um verde-escuro fosco, exceto por suas luvas, que eram tão brancas que brilhavam, ofuscando Kane enquanto ela batia as mãos contra o rosto dele e dizia:

— Nós temos uma convidada *muitíssimo* ilustre!

No elevador estava a forma estreita de uma garota. Adeline. Ela usava um vestido tubinho cinza e uma faixa de mesma cor na cabeça. Estava algemada, e o olhar que lançou a Kane significava que era melhor não perguntar nada.

— Você sabe que eu não costumo brincar com os Nobres, mas eu precisava de uma refém — explicou Sophia. — A gente vai largá-la aqui para A Sociedade encontrar. Aquelas sirenes estão perto. Tenho certeza de que estarão aqui a qualquer minuto. Você garantiu nosso ponto de extração, certo? O quarto e o quinto corredor já estão trancados, mas a gente pode seguir pelo nono até a ponte e aí percorrer o caminho até o porto.

As botas de Sophia fizeram barulho enquanto ela andou até um amontoado de caixas num canto. Ela as abriu, tirando cartuchos de munições. Então, tirou nada menos do que cinco revólveres de seu paletó, os quais ela começou a recarregar com a facilidade de alguém que segurava (e esvaziava) armas com frequência. Kane pensou que uma das armas fosse um revólver antigo, mas então Sophia rolou vários orbes brilhantes para dentro dos cartuchos. Em seguida, pressionou um botão e os encaixes da arma brilharam em azul.

# DEVANEIO

— Quero que você veja o transporte desta noite. É incrível. — Sophia acenou para Adeline. — Está com ela. Eu sabia que eles não explodiriam se soubessem que estava sendo transportado no corpo da filha de um dos Homens do Comitê.

Kane se aproximou de Adeline.

— Qual o seu nome?

— Adeline.

— É sra. Adeline *Van Demure* — disse Sophia, zombeteira. — Eu escondi no cinturão dela.

Adeline fez uma careta quando Kane mexeu sob o vestido, localizando um pequeno nódulo de estopa.

— Onde tá o apito? — perguntou, num sussurro.

— Ao redor do meu pescoço. Protegido.

— Você tá bem?

— Aham — sussurrou ela. — Eu apareci numa casa qualquer que ela estava roubando... presumo que era minha. Topei com ela, literalmente, e os alarmes soaram. Eu deixei que ela me fizesse de refém e a gente deu um perdido nos guardas no caminho até aqui. Ela é algum tipo de ladra, mas fica dando indireta sobre uma rebelião. Ela tá sendo meio durona e arruaceira. Julgando pelos clichês, eu diria que isso é um devaneio distópico adolescente e que ela é a líder marrenta e séria.

Sophia terminou de recarregar as armas e marchou para dentro de outro cômodo, cheio de mais caixas.

— E a Ursula e o Elliot?

— Não tenho certeza — respondeu Adeline. — Esse devaneio é enorme. Kane, se a Poesy entrar aqui...

— Ela não vai. O Dean vai impedir isso.

Kane torcia para que se sentisse tão confiante quanto soava.

— Qual é o enredo? — indagou Adeline. — Você sempre descobre os enredos.

O garoto abriu a trouxinha. Esperava encontrar uma joia, ou algo precioso, mas, em vez disso, segurou um disco de plástico do tamanho de sua palma, com comprimidos em bolhas transparentes arranjadas num anel.

— É um pacote de anticoncepcional — explicou Adeline. — Como você não sabe disso?

— Ainda não comecei a ovular — disse Kane, dando de ombros.

Adeline revirou os olhos.

— Convence ela a me soltar antes que eu faça isso sozinha.

— Relaxa — falou Sophia, voltando ali. Vestia uma longa capa sobre os ombros. — Alguém da sua laia pode te soltar depois que a gente te largar, mas grave minhas palavras: isso é o mais livre que você vai ficar. Aproveite, sra. Van Demure.

Havia uma tensão entre Adeline e Sophia. A garota privilegiada formando dupla com a rebelde renegada. O leitor ávido que existia nele lhe disse que aquele era um relacionamento que duraria o enredo inteiro.

*Espera aí.* Pela primeira vez, Kane notou o relâmpago azul que formava um arco entre Adeline e Sophia.

*Espera aí.*

— Você vai fracassar — provocou Adeline, um movimento inteligente, porque fez com que Sophia desembestasse num monólogo muito do necessário.

— Me denuncia se for preciso. — A capa de Sophia varreu seus tornozelos enquanto a menina se aproximava de Adeline. — Mas nunca se esqueça de que eu estou lutando pela *sua* liberdade, Garota Nobre. Pela liberdade de *todo mundo*. O que eles nos ensinam nas escolas é uma mentira. Séculos de história foram apagados por eles. História na qual mulheres ganharam o direito de serem mais do que servas políticas. História na qual não existe Classe Baixa nem nenhum Comitê controlando tudo. Você não enxerga? A cidade de Everest é uma mentira. A Sociedade Sagrada é uma mentira, sonhada pelo Comitê para nos controlar. Mas você está no topo, então por que questionaria algo assim? Suponho que a ignorância é como a elite tolera a si mesma.

Adeline cerrou a mandíbula. Kane pensou que a garota era uma atriz experiente neste momento. Sua voz derramava incredulidade:

— Como você pode ter tanta certeza?

Sophia se engasgou, balançando seus dedos cobertos pela luva branca.

— Procure e você encontrará. Aqueles de nós que seguimos a Mão Radiante andamos coletando artefatos por anos. Os assaltos nunca chegam aos jornais, mas te garanto que nossas conquistas estão crescendo e elas revelam uma história de blasfêmia gloriosa. — Ela se inclinou para ainda mais perto. — Você acha que o ano é 1961, não? Mas não é. Estamos em 2123. Eu sei, porque *aquilo* — ela lançou a mão para o pacote de comprimidos que Kane segurava — é de 2009. É um tipo de

# DEVANEIO

comprimido que impede a Maternidade. Você ao menos sabia que isso era uma escolha?

Adeline fingiu descrença a respeito do conceito de anticoncepcional, e o rosto de Sophia se abriu num sorriso de regozijo. Então tomou os comprimidos de Kane e manteve os olhos fixos em Adeline enquanto guardava o artefato de volta no cinturão da refém.

— Anda, riquinha — ordenou, levando-os da torre até a cidade de Everest do futuro.

# TRINTA

### *Linda*

A cidade de Everest estava morta.

Era uma morte pública que emanava de todas as coisas. Janelas escuras mostravam prédios vazios, dando para enxergar direto até o outro lado do quarteirão. Ruas vazias se estendiam, vazias sob as luzes florescentes que não reuniam nenhuma mariposa. O mais estranho de tudo: não havia lixo. A vida, e até mesmo sua sujeira, tinha sido expurgada.

Sophia exigiu silêncio enquanto eles corriam pelas sombras. Kane e Adeline trocavam olhares quando podiam. Na maior parte do tempo, procuravam ameaças e mantinham as orelhas sintonizadas com as sirenes, as quais permaneceram distantes.

Mais próximo, estava o som de trovão. Fosse lá que regime distópico mantivesse Everest limpa, não conseguia dar um jeito no clima. À medida que o trio navegou por uma rede de rodovias abandonadas, a umidade cedeu espaço para uma chuva feroz e repentina que os forçou a irem para debaixo de um viaduto.

— Que maravilha — comentou Sophia, tirando o chapéu. — Kane, fica aqui com ela. Eu vou garantir nosso transporte. Espera pelo meu sinal.

E, antes que o garoto pudesse contestar, ela saiu correndo na chuva.

Adeline o impediu de seguir a irmã.

— Não. Você é mais esperto que isso.

— Sou? — perguntou Kane, olhando para ela.

— Tá na cara que não, mas vamos fingir por um segundo que você dá a mínima pra minha vida também.

# DEVANEIO

Jorros de água de chuva suja abriram caminho entre Adeline e Kane. Esta era a garota da escola. A que botava medo em todo mundo, incluindo professores. Era demais para ele, e sua ansiedade se transformou em fúria como gravetos incendiados.

— Você sempre tem que ser uma mala sem alça? — desdenhou Kane. — Tipo, você ganha royalties de chatice ou algo assim? Esse seu jeito de chata é uma forma de deduzir impostos?

Adeline deu de ombros.

— Não importa se você me odeia. Se quer salvar sua irmã, você vai ter que trabalhar com a gente.

Kane riu.

— Ah, porque vocês fizeram um trabalho tão maravilhoso com a Helena, né?

— Pra vencer é preciso trabalhar em equipe, mas fracassar também, Kane. Nós falhamos como uma equipe.

O menino riu ainda mais.

— De que equipe você tá falando, Adeline? Daquela que mentiu pra mim? Que me machucou? Que se escondeu de mim?

— A que te salvou! — gritou Adeline em resposta. — Que te resgatou! Que te protegeu! E aqui estamos de novo, na *porra* de outro pesadelo. Por você. Por *ela*. E você *ainda* tá se comportando feito criancinha.

Adeline saiu andando na chuva. Kane resmungou, a exaustão dosando seu ranço fumegante. Antes, quando tinha invocado a porta, ele tinha sentido aquela camaradagem fugidia com os Outros. Adeline tinha provocado aquele sentimento, de novo. Eles poderiam ter deixado que ele salvasse Sophia sozinho, mas estavam todos ali. Tirando Dean. Afinal, Kane já tinha feito um ótimo trabalho o afastando. Não podia se dar ao luxo de fazer o mesmo com Adeline. Pois sabia que ela tinha razão.

Kane a encontrou encolhida contra uma pilastra rachada, completamente encharcada. Ao vê-lo, secou as bochechas e começou a puxar partes de seu cabelo numa trança lateral.

— Me desculpa — pediu Kane.

Ela o ignorou.

— Não esquenta, você continua linda — ofereceu, tentando de novo.

A risada de Adeline era gélida.

— É com isso que você acha que eu me preocupo? Em parecer bonita? Me poupa, Kane, sério. Estar linda é a última coisa com que me preocupo, mas você não saberia disso, não é mesmo? Não, porque você tá ocupado demais reduzindo tudo o que fiz nesse último mês a rancor e mesquinhez. Eu quero que "linda" se foda.

O garoto ficou boquiaberto.

— Não olha pra mim assim — repreendeu ela. — No começo, quando você me recrutou para os Outros, o Elliot e a Ursula ainda pensavam que eu fosse uma abelha-rainha superficial, e foram precisos meses de trabalho árduo da minha parte pra desfazer aquela impressão; pra provar que, na verdade, eu sou uma pessoa com pensamentos reais e sentimentos reais e, que Deus me perdoe, conteúdo. Mas eu nunca precisei provar esse tipo de merda pra você, Kane, porque você *costumava* saber como era ser incompreendido por todo mundo, evitado e descartado pela sua aparência e o modo como age.

Os joelhos de Kane enfraqueceram. Ali estavam de novo: os sentimentos que pessoas tinham por quem ele costumava ser, machucados pela perda e transformados em raiva por quem ele era agora. Kane ansiava por largar de mão ali mesmo, por desistir, mas Adeline ainda falava.

— Você acha que só porque encarou um trauma tá dispensado de tratar as pessoas com compaixão? Acha que só porque a sua irmã tá encrencada, você pode pular fora de ser líder? Bom, Kane, adivinha só. Eu também tenho irmãs, e elas podem ser as próximas. Todos podemos perder alguém se não colocarmos um ponto-final em Poesy.

Ela respirou fundo. As palavras seguintes de Adeline foram mais breves:

— E eu também me importo com a Sophia.

A chuva deu uma apaziguada, e tudo o que Kane conseguia ouvir era a respiração de que compartilhavam.

— Sinto muito — disse ela. — Eu continuo me esquecendo de que você também já não me conhece.

— Tá tudo bem — respondeu Kane.

— Não tá, não. Eu posso ser melhor. Nós todos podemos.

Kane concordou com a cabeça. Então sentiu lágrimas de verdade se juntarem à água caindo sobre seu rosto.

— Estou com medo de falhar de novo — revelou.

Adeline deu um passo na direção de Kane.

— Então não vamos falhar — disse ela. — Vamos ser melhores do que éramos.

# DEVANEIO

— Sinto muito — falou Kane. — Por toda a culpa.

— Eu sei. Também sinto.

Quando os faróis de Sophia os encontraram, Adeline e Kane estavam de mãos dadas. Eles se separaram rapidamente enquanto Sophia apareceu em cima de alguma espécie de moto flutuante que se parecia com um jet ski. Uma segunda apareceu atrás dela.

Agora, a menina estava com pressa.

— A chuva tá parando. Eles estão aqui. Temos que dançar conforme a música — esclareceu para Kane.

— Espera! E eu? — choramingou Adeline. Era tão convincente.

Sophia deslizou para fora da moto flutuante.

— O que tem você?

— Eu presenciei tanta coisa — argumentou Adeline. — Eles vão me machucar.

— Se sabe que eles vão te machucar pelo que viu — disse Sophia —, então você já conhece a fragilidade da mentira na qual eles te prenderam. É tarde demais pra você, não importa o que aconteça. Você já está abrindo os olhos para a verdade.

Adeline cerrou a mandíbula. A impressão perfeita de uma mimadinha.

— Ou — sussurrou Sophia, contornando Adeline — talvez você acorde bem a tempo de se salvar.

Adeline seguiu Sophia apenas com os olhos. Quase não havia espaço entre as duas para as palavras seguintes.

— Como eu acordo?

— Prestando atenção — respondeu Sophia.

— Prestando atenção ao quê?

— Prestando atenção ao que sabe, e não ao que eles dizem.

— Eu sei... — Adeline perdeu o fio da meada.

Agora ela não estava atuando. Seus olhos estavam presos no olhar suplicante de Sophia. Seus lábios se comprimiram, se reprimiram e se franziram.

Será que Sophia tinha deixado Adeline... tímida?

Uma aeronave desceu do céu noturno, então outra, suas luzes encontrando o trio com agilidade.

À medida que os faróis atravessaram a escuridão, eles encontraram Adeline pressionada contra Sophia, seus lábios unidos. Havia uma força naquele beijo que magnetizou Sophia e mandou uma estática alegre através do tecido do devaneio. Kane se engasgou. Se engasgou para valer.

254

Adeline interrompeu o beijo, dizendo:

— Agora você precisa me levar junto. Se me deixar, você me mata.

Sophia soltou Adeline.

— Então é melhor você acompanhar o passo. Vocês dois, se preparem.

Kane assumiu uma moto flutuante e Adeline deslizou sobre a garupa da moto de Sophia. Então manobraram para encarar a aeronave que tinha acabado de pousar. De sua carcaça deslizou uma rampa e dela, jorraram soldados empunhando armas enormes. Então veio a música. O prelúdio crescente de cordas que Kane reconheceu da coleção de discos de sua mãe como sendo de um grupo feminino da década de 1950.

Kane não fazia ideia de como pilotar uma moto flutuante, mas pensou que ela talvez desse partida com o botãozão verde no formato de uma flecha. Sua mão planou sobre o botão, preparada.

Os soldados se espalharam, seguindo o ritmo da batida. Um deles abriu um guarda-chuva para a líder, que desceu a rampa com delicadeza. Era uma mulher vestindo um terninho de tweed, a saia estreita permitindo que desse apenas passos curtos. Talvez ela estivesse na casa dos sessenta e tinha uma constituição imaculada. Sua feminilidade não lhe custava nenhuma autoridade, e estava claro que ela assustava Sophia.

— Srta. Smithe — sussurrou Sophia, seus olhos se prendendo no olhar branco da mulher.

Kane notou que aquela era uma projeção da nêmesis da vida real de Sophia: a diretora Smithe da Escola Pemberton para Garotas, um baluarte de pensamento antiquado, de acordo com a irmã. O devaneio começou a fazer sentido.

— Isso mesmo — confirmou a srta. Smithe, aveludada. — A Mão Radiante já importunou meu Comitê por tempo demais com seus furtos juvenis. Pensei em comparecer pessoalmente à sua captura.

Sophia estava sobre o assento da moto flutuante.

— A rebelião jamais morrerá! A história não pode morrer!

A srta. Smithe estalou a língua em reprovação.

— Uma garotinha dando uma de arquivista, mas, se ela tivesse algum talento para história, reconheceria os caminhos errôneos do mundo que deseja ressuscitar. Os verdadeiros liberais são os verdadeiros equivocados, pois não existe nenhum bastião em um mundo sem a Sociedade Sagrada. Você sabe disso. Você ouviu sobre a Condenação que repousa debaixo das luzes de Everest. E é a Condenação que nós, o Comitê, mantemos afastada para que todos os cidadãos possam perseverar.

— Você está enganada — gritou Sophia. — Everest não é um bastião. É uma prisão! Eu estive além das luzes. Eu vi...

— Já basta! — disse a srta. Smithe, afiada. — Srta. Buffy Crawford, por favor, avance e prenda esta rebelde de imediato.

Os soldados se moveram quando um grupo de garotas marchou da aeronave. Estavam usando vestidos bufantes de cores fortes que combinavam com os lenços de cetim adornando seus cabelos presos. Todas elas usavam óculos grandes cujas armações imitavam olhos de insetos. O grupo não avançou muito enquanto vacilava sob a chuva, suas sombrinhas em tom pastel se separando para revelar a peça principal: Ursula, cercada de rosa, sendo identificada logo de cara por conta de sua altura.

— Leia para eles o voto de prisão — ordenou Smithe.

Ursula claramente não sabia onde conseguir esse voto de prisão, então, com muita confiança, ela estendeu uma das mãos na esperança de que alguém lhe entregasse o documento. Com bastante educação, uma das outras garotas alcançou a própria bolsa de Ursula e pegou um tablet, o ligou e o depositou na mão dela.

— Se a gente sair dessa, nós precisamos fazer a Ursula frequentar um curso de improviso — cochichou Adeline para Kane.

Para o terreno chuvoso, Ursula gritou:

— É com profundo arrependimento que nós, o Comitê de Retificação da Nossa Dama Srta. Smithe, Obediente à Sociedade Sagrada, líder das...

Enquanto a amiga lia, Kane observou Sophia puxar um revólver do coldre traseiro.

— Fiquem longe da chuva — sussurrou ela.

Ursula seguiu adiante com as acusações:

— Eu, srta. Buffy Crawford, venho por meio desta acusá-los pelos atos de blasfêmia contra a Sociedade Secreta, por colocar em risco uma Nobre e pela posse de um artefato contrabandeado sob a penalidade de Aperfeiçoamento Corporal.

Sophia puxou o gatilho, cortando o ar com um guincho elétrico enquanto um relâmpago explodia do cano da arma. O clarão atravessou as gotas de chuva e mergulhou nas poças. Os soldados encharcados convulsionaram, suas armas disparando em suas mãos conforme caíam. Algumas das meninas também caíram, deixando Ursula exposta.

— Vai à merda, socialite! — gritou Sophia, engatilhando o revólver e disparando de novo.

Ursula foi forçada a bloquear com um escudo, mas ela deveria estar pegando leve, pois o tiro a descompensou e a fez cair contra a carapaça da aeronave, o que fez com que a música tremesse. Gemendo, Ursula caiu contra o pavimento encharcado. Sophia mirou de novo.

Kane acionou o botão verde, lançando a moto na frente de Sophia.

— Deixa ela! — gritou. Ursula não ia enfrentá-los. E ele não podia deixar que a melhor amiga morresse para que a irmã pudesse viver. — A gente precisa ir. *Agora!*

Sophia guardou a arma, irritação atravessando sua voz:

— Então partiu pra Condenação — disse ela, e assim eles dispararam para longe da música riscada.

# TRINTA E UM

## *A Condenação*

Kane disparou atrás de Sophia e Adeline, colocando a moto em velocidade máxima enquanto eles mergulhavam para dentro do brilho leitoso de um centro desolado. Fumaça da moto preencheu seu nariz e o motor gritou com solidez gutural, quase cobrindo o som da aeronave os sobrevoando. Eles aceleraram para fora da rodovia principal, passando para ruas laterais estreitas e chegando a uma avenida dividida por um canal plácido. Kane deslizou sobre a água, cortando uma onda grande conforme eles dispararam para debaixo de pontes.

— As luzes estão logo acima! — gritou Sophia sobre o esguicho d'água. — Se preparem!

Eles encostaram no canal e irromperam o limite da cidade, acertando uma praça de paralelepípedos que aos poucos estava sendo reivindicada pelos matos selvagens. A praça se derreteu num campo coberto por ervas daninhas, o que levou a uma floresta escura, abrupta e impenetrável. As árvores eram tão altas e espessas que a floresta parecia se inclinar sobre a praça, mantida em pé por apenas um cinto de luzes azuis e vermelhas. As luzes formavam um perímetro ao redor da cidade da qual tinham acabado de escapar. Aquelas deveriam ser as "luzes" protetoras de Everest.

— Essas coisas não vão funcionar fora do perímetro de Everest — informou Sophia, parando a moto flutuante e saltando. Enquanto ajudava Adeline, explicou: — Mas os cidadãos não vão nos seguir. Eles têm medo demais da Condenação, e cruzar as luzes significa morrer.

Kane deslizou para fora da moto e andou sob as luzes, encarando a alternância de suas cores. O garoto se perguntou se a Condenação tinha sido inspirada na floresta que cercava o Complexo Cobalto, e se as luzes protetoras tinham a intenção de ser as cores das sirenes. Então a iluminação escureceu enquanto algo frio apunhalou a coluna de Kane.

Sophia andou até o lugar onde o irmão caiu, o revólver apontado diretamente para seu coração, outro disparo de relâmpago pronto no cano da arma. A mente de Kane zumbiu com o tremor, mal registrando que a irmã tinha acabado de atirar nele.

— Temo que você também não possa vir junto. Um quarto da voltagem deve te manter no chão tempo o bastante para que Smithe te encontre, irmão — disse Sophia, encarando-o com a mira da arma. — Ou, melhor dizendo, traidor.

Kane piscou os olhos, atônito. Não conseguia sentir as mãos nem os pés. Mal conseguia sentir o aperto de Sophia em seu colarinho enquanto a menina o levantava. Seus olhos estavam tomados por dor, mas não havia nenhum conflito; neste mundo, ela acreditava que Kane a havia traído.

— Isso mesmo, eu andei de olho em você — revelou ela. — Sei que tem escondido coisas de mim. Sei que cada uma das palavras que saem da sua boca é uma mentira; cada explicação, uma desculpa. Eu te defendi para os outros líderes. Eu te *protegi* desde que nos juntamos à revolução. E você me retribuiu contrabandeando nossos segredos para o Comitê? Eu devia ter feito isso há muito tempo.

— Eu não sou... — Kane extraiu o mínimo de protesto que conseguiu. — Sophia, por favor.

Então encontrou Adeline a alguns passos de distância, observando a cena se desenrolar com uma concentração inflexível.

— Reviste ele — exigiu Sophia, mantendo a arma apontada para Kane enquanto Adeline se ajoelhava com hesitação ao lado do garoto.

Os sons das aeronaves estavam ficando mais próximos.

Kane tentou se concentrar no movimento seguinte, mas tudo em que conseguia pensar era como cada movimento que havia feito na vida real o tinha tornado um vilão, um traidor, na mente de Sophia. A mágoa era suficiente para colocá-lo de pé, mas Adeline o forçou a ficar no chão.

— Não — sussurrou. — Esse é o enredo. Você tem que deixar a gente ir. Kane negou com a cabeça. *Não.*

— No outro bolso — orientou Sophia. — Anda logo.

# DEVANEIO

— Adeline — implorou Kane. — Por favor, não me deixa.

— Sinto muito — sussurrou ela.

Então seus olhos se esbugalharam quando encontrou algo no casaco de Kane. Sophia notou e puxou Adeline para longe, pegando o item dela. Tratava-se do nécessaire de veludo com os pingentes roubados que Dean tinha dado a ele, e Sophia o empurrou contra o irmão com um triunfo ressentido.

— Não. Não abre — conseguiu dizer Kane, mas Sophia estava espalhando os pingentes sobre a mão.

Kane viu o que ela enxergava: Artefatos. História, surrupiada de uma era perdida. E prova de que seu próprio irmão nunca merecera sua esperança.

— Eu queria tanto estar errada a seu respeito — lamentou-se Sophia.

— Não é verdade! — Kane se colocou de lado, então recebeu uma joelhada. Cuspe caiu de seus lábios dormentes.

— Não — avisou Adeline.

Mas Kane não podia perder a irmã de novo. Uma vez ela lhe dissera que era esperta e que podia ficar lúcida se soubesse que estava num mundo falso. Kane se curvou para dentro de seu desejo impulsivo de libertá-la e do desejo egoísta de salvar a si próprio. Ele precisava não falhar com ela de novo.

— Nada disso é real, Sophia. É um devaneio. Você está em um devaneio — gritou.

As luzes tremeluziram. A floresta hesitou.

— Devaneio.

Sophia pronunciou a palavra como se estivesse experimentando uma nova língua, uma com palavras que escaldavam a língua. Kane viu a lucidez se estabelecer atrás dos olhos dela enquanto a menina assimilava seu mundo falso, sua mente afiada se reorientando. Mas aquilo não durou. As aeronaves enfim os haviam encontrado, e seus sopros feitos tornados varreram Sophia de volta à fantasia.

Exceto que, agora, o devaneio estava se revirando. Kane conseguia senti-lo se edificando.

— Sophia, você tem o controle sobre este mundo — berrou mais alto que a ventania. — Você consegue fazer isso parar.

Mas Sophia estava perdida para a ponderação. Ela cerrou o punho de uma das mãos ao redor dos pingentes. Sua outra mão empurrou a arma entre Kane e os soldados que se aproximavam.

— Você mente, Kane. Você tá sempre mentindo!

Ondas de choque saíram dela e penetraram o tecido do devaneio. Kane sentiu a agonia da irmã à medida que a fantasia começou a ficar ácida em sua mente. Então sentiu, fisicamente, a ondulação passar sobre ele, e seu uniforme se tornou aquele de um soldado.

— Kane — murmurou Adeline. — Os pingentes.

Os pingentes fumegavam no punho de Sophia. Se qualquer um daqueles devaneios fosse ativado...

Ele rastejou até a irmã.

— Você precisa me devolver essas coisas. Elas não são seguras. Eu tava te protegendo delas.

— O que são? Uma armadilha? São incendiárias? Nanotecnologia?

Ela não estava despertando, então Kane mergulhou em seu conhecimento a respeito do devaneio. Dos tropos. Tentou uma tangente razoável:

— Essas coisas são perigosas para o Comitê. Uma arma secreta desenvolvida pela diretora Smithe que eu roubei pra você.

— *Diretora?*

Sophia piscou os olhos rapidamente, tomada por uma tempestade interna que mandou outra ondulação pelo devaneio, o que, por sua vez, inundou a cidade em ecos turbulentos. As aeronaves planando sobre a praça balançaram de um jeito perigoso, como se magnetizadas. Seus canhões se voltaram na direção de Kane, Adeline e Sophia, uma energia elétrica crepitando nos canos.

Era isso. Era assim que a mente de Sophia mataria o próprio irmão. Com vingança, por todas as mentiras com as quais a tinha alimentado e com todas as inverdades com as quais o garoto a tinha forçado a viver. Tratava-se de um destino justo e horrível, mas que também mataria Sophia, e isso Kane não podia permitir.

Os canhões foram disparados. Kane revidou. Lançou as mãos em direção ao ataque, liberando uma esperança pura e peculiar, uma explosão de energia amorfa e ainda assim torrencial. Ele sentiu o etéreo sair de seu corpo como um foguete aceso e, então, se esforçou para liberar mais. Para liberar tudo o que tinha.

Assim que a explosão de etéreo estava pronta para colidir contra a aeronave, ela acertou algo. Um escudo que estivera esperando ali para protegê-lo.

O escudo de Ursula, o tempo todo lá.

# DEVANEIO

Ela devia estar perto. Não havia tempo para procurar porque, de repente, Kane estava encarando seu próprio ataque enquanto este ricocheteava de volta em sua direção, esmagando-o numa rebelião prismática que varreu Adeline e Sophia. Eles gritaram, e o devaneio gritou junto com eles.

Então, houve apenas o sussurro ascendente e discordante dos pingentes à medida que começaram a cantar a canção de seus mundos despertos.

## TRINTA E DOIS

### *Policromático*

Quando o zumbido enfim parou, Kane repousava sobre brisas de vapor azul e luz solar cor de limonada. De uma só vez, o crepúsculo havia surgido sobre Everest.

Estava sentado no centro de uma cratera queimada do tamanho de uma quadra de tênis. Água jorrava de canos partidos que se projetavam da terra, preenchendo a cratera com piscinas sibilantes. Seu corpo inteiro era uma dor gigante, sangue se concentrando em suas sobrancelhas e deixando seus cílios pegajosos.

*Encontre Sophia. Salve Sophia.*

Kane saiu da maré crescente, ainda zonzo. Um momento depois, Adeline se empurrou para fora de uma piscina turva, cuspindo e ofegando, seu vestido arruinado se colando ao corpo como uma segunda pele. Então estendeu a mão para Kane, que a puxou para cima.

— Sophia — gritou Kane. — Sophia.

Adeline o girou.

— Lá!

Sophia estava encolhida na beirada da cratera, no topo. Kane vacilou sobre as paredes fumegantes, sem dar atenção às novas bolhas que beijavam a palma de suas mãos. Ao chegar até ela (ao vê-la), o garoto parou.

Sophia encarava a cidade, o corpo todo uma expressão de deslumbramento.

Kane se virou.

# DEVANEIO

O devaneio de Sophia havia desaparecido. Em seu lugar, estava um caos caleidoscópico e enlouquecedor. Seis devaneios combinados. Everest e os cinco pingentes que Kane despertara.

O céu era um retalho de crepúsculo, noite e dia compartilhados entre dois sóis, uma lua e um planeta iminente que parecia ser a Terra. Montanhas cresciam no horizonte, mudando de penhascos escarpados para colinas adornadas com cachoeiras e, então, dunas de ocre sedoso. Os prédios estoicos de distopia futurística tinham se distorcido num bufê de arquiteturas: castelos contemporâneos, edifícios empresariais medievais e arranha-céus rococó revestidos em vidro, ferro e filigrana. Eles se inclinavam sobre a praça, sobre Kane, capturando seu reflexo fascinado mil vezes em suas fachadas de cristal.

E a praça... tratava-se de uma cena que Kane conhecia; um jardim estrangulado com rosas e choupos e um gazebo ao centro. Os soldados caídos ao fundo estavam se recuperando aos poucos e descobrindo que, agora, seus uniformes vinham com gravatas-borboleta e uma cauda no paletó. A aeronave estalou e chiou enquanto eles tentavam recuperar o voo que tinha sido possível num devaneio, mas não no outro.

Kane conseguia sentir o caos em tudo, como se ele próprio fosse um único fio amarrado com força dentro desse nó policromático. O garoto nem mesmo conseguia começar a entender como desvendar isso.

— Sophia...

Então se virou para ela bem a tempo de ver a irmã pegar algo do chão. Algo preto e brilhante. Ela levou o apito até os lábios, seus olhos opacos pela curiosidade.

— NÃO!

Kane a atacou. O apito quicou para dentro da cratera e Adeline se jogou para pegá-lo, mas o barulhinho silencioso mal tinha sido emitido pelo pingente quando, com uma bofetada abrupta, o devaneio parou e as portas pretas apareceram.

Nada aconteceu. Kane segurou Sophia e se permitiu acreditar que Dean tinha obtido sucesso.

Então as portas foram abertas, catapultando uma sombra espinhenta para dentro do devaneio. A Efialta, uma bagunça mutilada de pernas distorcidas, deslizou até parar aos pés de Kane. A criatura estava coberta de uma substância escura.

Sangue.

*Não.*

Poesy estava à soleira, todo seu corpo furioso com magia enquanto ela entrava no devaneio. Usava um collant de veludo tão preto quanto as portas, botas de plataforma que iam até as coxas e uma jaqueta cropped abundante com franjas opalescentes. Reluzia como uma armadura quando ela abaixou a mão. Por meio de sua postura, estava claro que tinha acabado de esbofetear a Efialta para dentro desta dimensão.

Poesy passou uma mão enluvada sobre a cabeça careca, como se estivesse procurando pelo cabelo.

— Aquela peruca foi caríssima — disse ela, fervendo. Então notou o restante da cena. — Afe, outra presepada, estou vendo.

Ela acenou a mão e o apito se prendeu ao bracelete.

Sirenes explodiram na mente de Kane. Ele precisava fazer algo. Precisava distraí-la.

Lançou Sophia para trás de si e, no mesmo movimento, partiu em direção a Poesy. Seus punhos enxamearam com etéreo e, por um momento, Poesy arqueou uma das sobrancelhas. Então ela só o olhou com desprezo, e o garoto sentiu o estalo da mão da feiticeira contra seu queixo. Ele rodopiou, colidiu contra o gazebo e, antes mesmo que atingisse o chão, Poesy estava à sua frente, os dedos ao redor de sua garganta. As costas de Kane estavam cobertas de lascas enquanto ela o pressionava contra a pilastra em ruína.

— Que jeitinho mais grosseiro de receber a pessoa que está prestes a salvar sua vida — afirmou ela.

Kane puxou a manga dela.

— Deixa minha irmã em paz — pediu ele, se engasgando. — Por favor. Estou implorando.

Poesy gargalhou de modo maternal.

— Ah, não, temo que seja tarde demais para Sophia Montgomery. Talvez, se você tivesse me invocado antes, a gente pudesse ter feito um acordo... o mundo dela pelos que o meu assistente homúnculo roubou... mas é tarde demais para isso. Desemaranhar essas coisas seria um trabalho meticuloso e tedioso, e eu não tô no clima para tédio ou meticulosidade.

Pontinhos pretos explodiram na visão de Kane. Estava perdendo a consciência. Os músculos de seu pescoço saltaram conforme o aperto se intensificou, e Poesy chegou tão perto que o garoto era capaz de distinguir as manchas pretas que nadavam nos olhos azul-cobalto da drag.

# DEVANEIO

— E o que fazer com você, sr. Montgomery? Devo admitir, estou um tanto decepcionada. Um poder como o seu aparece uma vez a cada geração. Eu tinha esperado que, juntos, pudéssemos conquistar esta realidade e lançar a seguinte. Algo melhor. Algo além. Mas que serventia tem um poder como o nosso se temos medo demais para usá-lo?

— Não tenho medo de você — cuspiu Kane.

Ele jogou o peso do corpo num soco, o qual ela bloqueou com o punho. Ela se inclinou.

— Não de mim, sr. Montgomery. Do mundo. É preciso uma certa bravata para confrontar, clamar e assumir o controle das coisas a seu redor. Uma bravata que *sempre* lhe faltou. A própria capacidade de manipular o tecido da realidade, de todas as realidades, e você escolhe dar um soco? Você tem um mau gosto de dar dó. A gente jamais conseguiria trabalhar junto.

Kane implorou aos braços que se movessem, que seus pés chutassem. Não conseguia. Não. Nada. Tentou alcançar seu poder, mas este não lhe veio.

Poesy sorriu. Sua voz deu lugar ao zumbido chacoalhado de inseto enquanto sussurrou:

— Criança imprestável, como pretende salvar o mundo se você é tão desprovido de imaginação para mudá-lo? Seria porque você enfim se deu conta de que seu mundo não é digno de ser salvo?

Um punho colidiu contra a bochecha direita de Poesy, a afastando, e Kane estava sendo puxado para longe. A pessoa fazendo isso era Elliot. A pessoa que tinha dado o soco foi Ursula.

— Ogra — zombou Poesy, circulando a garota.

Ursula não respondeu. Apenas girou num chute circular e fez Poesy sair voando até uma aeronave caída. Com o impacto, a máquina tombou. Antes que ao menos se estabilizasse, Poesy disparou, uma flecha de malevolência brilhante, e lançou suas unhas laminadas na direção da garganta da menina.

Bem na hora, Ursula ergueu as mãos, energia magenta brotando entre elas enquanto a investida de Poesy a pressionava para trás. Ursula cravou os saltos no chão, partindo para a defesa. Seu escudo se distendeu, dobrou de tamanho, se distendeu ainda mais, mas o afinco de Poesy não perdeu impacto.

— Pede... arrego — sibilou Poesy.

— Vai... se... foder — cuspiu Ursula em resposta.

Com um grito, Ursula empurrou o escudo para cima de Poesy, lançando a feiticeira para trás num estilhaço de luz rosada. A onda de choque queimou as janelas dos prédios próximos, forçando Kane e Elliot a se encolherem no gazebo. Quando o garoto enfim olhou, Ursula estava de pé diante de Poesy, mas por um triz. No minuto seguinte, ela estaria acabada.

Embora seus óculos estivessem tortos, Poesy os colocou sobre o nariz para avaliar a situação. Ela estalou os dedos e então uma xícara de chá apareceu.

— NÃO — gritou Kane, tentando se soltar de Elliot.

Ursula voou para frente, acompanhada de um borrão cinza: Adeline. Juntas, elas dançaram com Poesy. A força de Ursula e a velocidade de Adeline acompanharam o ritmo da feiticeira, até que esta disparou para o céu com a xícara erguida.

*Não.*

Kane conseguia sentir (a magia cruel que se escondia na tigela de porcelana perfeita) enquanto ela liquefazia as construções da praça. Kane conseguia sentir. O puxão que engoliria Sophia e a levaria para sempre.

Então, tão silenciosa quanto a lâmina da noite, a Efialta apareceu atrás de Poesy. Por um momento elas estavam belamente enquadradas contra o retalho do céu e, em seguida, a Efialta encaixou o bico no braço da drag queen, a cortando no cotovelo.

O que aconteceu em seguida foi rápido.

Primeiro, a Efialta se teletransportou.

Segundo, Poesy caiu e não se levantou.

Terceiro, Sophia saiu de seu estupor.

— Mate eles — ordenou.

Os soldados agachados entraram feito um enxame na praça arruinada e as aeronaves apontaram seus canhões para baixo.

O resto era caos enquanto os soldados rapidamente dominaram os Outros. Ursula abriu caminho pela batalha para chegar a Kane, alcançando-o no momento em que uma saraivada de balas atingiu o chão. O escudo rosado atenuou o pandemônio, mas Kane sabia que a amiga estava exausta.

— Vai — exigiu ela.

# DEVANEIO

— Eu não vou te deixar — gritou Kane.

As armas pararam para recarregar e Ursula se voltou até Kane. Estava levando-os para as laterais, em direção às portas pretas.

— Ursula, eu não vou fugir!

A amiga bloqueou outra saraivada de tiros.

— Você é nossa única esperança de desvendar isso. Você precisa se recuperar. Reagrupar e então...

Os soldados tinham chegado até eles e se aglomeraram ao redor de Ursula. Kane foi ajudá-la, mas descobriu que ela tinha colocado um escudo bem entre eles.

— VAI! — gritou, a voz abafada.

Kane bateu no escudo.

— NÃO! Não faz isso!

Ursula investiu contra os soldados que a seguravam pelos braços. Num clarão ofuscante, o escudo desapareceu, mas foi apenas para que a garota conseguisse pousar um chute firme na barriga de Kane. Como uma boneca de pano, ele tombou para trás, direto no santuário de Poesy, e bateu com a cabeça na escrivaninha. Sua visão ficou cinza e a imagem das portas se fechando foi a última coisa que viu antes que a inconsciência o clamasse.

# TRINTA E TRÊS

## *Santuário*

Algo gelado e úmido cutucou a sobrancelha de Kane. A coisa emitiu um choramingo agudo.

Kane acordou com tudo. Piscou ao olhar os arredores, por um momento deslumbrado pela claridade dourada. Era o pôr do sol? Por que estava tudo macio e brilhante? Isso era o céu? Por que tinha uma cachorra preta no céu?

Impaciente, a sra. Daisy bateu a pata no joelho de Kane e soltou outro choramingo. Como uma onda enorme e brincalhona no oceano, as lembranças de Kane se afastaram, então quebraram sobre ele de uma só vez.

Os devaneios misturados. A chegada dramática de Poesy. A Efialta deformada. Vidros quebrados e tiros disparados e...

Ursula o tinha derrubado com um chute?

Estremecendo, sentiu uma nova sensibilidade na barriga. Na clavícula. Ele se concentrou na dor, com medo do que vinha em seguida, mas o horror não esperou até que ele estivesse pronto. Em vez disso, o arrastou para baixo de si e tirou o ar direto de seus pulmões.

Kane disparou até as portas e as abriu à força. Não havia nada do outro lado além da outra metade de um cômodo vazio. O garoto estava só. Exilado. Banido. Sozinho, sem nenhum jeito de voltar e sem mais nenhum lugar para onde correr.

Ele afundou de volta ao chão.

A sra. Daisy latiu. Um latido curioso direcionado ao garoto que tinha acabado de tropeçar para dentro de sua casa e agora estava chorando-soluçando nos degraus de entrada da casa. Com o focinho, ela empurrou uma tigela vazia até os pés dele.

Kane limpou as lágrimas. Ela estava com fome. Por quanto tempo ele estivera inconsciente?

A sra. Daisy o distraiu do pranto ao cutucar sua mão e então a própria tigela de novo, o que era a única coisa não revirada no cômodo. O santuário estava uma completa bagunça. A maior parte do carpete tinha ficado estaladiça com vidro. Pingentes e artefatos estavam por todas as partes. A mochila de Kane estava ali, expelindo seus conteúdos onde o garoto a havia derrubado. O lustre balançava de cima das portas pretas como um olho esbugalhado.

Dean sem dúvida tinha armado uma briga. Isso ficou bem claro.

A cachorra parecia um pouco constrangida pela bagunça. Ela deu a Kane olhares baixos, muito expressivos, enquanto navegava pela destruição, levando-o para um armário logo depois da sala principal. Lá, ele encontrou muitos casacos, bengalas e coleiras. Tombados no fundo estavam sacos de ração, como os encontrados em qualquer loja. Aquela normalidade parecia bizarra no espaço surreal.

A água foi mais fácil de encontrar. Poesy tinha deixado uma jarra na escrivaninha. Kane bebeu direto dela, depois despejou o restante numa xícara para compartilhar com a sra. Daisy.

O garoto caiu ao lado dela e se perguntou o que fazer em seguida, embora tenha tentado não indagar tanto, sem muita certeza de que queria chegar a uma conclusão. Não havia como sair daquele lugar. Não sem a chave no pulso de Poesy ou o poder de Dean de atravessar espaços intermediários.

Então correu até as portas e, como numa oração, pressionou a cabeça contra o verniz gelado. Talvez tenha dormido daquele jeito. A urgência havia desaparecido, mas as lágrimas, não. Sombria, uma necessidade antiga e conhecida se abriu dentro dele. Não havia como dar o fora daquele lugar, claro, mas talvez "fora" não fosse o caminho certo.

Talvez, para escapar, ele não precisasse deixar este lugar de forma alguma.

Kane se voltou para o cômodo de sonhos roubados e se lembrou da biblioteca de sua infância. A sensação de ar espesso e lombadas gastas, de inclinar a cabeça para o lado para ler o nome dos autores. Sobretudo, se lembrava do potencial intoxicante de toda a coisa. Para uma criança como Kane, o potencial era seu amigo eterno. A promessa de algo diferente, ou de um lugar diferente, onde o garoto pudesse recomeçar e de fato pertencer. Não se resumia apenas a encontrar um mundo que o toleraria. E sim, de imaginar um mundo que retribuiria seu amor. Que o apreciaria.

Crianças como Kane não eram apreciadas com frequência.

Havia um pingente aos pés dele. Uma lua. Dela, emanava a carícia da cicuta numa noite de inverno, o cheiro férreo do sangue em folhas congeladas. De outro pingente, Kane sentiu um mundo de flores carnívoras, dinastias e vinganças. Então havia um devaneio sobre futebol americano e traição familiar. Um devaneio preto e branco com fumaça passando pelas persianas. Então um planeta queimado, completamente vazio, a vida fervilhando na medula curvada de seu interior. Um devaneio barulhento com o tilintar de um parque de diversões, e um devaneio sem nem um som sequer.

Kane poderia ir a qualquer lugar. Poderia ser qualquer pessoa nesses mundos. Poderia herdar qualquer vida, se tornar qualquer coisa, e esquecer todo o resto.

Ele poderia se esquecer dessa batalha. Já tinha se esquecido uma vez no passado, não?

Kane encheu os pulmões de ar, o segurou e então soltou. Abanou as mãos. Não. Ele não queria se esquecer. Não de novo.

Então se lembrou dos poucos devaneios que tinha testemunhado. Todos eles lhe ensinaram algo novo sobre o modo como os sonhos habitam uma pessoa. Sonhos podem ser parasitas para os quais nos sacrificamos. Sonhos podem ser coisas belas e monstruosas incubados em miséria e nascidos do rancor. Ou sonhos podem ser artefatos que escavamos para descobrir quem realmente somos.

Kane não sabia o que seus próprios sonhos eram. Apenas sabia que, se não tomasse cuidado agora, eles poderiam vir à tona e destronar seu julgamento sobre o que era fato, o que era ficção e o que era certo.

Colher devaneios não era certo. Amontoá-los num cofre de etéreo não era certo.

Fugir também não era certo.

Mas o que ele podia fazer?

O garoto vasculhou os destroços, a escrivaninha e as estantes, tateando por qualquer objeto etéreo que pudesse lhe ajudar. Ele tentou se aventurar nas passagens além, mas todas as vezes que o fez acabou

## DEVANEIO

de volta ao cômodo com as raridades, o que entretinha a sra. Daisy, sem nunca se cansar.

Quando a situação ficou demais, ele deu uma pausa na procura para chorar um pouco mais. Kane não era a pessoa certa para isso. Não era corajoso, como Sophia. Não era inteligente, como Elliot. Não era sagaz, como Adeline. Não era independente, como Dean.

E não era forte, como Ursula. Mais do que qualquer outra pessoa, ele queria ser como Ursula. Se perguntou como algo poderia um dia tocar uma pessoa que era forte e boa daquele jeito. E pensou na injustiça que Ursula havia suportado: dos outros e, por fim, de si própria, naquele momento final. Ele também se obrigou a encarar suas próprias crueldades direcionadas a ela. Não tinha escrito a placa de "Cuidado com o cão" todos aqueles anos atrás, na escola primária, mas foi sua imaginação que inspirou aquilo. Kane era uma criança assustada, machucando quem precisava machucar para que pudesse escapar, e mesmo assim Ursula tinha sido sua amiga. Aquilo o fez chorar ainda mais.

*Cuidado com o cão.*

Essa lembrança virou uma chave na mente de Kane e, antes que entendesse completamente o motivo, estava se ajoelhando diante da sra. Daisy. A cachorra arqueou suas sobrancelhas caninas para ele. Era bem típico de um cachorro. Típico até demais. Por que alguém tão caricato quanto Poesy possuiria um cachorro normal?

— Cuidado com o cão — disse Kane.

Ele olhou entre o casaco preto e elegante da sra. Daisy e o acabamento preto lustroso da porta. A única vez que vira a porta funcionando deste lado foi quando Poesy voltava da caminhada com a cachorra. Do contrário, o apito precisava ser usado para chamá-la. Mas apitos não chamavam portas. Apitos chamavam cachorros.

As mãos de Kane tremiam enquanto coçavam atrás das orelhas da cachorra.

— Encontra a Sophia — implorou Kane.

Nada aconteceu.

— Encontra a Ursula.

O rabo protuberante da sra. Daisy balançou, mas isso foi tudo.

— Dean — falou Kane. — Você conhece o Dean, certo?

As orelhas da sra. Daisy dispararam para cima, procurando Dean ao redor com empolgação. Kane a levou até a porta e apontou.

— Você consegue achar o Dean?

A sra. Daisy farejou a porta, a circulou duas vezes e então fixou seu corpo elegante numa concentração estoica. Dela, surgiu um lamento como Kane nunca tinha ouvido de um cachorro, mas se tratava de uma língua antiga entre ela e a porta. As trancas se soltaram, se reuniram e clicaram. As portas gemeram e se abriram apenas um centímetro, emitindo um sussurro estranho e melódico. Para o garoto, soou como triunfo.

— Boa garota. — Kane acariciou a cabeça da sra. Daisy sem prestar atenção, e ela lambeu os nós de seus dedos. — Dean? — chamou, atrás da porta.

A sra. Daisy foi até os corredores do santuário, voltando com uma guia nas mandíbulas. Com cuidado, Kane a pegou, prendeu a coleira e depois a amarrou na perna do assento.

— Fica — ordenou ele.

Ela piscou para ele, traída.

— Eu vou usar o apito pra te chamar — prometeu. — Só preciso encontrar ele.

O garoto se aproximou das portas como se estas pudessem comê-lo. De novo, sentiu a necessidade de desaparecer para algum outro lugar, de negar que tinha recebido essa chance, mas a ilusão durou apenas um instante antes que ele a extinguisse. Fugir não era a resposta; era apenas a coisa que ele queria.

E, o garoto se lembrou, salvar o mundo nem sempre era uma questão de querer.

# TRINTA E QUATRO

## *Perguntas*

Na mochila, Kane colocou apenas o que conseguia carregar, incerto do que esperar dos devaneios. Sabia que era inútil se preparar demais. Devaneios tinham suas próprias regras, e o garoto estava prestes a quebrar todas elas numa busca ensandecida por seus amigos, irmã e o apito perdido.

As portas o levaram para um bosque escuro de árvores que balançavam sutilmente contra a moldura alta, quase a escondendo. Rápido, Kane fechou as portas; não podia arriscar ninguém encontrando o caminho até o santuário de Poesy ou ativando qualquer um dos milhares de pingentes restantes. Teria que achar outra saída; com sorte, a sra. Daisy tinha feito parte do trabalho por ele.

Aqui era à noite, fosse lá onde estivesse. Uma floresta tropical, talvez? O ar cheirava azedo com o almíscar de podridão e frutas estragadas. Pássaros néons esvoaçavam entre ninhos bulbosos embutidos em troncos grossos, curiosos a respeito de Kane. O garoto correu o dedo por uma folha larga, surpreso ao descobrir que era de plástico. As árvores soavam ocas quando bateu nelas. Estranho. Kane olhou para cima.

No alto, a noite estava estroboscópica com a luz das estrelas enquanto constelações se aproximavam acima. Planetas também passavam. Enquanto acontecia, pequenos rótulos apareciam neles, ou talvez aparecessem na redoma de vidro que cobria a floresta tropical de mentira. Do lado de fora da redoma, estava uma vasta asa de metal, que foi como Kane concluiu que estava em algum tipo de espaçonave. Uma que, pela aparência das estrelas cascateando ao redor, estava voando muito rápido pelo espaço sideral.

A redoma piscou e um anúncio começou a ser exibido.

"Esperamos que aproveitem a viagem na Espaçonave Giulietta", disse uma gravação agradável acompanhada por texto. O vidro agora mostrava uma renderização 3D da espaçonave. Parecia um cruzeiro enorme com asas e lançadores de foguetes. "Nosso horário de chegada estimado em resTerra é de seis horas e dezenove minutos. Seu bilhete *all-inclusive* lhe permite aproveitar todas as comodidades até uma hora antes da ancoragem. Obrigado por viajar com Giulietta Além™. Nós agradecemos por patrocinar nossos planetas de reserva e esperamos que continue nessa com a gente até resMarte em seguida."

As estrelas voltaram. Quem se importava? Não havia tempo para admirar. Kane abriu caminho pelas plantas. O chão da floresta era acarpetado com musgo brilhante, e o garoto rapidamente identificou um rastro de sangue. Seu coração queimou. Ele se forçou a respirar com calma enquanto afastava folhas esvoaçantes que escondiam uma clareira na borda da floresta. Dentro dela estava Dean, inerte.

*Dean.*

Ao senti-lo, a mão de Dean se apertou ao redor de algo (o pingente da Efialta preso nas articulações machucadas), mas então Kane o envolveu num abraço.

— É você — sussurrou Dean, como se aquela fosse a última coisa que ele esperava.

— Consegue se mexer? — A pergunta saiu quente contra o pescoço de Dean.

Como resposta, o garoto apertou o abraço.

— O que dói?

— Tudo — murmurou Dean.

Depois disso, ele perdia e recobrava a consciência. Kane o puxou para cima com o máximo de gentileza que conseguia, falando com o garoto para mantê-lo concentrado.

— A gente tá num tipo de espaçonave — disse Kane enquanto o arrastava pela floresta. As portas haviam desaparecido. — Como você chegou aqui?

— Teletransporte.

— Você consegue ver onde a Sophia tá?

# DEVANEIO

— Não.

— E os Outros?

— Não.

Kane já sabia a resposta, mas perguntou mesmo assim:

— Você consegue se teletransportar?

— Não do espaço. — Então, como uma explicação, Dean acrescentou: — O espaço é tão grande. Grande demais. E eu não consigo levar em consideração a velocidade. Poderia matar a gente.

Kane começou a se perguntar sobre o tamanho real desses devaneios combinados, mas de novo se impediu. Não tinha tempo para perguntas. Eles tropicaram em meio a um bosque de palmeiras e entraram no que Kane notou ser o deque da piscina da nave. E era um baita de um deque. Sobre o lençol de água cerúlea, cachoeiras despencavam em banheiras alongadas e flutuantes cujos fundos eram transparentes, enchendo o deque escuro com luz verde-água de cima e de baixo.

Pessoas estavam espalhadas em espreguiçadeiras de pelúcia, dormindo ou desmaiadas. Kane e Dean entraram numa estrutura enorme que o primeiro torceu para ser um vestiário. Não era. Era algum tipo de tenda equipada com uma cama com dossel e todo o cômodo dos fundos era um chuveiro de piso. Perfeito. Kane conseguia se virar com aquilo. Então deixou Dean deslizar até o chão, trancou as portas e escondeu a mochila perto de uma janela quebrada. Vai que, né.

— Ei, ei, acorda. Estamos seguros. Mas a gente precisa tirar esse sangue de você — chamou Kane, cutucando Dean. — Posso tirar sua roupa?

Sonolento, o outro assentiu, mas de nada ajudou. A armadura da Efialta tinha feito um ótimo trabalho protegendo Dean, mas os dedos de Kane ainda ficaram pegajosos de sangue ao tentar tirar a camisa do garoto. A fonte do ferimento era o peito dele. Mesmo com a armadura da Efialta, as unhas de Poesy tinham deixado rasgos profundos na pele de Dean.

Procurando por um sabonete, Kane encontrou um painel iluminado que mostrava lágrimas em diferentes cores. Havia azul, vermelho e, no meio, rosa. Kane optou por rosa.

Água surgiu de todas as direções, encharcando-os no mesmo instante. O garoto bateu no painel até que a pressão suavizasse, mas isso também ativou um showzinho de luzes rosas e verdes.

— Foi mal — disse Kane, esfregando Dean com uma toalha encharcada e o que esperava ser um sabonete.

O rosto do garoto se contorceu em dor, mas ele aguentou.

Kane continuou se desculpando o tempo todo. Depois, precisava remover as calças de Dean. Conseguiu abrir o botão e então precisou parar, porque...

Sério.

Porque.

— Você tá *duro?*

Dean estava sorrindo feito um pateta. Os olhos ainda fechados.

— Te peguei — brincou ele.

Kane o xingou, jogando a toalha em seu rosto.

— Você tava bem esse tempo todo?

— Ah, não, meu peito dói. — Com a toalha, Dean esfregou o rosto. — Mas eu estava curtindo a atenção. E preciso mesmo de ajuda.

— O que a Poesy te falou?

Dean precisou de um bom tempo para reunir as palavras.

— Ela tentou tomar minha visão quando me recusei a dizer onde o devaneio da Sophia se manifestou. Se não fosse pela armadura da Efialta, ela teria tirado tudo de mim. Como pode ver, ela me deu uma bela surra.

Ele se recusava a olhar para Kane. Encarando o chão, seus olhos não eram do tom de verde de sempre. Também não estavam castanhos.

— Olha pra mim — pediu Kane.

Dean ergueu o olhar. Seus olhos estavam completamente brancos.

Kane caiu para trás até que estava contra a parede oposta.

— Você não é...

Dean cruzou os braços sobre si, ficando de perfil para Kane e voltando a fechar os olhos.

— Não sou o quê?

*Real.*

Kane não conseguia dizer aquilo. Não queria dizer. Ele não entendia o que estava vendo. Olhos brancos diziam quem era real num devaneio e quem era invenção do devaneio em si. E não havia como negar que os olhos de Dean estavam brancos. Ele era cria do devaneio.

Por fim, Dean falou:

— Eu te avisei, a Poesy pega tudo que ela quer de um devaneio.

Uma centena de momentos repassaram na mente de Kane. Uma centena de pensamentos não verbalizados gritavam em seu corpo. Desde o começo, Kane tinha se perguntado o que alguém como Dean estava

# DEVANEIO

fazendo trabalhando para alguém como Poesy, e agora ele entendia. Dean não tinha escolha. Ele era uma arma, resgatada de um mundo desmantelado por Poesy muito antes de essa batalha começar.

— Sinto muito — sussurrou.

— Não sinta — respondeu Dean, ainda desviando o olhar.

Kane sabia que não havia nada que pudesse fazer além de esperar Dean continuar falando, caso quisesse, e logo ele o fez.

— O mundo de onde venho é cruel. Pessoas como eu são perseguia pessoa errada, e esse foi o meu fim. Eles me encontraram, mas Poesy também me encontrou. Ela me deu uma opção, e sou feliz por ter aceitado. Eu sobrevivi e meu mundo cruel, não. É isso.

— O que você quer dizer com "pessoas como você?"

— Pessoas como você e eu. Não existe nenhuma palavra bacana para isso no meu mundo. Dar um nome a isso é um crime.

Kane sabia. Ele mesmo tinha vivido uma vida além dos pesadelos reais dos muitos ódios da sociedade, mas o que ele conseguia vislumbrar com mais facilidade era o pesadelo que teria lhe pertencido caso tivesse nascido num lugar diferente, numa época diferente, ou numa vida diferente. A vida de Dean, talvez.

Então avançou, incapaz de resistir à necessidade de tocar Dean e confirmar que seu corpo era sólido. As mãos dele subiram automaticamente para pousarem sobre a cintura de Kane, o mesmo lugar que o tinha segurado quando se beijaram.

— Tá tudo bem — disse Kane. — Eu não tava...

Os olhos do outro brilharam.

— Não fala isso. Foi real. Pra mim foi real. — Suas mãos se apertaram e ele puxou Kane para perto, como se precisasse se segurar a ele ou arriscar desaparecer. Ou se desintegrar. Seus ombros tremeram sob um peso que Kane não enxergava.

— Eu me sinto real — afirmou Dean contra o peito de Kane.

— Você é — respondeu ele. — Não importa de onde você veio ou como chegou aqui. Você sobreviveu e agora está aqui, e você é real.

A respiração de Dean normalizou.

— Foi isso o que você me disse da primeira vez.

Então ele o segurou com mais força, e Kane deixou. O passado era uma dor entre eles. Um nó que provocava tensão e sufoco por meio do espaço que compartilhavam e da pele que tocavam. Àquela altura,

Kane havia lutado para desfazer aquele nó e o destruir algumas vezes, mas sabia que precisava deixá-lo existir. Ele não podia destruir o passado que Dean amava, assim como não podia desvendar este devaneio. Ele era real para a pessoa que precisava dele, e Kane era indefeso quando se tratava dessa necessidade.

Então ele colocou a cabeça contra a de Dean, que traçava símbolos de infinito nas têmporas de Kane.

— Então você não consegue teletransportar a gente pra fora dessa nave — comentou Kane.

— Isso mesmo.

— E nós estamos presos aqui até pousarmos?

— Estamos.

Quando entrou nesse devaneio, Kane tinha se fechado para perguntas, mas agora seu corpo estava repleto delas. Perguntas sobre os sonhos vastos ao redor deles, sobre o poder maligno dentro dele e sobre os pesadelos que corriam à frente deles. Em cada cenário, ele enfrentou o que veio em seguida com o garoto a sua frente. Eles eram capazes de desvendar isso juntos.

Dean catou a indireta de Kane e resistiu à dor para se sentar. Em seguida, colocou uma das mãos no queixo de Kane para beijá-lo. E o sentimento foi real.

Kane se fechou para perguntas mais uma vez, dando as costas para todo o potencial maligno do mundo para encarar uma coisa boa. Aquilo era real, era o presente. Para ele, era melhor do que real. Era fantástico.

Então parou de fazer perguntas e retribuiu o beijo de Dean.

# TRINTA E CINCO

## *Última chamada*

As paredes continuavam úmidas quando a tenda se destrancou para a equipe robótica de limpeza, mas os garotos já tinham partido muito antes disso. Haviam arrumado a cama da melhor maneira que conseguiram, algo que os robôs estavam programados para apreciar por três segundos completos antes de arrancarem os lençóis com tudo.

\*\*\*

A muitos andares de distância, Kane e Dean estavam sentados num bar bebericando bebidas frutadas, vestindo as roupas que tinham coletado do andar da piscina. As camisas eram arrojadas e florais, pareciam típicas de um resort, mas cada costura estava forrada com um debrum atarracado. Para Kane, aquilo indicava que esta versão do futuro tinha saído do fundo da imaginação da década de 1980. Isso explicava todos os botões na nave. E a música de sintetizador. E muitos dos cortes de cabelo.

— Não consigo tirar da cabeça aqueles hambúrgueres espaciais — disse Kane sobre o alvoroço.

— Eu sei. Você disse isso seis vezes.

O rosto do garoto queimou. Desde o banho, ele não parecia capaz de calar a boca, o que era o oposto de sua postura distante de sempre. Ficava desse jeito quando estava empolgado. Estar com Dean não era como nada que ele um dia conhecera. A novidade para Kane combinada com a segurança do toque de Dean... era emocionante, um mundo dentro de si próprio. E assim ele não ia se calar tão cedo.

— Última chamada — anunciou o bartender. — Atracamos em uma hora.

— Vamos nessa — disse Kane, puxando Dean para fora do bar e para dentro da pista de dança abarrotada.

Dean envolveu seus braços enquanto abriam caminho até a lateral de uma plataforma sobre a qual um dançarino girava e se flexionava.

— Tem certeza disso? — perguntou Dean.

— Aham, a gente se mistura melhor aqui do que no bar.

As pessoas observavam a pista de dança, e não os dois garotos na lateral.

— Não — corrigiu Dean, rígido contra os braços de Kane. — Tô falando da gente. Juntos. Isso não é... sabe?

Kane olhou ao redor. Fosse lá quem tinha sonhado este mundo, o tinha feito cheio de gays. Na verdade, a variedade de pessoas na pista de dança, e na nave em geral, parecia notavelmente queer. Triste, o garoto imaginou a realidade que exigia um devaneio assim como refúgio.

— Nós somos perfeitos — disse a Dean.

Os dois se abraçaram, presos no calor da multidão, até que a música mudou para uma balada emocionante. Dean se afastou.

— O que foi? — perguntou Kane.

Dean respirou fundo.

— Mais cedo, na ponte. Você quis mesmo dizer que eu não era nada?

De repente, Kane estava sem palavras.

— Queria dizer que eu posso ser nada, se nada for o que você precisa. Eu sou muito bom em desaparecer.

A primeira reação de Kane foi puxar Dean para outro beijo e dizer ao menino que, caso sobrevivessem àquilo, eles iriam começar de fosse lá onde tinham parado. Mas ele não tinha como saber disso. Então se impediu de beijar Dean, porque às vezes beijos fazem com que machucados se abram, em vez de fechá-los.

— Você não é nada — disse Kane. — E nada não é o que preciso. O que eu preciso neste momento é ajuda para tirar meus amigos e a Sophia daqui, e então dar um jeito de invocar o tear e acabar com isso. Eu não faço ideia do que vem depois, mas sei que quero você lá, comigo. A gente pode descobrir junto, tudo bem?

— Tem certeza? — O olhar pálido de Dean analisou o rosto de Kane

# DEVANEIO

em busca de uma resposta, como se este não tivesse acabado de lhe dar uma. — Você tem certeza de que eu vou estar aqui?

— Por que não estaria?

— E a Poesy? O que você vai fazer quando achar ela?

— Vou matar ela — afirmou Kane, no automático.

Dean se afastou, os pequenos músculos de sua mandíbula se ressaltando. Suas mãos formaram um nó diante do peito.

— Então talvez eu não esteja aqui — gritou ele por cima da música. — É o poder dela que tá me impedindo de ser desvendado. Não sei se consigo viver sem ela, Kane. Não sei se vou continuar existindo.

E assim Kane entendeu, pela primeira vez e com máxima devastação, o preço que Dean estava pagando para ajudá-lo. Se o garoto era mesmo cria de devaneio, se sua existência era mesmo enraizada no poder de Poesy, será que ele iria ser desvendado junto com o restante das criações da drag queen quando Kane a nocauteasse?

— Mas, se você invocasse o tear, seria capaz de controlar seu poder — ofereceu Dean. — Você poderia criar algo. *Nós* poderíamos criar algo, e aí ficaríamos bem, bem longe dela. Uma vez você quis isso, por mim. Você não precisa matar ela. Não precisa destruir o tear.

Casais trombaram em Kane, que tinha ficado rígido. Lasers passavam pela névoa enquanto a música saltitava em seu sangue. O garoto não viu nada disso, não sentiu nada disso. Estava sozinho na própria mente enquanto as palavras de Dean recalibravam seu mundo inteiro.

Na ponte, Dean lhe contara que eles costumavam conversar sobre o que poderiam criar com o poder do tear. Kane tinha achado isso tão inocente quanto qualquer outra de suas divagações. Mas agora a natureza da origem de Dean mudou a divagação para uma concentração terrível. A descarrilou por completo. Dean relevara o verdadeiro motivo de eles caçarem o tear; nada de criação pelo bem da criação, mas criação como uma forma de santuário. Contra o poder notável de Poesy, o último recurso de Dean era usar o próprio plano da drag queen contra ela, e Kane tinha querido o mesmo. Uma fantasia eterna na qual se esconder, para sempre.

O garoto sentiu a sombra de quem costumava ser vagando sob a superfície dos mundos de Dean, um reflexo fraco que não tinha como negar ser dele. Ele era, no final das contas, mais como Poesy do que queria admitir. Eles dois eram.

— Não sei o que fazer — assumiu Kane. — Nem mesmo sei como desvendar essa zona. Só a Poesy é forte assim.

Dean encontrou a mão de Kane, pressionando algo contra ela. O garoto reconheceu o toque do metal gelado.

— A Poesy é forte por conta das armas que porta — falou Dean. — Mas você é forte por conta própria. Tenho medo de imaginar o que você seria capaz de fazer com um arsenal como o dela. Mas, por favor, não mata ela.

Kane olhou para o que Dean lhe tinha dado: o bracelete de pingentes de Poesy, arrancado de seu braço pelas mandíbulas da Efialta. O apito. A xícara. A chave branca. O crânio opala. A estrela-do-mar. Estavam todos ali, esperando que ele os iluminasse. Como se reconhecendo seu novo comandante, o bracelete deslizou ao redor do punho do garoto e se fechou.

O mundo ficou barulhento e claro. As janelas se encheram com luz do sol à medida que um oceano azul e uma cidade despontavam diante deles. A música estava acabando. Eles tinham chegado ao destino de resTerra. Um destino que preenchia Kane com uma familiaridade esquisita. Já tinha visto essa mesma cidade uma vez, do topo de um arranha-céu destruído.

Pelo alto-falante, uma voz alegre disse:

— Sejam bem-vindes à capital de resTerra, Everest. Por favor, aproveitem a estadia!

# TRINTA E SEIS

## *O torreão*

A cidade um dia vazia de Everest agora fervilhava com luz e vida. Multidões de pessoas numa formalidade vitoriana futurística surgiam dos mercados abertos. Elas se voltavam contra a esplanada, acenando lenços claros para o mar cerúleo onde as embarcações atracavam. Como formigas, os turistas fluíam uns sobre os outros enquanto escalavam o morro no centro da cidade. No topo, balançando como um bolo elaborado, estava uma versão drasticamente elaborada do casarão do devaneio de Helena Beazley.

O castelo. O covil. A fortaleza. O torreão.

Kane e Dean se esconderam na sombra.

— A Sophia andou ocupada — comentou Dean. — Estou surpreso que ela consiga manter tudo isso em foco, e por tanto tempo.

— Eu não tô — disse Kane. — Ela é a Sophia Montgomery. É boa em tudo.

— Mesmo assim, isso não tem como durar. Ou esses devaneios vão começar a colapsar ou a Sophia vai. É melhor a gente achar ela, e rápido.

— E aí o quê? — perguntou Kane.

Dean não ousou responder, mas Kane sabia o que acontecia depois. A xícara estava pendurada na forma de pingente em seu punho, sonhando sombriamente com destruir este mundo inteiro em algo tão pequeno e fofo quanto o pingente.

— Se alguém vai desvendar isso, serei eu — falou Kane para Dean.

Um clarão de luz varreu a multidão. Pessoas bateram palmas quando um pássaro com asas de cristal cruzou o sol. A coruja, do devaneio de Helena, estava à procura de algo.

Kane levou Dean para o mercado lotado de vendedores que gritavam. Eles passaram por damas em saiotes de braços dados com outras damas em armadura cristalina. Uma frota de crianças couraçadas passou por seus joelhos, perseguindo um passarozinho da cor de toranja fresca. O ar ali estava cheio de pétalas flutuantes e cheiro de pão frito. A felicidade deste lugar era palpável, mas, logo abaixo da superfície, Kane ainda conseguia sentir a raiva remanescente de sua irmã enquanto ela vivenciava a gota d'água das traições do irmão. Se este devaneio continha a claridade e o calor de uma chama dançante, era porque o pavio preto e enrolado de raiva queimava em seu âmago.

Cornetas soaram e, como se coreografadas, as multidões se moveram numa única direção. Kane e Dean as acompanharam. À frente, ergueu-se o castelo perolado adornado em suas ameias e torres. As multidões atravessaram um portão grande, entrando num corredor e subindo outro lance de escadas, então saíram na claridade impiedosa dos jardins de que o garoto se lembrava. Eles foram tirados diretamente do devaneio de Helena, embora sua riqueza original tivesse sido ampliada em completa obscenidade. Agora o jardim existia como o chão de uma arena imensa, e, em cada uma das laterais, havia fileiras e fileiras de bancos de vime rendados. Dean e Kane, juntos com cada um dos outros personagens, se amontoaram nos assentos, sentando-se no momento em que a luz do jardim escureceu. Algo estava começando.

— Você encontrou a Sophia? E os Outros? — perguntou Kane.

Os olhos de Dean brilharam verdes enquanto ele tentava enxergar através de seus poderes.

— Ainda não consigo ver nada com clareza — disse ele. — Mas... espera. Sente isso?

Um estrondo atravessou a arena e a multidão comemorou. Então, do chão do jardim, houve uma comoção.

— É... — Kane semicerrou os olhos.

Ele enxergou as vestes cor-de-rosa antes de qualquer outra coisa, e seu alívio em ver Ursula viva foi imediatamente cortado pela lâmina do dilema que vivenciava.

Ursula e Elliot estavam no centro do jardim. A menina usava um vestido de casamento esfarrapado e o menino, um smoking destruído. As fantasias do devaneio original. Estavam um de costas para o outro enquanto duas criaturas os rodeavam: a aranha de ouro rosé e a serpente de diamante.

O mundo de Kane se afunilou no espaço cada vez menor entre seus amigos e aqueles predadores preciosos.

# DEVANEIO

— Eles tão sendo forçados a lutar contra os filhotes do devaneio da Helena — gritou Kane.

Dean fechou a mão sobre uma das pernas dele, o mantendo no lugar.

— Espera. Veja. Eles tão ganhando? — indagou.

Kane se obrigou a assistir. Mesmo com aquelas roupas absurdas, Ursula era um poder irrestrito no campo de batalha. Em questão de alguns segundos, ela tinha, de algum jeito, subido na aranha e arrancado a perna laminada, jogando-a para Elliot. O garoto a pegou, acertando um corte extenso enquanto a serpente investia contra ele. A fera se virou para longe, sua presa decepada rolando para dentro de um leito de magnólias.

— Isso.

— Então a gente deixa eles.

— Como é que é?

— É uma armadilha. Algo pra te atrair. A gente precisa entrar no castelo e encontrar a Sophia. Aqueles dois conseguem se cuidar.

— A Ursula talvez, mas e o Elliot?

— A Ursula vai proteger ele — respondeu Dean.

Na ponta da arena, um portão estava subindo para permitir a entrada de uma nova ameaça: o besouro lápis-lazúli.

Kane só soube que estava em movimento porque sentiu Dean em seu encalço. Então, bem na grade, Kane foi puxado para trás e espremido contra as escadas.

— Kane. Você *não* pode intervir.

O garoto conseguiu soltar uma das mãos.

— A gente tem que ajudar eles!

Dean pegou seu punho e o esmagou contra os degraus.

— Não podemos. *Você* não pode.

Os olhos brancos dos espectadores começaram a observá-los. Os confrontos da arena fizeram Kane se levantar um pouco antes que Dean o grudasse ao chão de novo. Então, nas profundezas dos olhos de Dean, uma magia de jade cintilou. A pele que ele tocou se arrepiou conforme uma armadura preta se espalhou sobre o corpo do garoto.

— Não! — implorou Kane. — Não me mande pra longe! Eu quero lutar. Eu tenho que...

— A sua irmã precisa de você, Kane — disse Dean enquanto o capacete da Efialta se fechava sobre sua cabeça.

E, com isso, Kane desapareceu.

# TRINTA E SETE

## *De volta para casa*

Kane disparou pelo vazio enjoativo até que a branquidão o ejetou para a luz ofuscante do sol. Ele se debateu, tentando alcançar algo que pudesse pará-lo, e despencou sobre um banco baixo. Quando se sentou, viu que agora estava no castelo, no alto de uma torre e com vista para uma cidade de cinza, azuis e dourados. Bem lá embaixo ele conseguia ver a arena, apenas um talho de verde nos vincos do castelo, como uma mancha de lodo. Do vidro, vinham comemorações distorcidas e ele imaginou que conseguia ver a Efialta se juntando a Elliot e Ursula na batalha. Lutando com eles.

Sem Kane. De novo.

Assim, cerrou os punhos para se impedir de socar os vidros. Ele tinha sido forçado a fugir. De novo.

"Sua irmã precisa de você", dissera Dean. Kane abriu as mãos e entendeu o raciocínio. Intervir só ia desencadear a raiva do devaneio, revirando-se por meio da batalha que se aproximava e atraindo Sophia para fora. Mas Dean tinha ejetado Kane da ação (do enredo em si) e agora o garoto estava livre para fazer manobras enquanto os Outros eram o centro das atenções. Ele podia encontrar a irmã sem ser o ponto central de sua agressão. Talvez, e só talvez, aquilo fosse o suficiente para acordá-la.

— A Sophia precisa de mim — disse para si, apertando a mochila com determinação. — Eu não sou um ovo.

Agora concentrado, ele notou o som distante da viola erudita e, obstinado, se colocou na tarefa de persegui-lo. Quanto mais descia pelo castelo,

# DEVANEIO

mais física se tornava a pressão do devaneio, até que ele conseguia sentir essa seção do mundo de Sophia explorando com curiosidade suas roupas estranhas de resort.

Kane seguiu pelo desconforto formigante. Devia estar chegando perto. Agora a música estava por todos os lados e pessoas usando trajes finos vagavam pelos corredores. Todas elas usavam máscaras de bailes, e era óbvio que o garoto não se encaixava ali. Ele levou um tempo, sabendo que seria necessário apenas um erro para o entregar, e por fim chegou à fonte da música: o salão de festas.

Um amontoado de garotas serviu como disfarce para ele entrar atrás delas. Seus dedos se fecharam ao redor do apito preto. Quando chegasse a hora, será que ele saberia o que fazer? O que aconteceria com Sophia se ele apenas a tirasse dali e a levasse para o santuário de Poesy? Será que ela afastaria a identidade onírica com um piscar de olhos e seria ela mesma, ou será que seus olhos ficariam foscos e escuros, as portas pretas afetando sua conexão com este lugar onde agora sua mente vivia?

O grupo de garotas pausou para discutir algo e Kane deslizou para fora de suas fileiras. O salão de festas era imenso, seus cantos cobertos grosseiramente em sombras. Ótimo. Ele foi para trás de pilares tão grandes quanto sequoias e analisou o baile de máscaras de longe. Centenas de convidados congregavam ao redor de algo no centro do ambiente, uma plataforma circular flutuante. Uma cortina de tecido fino e transparente escondia o que estava atrás dela. O material ondulava conforme os convidados o puxavam, brincando.

Kane ficou atrás do pilar até que conseguisse enxergar a parte da frente do cômodo, onde degraus esparsos levavam para um trono de ferros trançados e filigranas. Sobre ele, sentava-se uma figura improvável. A mente do garoto rodopiou, mal conseguindo se agarrar à imagem da irmã. Como se feita pelo pincel de um artista, Sophia estava jogada no trono usando um vestido de tecido carmesim infindável, que formava uma piscina a seus pés e descia pela escada, grosso como melado.

A mente de Kane rodopiou de novo. Havia algo entre as dobras. Pele dourada. A redoma de uma cabeça careca. Uma perna dobrada de um jeito bem feio. O pedaço de um braço, agora escurecido.

Poesy, desmantelada.

Negação trovejou no coração de Kane. Poesy estava morrendo (ou já estava morta), o que parecia impossível dada a antiga glória da drag queen.

Sophia encarava o corpo com uma resignação oca, um vinco fraco puxando para baixo suas feições maquiadas. Os dedos dela enterrados no couro cabeludo como se afastassem pensamentos terríveis de seus olhos parados.

Kane já estava correndo em direção a ela quando a multidão se calou, todos se virando para observar a cortina subir. Sophia se levantou, a mão ainda pressionada contra a cabeça.

O palco era de um marfim nacarado, lustrado e polido de modo que a luz saltava dele e iluminava o grande corredor em aros de arco-íris. Uma figura solitária adornava o palco: Adeline, com os ombros nus e tremendo num tutu branquíssimo. A menina vacilou sobre o que Kane primeiro confundiu com pernas de pau. Ele sufocou um suspiro. Fitas de cetim entrecruzavam as coxas dela, descendo por suas pernas musculosas e pelas sapatilhas pontudas de balé a seus pés. Mas elas não terminavam em pontas cegas, como deveria. Em vez disso, continuavam até lâminas elegantes tão longas quanto espadas, forçando Adeline a se inclinar para trás para se equilibrar enquanto suas pontas resvalavam sobre a superfície macia do palco. A multidão se aproximou, sedenta para vê-la cair.

— Você está aqui por um motivo — disse Sophia. — Me conta a verdade desta vez.

— Sophia, por favor. É a Adeline. Você... — Adeline se inclinou para o lado, mal se recuperando. — Você me conhece. Nós somos amigas, do conservatório...

Sophia estremeceu, lançando uma onda pelo salão de festas que acertou Adeline, fazendo o corpo da garota dar uma pirueta sobre uma lâmina. Ela girou devagar, perfeitamente equilibrada.

— Você não pode mentir aqui — avisou Sophia. — Não pode mentir. Ela tentou mentir, e isso a matou. Simplesmente partiu seu coração. — Ela apontou para a forma desmantelada de Poesy antes de virar os olhos desesperados para Adeline. — Por favor. Eu não quero que você se machuque. Por favor, não mente pra mim.

Adeline se virou, rígida e mal capaz de assentir.

Seu rosto relaxou quando Sophia se jogou no trono, aliviada.

— Você conhece meu irmão. E precisa me dizer onde ele está. Ele quer ferir meu reino, não quer? Foi isso o que a bruxa me disse. Ele quer trazer a Condenação para nossa casa.

## DEVANEIO

Mundos se sobrepuseram, os devaneios se entrelaçaram na mente dela, mas Kane entendia. Na bagunça de convergências de enredos arranhando sua identidade, a menina não tinha perdido o foco das traições que ele infligira contra ela. E mesmo ali, mal se atendo à sanidade, ela ainda entendia que Kane tinha fugido para uma escuridão que ele não conseguia derrotar e que o irmão tinha trazido aquilo para destruir a casa deles.

— O Kane pode te ajudar — insistiu Adeline, entre dentes. — Ele não vai te machucar.

— Você tá mentindo de novo.

Sophia apertou a cabeça, outra onda fervendo sobre ela. Bonecas de alabastro se levantaram do palco numa imitação perfeita de Adeline, que se equilibrava sobre as mesmas lâminas mortais. Sophia gemeu inutilmente enquanto elas giravam. Como uma caixa de música, Adeline dançou dentro da coreografia orbitante delas, as lâminas passando por ela sem atingi-la. Kane entendeu a armadilha. Se Adeline resistisse, se movesse um centímetro que fosse fora do compasso, aquelas lâminas encontrariam sua pele.

Etéreo estalou no punho de Kane, mas ele o apagou. Não podia lutar ainda. Só teria uma chance.

Ninguém notou conforme ele corria atrás dos pilares, subindo até o trono. Ninguém ouviu seus passos. O único som era a música que vinha do nada, como no conservatório, e os arranhões precisos das facas contra porcelana. Os sons de crueldade iminente. Kane chegou à lateral das escadas do trono, dando seu melhor para não olhar o corpo mutilado de Poesy. Se concentrou em Sophia, que se concentrava em Adeline com um terror desesperado crescente.

— Por favor — implorou Sophia. — Por favor, não faz isso com ela!

Kane se deu conta de que ela estava implorando ao devaneio que poupasse Adeline. Ele já tinha visto isso antes, mas tinha sido Helena. A essa altura, o devaneio estava além do controle de Sophia, agindo de acordo com o que achava melhor. Punindo aqueles que o ameaçavam.

Os joelhos de Adeline tremeram. Sua determinação era firme, mas seu corpo ia deixá-la na mão. A menina pulou enquanto as dançarinas misturavam o ar abaixo dela. Sophia se encolheu no trono, seus soluços pontuando a música acelerada.

— Para! Para com isso! — gritou.

E então aconteceu. Final e terrivelmente, Adeline cometeu um erro. Um confronto besta e, de repente, uma das lâminas tingiu a multidão em vermelho. Adeline continuou dançando, uma fita de sangue descendo de suas costelas e tingindo seu tutu de rosa.

Adeline não disse nada, mas girou, se curvou e girou de novo, cada vez mais instável. Mais vermelho brotou de suas canelas, então em sua nuca. A multidão bateu palmas em apreciação.

Kane subiu as escadas, por trás do trono. Todos, incluindo Sophia, estavam concentrados em Adeline. Quando puxou a xícara de chá do bracelete, o objeto cresceu até seu devido tamanho, aninhado em sua palma. O garoto a estendeu, balançando-a, cada partícula de seu corpo implorando que pensasse em outra forma de frear sua irmã. Kane fechou os olhos, depois arriscou um olhar para o palco. Numa profusão pegajosa, havia vermelho por toda parte. A imagem de Adeline brilhou: cambaleante, dolorosamente adorável sobre aqueles sapatos de lâminas. Ela estava olhando direto para Sophia.

Não, direto para Kane. Ela o observava, falhando de propósito para que ele pudesse ter sua oportunidade. Ao ver aquilo, o garoto entendeu e ela sorriu, mas o sorriso se foi quando a garota enfim colapsou. O cômodo foi tomado por sons de esfaqueamento.

As escolhas de Kane se afunilaram a apenas uma. Adeline estivera errada; no final das contas, eles iam perder Sophia.

Usando a unha, ele inclinou a xícara.

E tudo.

Parou.

$$* * *$$

A xícara de chá engoliu Kane, levando-o para as curvas de seu poder estonteante. O garoto sentiu como se ele mesmo fosse a vibração irradiando da porcelana, como se ele mesmo fosse a frequência sônica rasgando o devaneio e se pintando sobre cada partícula. Kane não se tornou um "quem", mas um "onde". Ele estava por todas as partes; sua consciência, em todas as coisas.

Conseguia sentir tudo, desde as partes mais afastadas do devaneio até seu interior: o vácuo arrebatador do espaço sideral, o forte cheiro da atmosfera de ozônio, as ruas brilhantes de Everest. Sentiu as joias

## DEVANEIO

estilhaçadas cravadas no jardim pelo salto de Ursula, e do almíscar de couro da pele da Efialta ao envolvê-la com ar protetor. Ele sentiu cada partícula brilhante suspensa sobre a multidão embasbacada. Sentiu o palco e seu estado pegajoso. E, por fim, ele sentiu o coração de Adeline desacelerar conforme sangue jorrava de seu corpo perfurado.

Kane sentiu cada fibra entrelaçada do mundo de Sophia; e então sentiu a própria irmã enquanto esta se virava para encará-lo.

Ela estava morrendo de medo. Suas lembranças ferviam por meio de Kane em cores completas, com sensações completas. Seus triunfos e seus abusos, sua culpa e sua dor. Seu amor. Sua perda. A exposição abrasadora a fez gritar, e o garoto gritou junto com ela, pois eles tinham chegado a um ponto de sincronicidade enquanto suas mentes se entrelaçavam dentro da xícara de chá. Juntos, eles sentiram a alma de Sophia se abrir, recuando de modo que a xícara talvez implodisse seus sonhos com autoridade imparcial, desmantelando-a em algo fofo e silencioso que Kane fosse capaz de controlar.

Sophia sentiu isso e, ainda assim, olhou para o irmão com alívio. Com amor tão simples e inesgotável que estagnou até mesmo o ataque da xícara.

— Kane... — disse ela, apenas movendo os lábios. — Você voltou pra casa.

Aquilo não estava certo.

*Aquilo não estava certo.*

Como se sentisse a relutância de Kane, o poder da xícara de chá se voltou contra a própria mente do garoto, o partindo com uma aniquilação vingativa.

Kane soltou a xícara. Ouviu-a se estilhaçar e, então, não ouviu mais nada.

# TRINTA E OITO

## *Bons sonhos*

Kane não conseguia se mover. Ou conseguia, mas não havia motivo. Os estilhaços da xícara estavam espalhados à frente dele, lançados no carpete como pétalas. O garoto olhou para além deles, para onde Adeline repousava sobre o palco congelado. Seus olhos estavam escuros, seu peito mal subia. Mais perto, viu o tornozelo de Sophia. Ela tinha colapsado nas escadas.

O devaneio seguia firme e forte.

Kane havia falhado.

— Mais difícil do que parece, não é?

A forma desmantelada de Poesy se sentou nos degraus, um zumbi do esplendor de sempre da drag. O bracelete de pingentes saiu do punho de Kane e foi para o dela, orbitando a parte ensaguentada que restava de seu braço. O braço, alimentando-se de magia por meio do pingente de estrela-do-mar, se reconstruiu nervo por nervo. Os outros danos de Poesy também a deixaram, como uma casca encardida, e quando ela se levantou estava novinha em folha. Usava um vestido de manga longa feito de um tecido branco grosso adornado em ouro, a bainha recortada roçando suas coxas firmes. O cinto comprimindo sua cintura era uma trança de corda grossa, terminando em borlas que tilintavam alegres à medida que balançava. Uma capa se derramou do ar e grudou aos ombros dela, então um chapéu de abas largas rodopiou até sua cabeça. A maquiagem mudou em seu rosto como um teste de Rorschach, estabelecendo, por fim, uma aparência de puro glamour hollywoodiano.

Poesy estava de volta, e estava vestida para dar tudo de si.

— Nós somos parecidos de muitas formas, sr. Montgomery. Mas aquela xícara requer uma certa impiedade que sempre lhe faltou. Você deveria ter imaginado que não tinha merecido o poder dela.

O garoto mal ouviu essas palavras. Uma fadiga profunda havia escalado pelo vazio que existia nele e amorosamente apertado os pedaços de sua mente quebrada. O sentimento sussurrava para que Kane o seguisse, fosse embora, e para que deixasse essa drag má para fazer o que bem entendesse.

Mas ele ainda conseguia enxergar o tornozelo de Sophia. Ela estava se arrastando para longe deles, indo até Adeline.

— Não sou completamente crítica, claro — continuou Poesy. — Estou até que impressionada que conseguiu voltar aqui, sozinho. Mas, de novo, essa foi minha intenção. Entendi que sua irmã era uma isca boa o bastante para te atrair, embora eu nunca tenha pensado que você ia mesmo tentar desvendá-la. Achei que estaria disposto a abrir mão de sua antiga realidade se o próprio devaneio de sua irmã servisse como a fundação para a minha nova. Sua crueldade com ela me surpreende.

As palavras de Poesy eram o limite eloquente sobre o verdadeiro som de sua voz, o qual era o ciciar de cigarras.

Movido por puro ódio, Kane se forçou a levantar.

— Você não é humana.

Poesy fez uma reverência.

— Obrigada.

Então ela se inclinou sobre a xícara de chá estilhaçada, encontrando a alça curvada e a levantando. O restante dos pedaços balançou atrás dela como uma marionete, se reunindo de modo que repousasse, completa e refeita, na palma de Poesy.

Vapor subiu do objeto um segundo depois e, sem alarde, a drag queen bebericou.

Como um raio, Kane direcionou um estalar de dedos bem na cara de Poesy. O disparo ricocheteou, mas a deflexão mandou chá sobre todo o vestido branco e perfeito dela.

— Este foi... — Ela olhou para Kane com um desdenho aparente, seu rosto maquiado gotejando. — Seu último ato de atrevimento.

Suas unhas feito garras esmagaram o ar e seu aperto físico se fechou ao redor de Kane. O garoto bateu contra o trono, preso ali pela mão invisível de Poesy.

— Está na hora de invocar o tear — anunciou ela, secando o rosto com a capa.

— Não posso — negou Kane, pela primeira vez orgulhoso de sua inaptidão. — E, mesmo que pudesse, eu iria destruir ele antes de deixar você o usar!

Poesy parou de se secar para dar ao garoto aquele mesmo sorriso deslumbrante que tinha lhe dado na Sala Macia da delegacia. Dessa vez, ela estava rindo dele.

— Suponho que foi esperar demais que a perda de memória fosse mudar seus princípios — disse ela, ficando séria. — Agora eu vejo que você não mudou nadica de nada. Tanto potencial, e ainda assim tão pouco interesse no ato da criação. Uma apatia fascinante que eu esperava transformar em lealdade depois que a sra. Bishop duvidosamente apagou suas lembranças. Aquilo foi um acidente, sabe, mas pensei que fosse um golpe de sorte para mim. Pois me deu uma chance de trabalhar com você diretamente. Seu poder, minha criatividade. Mas eu não posso trabalhar com um instrumento que desenvolveu intenção.

— Eu nunca vou trabalhar com você — debochou Kane. — Não por vontade própria. Você me enganou.

Ela passou uma mão na frente do vestido e a mancha de chá desapareceu.

— Bom, é *mesmo* um empreendimento ardiloso, criar uma realidade. — Então apontou para os devaneios convolutos ao redor deles. — Mas está óbvio que essa parte eu entendi. O mais difícil é mantê-lo. Não se pode esperar fazer tudo isso sozinha; é preciso delegar. E então eu procurei criar deuses usando mortais dignos. Pessoas como seus amigos. *Os Outros!*

Poesy disse a última parte com mãos de jazz zombeteiras.

— E isso também deu certo. Mas eu precisava mais do que um panteão. Eu precisava de poder. Eu precisava invocar um tear, uma fonte de energia infinita para produzir minhas criações. E eu precisava invocar esse tear de um jeito que conseguisse controlá-lo. Manipulá-lo. E é aí que você entra.

Ela mergulhou sobre Kane. Sua pele brilhante como joias geladas sob a maquiagem empoeirada. Poesy fez questão de que o garoto a observasse remover o crânio opala de seu bracelete. O pingente brilhou na luz fraca do salão de festas, formando uma grinalda de eixos. Uma coroa, feita de ossos.

# DEVANEIO

As cicatrizes de Kane queimaram em reconhecimento. *Ela tem o tear.* Estivera com ela esse tempo todo.

— Você reconhece isso aqui, não é?

O aperto invisível o segurando no trono se intensificou.

— Gostaria de saber como invocar o tear? — Poesy girou a coroa com inocência. — É fácil. Primeiro, você constrói um ambiente capaz de suportar uma imensa produção de poder, tal qual um devaneio. Depois, você neutraliza a concorrência criando pequenas rixas e casos amorosos, para que elas ocupem umas às outras por completo. Então, você espera pelo momento perfeito, quando o próprio tecido da realidade se tornou esfarrapado, logo antes de estar prestes a se rasgar. Isso lhe dá sua oportunidade de destruir a realidade antiga e começar a nova.

Ela arrastou uma das unhas pela mandíbula de Kane para pegar seu queixo.

— E, por fim, você revela que este tear não se trata de uma coisa, mas sim de uma pessoa. E é você, sr. Montgomery.

Kane parou de resistir.

— Você é meu receptáculo — continuou —, meu instrumento, meu próprio projetinho de big bang ao estilo "faça você mesmo". E pensar que a sra. Abernathy quase estragou tudo ao te jogar para longe de mim. Ainda bem que eu tive o bom senso de deixar sua irmã me manter prisioneira, sabendo que você viria atrás dela. Está vendo? Eu não sou só um rostinho bonito. Debaixo disso tudo, eu também sou o pacote completo.

Kane ouviu as palavras, mas não as entendeu. Elas deslizaram por sua mente como peixinhos prateados. A respiração de Poesy gelou as lágrimas escorrendo por suas bochechas, o suor grudando em suas têmporas.

— Vou admitir que errei nas contas mais cedo. — Poesy passou por trás do trono. Kane não podia olhar para nenhum lugar que não fosse à frente, para a multidão de telespectadores imóveis. Todo o movimento do salão de festas à mercê da vontade de titânio de Poesy. — A possibilidade de abrir o tear num garoto humano sempre trouxe o risco que ele um dia fosse usar seu poder contra mim, então criei esse aparelho. — Ela retornou para bloquear a visão que Kane tinha de Sophia, que enfim havia chegado até Adeline. — É uma coroa, sim, mas também uma prisão. Esta coroa não concede poder; ela o toma. Ela acessa o potencial mais profundo de uma pessoa, o enfoca mil vezes e me permite usá-lo como eu bem quiser. Dizem que é bem doloroso, perder a lucidez desse jeito.

Na última vez que a coloquei em você, você fez um auê e tanto, engolindo por completo o mundo aquarela de Maxine Osman, e a mulher junto dele. E aí a sra. Bishop teve a audácia de tentar *removê-la*! Eu também não estava contando com isso. Meus parabéns a ela. Mas, dessa vez, seus amigos não podem te ajudar. Enquanto usar esta coroa, você é meu. Minha caixa de Pandora. Meu graal. Minha musa. Meu, sr. Montgomey, para imaginar e tornar realidade qualquer coisa que eu quiser.

— Eu não vou — negou Kane. — Não vou fazer isso.

Poesy fez biquinho.

— É uma pena que não vá criar para mim por vontade própria. Acho que você ia gostar bastante do que eu tenho guardado para este mundo xexelento.

Em seguida, ela o beijou na bochecha e depositou a coroa em sua cabeça. O objeto se encaixou perfeitamente, a pressão contra seu couro cabeludo trançando suas cicatrizes com perfeição. Pareceu familiar. E queimava.

— Bons sonhos, meu tear.

A mente de Kane se tornou totalmente branca, como a ponta escaldante de uma nuvem prestes a sair da frente do sol. E então ele estava em algum outro lugar, lançado no esquecimento da coroa. Seu corpo e sua mente (tudo dele) já não mais lhe pertenciam. Fosse lá o que tinha se tornado, agora pertencia a Poesy.

# ALÉM

Kane estava no rio, sob o céu pálido banhado com nuvens em tom pastel à deriva. O sol baixo se esticava sobre as margens esburacadas, dando a elas a nítida impressão de aquarelas numa tela. A água também estava salpicada de luz conforme acariciava suavemente as partes de juncos verdes onde Kane estava. O garoto tocou a água com a ponta dos dedos, observando um cardume de peixes prateados envolver seus tornozelos.

Pavor irrompeu por seu corpo, repentino e estranho. Ele não deveria estar ali. Suas mãos foram até as têmporas, uma urgência crescendo nele antes de se derreter de volta à correnteza lenta do rio. Fora de seu alcance, algo importante flutuava, algo que ele precisava lembrar mas não conseguia.

Um pinho o acertou na cabeça e saltitou para a água, espelhando os peixinhos.

Ele se virou para a margem, encontrando o antigo moinho. Era uma construção majestosa emoldurada num lindo conjunto de árvores que se curvavam para esconder seu rosto nobre do julgamento e da curiosidade de Amity do Leste.

A irmã de Kane, Sophia, o observava com olhos brancos suplicantes.

— Vamos, Kane — pediu ela. — Tá na hora de ir agora.

Kane marchou em direção a ela, depois parou. Havia mais alguém com ele nos juncos. Uma mulher de idade encarando o moinho, presa num feitiço de concentração rigorosa. Em uma das mãos, segurava um pincel e, na outra, uma paleta; um pequeno cavalete se projetava da água a alguns centímetros à direita dela. De onde o garoto estava, conseguia identificar os vermelhos ricos e os marrons do moinho na tela exposta. Combinavam com a cor profunda dos olhos da senhora conforme se afastavam aos poucos do moinho e assimilavam Kane com uma irritação óbvia.

— Ah, é você de novo — disse Maxine Osman.

Kane não tinha ideia de como a mulher o conhecia. Não tinha ideia de como ele a conhecia. Queria desconhecê-la, porque só de pensar no nome dela trouxe aquele pavor infundado e intermitente, como se ele devesse estar fazendo algo diferente. O garoto esfregou as têmporas de novo. Por que elas pareciam rígidas?

— Você não deveria estar aqui — apontou Maxine enquanto pincelava a tela. — Este não é o seu mundo. Fique aqui tempo demais, como eu, e vai estar preso.

— Sinto muito, nós estamos prestes a sair.

— E vão pra onde?

Kane deu de ombros. Amity do Leste brilhava como uma confusão de moedas polidas sob o sol da tarde, todas empilhadas na margem oposta. O dia diante dele parecia infinito.

— Está vendo? — Maxine afastou um mosquito de sua orelha. — Você não sabe, porque, mesmo que a coroa queira muito que você pertença, você não pertence. Eu também não pertencia. Fui arrastada pra cá, acho, mas agora sou uma perpétua.

— O que isso significa?

Maxine vislumbrou o pequeno moinho tomando forma na tela.

— Significa que, se quer mesmo ir, você deveria ir.

— Ir pra onde?

— Não onde. Você precisa acordar, querido.

— Kane! — gritou Sophia, da margem. — Vem! Tá todo mundo esperando.

Kane olhou sobre o ombro. Ela tinha razão. Todo mundo que ele conhecia estava esperando na floresta escura do Complexo Cobalto. Uma cascata de olhos brancos e pálidos pedindo a ele para sair da água e vir, vir junto, ir andando. Kane sentiu que, assim que saísse do rio, não iria voltar por um bom tempo. Talvez nunca.

Kane se voltou para Maxine.

— Me sinto meio perdido — confessou.

— Está tudo bem. Você está mesmo. Eu te falei, você não pertence a esse lugar.

— Mas eu não tenho certeza onde pertenço.

— E está tudo bem também. — Maxine girou o pincel na paleta. — Esse é o problema de ter uma imaginação fértil: é difícil pertencer a qualquer lugar quando você sempre consegue imaginar algo melhor. Mas eu ainda não me preocuparia em criar raízes. Você é muito jovem. Tem muito tempo pra entender o que quer e, então, fazer isso acontecer. Mas não se você ficar aqui.

De novo, um pavor irrompeu em Kane e, por meio segundo, tudo a respeito da cena parecia errado. Falso.

Uma pinha acertou o ombro de Kane. O garoto se virou a tempo de catar a seguinte.

— Minha irmã...

— Aquela não é sua irmã — disse Maxine.

— Ela...

— Ela não é sua irmã — reiterou Maxine, firme.

Subitamente, o rio começou a ferver. Em arcos rasgados, vapor sangrou no ar dourado.

— Viu só? — perguntou Maxine. — Olha, agora a cena tá toda chateadinha. Minhas cores vão ficar borradas.

Kane derrubou a pinha no rio borbulhante, que flutuou contra a correnteza e sumiu na névoa que se amontoava, deixando uma seiva perfumada na palma de sua mão. O garoto sentiu o cheiro intenso da floresta, o que o lembrou de Dean.

Mas quem era Dean?

— Acho que... — Kane alcançou a profundeza inimaginável que tinha acabado de vislumbrar, onde o colosso de uma vida inteira esquecida pairava atrás do véu cristalizado deste mundo. — Acho que preciso ir — falou, mal respirando.

— Pois é, eu sei. Já te falei isso. — Maxine inseriu manchas de vapor em sua representação do moinho. Tudo isso parecia ser uma grande inconveniência para ela.

— Mas e você? — perguntou Kane. — Você vai sair ou ficar?

— Ah, eu estarei aqui. — Seus lábios comprimidos abriram espaço para um sorriso esperançoso. — Estou esperando uma pessoa. Tenho certeza de que ela vai achar o caminho até aqui mais cedo ou mais tarde.

Kane se afastou de Maxine e deu as costas para a margem, sobre a qual sua irmã estava, e para todas as outras invenções que tinham se reunido no fundo do devaneio para aprisioná-lo. Ele entrou na névoa que se aglomerava, rumo ao mundo desperto além.

# TRINTA E NOVE

## *Para cima e para fora*

Kane acordou num beijo. Arfou, respirando o ar diretamente da outra boca como se estivesse inalando sua vida de volta.

— Aí está você — disse Dean.

Sua armadura de Efialta se ramificava e se eriçava na cintura e nos ombros, mas seus braços eram tão gentis ao redor de Kane quanto tinham sido na pista de dança da Espaçonave Giullietta. Um de seus olhos cintilou espuma do mar.

— Você me acordou com um beijo?

— Não, foi *você* que me beijou enquanto eu tava tentando tirar a coroa da sua cabeça. Foi muito surpreendente.

— Onde tá a coroa agora?

— Você ainda a está usando. Ela tá nos mantendo flutuando.

Kane notou que eles estavam, de fato, flutuando. Então cutucou o aperto confortável da coroa e seus dedos tocaram a luz incandescente surgindo de sua pele. O etéreo encharcava o ar num crepúsculo néon e deixava os dois garotos leves. A luz se curvava ao redor deles, os protegendo, borrando o caos do mundo colapsando abaixo. De modo vago, Kane conseguia sentir tudo. Além de seu refúgio, Everest era um bombardeio de todos os devaneios se mesclando num pandemônio com a força de um furacão. Seis mundos batalhando por domínio enquanto cada um deles se desmantelava, se emaranhando mais e mais em seu desfazimento selvagem.

Kane saboreou a violência e voltou à luz. Agora se lembrava dos momentos antes de Poesy forçar a coroa sobre ele.

— Cadê ela? — perguntou, em pânico.

# DEVANEIO

— Bem lá embaixo. Por ora, a Ursula e o Elliot tão distraindo ela. Eu era o único que podia chegar até você.

— Eu sou o tear. — Kane sussurrou como a confissão que era. — É tudo culpa minha. Os devaneios. A Poesy está mirando na minha irmã para que possa me usar. Eu descobri isso uma vez, e foi por isso que falei pra Adeline me destruir. Porque eu sou o tear.

Dean pensou a respeito, cuidadoso e amável. Então exalou o ar, que brincou naquele vazio comprimido entre eles.

— E o que você vai fazer dessa vez?

A visão de Kane ficou borrada com lágrimas.

— Não sei. Eu estraguei tudo quando voltei aqui. Tudo seguiu de acordo com o plano da Poesy.

Dean se abaixou para ficar diante dos olhos de Kane, que ainda estava com a mochila. Sendo assim, Dean passou os dedos por baixo das alças para que conseguisse dar um chacoalhão de leve no garoto.

— Nem tudo.

— Como assim?

Dean traçou símbolos de infinito na camisa de Kane, em sua pele.

— A Poesy te deu uma coroa que concentra seu poder, um plano que só funciona se você estiver sob o controle dela. Mas agora você está desperto. Ainda está lúcido.

— Mas ela disse que eu não ia acordar.

Dean deu de ombros.

— Não importa o que a Poesy diz. Este devaneio não é dela. Pelo menos, não ainda. Uma parte deste mundo ainda pertence à sua irmã, e eu tenho certeza de que, de forma alguma, o devaneio da Sophia permite a reviravolta de te perder.

O coração de Kane parecia apertado, mas poderoso ainda assim, como se um segundo coração ribombasse dentro dele. Lá fora, em meio ao caos, ele conseguia ouvir um som solene. Uma esperança, tão clara quanto os sinos e tão brilhante quanto raios. A graça e força de sua irmã. Ela ainda estava fundida às fibras deste mundo em colapso, ainda viva e ainda o defendia. Mesmo depois que ele havia tentado machucá-la.

Kane se entregou de vez às lágrimas, mas então, uma a uma, se lembrou da força das pessoas que tinham lutado por ele. Não tinha como retribuir seus sacrifícios apenas com lágrimas. Tinha que mostrar a elas que ele sempre valera a pena.

— Onde a Sophia tá? — perguntou a Dean.

— Lá embaixo, em algum lugar. Ela e a Poesy estão competindo pelo controle dos devaneios. Sua irmã deve ser muito forte pra ter durado esse tempo todo.

— E a Adeline?

— Com a Poesy. A gente precisa ajudar ela a os Outros. A Adeline tá... se desvanecendo.

A respiração de Kane ficou entalada. Da última vez que tinha visto Adeline, o corpo dela estava quebrado. Quanto tempo uma pessoa poderia durar naquele estado?

— Escuta — chamou Dean, se concentrando em Kane. — Se você tiver a chance de matar a Poesy, precisa agarrá-la. Eu vivi minhas vidas em mundos construídos pela dor e sofrimento de outras pessoas. A Poesy tem um sonho e, mesmo que seja um sonho encantador, pertence apenas a ela. Você não pode deixar ela o tornar realidade para todos. Você precisa detê-la.

— Mas e...

— Você precisa detê-la.

Dean encarou Kane de volta. Dean, o mistério em carne e osso, o paradoxo tornado homem. Kane conseguia ver com clareza como o garoto poderia ter sido seu mundo inteiro uma vez. Pensou que talvez, se sobrevivessem a isso, eles pudessem construir algo melhor, afinal de contas. Kane o abraçou com força. Havia um cheiro de cinza e suor e, bem abaixo de sua armadura, sua colônia. Pinho, ou algo parecido. Kane o beijou, os lábios deles roçando apenas o suficiente para o garoto sentir o ar ser puxado de seus pulmões, e então era hora de tomar sua decisão.

Correr? Ou intervir?

— Tenho uma ideia.

Kane contou a Dean, e entre eles dois, sua ideia se transformou num plano. Dean lhe deu um cumprimento estoico, então se teletransportou.

Sozinho em sua nebulosidade, Kane tinha espaço para respirar. Observou o mundo se desvendando. Planetas explodindo e estrelas despencando. Horizontes se partindo e oceanos fervendo. A terra partindo e o ar se rasgando. A cidade de Everest, atingida por sua lenta demolição, se desmanchava em pedaços sonolentos tão grandes quanto montanhas.

Kane era pequeno em meio ao caos. Um mero alfinete de rebeldia brilhante, no topo de um esquecimento agitado e absurdo. Era assustador para caramba, mas não havia mais espaço nele para o medo. Todos os seus piores pesadelos tinham se tornado verdade, um depois do outro, e ainda assim ali estava ele (exausto e assustado, sim), vivo. Esperançoso. Havia sobrevivido e continuaria sobrevivendo.

O garoto deixou seus poderes se desabrocharem, se esticando como asas enormes, e a ampla dissonância dos devaneios o bombardeou. Foi fácil localizar Poesy: os devaneios estavam implodindo em direção a ela, como algum ferimento enorme ao redor do qual a carne borbulhava e os ossos se dobravam.

Além disso, ela estava gargalhando. Porque é claro que estava gargalhando.

Respirando fundo, Kane se permitiu despencar, o etéreo deixando um rastro atrás dele. Então encontrou Poesy sobre o palco pálido, agora coberto de pilares estraçalhados, pavoneando-se pelo resultado da batalha. Elliot e Ursula ainda estavam de pé, mas por pouco. Adeline, com pó cinza cobrindo seu tutu ensanguentado, permanecia caída sobre Sophia, que usava o vestido vermelho esfarrapado. Poesy bebericou da xícara de chá, saboreando a implosão do mundo de Sophia.

Kane estalou os dedos, mandando labaredas de etéreo na capa ondulante de Poesy. A xícara girou em seu aperto e se espatifou no pilar, e a feiticeira se voltou para ele com o primeiro medo autêntico que o garoto tinha visto em seu lindo rosto. No momento seguinte desapareceu, substituído por raiva. Sem nada falar, ela levou a mão até os pingentes.

Ao vê-lo, Ursula soltou um gritinho fraco antes de cair sobre Elliot.

— Vão! — exclamou Kane para eles enquanto se preparava para outro ataque.

O poder da coroa era imenso, tão difícil de controlar que Kane sabia com certeza que mesmo um pensamento errante era capaz de destruir, transformar ou criar. Esse era o poder que ele precisava para derrotar Poesy, mas o garoto precisava de seus amigos o mais longe possível.

— Corram! — gritou, as labaredas de suas mãos ampliadas para vigas brilhantes de arco-íris que cortavam o próprio ar.

Poesy rodopiou entre elas como um peixe em fuga, sua capa ondulando às costas. Os pingentes brilharam em fragmentos de devaneios que colidiram contra Kane em maremotos de textura, som e visão. O garoto foi sobrepujado por uma floresta nebulosa, a umidade se prendendo à garganta, os riachos balbuciantes fazendo cócegas sob as orelhas. Kane o destruiu com uma batida de palmas e entrou em outro devaneio: um campo de batalhas colonial abarrotado de zumbis. Dentes podres se enterraram em seu ombro, em seu punho, mas o poder da coroa disse a ele que este mundo era imaterial e ele deveria destruí-lo. O garoto deixou o brilho queimar com força, comendo as hordas de zumbis e o arremessando para o devaneio seguinte. E para o devaneio que vinha depois deste. E o seguinte. Kane reluziu entre eles, tão breve quanto um anjo caindo pela película de cada novo mundo, até que enfim voltou ao mundo em colapso.

Poesy estava esperando para encarar Kane em cima do palco. Ela virou uma palma brilhante para baixo, liberando um dilúvio de chuva ácida do céu partido. Kane permitiu sua própria consciência subir para encontrar a chuva, transformando cada gota numa nuvem de borboletas.

— Os seus tão preciosos *Outros* fugiram, e os seus truques são catastroficamente sem-graça — zombou Poesy, e as borboletas viraram escorpiões.

Kane piscou e os escorpiões explodiram em confete.

— Olha só pra gente! — A risada de Poesy soou como uma sirene enquanto ela cortava a realidade numa nuvem de cobras. Elas serpentearam na direção de Kane, mas o garoto as transformou em flechas e as disparou de volta. — Olha só pro nosso poder! Nós não pertencemos a este mundo. Pertencemos a algo melhor. Algo com a integridade que apenas *nós* mesmos podemos criar! Esse sempre foi o nosso jeito. É nosso *único* destino!

As flechas se racharam em raios, os quais Poesy reuniu juntos de suas unhas pintadas e chicoteou para Kane. O garoto, por sua vez, respondeu com uma explosão de arco-íris, e os dois estavam presos em uma dualidade pela vida e morte, pelo destino de não apenas o mundo de Kane, mas de todos os mundos escondidos dentro de cada pessoa. Pelas realidades fantásticas que as pessoas criaram para si mesmas com tanto amor, sob o perigo de serem subjugadas pelos caprichos de uma maluca e sua xícara de chá.

— Por que você luta por um mundo que não faz o mesmo por você? — falou Poesy no redemoinho, bem na mente de Kane. — Por que você luta para salvar uma realidade que, com frequência, falha com tantas pessoas?

O combate colapsou num silêncio que sugava. Raios e etéreo costuravam o vácuo entre eles enquanto os dois pousavam de volta ao palco.

— Não estou lutando pra salvar a realidade — argumentou Kane. —

Estou aprendendo a mudá-la.

— O tear é um instrumento — explicou Poesy. — Ele não é capaz de *aprender*. Sua justiça é uma bela poesia e nada mais. Está na hora de acabar com isso.

— Tem razão — debochou Kane. — Dean, agora!

A Efialta se formou ao redor de Poesy, seu corpo laminado cortando feito tesouras e picotando em retalhos a capa branca da drag queen. Kane sentiu a empolgação de sucesso ao primeiro jorro de sangue lançado ao ar, mas então o rangido parou. Houve um belo barulho de rasgo e, de repente, Poesy estava de volta. Ela tinha a cabeça de Dean presa num braço enquanto com a outra mão segurava o corpo agitado da Efialta. Poesy tinha arrancado a armadura direto do garoto.

— Kane — choramingou Dean pelos dentes cerrados.

Poesy apertou e a mandíbula dele quebrou.

Os poderes de Kane tinham falhado. A gravidade doentia o deixou de joelhos e a mochila deslizou de seus ombros. Ele lutou pelo controle sublime que tivera um segundo atrás, mas já tinha desaparecido.

— Sabe, eu também estava errada a respeito disso. — Poesy sorriu com maldade no ouvido de Dean. — Eu descobri que recrutar o interesse amoroso sombrio me garantiria acesso não regulamentado a todos os desejos do tear, mas você nunca foi o agente de que eu precisava. A sra. Bishop, no entanto, de fato possui o rigor que exijo. Você gostaria de viver, querida?

Poesy sacudiu a mão e, como um bando de tico-ticos, magia dourada se desfez e revelou um grupinho se esgueirando para entrar escondido na batalha. Elliot estava na liderança, trombando enquanto Poesy dispersava a ilusão sem dificuldade, com Ursula ao lado. Atrás dele, Adeline repousava com Sophia e então, de repente, Adeline ficou sozinha quando outro golpe da mão de Poesy lançou todos para trás, para dentro do desvendamento rodopiante.

— Não! — gritou Kane.

Adeline balançou enquanto Poesy pulsava poder para dentro dela. Como folhas farfalhando no chão, os ferimentos dela sumiram de seu corpo. A menina sufocou e tremelicou, resistindo ao brilho quente que se espalhava debaixo da cor profunda de sua pele, a revivendo. Ela tinha se libertado daqueles sapatos afiados horríveis e embalava uma lâmina em seus braços. Adeline parecia viva e poderosa; e ainda parecia pronta para desabar.

— Sra. Adeline Bishop — ronronou Poesy. — A mais esperta. A mais astuta. Eu fui cuidadosa quanto à curadoria do meu panteão para apenas investir poder naqueles injustiçados pela sociedade. Mas, mesmo assim, todos os outros se recusam a ver esta realidade pelo que é: um fracasso. Mas você consegue. Você sabe. Existe uma posição de poder para alguém do seu calibre na realidade que eu imagino. Ao meu lado, você seria tudo.

— Por que eu te ajudaria? — questionou Adeline, mas sua voz era um eco azul e fraco de sua sagacidade habitual.

— Sophia Montgomery vai morrer caso não ajude. Mas eu posso salvá-la, assim como fiz com você. Também posso salvar seus amigos. Posso recuperar qualquer alma que você valorize, mas apenas se você expurgar cada pensamento restante na cabeça do sr. Montgomery. Nosso mundo jamais será seguro enquanto ele possuir a vontade de desfazê-lo.

No começo, Adeline se recusava a olhar para Kane. Quando a menina o fez, foi com ponderação irrestrita. Ela estava pensando a respeito disso. O garoto queria ir até ela, mas sentia como se sua mão fosse atravessá-la como um fantasma. Eles existiam em dois planos diferentes. Àquela altura, mais do que distância os separava.

A voz de Poesy aumentou com o canto da cigarra:

— Cada vida que você valoriza em troca de uma vida que o sr. Montgomery descartou duas vezes. Termine o que começou. Apague cada uma das lembranças na cabeça dele.

— Faz isso — disse Kane.

A ponderação de Adeline se transformou em surpresa, então nojo.

— Como é?

— Faz isso, Adeline. Pega as lembranças — repetiu Kane, olhando para Sophia. Para tudo aquilo pelo que estava lutando.

— Não posso.

— Você precisa — respondeu Kane. Então, mais baixo: — Acredita em mim uma última vez.

Pela pressão na mandíbula, Adeline entendeu. Ela mancou até Kane e seus olhos brilharam sua cor cinza de nuvem de tempestade enquanto abriam a mente do garoto. Não havia dor na telepatia de Adeline, apenas o assovio das lembranças enquanto estas se apagavam sob o olhar corrosivo da menina. Os dedos de Kane se fecharam ao redor da alça da mochila. Era impossível se lembrar do que tinha acabado de fazer, mas se seguisse em frente, seguisse tentando, talvez houvesse uma chance de ele...

# DEVANEIO

Os olhos de Adeline escureceram, seu rosto claro com um sorriso. Ela tinha encontrado a lembrança que Kane precisava que a amiga encontrasse. Então ajustou o aperto ao redor da lâmina e, numa única e elegante investida, ela atravessou o palco e a enfiou com tudo no peito de Kane.

O garoto levantou o diário vermelho um momento antes. Não tinha ideia se o plano funcionaria, mas ele nunca chegou a sentir a lâmina de Adeline tocar sua pele. Em vez disso, ela tinha acertado as dobras das páginas mágicas do diário, tendo apenas uma resistência breve e trêmula, a ponta letal atravessando o portal do diário, bem, bem longe do coração de Kane.

— Deu certo? — sussurrou Adeline.

Eles se voltaram para Poesy bem quando esta começou a gritar. Ela arremessou Dean para longe de si, revelando um choque vermelho se espalhando em sua barriga. O outro diário vermelho, o qual Dean estivera segurando aberto atrás das costas, tinha direcionado a lâmina de marfim para longe de Kane, acertando em cheio as tripas brilhantes de Poesy. A feiticeira tombou e se retorceu, se agarrando à nova morte com unhas que clicavam e se quebravam, e Adeline deu uma última estocada com a lâmina.

O plano de Kane tinha dado certo. Elliot ficaria tão orgulhoso.

Poesy levou a mão até o bracelete e os pingentes que poderiam curá-la, descobrindo tarde demais que Dean o tinha pegado do pulso dela enquanto era segurado.

— Impossível — gritou Poesy.

— Improvável — corrigiu Kane.

E, antes que Poesy conseguisse invocar de volta a xícara de chá, Kane bateu palmas. A tensão clara de sua total concentração explodiu contra a dominação retumbante de Poesy, atomizando a xícara estilhaçada e cortando a atmosfera coalhada do devaneio. O Complexo Cobalto se realçou por meio das aberturas, os limites entre os dois mundos brilhando em néon enquanto se rasgavam um sobre o outro. A própria realidade seria destroçada se Kane não fosse capaz de sobrepujá-la.

— Eu sou seu pior pesadelo — prometeu Poesy.

— Não mais — rebateu ele.

O poder doentio e estonteante do controle de Poesy vacilou, e Kane sabia o que fazer. O garoto curvou seu poder ao redor de onde a feiticeira se abaixou, aprisionando sua magia transbordante. Então ele direcionou a mente ao restante do devaneio. Sabia que o poder de Poesy vinha da manipulação, mas, sem os outros como material, ela não tinha o que distorcer, o que quebrar ou o que emprestar. Aquele era o fim dela.

Kane levou sua consciência para cima e para fora, entrando num redemoinho parecido com muitas agulhas prateadas deslizando por nós muito bem dados. Primeiro ele encontrou a irmã e os amigos, surrados mas com vida, num bolsão da magia de Ursula. Tranquilizado, se concentrou no restante. A coroa que usava abriu uma dimensão de onisciência dentro dele que parecia, por alguns segundos apenas, abismal. Infinita. Ele sentiu (não, *sabia*) como seria simples destruir esses mundos inteiros. Em vez disso, se aprontou para a missão impossível de tatear em busca de suas pontas. Seus cortes e suas costuras. Toda história tinha um começo e um fim. Todo céu tinha um horizonte. Todo conto tinha suas reviravoltas. Kane se examinou ao longo de tudo isso sem vacilar. Primeiro sentiu resistência, depois a felicidade absoluta da separação e, por fim, o alívio de seus adoráveis desvendamentos.

Mas um nó perdurou.

— Você... — disse Poesy, um zumbido no fundo da mente de Kane enquanto o garoto começou a desvendá-la — ... e eu não... somos tão diferentes, sabe.

— Eu sei — respondeu Kane.

O desvendamento deve ter machucado bastante Poesy. O som que ela emitiu foi diferente de qualquer coisa que Kane já havia escutado. Ancestral e inumano, e tão mais do que um simples som. Era a ferocidade tornada sônica.

Em seguida, Poesy desapareceu e não havia mais nada além de um rugido polifônico de devaneios enquanto, um por vez, eles giravam para dentro da palma aberta de Kane.

# QUARENTA

## *Resolução*

Kane poderia ter devolvido os devaneios diretamente para o Complexo Cobalto, mas havia mais uma coisa para fazer antes que tirasse a coroa de uma vez por todas. Com toda a gentileza que sua mente machucada conseguia suportar, o garoto se sentou sobre a grama bem cuidada do jardim, próximo aonde Dean repousava encolhido.

Primeiro, ele precisava se desculpar. Pouco a pouco, se ajoelhou ao lado do garoto e fez o que Dean fizera uma vez. Traçou um símbolo do infinito nas costas dele e sussurrou:

— Dean. Você já pode abrir os olhos. Sinto muito se te assustei.

Dean piscou para ele e para a recorrência bizarra dos jardins do devaneio de Helena Beazley que Kane tinha criado ao redor deles. Ele parecia incerto a respeito do próprio peso enquanto se levantava, como se esperasse apenas sair flutuando.

— Eu não... desapareci?

Kane apertou a mão dele como garantia.

— Não é o que parece.

— Mas você desvendou a Poesy.

— Você nunca pertenceu a ela, Dean. Você é tão real quanto qualquer um. Confia em mim. Pode acreditar, eu sei das coisas. — Kane deu um tapinha na coroa e arriscou um sorrisinho.

Como resposta, Dean deu um sorriso malicioso.

— Kane?

Adeline abriu caminho pelos convidados fragmentados, a sujeira de um devaneio se afastando enquanto a fantasia dela do Caso da Família Beazley a envolvia. Em seu encalço estava Sophia, o vestido vermelho substituído por um conjuntinho dourado.

— Deu certo! — exclamou Adeline, abraçando Kane. — Não acredito que você me deixou ler sua memória daquele jeito! Não acredito que aquilo deu certo!

O garoto retribuiu o abraço, o mais forte que conseguiu.

Sophia foi até o irmão. Seus olhos estavam atentos. Estava lúcida agora. E, claro, tinha perguntas. Kane as ignorou, apenas feliz em ver a irmã, mas a menina não o deixaria abraçá-la por muito tempo sem antes perguntar:

— Só me diz o que é verdade. Tipo, você *acabou* de matar uma feiticeira drag queen mágica usando dois diários de sonhos e uma sapatilha de balé afiada?

Kane olhou para Adeline, depois para Dean. Os dois se mostraram indiferentes. Iam precisar de bastante tempo para explicar tudo aquilo.

Kane deu um soquinho de brincadeira no ombro da irmã.

— Só gay o suficiente pra dar certo, né?

A interrogação séria no rosto de Sophia se partiu em um sorriso conhecido, o velho bordão trazendo alívio à confusão. Adeline soltou um resmungo irônico e Dean pareceu bastante constrangido a respeito de tudo aquilo.

— Mas por que a gente tá aqui, Kane? Você tem todo esse poder, então por que estamos no devaneio da Helena? — indagou Adeline.

— Porque elas merecem uma segunda chance.

Sob a luz do sol branca e refrescante, Elliot e Ursula foram fáceis de encontrar. Os dois correram pela multidão num misto de celebração e confusão. A garota chegou a Kane primeiro, o envolvendo num abraço sobre o aro enorme de seu vestido rosa magnânimo. Elliot, porque ele era Elliot, no mesmo instante começou a confabular sobre como eles iriam ludibriar o devaneio.

— Eu vi a Helena. Ela tá aqui. Mas ela já não é mais jovem. Tá simplesmente vagando por aí em suas roupas normais.

— Relaxa, Elliot, tá de boa. Tudo sob controle — garantiu Kane.

Então o garoto fechou os olhos e deixou a mente pairar sobre as profundezas da coroa, se mantendo longe da emboscada maligna do objeto. Com todo o cuidado possível, ele persuadiu Maxine Osman.

E, como um sol se erguendo diante deles, o devaneio dela veio até ali enquanto Kane a conduzia para fora da prisão da coroa. O jardim luxuoso e o gazebo se tornaram vívidos em aquarelas, aceitando a mudança sem resistir. Na verdade, os dois devaneios se mesclaram de um modo que tornou impossível imaginá-los separados.

— Estamos corrigindo um erro — anunciou Kane.

Em seguida, o garoto os levou para trás conforme a multidão se reunia ao redor de Maxine, murmurando a respeito das roupas estranhas da mulher e dos pincéis aquarelados que ainda segurava. A multidão se partiu e lá estava Helena, no gazebo. Ela vestia seu pequeno suéter amarelo e os tênis ortopédicos. Ao ver as cores claras, piscou, como se sua visão tivesse acabado de ser recuperada depois de um longo tempo na escuridão.

— Max? — sussurrou Helena.

Maxine agarrou os pincéis. Sua confiança indiferente da breve conversa com Kane no rio não estava mais lá. Agora, a mulher estava completamente presente, tremendo enquanto olhava para a pessoa por quem estivera esperando.

A pintora e a herdeira se juntaram num beijo que não poupou nada por causa de vergonha, pois enfim elas estavam em seu próprio mundo, um porto seguro criado por elas mesmas, protegido contra reviravoltas pelo esforço de Kane. O garoto enfiou nos devaneios o máximo de perfeição que conseguia reunir. Preencheu o ar melado com pétalas rarefeitas. Preencheu os punhos delas com as hastes finas de taças de champanhe. Então ergueu o braço e todos os braços ali se levantaram junto dele, brindando a Helena e Maxine enquanto as duas estavam no gazebo, conversando com tamanha suavidade que suas palavras se perderam atrás da música alegre e crescente.

Dean pegou Kane pela mão livre e o beijou na têmpora, onde a coroa ainda o apertava.

— Por que isso? Por que aqui? — perguntou ele.

— É uma resolução — respondeu Kane. — Depois de tudo que a gente fez essas duas passar, elas merecem um felizes para sempre.

Como de costume, os olhos de Dean estavam perdidos ao longe. Tinham voltado a ser do verde das espumas do mar.

— Mas isso é um devaneio. Não pode durar pra sempre.

— E nem precisa. O que essas duas têm é amor de verdade, e não um sentimento imaginado. Acho que elas vão ficar muito bem depois que tudo isso acabar.

Helena e Maxine se abraçaram, e os convidados explodiram num aplauso desenfreado. Os Outros comemoraram também, brindando às noivas enquanto elas desciam os degraus e entravam no abraço carinhoso da multidão para receber todas as bênçãos que o mundo tinha a oferecer.

Os aplausos ficaram mais altos, triplicando conforme Kane levava a cena ao encerramento. O garoto descobriu que havia pouca coisa a fazer para desvendar isso. Corrigidos, os devaneios de Helena e Maxine simplesmente se dispersaram. Não houve nenhuma violência nesse colapso, apenas alívio e um toque de saudade conforme os aplausos ecoaram pelas paredes estoicas do Complexo Cobalto que se reformavam ao redor deles. Tudo (o jardim, o grande corredor, a mistureba de devaneios) havia desaparecido agora, evaporando contra o sol que nascia sobre o rio. O dia, uma manhã de verdade, tinha chegado a Amity do Leste, e encontrou um grupinho de adolescentes insones parado próximo ao moinho incendiado, batendo palmas e comemorando enquanto duas senhoras olhavam ao redor com uma perplexidade tímida.

Um enxame de nós iridescentes dançaram nos dedos de Kane (os devaneios tinham se desvendado). Então o garoto virou Sophia para si e, ao tocá-la no nariz, este brilhou na irmã. Em seguida fez o mesmo com Maxine e Helena, que, em seu torpor, deram as mãos. Depois Kane tirou a coroa, estremecendo conforme cicatrizes antigas se reabriram, e a entregou para Dean. O chão brilhou com os pingentes remanescentes. Com cuidado, Ursula os pegou e Dean entregou a Kane os restos quebrados do bracelete de Poesy, o apito ainda tão gelado como sempre. Adeline foi quem encontrou a própria Poesy.

— Você transformou ela num grilo? — perguntou, mostrando a Kane o pequeno inseto de metal. As asas peroladas se contraíram, como se fossem decolar.

Elliot pigarreou.

— Acho que é uma cigarra.

— Ele tá certo — confirmou Kane antes que alguém começasse a revirar os olhos.

O garoto não ousou relar no inseto, com medo de que isso atraísse a magia escondida em sua pele. Em vez disso, fechou as mãos de Adeline sobre a cigarra.

— Mantém ela em segurança, beleza?

Adeline não morria de amores por Poesy, mas confiava em Kane, então assentiu.

# DEVANEIO

Elliot estava com o celular nas mãos. Suas sobrancelhas se ergueram.

— É o mesmo dia de quando a gente desapareceu. Acabou de passar das sete horas. A gente ainda consegue chegar antes do primeiro sinal.

Todos gemeram. Não havia hipótese alguma de eles irem para a escola, não quando Maxine e Helena precisariam de ajuda para botar a vida de volta nos trilhos. Não quando Sophia sairia de seu torpor a qualquer segundo e começaria a fazer um milhão de perguntas. Eles precisavam estar presentes para tudo aquilo. A escola simplesmente não era uma realidade a que poderiam pertencer naquele momento.

Elliot resmungou. Ursula marchou até Dean, puxando ele e Kane num abraço bruto.

— E aí, Dean — disse ela, sorrindo enquanto olhava entre os dois. — Você gosta de comida de lanchonete? Porque a gente tem uma tradiçãozinha, e eu acho que agora você é parte dela.

# EPÍLOGO

No Halloween, Kane estava sentado na cozinha de Ursula, assistindo enquanto Elliot encarava uma série de instruções manuscritas com respingos de gordura.

— Isso aqui tá pedindo para peneirar quatro xícaras de farinha? Ou tá pedindo quatro xícaras de farinha peneirada?

Elliot colocou as mãos na cintura. Kane pensou que o garoto parecia bem atraente usando avental, e tinha dito aquilo muitas vezes. Também tinha sugerido que Elliot tirasse a camisa, mas o garoto tinha um limite de provocações que conseguia aguentar de alguém antes de fazer a pessoa pensar que estava coberta em sujeira.

— Aqui diz quatro xícaras de farinha, peneirada.

Kane sorriu e deu de ombros. Sobre a mesa, o celular de Elliot tocou e Kane o segurou na orelha do amigo para que não ficasse coberto de farinha.

— E aí, Urs.

Ele ouviu e depois olhou para as instruções.

— Aqui não diz. — Ele ouviu mais um pouco. — Sei lá, por quê? Existe uma diferença entre gengibre moído e gengibre picado?

Aquilo deve ter sido uma coisa revoltante de perguntar, porque Ursula nem sequer respondeu antes de desligar. Elliot parecia ainda mais perdido, e Kane torceu para que o garoto voltasse a reclamar. Assistir às tentativas incansáveis de Elliot para impressionar Ursula era o hobby mais recente e favorito de Kane.

Elliot revirou os ombros e estalou o pescoço.

— Só por garantia, vou peneirar a farinha.

— Mete bala — disse Kane.

# DEVANEIO

Os minutos seguintes foram cheios de gritos quando os dois irmãozinhos de Ursula explodiram cozinha adentro completamente fantasiados. Adeline e Sophia entraram atrás deles.

— Piu, piu!

— Vrum, vrum!

Adeline se lançou sobre eles devagar e os meninos desviaram, tomados por felicidade em meio à brincadeira de pega-pega.

— Fujam da rainha piolhenta! — berrou Sophia. — Os piolhos dela vão comer todos os seus sonhos! Vocês nunca mais vão dormir!

— Não é a hora certa pra essa piadinha, cara — reclamou Elliot.

Um dos meninos se lançou contra Sophia, as mãos erguidas com bravura.

— Você não pode! — gritou ele. — Minha armadura é mágica! O Kane falou!

Ele estava vestindo uma fantasia de bombeiro. Os dois estavam. Queriam ser o pai no Halloween.

Adeline partiu para cima deles, mas recuou, apertando a mão.

— Pestinhas abomináveis! — disse, gemendo.

Os garotos gritaram e correram para fora da cozinha. As meninas foram atrás.

— Sophia não tava ajudando eles com as fantasias? — questionou Elliot.

Kane riu.

— Eu diria que ela tá fazendo um trabalho formidável.

A cozinha foi banhada em sombras de jade enquanto Ursula e Dean apareceram no meio dela, carregando sacolas de compra.

— Crise contornada — disse Ursula.

De uma sacola, a menina tirou várias latas de decorações brilhantes de Halloween.

— A gente teve que ir em três lojas diferentes — comentou Dean, cansado. — Eu falei que devia simplesmente ir à cidade vizinha, na loja de artesanato, mas a Ursula disse que seria exagero.

A menina o ignorou.

— O Joey e o Mason estão vestidos? Tá quase na hora de sair.

— A Adeline e a Sophia vestiram as fantasias neles, mas agora as duas tão correndo atrás dos dois pela casa e ameaçando passar piolhos que vão devorar os sonhos deles — respondeu Elliot.

— De novo, ainda não é a hora de brincar com isso. — Ursula fez uma careta.

Então ela desviou sua atenção para a pequena catástrofe açucarada que Elliot tinha causado em sua ausência. O menino correu até a frente dela.

— Você peneira a farinha antes de medir ou você mede depois que peneira?

Uma longa pausa seguiu a pergunta de Elliot. Por fim, Ursula disse:

— Isso dá na mesma.

Os dois começaram a discutir. Todo sorrisos, Kane observou. Por tanto tempo, todos eles estiveram tão preocupados com o drama de Kane, e era direito deles, mas, desde que tinham derrotado Poesy, havia espaço e paz suficientes para coisas novas germinarem. Agora, Ursula e Elliot faziam juntos a lição de casa depois do treino. Antes das aulas, saíam para correr juntos. Sempre convidavam Kane, que sempre recusava. Ele os observava de longe, preferindo observar de uma distância segura a afeição crescente dos dois. Ao mesmo tempo, era a coisa mais estranha e também a melhor de todas.

Adeline e Sophia também andavam passando tempo juntas. A última coisa que Kane ouviu foi que estavam trabalhando num livro juntas sobre uma garota endinheirada que encontrava uma rebelde briguenta. Kane as ouvia conversar tarde da noite.

Isso também era ao mesmo tempo estranho e a melhor coisa de todas, e Kane se manteve fora da situação. Essas histórias o cercavam, mas não eram dele para serem exploradas. Como dizia Ursula: "você não precisa alimentar cada pássaro que existe". Às vezes era melhor confiar que as pessoas se entenderiam por conta própria e estar lá apenas para o caso de isso não acontecer. Aquela era a abordagem mais recente do grupo para desvendar os devaneios, e até aquele momento estava funcionando.

Dean se sentou diante de Kane. Os dois deram as mãos sob a mesa, mesmo que nada a respeito deles continuasse sendo um segredo, e nenhum deles disse nada. Desde que tinham escapado do multidevaneio, as interações deles tinham sido cheias desses momentos silenciosos e reflexivos. Dean parecia florescer neles, e Kane gostava muito da forma como o garoto se flexionava por baixo do autocontrole. No entanto, a quietude entre eles nunca parecia vazia. Para Kane, sempre parecia cheia de uma música que só os dois conseguiam ouvir, e esses pequenos gestos eram sua dança favorita. Era o mais confortável que Kane já se sentira com outra pessoa e, às vezes, ele precisava se lembrar de dizer essas coisas. Como naquele momento.

— Tô feliz por você estar aqui — falou. — Tipo, feliz pra caramba.

Dean sorriu.

— Não achei que ia conseguir voltar. A Ursula não para — disse ele. — Nunca conheci alguém com tanto conhecimento sobre doces. Você sabia que eles fazem açúcar que é todo grandão? Se chama "açúcar perolado", e por algum motivo é mais caro.

— É pra decoração — interveio Ursula. — Cristais mais finos não ficam tão bonitos nos fios de caramelo.

O rosto de Elliot se iluminou com um sorriso idiota.

— A gente vai fazer caramelo?

— Não, a gente não vai fazer caramelo. — Ursula era toda mandona na cozinha dela. — *Eu* vou fazer caramelo. Você sabe como é fácil queimar açúcar? Aqui, pega aquele termômetro culinário. Vou te mostrar.

Os dois voltaram ao trabalho.

— Tá vendo? — sussurrou Dean. — É estranho.

— Ah, pega leve — repreendeu Kane. — Isso é estranho? De todas as coisas?

Isso fez com que Dean desse seu raro sorriso acanhado, uma expressão pela qual Kane passava por poucas e boas para trazer à tona.

— Falando nisso, onde tá sua coroa? — A voz de Dean ficou mais séria.

— Na sua casa — respondeu Kane. — Na estante de livros.

As íris de Dean emitiam um brilho esmeralda translúcido à medida que ele dava cada passo.

— Onde?

— Em cima.

— Não tá lá.

— Dá uma olhada na prateleira do meio. Perto de *As bruxas*.

Analisando, Dean balançou a cabeça em negativa. Eles ficaram com a coroa apenas para o caso de voltarem a precisar dela, mas até então os devaneios estavam bem mais tranquilos com a ajuda de Dean. Ainda assim, às vezes Kane sentia algo rasgando o véu de realidade fora dos devaneios. Coisas que falavam com um zumbido tagarela, como Poesy. As irmãs dela, talvez. Fosse lá quem ou o que eram, se viessem para a cidade, Kane estava pronto.

Depois de uma pausa, Dean assentiu.

— Achei. A sra. Daisy esta deitadinha com ela na cama.

Kane sorriu.

— Deixa ela.

Do lado de fora, a vizinhança enxameava com pessoas pedindo gostosuras ou travessuras, celebrando sob o último pôr do sol de outubro. Dois bombeiros em miniatura corriam pela calçada. Os Outros os seguiam, dando um passo para o lado enquanto desfiles de crianças passavam usando fantasias rebuscadas. Havia dragões e fadas e princesas e robôs. Havia ninjas e arqueiros e artistas marciais. Havia o bando de praxe de vampiros, gatos e super-heróis, mas algumas crianças tinham optado por fantasias mais enigmáticas. Uma delas estava envolta num cilindro de papelão pintado como uma lata de sopa, com nada além de uma janelinha cortada para as orelhas.

— Eu amei sua fantasia! — comentou Adeline para essa criança em particular enquanto passavam por ela. — O que você é?

— Uma lata de sopa.

Adeline franziu o cenho, confusa. Sossegada, a lata saiu andando.

Kane e Ursula se demoraram um pouco, andando com o irmãozinho Mason, que não conseguia receber uma única unidade de doce sem tentar comê-lo. A madrasta de Ursula tinha feito a menina prometer que ia controlar o consumo de açúcar, mas, até aquele momento, isso só significava que ela estava comendo metade dos doces por conta própria. Kane também ajudava.

— A Maxine e a Helena parecem estar se ajustando bem a estarem vivas e, tipo... de volta à realidade, levando tudo em consideração — dizia ela. — A Maxine tá trabalhando numa série nova. Criaturas míticas feitas de joias. Ela e a Helena ficam pedindo pra Adeline deixar elas se lembrarem um pouco mais. Mas, na maior parte do tempo, a Adeline só tá contando umas histórias. É bem fofa a forma como elas prestam atenção. Dizem que querem voltar, mas eu falei que elas precisariam te convencer.

— Não acho que eu possa fazer muita coisa. Aqueles devaneios foram resolvidos. Não sobrou quase nada.

— E os pingentes no santuário da Poesy? Você acha que aqueles devaneios tão seguros lá?

Kane não sabia.

# DEVANEIO

— Espero que sim. Nós temos a única chave.

— Que a gente saiba — adicionou Ursula.

— Uau, você já tá falando igual ao Elliot — provocou Kane.

Ursula deu uma cotovelada brincalhona nele. E Kane jogou um pedaço de doce nela, mas este acertou uma barreirazinha e caiu no chão.

— Trapaceira!

Ursula riu e marchou adiante junto do irmãozinho, pegando alguma outra coisa na sacola dele.

Kane a observou ir. Observou Adeline e Dean conversando enquanto Sophia e Elliot liam os ingredientes da barra de chocolate. Ele sentiu aquela sensação nova e estranha que estava começando a aprender a abraçar: contentamento. A sensação foi imediatamente acompanhada por melancolia, assim como a felicidade dele costumava ser. Momentos como aquele eram fugazes; se amontoavam num concerto gracioso, como cardumes de peixes prateados, e se afastavam com a mesma velocidade. Ele sempre tinha a necessidade de os capturar, de os manter em reprise sem parar (seu próprio devaneiozinho). Seu sonho, aprisionado. Mas coisas isoladas que permanecem por tempo demais na mente humana estão fadadas a se tornarem amargas. Se os devaneios tinham ensinado algo a Kane, foi o valor de escapar para o exterior e como desfazer a costura na qual as fantasias encontravam o mundo mais amplo. Para o garoto, tudo se resumia a como criar algo novo, algo melhor.

Poesy tinha razão. Eles eram semelhantes em objetivo. Ainda assim, eram separados por seus métodos. E, claro, gostos. A drag queen queria uma tela em branco para sua obra-prima. Kane estava feliz em trabalhar com o que tinha.

Cada vez mais, ele se dava conta de que já tinha muito com o que trabalhar.

Um doce rígido acertou Kane no ombro.

— Ei, Montgomery, tira a cabeça das nuvens — gritou Ursula. — Meu pai ligou pra dizer que os biscoitos tão prontos. Na hora que a gente voltar, eles vão estar frios o suficiente pra decorar.

Kane piscou os olhos, afastando o pensamento, e correu para acompanhar seus amigos.

# AGRADECIMENTOS

O fato de este livro estar sendo publicado, com toda sua indulgência excêntrica e boiolice notória, *nunca* vai deixar de me surpreender. E eu tenho muitas pessoas a quem agradecer. Se minha gratidão pudesse criar um mundo, nós todos poderíamos viver para sempre dentro do ciclo do meu agradecimento infinito. Mas, veja bem, devaneios são algo que inventei, então meus agradecimentos terão que bastar.

Primeiramente, preciso agradecer à comunidade LGBTQIAP+, tanto do passado quanto do presente; às incontáveis pessoas queer que corajosamente existem da maneira que podem, seja esta como for, as quais *tiveram* que existir para que alguém como eu escrevesse um livro como este. Estou superconsciente de que escrevo à beira de um legado criado por pessoas com muito menos do que eu, que tiveram muito mais a perder e que mesmo assim resistiram. Sou extremamente orgulhoso e grato por fazer parte desta comunidade. E não é nenhum erro que a manifestação de salvação de Kane assuma a forma de uma drag queen. Muitos podem enxergar Poesy apenas como uma vilã exibida, mas eu a vejo do mesmo modo que Kane: poder personificado. Não consigo agradecer o bastante às rainhas da minha vida por criarem um mundo onde eu poderia pertencer, sendo a criança completamente desmunhecada que eu era (e ainda sou). O que faço, faço por nós.

E, claro, à minha família, que eu amo e que sempre me cercou de graça, amor e humor. Pai, seu senso de excentricidade e descobrimento (e a compulsão de trazer lembrancinhas de cada lugar) estão bem enraizados neste livro. Mãe e Larry, a escolha de vocês de me permitir abordar drag queens nas ruas de Provincetown gerou ramificações duradouras.

Blase, David, Julia, Shoko e Colin, obrigado por aguentarem todas as minhas loucuras. Amo vocês!

À minha agente, Veronica Park, por seu humor, sua astúcia e inteligência sem fim. Não consigo imaginar nada disso sem você no começo de tudo. E a Beth Phelan e toda a galera de #DVpit. Melhor história de origem.

A Annie Berger, minha editora incrível e destemida, e a todo o time da Sourcebooks Fire, incluindo Sarah Kasman, Cassie Gutman, Todd Stocke, Beth Oleniczak e Heather Moore. E, claro, um agradecimento especial a Nicole Hower, que desenvolveu uma capa tão magnífica que eu mal posso esperar para poder bordar sobre um manto que vai até o chão; e ao artista da capa supertalentoso, Leo Nickolls, e a Danielle McNaughton, que fez com que o interior deste livro se parecesse com um lar. E obrigado à minha *publisher*, Dominique Raccah. Trabalhar com todo o time da Sourcebooks Fire tem sido, e aqui o trocadilho é totalmente intencional, um sonho que se torna realidade.

Também tenho sido sortudo o bastante para fazer alguns amigos fantásticos no mundo literário. Para meus queridos querubins: Phil Stamper, Claribel Ortega, Kosoko Jackson, Shannon Doleski, Adam Sass, Caleb Roehrig, Kevin Savoie, Zoraida Córdova, Jackon MacKenzie, Mark O'Brien, Gabe Jae e muitos mais. OBRIGADO por todo o apoio, conselho e xoxação bem-merecida. E a Brandon Taylor, que me arrancou de algumas dúvidas horríveis. Estou te devendo.

E, claro, a meus queridos amigos; a Candice Montgomery, que também é uma leitora de sensibilidade perspicaz; e a Tehlor Kay Mejia, cujos serviços de edição moldaram *Devaneio* desde cedo. Vocês dois foram essenciais em me ajudar a contar a história que eu queria contar. A TJ Ohler e a Taylor Brooke, seus comentários também foram inestimáveis. A Amy Rose Capetta, Cori McCarthy, Queer Pete (que não é uma pessoa, mas um grupo delas) e à família Writing Barn, vocês me levantaram quando mais precisei.

A Kat Enright, Rachel Stark e Michael Strother, o apoio inicial de vocês para *Devaneio* fez um mundo de diferença. A Sarah Enni, seu trabalho no First Draft me deu foco, impulso, inspiração e risadas que mudaram completamente como eu escrevo (para melhor).

E à minha família de amigos, que é maravilhosa, absurda e geralmente está gritando. É uma maravilha que este livro chegou mesmo a ser escrito com pessoas tão engraçadas e cativantes quanto vocês em minha vida. Em nenhuma ordem específica, quero agradecer a: Ryan e Ryan, Jess, Daniel, Tamani, Shams, Leah, Justine, Aurora, David, Tom, Jossica, Will, Fernando, Jess + Cody, Ben, Pam, Emily, Rachel e, claro, Sal.

Por fim, quero expressar minha gratidão aos meus leitores e às pessoas que encontram um lar nesta história. Para todos os outros *Outros* por aí, torço para que criem o mundo de que precisam, ou até mesmo aquele que desejam. Então corram atrás de seus sonhos, mas tomem cuidado com os sonhos que te perseguem de volta.

Este livro foi composto nas fontes Anisette e Skolar
pela Editora Nacional em abril de 2024.
Impressão e acabamento pela Gráfica Optagraf.